Zwei
Akkorde

Robert Pucher

Robert Pucher

Der 1964 geborene Autor lebt und arbeitet in Wien. Nachdem er 20 Jahre lang als grundsolider Angestellter in der Privatwirtschaft sein Brot verdient hatte, beschloss er 2005, sich vornehmlich dem Schreiben zu widmen.

Freunde kennen ihn als verlässlich, korrekt und zurückhaltend, was ihn von seinen Protagonisten deutlich unterscheidet. Die zeigen allesamt wenig Hemmungen, ihre dunkelsten Abgründe auszuleben.

Neben seiner Autorentätigkeit wirkt Robert Pucher seit 2015 auch als Designer. Dabei entstehen hauptsächlich Muster für Stoffe, Tapeten und alles, was nach einer kreativen Gestaltung schreit. Und vieles schreit. Man muss nur genau hinhören.

Zwei Akkorde

Wolf hat alle Pfoten voll zu tun. Die Vorbereitungen auf das bislang wichtigste Konzert der Gruppe DRACHENFLUG, vormals *Bremer Stadtmusikanten*, halten ihn auf Trab.

Die mäßig begabten Musikanten, um die er sich seit einiger Zeit kümmert, sollen anlässlich König Dummlings Thronjubiläum aufspielen. Doch scheinen sie dieser Aufgabe nicht gewachsen zu sein. Unter dem Einfluss berauschender Substanzen kommt es immer häufiger zu Streitigkeiten, die das Gefüge der Gruppe in Gefahr bringen.

Da zieht ein Todesfall Wolfs Aufmerksamkeit auf sich. Eine alte Bekannte, die Knusperhäuschen-Hexe, ist ermordet worden. Zudem hat der Täter Wolfs Gute-Laune-Kraut gestohlen. Wolf, der mit dem Verkauf der Drogen seinen Lebensunterhalt bestreitet, sieht plötzlich seine Existenz gefährdet.

Während DRACHENFLUG auf ein Fiasko zusteuert, nimmt Wolf die Spur des Mörders auf. Hexenmeister Fitcher erweist sich dabei als wenig hilfreich. Bald wird klar, dass er sein eigenes Süppchen kocht.

Robert Pucher

ZWEI AKKORDE

Roman

Bibliografische Information der Deutschen Nationalbibliothek: Die Deutsche Nationalbibliothek verzeichnet diese Publikation in der Deutschen Nationalbibliografie; detaillierte bibliografische Daten sind im Internet über dnb.dnb.de abrufbar.

Korrektorat/Lektorat: Martin Weber (www.wortbildung.at)

Umschlag und Grafik: © 2024 Robert Pucher (Bei der Gestaltung wurden Adobe Firefly und Express verwendet.)

Verlag: BoD · Books on Demand GmbH, In de Tarpen 42, 22848 Norderstedt

Druck: Libri Plureos GmbH, Friedensallee 273, 22763 Hamburg

ISBN: 978-3-7693-1484-7

Für Läuschen und Flöhchen.
Mögen sie in Glück und Zufriedenheit
bis ans Ende ihrer Tage leben!

1
DIE WEISSE WITWE

Danke der Nachfrage.
Ich fühle mich fabelhaft. Alles bestens.

Angebot und Nachfrage

»Märchen entsprechen nicht zwangsläufig der Wahrheit, Flöhchen. Jedenfalls nicht in allen Details. Die Leute übertreiben gerne. Frag mich nicht, warum. Wahrscheinlich liegt es in ihrer Natur, Lügen zu verbreiten.«

Nicht zum ersten Mal wies Wolf auf das Offensichtliche hin. In letzter Zeit hatte er so viele Gespräche mit nahezu identischem Wortlaut geführt, dass er sie gar nicht zählen konnte.

»Vielleicht nicht *in allen Details*, da magst du recht haben«, lenkte Flöhchen ein. »Doch ein Fünkchen Wahrheit, könnte ich mir vorstellen, wird auch in dieser Geschichte stecken. Ich meine, so etwas denkt sich keiner aus.«

»Täusch dich nicht! Gerade die Menschen verfügen über die außergewöhnliche Gabe, an langen, kalten Winterabenden die haarsträubendsten Schauermärchen zu ersinnen. Und einmal erzählt, werden sie bei jeder Gelegenheit weiterverbreitet und ausgeschmückt.«

So wie gestern am Markttag in der Stadt, erinnerte sich Wolf, als man ihn argwöhnisch beäugt, mit den Fingern auf ihn gezeigt und hinter seinem Rücken getuschelt hatte.

Ein skeptisches »Hm …« erklang in seinem linken Ohr. »Du willst mir also weismachen, du hättest Rotkäppchen tatsächlich nicht … ähm … na ja … wie soll ich es sagen …« Flöhchen suchte nach den richtigen Worten.

»Sag es einfach nicht«, schlug Wolf vor.

»Du hast Rotkäppchen *nicht* ins Bett gelockt, indem du in die Kleider ihrer Großmutter geschlüpft bist und dich als die alte Frau ausgegeben hast?«

»Natürlich nicht. Und überhaupt, weshalb sollte Rotkäppchen zu ihrer Großmutter ins Bett steigen? Das ergibt doch keinen Sinn.«

Flöhchen überging Wolfs Einwand. »Du hast *nicht* mit deinem Löffel in Rotkäppchens Honigtopf gerührt?«, führte es das Verhör fort.

»Was? Honigtopf? Wovon sprichst du?«

»Du hast deinen Stalagmiten *nicht* in ihrer Tropfsteinhöhle aufgestellt?«

»Was soll der Unsinn?« Wolf hatte keine Ahnung, worauf Flöhchen hinauswollte. »Ich verstehe kein Wort.«

»Hat sie deinen Zauberstab *nicht* poliert, hat sie *kein* virtuoses Solo auf deiner Flöte gespielt?« Flöhchen holte tief Luft. »Was weiß ich, auf welche Weise ihr euch *nicht* vergnügt habt.«

»Du meinst …« Langsam ging Wolf ein Licht auf.

»Genau, du hast es erfasst. Du behauptest also, du hättest sie *nicht* wollüstig schreien lassen, während sich deine Schlange in ihrem Busch verkrochen hat. Wenn du ihr tatsächlich *nicht* beigeschlafen hast, wie es die jungen Leute salopp ausdrücken, frage ich mich: warum?«

Die Unterhaltung bereitete Flöhchen große Freude. Wolf meinte, ein leises Kichern zu vernehmen. Er verließ den Weg, der entlang des Dunklen Waldes in einem weiten Bogen um den alten Wehrturm führte und nahm die Abkürzung durch das dichte Unterholz. Als wolle er vor Flöhchens Wissbegierde davonlaufen, erhöhte er das Tempo. In großen Sätzen schnellte er über Stock und Stein, während der Rucksack auf seinem Rücken auf und ab hüpfte.

»Wir kennen dich ja noch nicht so lange«, fuhr Flöhchen fort. »Aber mit deinen Liebesabenteuern waren wir bereits vertraut, bevor wir dich bestiegen haben.«

Bestiegen … Wolf musste schmunzeln. Als wäre er eine Kutsche. Wölfe wurden nicht bestiegen. Sie wurden von Ungeziefer befallen.

»Sachen sind uns zu Ohren gekommen, die einem die Schamesröte ins Gesicht treiben, sag' ich dir.«

Während Flöhchen wie aufgezogen vor sich hinplapperte, herrschte in Wolfs rechtem Ohr seit geraumer Zeit Stille. Läuschen schien zu schlafen, oder es hatte an einem Blutgefäß angedockt und ließ sich volllaufen.

»Was jetzt?«, drängte Flöhchen. »Mach es nicht so spannend! Woher kommen diese Gerüchte? Die entspringen bestimmt nicht menschlichem Einfallsreichtum an langen, kalten Winterabenden. Wir haben Sommer.«

»Und dennoch sind es Gerüchte, wie du richtig sagst. Nichts als unbewiesene Behauptungen. Überleg einmal, wie verhält es sich denn mit eurer Geschichte? Endet sie nicht damit, dass ihr ertrinkt? Und stimmt das? Nein, du und Läuschen erfreut euch bester Gesundheit.«

»Schon, aber nachdem sich die Sintflut zurückgezogen hatte, und wir unauffindbar geblieben waren, lag es auf der Hand, anzunehmen, wir wären in den Wassermassen umgekommen.«

Sintflut, Wassermassen … Flöhchen übertrieb maßlos. Die Lacke, in der die beiden in einer Eierschale getrieben waren, hatte Wolf nicht einmal bis zu den Fersen gereicht.

»Bald sind wir beim Knusperhäuschen«, versuchte er Flöhchen auf andere Gedanken zu bringen. »Ich bin gespannt. Die erste Ernte dieses Jahres soll zufriedenstellend ausgefallen sein.«

Flöhchens Interesse an der Ernte ließ zu wünschen übrig. »Hast du oder hast du nicht?«, drängte es.

»Was?«, versuchte Wolf ein letztes Mal, sich vor einer ehrlichen Antwort zu drücken.

»Es mit Rotkäppchen getrieben.«

»Also gut. Ja, habe ich, wenn du es unbedingt wissen willst.« Wolf versuchte seiner Stimme ein gefährliches Knurren beizumischen. Vielleicht half das, Flöhchen zum Schweigen zu bringen. »Na und? Was ist dabei? Wir alle haben unsere Bedürfnisse. Das sollte dich wenig überraschen.«

»Und dein Treiben entsprach auch Rotkäppchens Bedürfnissen?«

»Allerdings. Du hast keine Vorstellung, wie sehr sie …«

»Halt!«, schrie Flöhchen auf. »Um Himmels willen! Bitte keine schmutzigen Details. Mehr wollte ich nicht wissen.«

»Bin ich froh! Dann haben wir das Thema abgehakt?«

»Das Thema Rotkäppchen schon. Kommen wir nun zu ihrer Großmama.« Flöhchen nahm sich Zeit, als würde es in einer Anklageschrift blättern. »Hast du sie tatsächlich gefressen, wie man sich erzählt?«

»Aber woher!« Wolf schüttelte so vehement den Kopf, dass er eine Wurzel übersah, auf ihr ausrutschte und eine Dornenranke touchierte.

»Obacht!«, warnte Flöhchen. »Nicht, dass wir uns wehtun.«

Bemüht, sich auf die schwierigen Bodenverhältnisse zu konzentrieren, hetzte Wolf weiter. Das mit der Großmutter war frei erfunden. Er hatte der Frau kein Haar gekrümmt. Weshalb sollte er das tun? Ihr Schmalzgebackenes war vorzüglich. Darauf wollte er nicht verzichten.

»Keine Bange, Flöhchen«, sagte er. »Der alten Dame geht es blendend.«

»Tatsächlich?«

»Na ja, so blendend es einer Frau in ihrem Alter gehen kann. Du weißt schon, ihr Sehvermögen ist beeinträchtigt, hören tut sie nur, was sie hören will, und ihr krummer Rücken macht ihr zu schaffen, vor allem bei Regenwetter. Auch geistig ist sie nicht mehr auf der Höhe. Zeitweise wirkt sie orientierungslos, sitzt nur da und starrt ins Leere.« Wolf seufzte. »Tja, so ist das eben. Da kann der beste Bader nicht helfen. Großmutter ist steinalt, musst du wissen. Sicher über 50.«

In Wolfs rechtem Ohr begann Läuschen zu zappeln.

»Sind wir schon da?«, fragte es mit zittriger Stimme.

»Gleich. Noch zehn Minuten, schätze ich.« Wolf ahnte,

was Läuschen auf dem Herzen lag, beziehungsweise auf der Blase.

»Ich muss austreten«, wimmerte es. »Dringend!«

Hähnchen und Hühnchen warteten vor dem Knusperhäuschen. Sie saßen auf dem Kutschbock ihres Holzwägelchens mit den rot gestrichenen Rädern und waren in ein Gespräch vertieft. *H & H Transporte aller Art* stand in großen, ebenfalls roten Buchstaben an der Seitenwand des Wagens, vor den sie ihre Lastenente gespannt hatten.

Als Wolf aus dem Dunklen Wald auf die Lichtung trat, blickte ihm Hähnchen mit schmalen Augen entgegen. Unwirsch deutete es auf eine imaginäre Uhr an seinem Flügel.

»Auch schon da?«, zischte es. »Wir warten seit einer Ewigkeit, aber der Herr Wolf kennt ja keine Eile.«

Obwohl es Punkt elf Uhr war, wie ihm der Stand der Sonne verriet, unterließ es Wolf, sich zu rechtfertigen. Er wusste, dass kein Argument Hähnchen und Hühnchen besänftigen konnte. Ihre Gereiztheit war chronischer Natur.

»Wenn ihr schon so lange hier seid, warum habt ihr in der Zwischenzeit nicht die Ware aufgeladen?«, wollte er wissen.

»Ja, wie denn?«, gackerte Hühnchen mit seiner hohen, schrillen Stimme, die Wolf jedes Mal die Haare zu Berge stehen ließ. »Es ist niemand zu Hause.«

»Niemand zu Hause?«, wiederholte er ungläubig.

Das konnte nicht sein. Die Hexe wusste von seinem Besuch. Sie hatte den Termin selbst festgelegt. Vorgestern war ihr Rabe auf der knorrigen Föhre vor Wolfs Höhle gesessen:

»Nachricht von der Hexe an Wolf«, hatte der Vogel gemeldet. »*Übermorgen liegt die Ernte zum Abtransport bereit. Ich erwarte dich. Bring jemanden mit, der dir beim Tragen hilft!*«

Übermorgen. Das war das Heute von vorgestern.

»Hexe?«, rief Wolf. »Hexe!«, wiederholte er lauter. Es kam keine Antwort. Vielleicht werkte sie hinten im Kräutergarten

13

und hörte ihn nicht. »Im Haus habt ihr nachgesehen?«, fragte er Hähnchen und Hühnchen.

»Spinnst du?«, fuhr ihn Hähnchen an. »Im Haus nachsehen … Du hast Nerven. Denkst du, wir spazieren einfach so in ein Hexenhaus? Wir sind doch nicht lebensmüde.«

»Sie tut euch nichts«, knurrte Wolf. »Wofür haltet ihr sie? Nur weil sie eine Hexe ist, ist sie kein Ungeheuer. Habt ihr etwa Angst, dass sie euch in einen Käfig sperrt, euch mästet und verzehrt?«

Dumme Vorurteile waren das, gestrickt nach einem einfachen Muster: Wölfe, Hexen und Stiefmütter waren böse. Stieftöchter, Jäger und Prinzen waren gut. Ja genau, dachte Wolf, ausgerechnet Prinzen.

»Sie ist eine liebe, alte Frau«, erklärte er, »völlig harmlos. Noch nie hat sie einem Lebewesen Leid …« Abrupt hielt er inne. »Was ist das?«, fragte er und deutete auf eine beschädigte Fensterscheibe. Allem Anschein nach hatte jemand ein Stück aus ihr herausgebrochen. »Wart ihr das?«, frage er scharf. »Habt ihr das kaputt gemacht?«

»Wir? Wie kommst du darauf?« Aufgebracht flatterte Hühnchen mit den Flügeln. »Wieso sollten wir das tun? Wir sind die ganze Zeit auf dem Wagen gesessen, während wir auf dich gewartet haben.«

»Und wir haben lange gewartet«, fügte Hähnchen hinzu.

Wolf nahm das Federvieh streng ins Visier. »Aber irgendjemand hat es getan. Vielleicht jemand, der seinem Ärger über das *lange Warten* Luft machen wollte?«

»Vielleicht hat die Fensterscheibe jemand gegessen«, konterte Hähnchen. »Wenn man sein Haus aus Brot, Kuchen und Zucker errichtet, muss man sich nicht wundern, wenn sich früher oder später ein hungriger Wandersmann daran vergreift. Ich meine, wer kommt schon auf die idiotische Idee, Nahrungsmittel als Baustoffe zu verwenden?«

»Ein Wandersmann?« Wolf bezweifelte Hähnchens These.

»Du meinst, er hätte sich am Fenster gelabt? Das kann ich mir nicht vorstellen. Das Haus ist uralt, die empfohlene Verbrauchsfrist längst überschritten.«

»Sieh nur! Am Dach fehlen ein paar Schindeln«, bemerkte Läuschen in Wolfs rechtem Ohr.

»Wirklich?«, fragte Wolf. »Wo?«

»Was *wo*?« Hähnchen starrte ihn an. »Ich habe nichts gesagt.«

Wolfs Blick wanderte entlang des Firsts bis zum Rauchfang, auf dem der Nachrichtenrabe der Hexe saß. Wolf erkannte ihn an dem markanten weißen Brustfleck. Ein gutes Stück unterhalb klaffte ein etwa zwei Handteller großes Loch im Dach. Läuschen hatte sich nicht getäuscht.

»Du hast recht«, murmelte Wolf. »Was ist hier passiert? Denkst du, es war der Rabe?«

»Wer hat recht?«, wollte Hähnchen wissen. »Mit wem redest du?«

»Pass auf, der ist nicht bei Trost!«, kreischte Hühnchen. »Der Spinner leidet unter Wahnvorstellungen. Ich glaube, er hört Stimmen. Ähnlich wie meine Cousine. Komplett meschugge ist die! Sie denkt, Gott spricht zu ihr. Ha! Und weißt du, was er zu ihr sagt? Er fordert sie auf, keine Eier zu legen. Leider kann sie nicht anders. Ich meine, immerhin ist das ihre Aufgabe als Legehenne. Also presst sie jeden Tag eines aus sich heraus. Und weil das den lieben Gott traurig macht und er deswegen weinen muss, reißt sie sich als Buße ihre Federn aus. Ihr Bürzel ist schon so kahl, wie der Kopf des alten Königs.«

Wolf ließ die beiden stehen und näherte sich der Eingangstür. Ausführlich schnupperte er an der Schwelle. Ein unangenehmer Geruch strömte aus dem Haus. Einer, der nicht hierhergehörte. Als Wolf die Türe öffnete, wurde er intensiver. Es roch nach verbranntem Fleisch.

Als Nächstes fiel Wolf die Unordnung auf. In der Stube

waren sämtliche Schubladen aus den Kommoden gerissen und ihr Inhalt über den Boden verstreut worden.

»Da waren Einbrecher am Werk«, erkannte Flöhchen. »Jede Wette.«

»*Waren?*«, fragte Läuschen. »Wieso *waren?* Vielleicht sind sie noch hier. Am besten, wir ziehen uns unauffällig zurück.«

»Hallo?«, rief Wolf.

Im Haus blieb es ruhig. Da war kein Einbrecher und auch sonst niemand. Wolf hätte ihn längst gewittert. Langsam folgte er dem Geruch bis in die Küche. Der Backofen. Zweifellos war er der Ursprung des Gestanks. Sofort beschlich Wolf ein unangenehmes Gefühl. Dass da drinnen nur ein Braten lag, den die Hexe hatte anbrennen lassen, wollte er nicht glauben.

»Was ist das?«, hauchte Läuschen. Abermals bewies es eine scharfe Beobachtungsgabe. »Da, unter dem Tisch neben dem Ofen.«

Halb verdeckt von einem der Tischbeine lag ein spiralförmig spitz zulaufendes Ding, ungefähr zwei Zoll lang. Wolf hob es auf und musterte es von allen Seiten. Vielleicht war es ein Stück eines Hirschgeweihs oder der Eckzahn eines Raubtieres … Wolf konnte es nicht sagen. Im Laufe der Zeit hatte er mit vielen Tieren zu tun gehabt, geschäftlich wie privat, doch ein Zahn wie dieser war ihm bei keiner Spezies untergekommen.

Das Ding steckte in einer Goldfassung mit ziselierten Ornamenten, an der ein paar Glieder eines dünnen, goldenen Kettchens hingen. Das war zweifellos ein Anhänger, erkannte Wolf, möglicherweise ein Amulett. Aber woher stammte es? Wie war es hierhergekommen?

Wolf legte es auf den Küchentisch und wandte sich wieder dem Ofen zu. Ihm graute davor, die Klappe zu öffnen.

»Los, mach auf!«, drängte Flöhchen. »Da ist bestimmt etwas Essbares drinnen.«

Wolf entriegelte die Eisentür und zog sie auf. Warme Luft strömte ihm ins Gesicht. Und im selben Moment sah er ihn. Ein menschlicher Schädel lag in der Asche und starrte ihn mit leeren Augenhöhlen an.

»Na, Mahlzeit«, meinte Flöhchen. »So kann man sich täuschen.«

Läuschen quietschte. »Ist das die …«

»Hexe«, keuchte Wolf. Der Schreck steckte ihm in allen Gliedern. »Ja, das ist sie.«

»Augenblick, nicht so voreilig!«, erhob Flöhchen Einspruch. »Woher willst du das wissen? Im Grunde kann das jeder sein. Da hängt keine Unze Fleisch an den Knochen.«

Wolf schüttelte den Kopf. »Es ist die Hexe«, wiederholte er. »Ganz eindeutig. Ich erkenne sie an ihren Goldzähnen. Der obere rechte Schneidezahn, der unten links und …«

»Was?«, drängte Läuschen.

»Sie hatte einen goldenen Backenzahn, aber … der ist weg.«

»Und weshalb liegen ihre Überreste im Backofen? Was ist passiert?«

Die Umstände ließen für Wolf nur eine Erklärung zu. »Jemand hat sie umgebracht und anschließend verbrannt«, kombinierte er. »Wer macht so etwas? Wer tut einer alten Frau Gewalt an?«

Erneut nahm er den Anhänger an sich. Hatte ihn der Mörder verloren? Hatte die Hexe ihrem Angreifer den Schmuck bei einem Kampf vom Leib gerissen?

Wolf packte das Fundstück in seinen Rucksack und überprüfte die Speisekammer. Soweit er es beurteilen konnte, war hier nichts entwendet worden. Zwei geräucherte Schinken und ein paar Streifen getrockneten Rehfleischs hingen vom Dachbalken. Im Wandregal dahinter drängten sich Gläser mit Apfelmus, Erdbeermarmelade und eingelegtem Gemüse.

Nur mit Mühe riss sich Wolf vom verlockenden Anblick der Schinken los und setzte seinen Rundgang fort. Wie die Stube war auch das Schlafzimmer verwüstet worden. Überall lagen die Habseligkeiten der Hexe auf dem Boden. Der Wäscheschrank und das Regal, in dem sie ihre Zauberbücher alphabetisch eingeordnet hatte, waren leer. Der Mörder hatte sogar die Matratze aus dem Bett gehievt und an die Wand gelehnt. Das hatte sich für ihn ausgezahlt, denn damit war das Geheimversteck der Hexe aufgeflogen, jene gut gewählte Stelle, an der sie ihre Perlen und Edelsteine aufbewahrt hatte. Der Kerl war nicht dumm, musste Wolf zugeben. Auf die Idee, dass jemand Wertgegenstände unter einer Matratze verstaute, musste man erst kommen.

»Was, denkst du, hat der Einbrecher gesucht?«, rätselte Flöhchen. »Besonders reich kann so eine Hexe nicht sein.«

»Doch.« Schon war Wolf unterwegs zur Trockenkammer. »Immerhin hat sie profitable Geschäfte gemacht.«

»Mit dem Gute-Laune-Kraut?«

Wolf stieß die Tür auf. An den Schnüren, die unterhalb der Decke quer durch den Raum gespannt waren und an denen die getrockneten Blüten hängen sollten, hing … nichts. Zurückgeblieben war lediglich ein schwacher, süßlicher Duft.

»Das darf doch nicht wahr sein!«, stöhnte er. »Meine Ware! Alles ist weg.«

»Wo bleibst du?«, ertönte eine gackernde Stimme.

Wolf fuhr herum. Hähnchen stand vor ihm. Es hatte seine Flügel in die Hüften gestemmt und funkelte ihn an.

»Was dauert da so lange?«, beschwerte es sich. »Lade das Zeug endlich auf den Wagen! Wir haben noch andere Aufträge zu erledigen.«

Wolf reagierte nicht. In seinem Kopf herrschte ein heilloses Durcheinander, das er erst ordnen musste.

»Los, komm in die Gänge!«, keifte Hähnchen. »Aufladen, zack, zack!«

»Es ist nicht da«, flüsterte Wolf.

»Wie bitte? Nicht da? Ist das dein Ernst? Soll das heißen, wir haben unsere Zeit für nichts und wieder nichts verplempert? Wofür hast du uns herbestellt?«

Wolf zuckte mit den Schultern. »Tja, tut mir leid. Wie es aussieht, habt ihr den Weg umsonst gemacht.«

Ein hämisches Lachen schallte durch den Raum. »Umsonst? Na, sicher nicht. Es ist wohl klar, dass du uns die Zeit abgelten wirst, egal, ob es etwas zu transportieren gibt oder nicht. Los, komm mit, wir rechnen ab!« Hähnchen machte kehrt und stolzierte aus dem Haus. »Verfluchter Vierbeiner!«, schimpfte es. »Säugetier, räudiges! Es ist ständig das Gleiche mit euch.«

Wolf war zu sehr in Gedanken versunken, um auf die Beleidigungen zu reagieren. Die tote Hexe, ihr gestohlener Schmuck, das verschwundene Gute-Laune-Kraut … Was, in aller Welt, war hier vorgefallen?

»Die Herfahrt werde ich euch ersetzen«, bot er an, als sie vor das Haus traten. »doch den Transport zu meiner Höhle nicht. Immerhin fällt der aus.«

»Das glaubst aber nur du.« Hähnchen ließ nicht mit sich diskutieren. »Du bezahlst den vollen Preis. Ansonsten soll jeder im Königreich erfahren, dass du ein Betrüger bist, der ehrbare Geschäftsleute wie uns um ihr Geld bringt.«

Eine weitere Lügengeschichte, die in Siebenbergen über ihn kursierte, hätte Wolf gerade noch gefehlt. Widerwillig fischte er einen Lederbeutel aus seinem Rucksack.

»Wie viel?«, fragte er.

»Vier Groschen«, sagte Hähnchen und kletterte auf den Wagen. »Wie vereinbart.«

»Machen wir drei«, versuchte Wolf zu verhandeln.

»Machen wir fünf«, schlug Hähnchen vor.

»Also meinetwegen. Dann eben vier.«

Wolf holte die Münzen aus dem Beutel und reichte sie dem Halsabschneider.

Hähnchen schwang seine Peitsche und ließ sie auf den Rücken der Lastenente niedergehen. Die Ente drehte ihren Kopf und sah Wolf hilfesuchend an. In ihrem Blick lag eine tiefe Traurigkeit. Als Hähnchen ein weiteres Mal auf sie einschlug, setzte sie sich in Bewegung. Zwar war sie ein außergewöhnlich großes Exemplar ihrer Gattung, von kräftiger Statur, doch ob ihres langsamen, watschelnden Gangs als Zugtier nicht die Idealbesetzung.

»Das nächste Mal kostet es sechs Groschen«, rief Hähnchen über seine Schulter hinweg.

»Warum?«, wollte Wolf wissen.

»Die Preise steigen. Sie folgen dem Gesetz von Angebot und Nachfrage.«

»Treib es nicht zu weit! Ich kann auch ein anderes Transportunternehmen beauftragen«, drohte er.

»Das könntest du, solltest du eines finden, das genauso verlässlich arbeitet wie wir. Bei uns in Siebenbergen wirst du kein Glück haben. Am besten, du schleppst dein Gute-Laune-Kraut beim nächsten Mal selbst nach Hause. Das ist billiger.«

Billiger und schneller, dachte Wolf. Die Lastenente hatte kaum neun Ellen zurückgelegt. Bei dem Tempo wäre sie erst morgen vor seiner Höhle angekommen.

»Denk daran, dass sich dein Sohn den größten Teil des Krauts einverleibt«, fauchte er. »Der wird keine Freude haben, wenn er hört, dass sein Vater Wucherpreise verlangt.«

»Was interessiert mich mein Sohn?«, schnaubte Hähnchen. »Mit dem will ich nichts zu tun haben. Der Taugenichts ist für mich gestorben. Soll er das Kraut doch selbst tragen.«

»Oder ich beauftrage in Hinkunft Herrn Korbes«, rasselte Wolf mit dem Säbel.

»Herr Korbes? Seit wann arbeitet der als Spediteur?«

»Wer ist Herr Korbes?«, mischte sich Hühnchen ein. »Hm? Sag schon, wer ist dieser Herr Korbes?«

»Keine Sorge, nur so ein dahergelaufener Idiot, ein gewöhnlicher Bauer«, erklärte Hähnchen. »Der wird uns nicht in die Quere kommen.«

»So sicher wäre ich mir nicht«, lächelte Wolf. »Er hat sich vor Kurzem ein neues Fuhrwerk gekauft.«

»Na und?«

»Ein großes. Nicht so eine lächerliche Karre, wie du eine hast.«

»Wen interessiert's?« Hähnchen ließ wieder seine Peitsche knallen. »Der Preis für den nächsten Auftrag ist übrigens gerade auf acht Groschen gestiegen.«

Der Wagen war jetzt so weit entfernt, dass Wolf lauter reden musste. »Das Fuhrwerk von Herrn Korbes wird von zwei Ochsen gezogen«, setzte er nach.

»Papperlapapp.«

»Zwei Ochsen sind deutlich schneller als eine Ente. «

»Auf die Geschwindigkeit kommt es nicht an.«

»Und er verlangt nur drei Groschen«, behauptete Wolf aus dem Blauen heraus.

Hähnchen hörte ihn nicht mehr. Der Wagen bog in den Waldweg und verschwand hinter den Bäumen.

Diesmal waren Hähnchen und Hühnchen zu weit gegangen. Als Stammkunde brauchte sich Wolf ein derartiges Benehmen nicht gefallen zu lassen. Für die nächste Fuhre würde er ganz bestimmt Herrn Korbes engagieren, egal, wie viel das kostete. Natürlich nur, sofern es eine nächste Fuhre geben sollte. Das musste Wolf erst überprüfen.

Mit langen Sätzen hetzte er hinter das Haus. Ja, da standen sie, großgewachsen und in voller Blüte. Der Mörder hatte die Pflanzen im Kräutergarten nicht angerührt. Tief zog Wolf ihren Duft durch die Nase ein. Er war betörend süß und schwer, ganz typisch für die *Weiße Witwe*, wie die Hexe die Sorte genannt hatte. Eine Woche noch, schätzte Wolf, vielleicht ein bisschen länger, dann waren die Blüten reif und bereit, geerntet zu werden.

»Ich will dich nicht stören«, riss ihn Läuschen aus seinen Gedanken, »aber ich finde, wir sollten die königliche Garde verständigen.«

»Nein.« Für Wolf kam das nicht infrage. »Das bringt nichts. Die Garde interessiert sich nicht für tote Hexen. Die Obrigkeit ist froh, wenn es eine weniger gibt.«

»Dann wäre es angebracht, ihre Überreste zu beerdigen«, empfahl Läuschen. »Ein Urnengrab wird reichen. Im Haus habe ich eine hübsche Vase gesehen. Sie ist groß genug. Da passt sogar der Schädel hinein.«

Neben der Wurfpfeilscheibe

Auf dem Weg zur Waldschenke wurde Wolf das Gefühl nicht los, dass ihm jemand folgte. Immer wieder sah er sich um, prüfte den Waldrand mit scharfen Augen und feiner Nase, konnte aber niemanden entdecken. Nur einmal brach ein wilder Eber knapp vor ihm aus dem Dickicht, um sich auf einem Rübenfeld den Bauch vollzuschlagen.

Obwohl der Nachmittag gerade angebrochen war, fühlte sich der Tag bereits endlos an. Wolf war müde, niedergeschlagen und empfand keine Lust, sich länger als notwendig in der Waldschenke aufzuhalten. Er wollte etwas zum Mitnehmen ordern, für sich, Aschenputtel, seine Burschen und Katze. Und während er auf das Essen wartete, würde er einen Humpen Bier trinken, möglicherweise einen zweiten, sollte die Zubereitung der Speisen länger dauern, aber sicher nicht mehr als drei.

»Wolf!«, vernahm er einen Ruf, kaum hatte er das Wirtshaus betreten. »Her mit dir!«

Im hintersten Eck der Gaststube erblickte er einen wohlbekannten strohblonden Haarschopf, der seinem Träger kreuz und quer vom Kopf stand. Meister war nach einer längeren Geschäftsreise wieder im Lande. Grinsend winkte er Wolf zu sich. Wie es schien, hatte er den letzten freien Tisch ergattert, jenen neben der Wurfpfeilscheibe.

Für einen Mittwochnachmittag war das Lokal gut besucht, vor allem von Zwergen, die im Verhältnis zu ihrer Körpergröße einen Riesenwirbel erzeugten. Wolf vermutete, dass sie einen ihrer Feiertage begingen und die Arbeit in den Minen ruhen ließen.

»Guten Tag, Meister«, grüßte er, nachdem er sich durch die Menge an Durstigen gezwängt hatte, die die Theke belagerten.

»Wünsche ich ebenso, Wolf. Setz dich zu mir.« Meister klopfte mit der flachen Hand auf einen freien Stuhl. »Wir haben uns lange nicht gesehen.«

»Ich fürchte, ich muss gleich weiter«, wehrte Wolf halbherzig ab, überlegte es sich im nächsten Moment jedoch anders. An einem Gespräch mit einem alten Freund war nichts verkehrt nach allem, was ihm widerfahren war. »Was soll's. Auf ein Bier kann ich bleiben.«

»Einen Humpen für Wolf!«, rief Meister dem Wirt zu. »Und für mich auch noch einen.«

Wolf nahm seinen Rucksack ab und setzte sich an den wackeligen Tisch.

»Ich wollte nur etwas für meine Burschen und Katze holen«, erläuterte er. »Und für Puttel.«

»Ah, so schnell werden die nicht verhungern. Mach's dir gemütlich!«

Wolf nickte verdrossen. »So gemütlich, wie man es sich machen kann neben der Wurfpfeilscheibe.«

»Was ist los mit dir?«, wollte Meister wissen. »Du wirkst bedrückt. Ist dir eine Laus über die Leber gelaufen?«

»Ach …«, begann Wolf, brach aber ab, als sich der Wirt mit dem Bier näherte.

»Einen Humpen für Wolf, einen für den Meisterdieb«, sagte der Wirt. »Du bist übrigens der einzige Wolf, den ich kenne, der aus einem Humpen trinkt«, stellte er fest.

»Wie viele Wölfe kennst du denn?«, erkundigte sich Wolf. »Außer mir gibt es ja keinen in dieser Gegend.«

»Wolf ist in der Lage, aus allen erdenklichen Gefäßen zu trinken«, erläuterte Meister. »Jahrelange Übung macht das möglich. Zur Not bedient er sich aus dem Abort. Habe ich recht? Und jetzt raus mit der Sprache! Was ist los? Warum schaust du so deprimiert aus der Wäsche?«

Wolf nahm einen Schluck, wartete, bis der Wirt abgezogen war, und begann zu erzählen. Er unterrichtete Meister über den Tod der Hexe, den Raub ihrer Wertsachen und das Verschwinden der *Weißen Witwe*. Sogar die Beisetzung der verkohlten Überreste erwähnte er. Sie hatte sich schwieriger gestaltet, als von Läuschen vorhergesagt. Der Hexenschädel hatte doch nicht in die Vase gepasst, und die vehementen Versuche, ihn hineinzupressen, waren darauf hinausgelaufen, dass Wolf am Ende die Asche, die Knochenreste und die Scherben des zu Bruch gegangenen Gefäßes einfach im Kräutergarten verstreut hatte. Der Hexe hätte es gefallen, in Gesellschaft ihrer Pflanzen zur letzten Ruhe gebettet zu werden. Zudem gab die Asche einen hervorragenden Dünger ab.

Während Wolf redete, fand sich eine Handvoll Zwerge vor der Wurfpfeilscheibe zu einem Spiel zusammen. Betrunken, wie sie waren, ließ ihr Zielvermögen zu wünschen übrig. Nicht nur einmal pfiff ein Pfeil knapp an Wolfs Kopf vorbei und das auch nur, weil er rechtzeitig auswich.

»Schau, was ich im Hexenhaus gefunden habe.« Wolf

kramte in seinem Rucksack und beförderte den Anhänger zutage. »Hast du eine Ahnung, was das sein könnte?«

Meister nahm das Objekt an sich und beäugte es ausführlich. Schließlich holte er sogar eine Lupe aus seiner Westentasche und untersuchte es nochmals.

»Hm … Schwer zu sagen. Vielleicht der Zahn eines Tieres«, schloss er seine Expertise ab.

Wolf nickte. »Das habe ich ebenso vermutet.«

»Offenbar trug sie das Ding an einer Kette.«

»Sie?«

»Deine Hexe. Es könnte sich um einen Talisman handeln, um ein Amulett oder dergleichen. Hexen lieben dieses Zauberzeug.«

Wolf schüttelte den Kopf. »Der Hexe hat es bestimmt nicht gehört. Ich habe es nie zuvor bei ihr gesehen.«

»Und wenn sie es unter ihren Kleidern trug?«

»Ich habe es auch unter ihren Kleidern nie an ihr gesehen.«

»Oha!« Meister musterte Wolf mit breitem Grinsen. »Ich wusste nicht, dass du ihr so nahegekommen bist.«

»Bin ich auch nicht. Ich durfte nur manchmal ihren Hexentänzen beiwohnen, die sie bei Vollmond praktizierte. Gerne nackt. Abgesehen davon hat sie ihren Schmuck stets mit einer Gravur versehen, die ihn als den ihren ausweist.«

»Schlimme Zeiten«, stellte Meister fest, nachdem sie der Wirt mit zwei weiteren Humpen versorgt hatte. »Deine Hexe ist nicht die erste, die es erwischt hat, weißt du? Jemand scheint es auf Angehörige dieser Berufsgruppe abgesehen zu haben.«

»Nicht die erste?« Wolf hob überrascht den Kopf.

»Allerdings.« Meister reichte ihm den Anhänger. »Mir sind zwei weitere Fälle aus den letzten Wochen bekannt.«

»Du meinst, jemand bringt alle Hexen um, die ihm über den Weg laufen?«

»Kann sein. Vielleicht geht er wahllos vor, vielleicht sucht er sie gezielt aus. Die erste Hexe, die dran glauben musste, war jene, die das Brüderchen vom Schwesterchen in ein Rehkalb verwandelt hatte. Manch einer mag ihr Bosheit unterstellen, doch ich bin mir sicher, es ging ihr darum, die ihrer Meinung nach zu stark ausgeprägte Geschwisterliebe zu unterbinden. Du weißt schon: *Sie lebten glücklich zusammen bis an ihr Ende* und so. Für Geschwister nicht so passend. Und dann traf es eine Hexe, die verhindern wollte, dass ihre ungezogene Stieftochter mit ihrem Liebsten – wenn ich mich richtig entsinne, hieß er Roland – eine unmoralische Beziehung führt.«

Wolf hatte von den Vorfällen gehört. »Aber ich erkenne keine Gemeinsamkeiten«, gab er zu bedenken. »Wurde die eine nicht rechtskräftig verurteilt und öffentlich verbrannt? Und die andere ist einer Gewalttat innerhalb der Familie zum Opfer gefallen.«

Meister lächelte müde. »Ja, so wird es berichtet.«

Er machte eine längere Pause, in der Wolf vor einem verirrten Wurfpfeil unter dem Tisch Deckung suchen musste. Die Zwerge fanden das witzig.

»Ui, das war knapp!«, grölte einer von ihnen, wobei er so wild gestikulierte, dass die Hälfte des Weins aus seinem Becher schwappte. »Um ein Haar und du hättest das Vieh getroffen.«

»Der nächste Pfeil findet sein Ziel«, versprach der Schütze. »Darauf kannst du wetten.«

»Seht nur, wie gefährlich das Ungeheuer aus der Wäsche schaut«, kicherte ein dritter. »Gleich wird es uns in Stücke reißen.«

Und der erste warnte: »Ja, passt bloß auf! Sonst verspeist uns der Wadenbeißer als Jause. Ich habe einiges über den Gierschlund gehört. Der schreckt sogar vor Omas nicht zurück. Ich sage nur … *Rotkäppchen.*«

Wolf wusste, wie Zwerge tickten. Er wusste, dass man ihr

Geschwätz nicht ernst nehmen sollte. Zwerge waren von Haus aus rüde Gesellen, die Begriffe wie Respekt, Rücksichtnahme und Höflichkeit nicht kannten. Doch Wolfs Stimmung war auf dem Nullpunkt angelangt und mit ihr seine Toleranz. Gleichzeitig war das Tier in ihm erwacht. Sollten es die Zwerge darauf anlegen, ihn zu provozieren, würde genau dieses Tier für Ruhe sorgen.

Der Wirt lieferte die dritte Runde. Wolf hatte die ersten beiden Humpen in Windeseile geleert und fühlte sich schwindlig. Er hatte seit dem Morgen nichts gegessen, und auf nüchternen Magen zeigte der Alkohol schnell Wirkung.

»Was meinst du?«, setzte er das Gespräch mit Meister fort. »Stehen die Schicksale der drei Hexen in einem Zusammenhang?«

»Nun, die Häufung der Fälle gibt mir zu denken.« Meister verfiel in verschwörerisches Flüstern. »Und außerdem, das weißt du selbst am besten, wird nicht alles so wiedergegeben, wie es sich tatsächlich zugetragen hat. Von dir kursieren Geschichten, die einem die Haare zu Berge stehen lassen. Keine Sorge, nicht, dass ich sie glauben würde. Ganz bestimmt nicht.«

»Was das anbelangt, gehörst du leider zu einer Minderheit.«

»Die Menschen sind dumm. Und nicht nur die Menschen«, fügte Meister hinzu, während er die Zwerge mit einem verächtlichen Blick bedachte. »Keiner, der einigermaßen bei Verstand ist, würde glauben, dass du und Rotkäppchen …«

»… das Rein- und Rausspiel praktiziert habt«, beendete Flöhchen den Satz.

»Ach, halt den Mund!«, fauchte Wolf.

Meister hob entschuldigend die Hände. »Verzeih mir, ich will nichts gesagt haben.«

»Nein, nicht du. Ich … Egal, vergiss es.«

»Ich meine, Rotkäppchen ist ein Kind, und du, als ehrbarer Wolf, …«

»Rotkäppchen ist bestimmt kein Kind«, protestierte Wolf. »Die Gute ist längst im heiratsfähigen Alter. Sie ist sechzehn, wenn du es genau wissen willst.«

Meister runzelte die Stirn. »Tatsächlich? Sechzehn? Sie kleidet sich, als wäre sie halb so alt. Das rote Häubchen, das kurze Kleidchen, die dicken Wollstrümpfe …«

»Jedem das Seine. Das ist ihr Stil. Wie die blonden Zöpfe.«

»Ja, das kennt man. Manche Frauen haben Probleme mit dem Älterwerden. Wie auch immer … Es ist absurd zu glauben, du hättest mit ihr …«

»… versteck den Knüppel gespielt«, gab diesmal Läuschen seinen Senf dazu.

»Was soll daran absurd sein?«, fragte Wolf lauter als notwendig. »Rotkäppchen ist eine manierliche junge Dame.« Er hatte keine Ahnung, warum er das sagte. Rotkäppchen war weder eine Dame, noch hatte sie Manieren. »Du willst mir hoffentlich keinen Strick daraus drehen, dass wir einander nähergekommen sind.«

Meisters Neugier war vollends entfacht. »Seid ihr das? Ich hatte keine Ahnung.«

»Ja. Na und? Was ist dabei? Wir sind beide erwachsen.«

»Du mehr als sie«, warf Flöhchen ein.

»Ich mehr als sie«, bestätigte Wolf. »Wir waren uns zugetan. Zwei, drei Monate lang. Und das war's dann.«

Meister sah ihn teilnahmsvoll an. »Tut mir leid, dass es nicht funktioniert hat, ehrlich.«

»Da kann man nichts machen. Es hat nicht gepasst. Wir haben uns in verschiedene Richtungen entwickelt.«

»Schon nach zwei Monaten? Na ja, vielleicht hättest du ihre Großmutter nicht fressen sollen.«

Wolf sprang auf. »Das habe ich nicht!«, platzte es aus ihm heraus. Für einen kurzen Moment vergaß er, auf die Zwerge zu achten. »Aua, verdammt!«, brüllte er, als ein Pfeil sein linkes Ohr perforierte.

»Obacht!«, warnte Flöhchen. »Um ein Haar wäre ich aufgespießt worden.«

Wolf stieß ein heiseres Knurren aus. Mit gefletschten Zähnen und zuckenden Lefzen starrte er den Werfer an. Seine Nackenhaare sträubten sich. Der Zwerg war samt Zipfelmütze nicht viel größer als Wolf und jeden Moment würde er einen Kopf kürzer sein.

Der Schütze ahnte, dass seine Tat Konsequenzen haben würde. »Tschuldigung, Menschenfresser«, murmelte er.

Den Bruchteil einer Sekunde später lag er auf dem Rücken und Wolf stand über ihm. Geifer tropfte dem Zwerg ins Gesicht.

»Wage es noch einmal, auf mich zu schießen, und ich werde dich zerfleischen«, grollte es aus Wolfs Kehle.

Der Zwerg war jung, sein Bartwuchs schütter, seine Haut rosig-glatt wie Rotkäppchens Allerwertester. Schweißperlen standen auf seiner Stirn, Tränen in seinen Augen.

»Es … Es tut mir leid«, stammelte er.

Meister kam um den Tisch geeilt und packte Wolf am Nacken. »Ich bitte dich, lass ihn! Er hat es nicht mit Absicht getan. Er ist nur ein Zwerg.« Er musste seine ganze Kraft aufwenden, um Wolf von seinem Opfer zu zerren. »Beruhige dich! Er ist es nicht wert.«

»Beruhigen?« Wolfs Atem ging schwer. »Ich soll mich beruhigen?«

Seine Gemütslage ließ es nicht zu, Milde walten zu lassen. Noch immer fixierte er seinen Widersacher, der sich mühsam aufrappelte, den Staub von seinen Kleidern klopfte und mit seinen Kumpanen das Weite suchte.

Meister bugsierte Wolf an ihren Tisch zurück. »Nimm einen Schluck, dann sieht die Welt gleich anders aus.«

»Tut mir leid, dass mich dieses Gerede aus der Fassung bringt«, fauchte Wolf. Seine Pfote zitterte, als er nach seinem Humpen griff.

»Ich verstehe, was du meinst.« Meister nickte aufmunternd. »Diese Zwerge sind ein penetrantes Pack. Der Abschaum des Abschaums. Wären sie nur hinter den Sieben Bergen geblieben, wo sie hingehören.«

»Nicht die Zwerge.« Wolf schüttelte den Kopf. »Ich spreche von den Lügenmärchen, die in diesem Königreich die Runde machen. Es scheint, als wären die Leute überhaupt nicht an der Wahrheit interessiert. Im Gegenteil, es bereitet ihnen eine diebische Freude, die haarsträubendsten Geschichten zu verbreiten. Da braucht nur einer zu kommen, der sich irgendwelche Ammenmärchen aus den Fingern saugt, und der Nächste hat nichts Eiligeres zu tun, als diesen Stuss mit allen zu teilen, die er kennt, indem er seinen Nachrichtenraben hinaus in die Welt schickt. Und ein paar Tage später gibt es kein anderes Gesprächsthema mehr. Und niemand, wirklich niemand, macht sich die Mühe, den Unsinn zu hinterfragen. Aber wenn ich dann sage: nein, so hat es sich nicht zugetragen, und ich war immerhin dabei, weiß also, wovon ich rede, dann glaubt mir keiner.«

Meister sah das ähnlich. »Ja, die Leute lieben Skandale, sie lieben die Aufregung. Und warum? Weil in ihren eigenen Leben nichts Nennenswertes passiert.« Beruhigend tätschelte er Wolfs Rücken. »Wie du weißt, fuhr mein Gevatter zur See. Immer, wenn er nach einer Reise zurückkehrte, wollten die Daheimgebliebenen von seinen spannenden Abenteuern erfahren, von tosenden Stürmen, Seeungeheuern, Piraten, Meutereien, Schiffbrüchen und dergleichen. Er tat ihnen den Gefallen. Was hätte er sonst tun sollen? Ihnen die Wahrheit sagen? *Die Seefahrt war ruhig und beschaulich, der Wind stand günstig und brachte uns zügig voran, wir hatten genügend Proviant an Bord, kein Skorbut, keine Seeräuber, keine menschenfressenden Eingeborenen und überhaupt waren alle nett …* So etwas will niemand hören.«

Wolf verstand, worauf Meister hinauswollte. »Aber wenn

es um Piraten und Seeungeheuer geht, wird niemand persönlich diffamiert«, warf er ein.

»Auch wieder wahr«, gab Meister zu. »Ich verstehe, dass dich die Gerüchte zur Weißglut treiben. Mir selbst blieben solche Erfahrungen zum Glück erspart. Was man über mich erzählt, stimmt im Großen und Ganzen. Was meinst du, genehmigen wir uns zur Beruhigung ein Pfeifchen?« Meister gab dem Wirt ein Zeichen, indem er eine unsichtbare Pfeife an seinen Mund hielt und tief inhalierte.

»Stimmt«, sagte Wolf. »Über dich wird nur Gutes berichtet. Der edle Meisterdieb, der von den Reichen nimmt und den Armen gibt.« Wolf rang sich ein Lächeln ab. »Ein bisschen abgedroschen, findest du nicht? Und nicht einmal der König konnte dir ob deines Lausbubencharmes böse sein. Ein Wunder, dass er dir nicht die Hand seiner Tochter und das halbe Königreich versprochen hat.«

Meister lachte. »Das liegt nur daran, dass König Dummling keine Tochter hat. Jedenfalls keine, die seiner Ehe mit der Königin entsprungen ist.«

»Und was ist aus dem ehemaligen Meisterdieb geworden?«, stichelte Wolf.

»Ein ehrenwerter Geschäftsmann.«

»Ein Hehler.«

»Ich muss schon sehr bitten.« Meister blähte seine Nasenflügel. »Ich führe ein Geschäft, mit dem ich meinen Lebensunterhalt rechtschaffen bestreite.«

Der Wirt kam an den Tisch und reichte Wolf und Meister die bestellten Pfeifen. »Hört zu, ihr beiden, es gibt ein Problem«, verkündete er, während er einen Stuhl heranzog und sich zu seinen Gästen setzte. »Beim *Käse* kommt es neuerdings zu Versorgungsengpässen. Mein Lieferant hat Siebenbergen aus unbekannten Gründen verlassen. Jetzt stehe ich bald mit leeren Händen da. Hast du Vorräte, die du an mich abtreten könntest, Wolf? Ich zahle gut.«

»Bedaure.« Wolf knirschte mit den Zähnen. »Mein Liefe-rant ist ebenso ausgefallen. Wenn man das so sagen kann.«

»Ich weiß nicht, was da los ist. Es wird immer schwie-riger, Gute-Laune-Kraut von hoher Güte zu bekommen. Und wenn man es bekommt, dann zu horrenden Preisen aus dem Königreich Hinterbergen.«

»Als ob dein *Käse* je von hoher Güte gewesen wäre«, me-ckerte Wolf. »Zerbrich dir nicht den Kopf. Bald steht bei mir die nächste Ernte an. Dann ist genug für alle da und die Preise werden sinken.«

»Dein Wort in Gottes Ohr. Aber da ist noch etwas, das vor allem dir Sorgen bereiten wird, wenn es stimmt, was ich gehört habe.« Der Wirt warf Wolf einen vielsagenden Blick zu.

»Wenn du meinst, dass ich Rotkäppchens Großmutter ge-fressen habe, dann stimmt es nicht.«

»Nicht?« Der Wirt wirkte überrascht. »Aber das meine ich nicht. Angeblich soll der Handel mit Gute-Laune-Kraut verboten werden.«

»Verboten?« Wolf lachte rau. »Blödsinn! Wie kommst du darauf?«

»Ich habe es aus verlässlicher Quelle erfahren.«

»Vergiss es! Es wird viel erzählt, wenn der Tag lang ist. Alles Unsinn! Gute-Laune-Kraut hat es immer gegeben und wird es immer geben. Das werden sich die Menschen nicht nehmen lassen. Immerhin kultivieren sie die Pflanzen seit Anbeginn der Zeit, haben es dabei zu immer größerer Per-fektion gebracht. Und dann soll alles aus und vorbei sein?«

»Mein Informant meint, der Prinz selbst habe letztens auf die Gefahren des Drogenkonsums hingewiesen. Das Gute-Laune-Kraut sei schädlich für die Gesundheit und habe negative Auswirkungen auf die Volkswirtschaft, hat er behauptet. Ohne Drogen könnten seine Untertanen eine weitaus höhere Arbeitsleistung auf den Feldern erbringen.

Stattdessen aber lungerten sie den lieben langen Tag halb betäubt im Schatten eines Baumes herum. Solche Äußerungen traue ich dem Prinzen zu. Man kennt ja seinen Leitspruch *Leistung muss sich auszahlen.*«

»Die Leistung der anderen zahlt sich für den eitlen Geck sowieso aus«, warf Wolf ein. »Und was leistet *er*? Sich neue Kleider und allen erdenklichen Prunk auf Kosten der Steuerzahler.«

»Pst, nicht so laut!«, mahnte der Wirt. »Man weiß nie, wer zuhört.«

Wolf nahm zwei schnelle Züge aus seiner Pfeife. Die Bezeichnung *Käse* kam nicht von ungefähr. Der Geruch war intensiv, das Aroma streng wie das eines würzigen Hartkäses.

»Ein Leben ohne Gute-Laune-Kraut ist nicht vorstellbar«, fuhr er fort. »Demnach wird es nicht einmal der Prinz wagen, das derzeitige Gesetz zu ändern. Sich zu berauschen ist ein Grundrecht, das man nicht mit Füßen tritt.«

Der Wirt zuckte mit den Schultern. »Wie auch immer, wenn sich nicht bald eine neue Bezugsquelle auftut, müsst ihr in Hinkunft auf Pilzpulver oder Krötenschleim zurückgreifen. Davon habe ich genug auf Lager.«

»Aus dem Hause *Der treue Johannes*«, kicherte Meister.

»*Johannes kann es. Natürlich natürlich. Ganz ohne Alchemie*«, zitierte Wolf den allseits bekannten Leitspruch des Geschäftsmanns.

Meister fixierte Wolf mit gespielter Strenge. »Machst du dich etwa über ihn lustig? Immerhin wurde er letztes Jahr als Siebenbergens Kaufmann des Jahres ausgezeichnet.«

»Und in den drei vorangegangenen Jahren«, höhnte Wolf. »Mit den Ehrungen hält der Prinz seinen Hauptfinanzier bei Laune. Eine Hand wäscht die andere.«

»Und daher geht auch heuer der begehrte Titel *Kaufmann des Jahres* an …« Meisters Finger spielten einen Trommelwirbel auf der Tischplatte. »… den treuen Johannes«, verkündete er feierlich, wobei er die Stimme des Prinzen täuschend ähnlich nachahmte.

Wolf brach in schallendes Gelächter aus. Meister war ein begnadeter Imitator. Das musste man ihm lassen.

Schwankend legte Meister sein Pfeifchen beiseite. »Puh! Dieser *Käse* hat es in sich«, stöhnte er. »Ich fühle mich ziemlich benebelt.«

Wolf erging es nicht anders. Zudem hatte er Mühe, seinen Heiterkeitsausbruch unter Kontrolle zu bringen.

Der Wirt erhob sich. »Ich hoffe, du behältst recht, Wolf. Sollte Gute-Laune-Kraut tatsächlich verboten werden, würde sich mein Umsatz halbieren, und was das bedeutet, könnt ihr euch vorstellen.«

»Da muss ich kurz rechnen.« Meister tat, als würde er im Kopf eine komplexe mathematische Aufgabe lösen. »Du könntest dir pro Woche nur zwei statt vier Besuche im Haus der Freuden leisten?«

»Alles wird sich in Wohlgefallen auflösen«, versprach Wolf. »Und nun pack mir drei Bratenstücke, einen kleinen Sack Karotten, gemischtes Karnickelfutter und ein Pfeifchen extragroß zum Mitnehmen ein! Es ist Zeit aufzubrechen.«

»Du gehst schon?« Meister war enttäuscht. »Willst du nicht wissen, wer die Hexe ermordet hat?«

»In erster Linie möchte ich herausfinden, wo meine *Weiße Witwe* geblieben ist. Der Unhold, der sie gestohlen hat, muss zur Rechenschaft gezogen werden.«

»Eben.« Meister beugte sich zu Wolf heran. Seine Augen glänzten. »Findest du den Mörder, findest du den Dieb.«

»Und?«, fragte Wolf. »Weißt du es?«

»Weiß ich was?« Meister hatte den Faden verloren.

»Wer die Hexe ermordet hat. Du hast mich gefragt, ob ich es wissen will.«

»Ach ja, stimmt. Was ich sagen wollte, bevor ich es vergaß: Sollte hinter allen Hexenmorden dasselbe Scheusal stecken, was ich stark vermute, könnte dir Hexenmeister Fitcher bei der Suche unter die Arme greifen.«

»Fitze Fitcher?«, wunderte sich Wolf. »Warum? Weil er selbst ein Scheusal ist? Ein Reihenscheusal, genaugenommen.«

»Was ist ein *Reihenscheusal*?«

»Wie gemunkelt wird, hat er eine Reihe von Mädchenmorden begangen. Folglich ist er ein Reihenscheusal.«

»Uralte Geschichten«, erhob Meister Einspruch. »Ich kenne die Vorwürfe. Sie sind allesamt haltlos. Ihm wurde nie etwas nachgewiesen.«

»Und wie soll er mir bei meinen Nachforschungen helfen können?«

»Als Hexenmeister ist er mit den Abgründen der menschlichen Seele vertraut. Er weiß, wie so ein *Reihenscheusal* tickt und was es antreibt. Höre auf mich, Wolf! Wenn dir einer einen Tipp geben kann, dann er.«

Vorsicht, scharfer Wolf!

Wolf bog in den Hohlweg, der hinauf zu seiner Höhle führte. Vom Fußmarsch einigermaßen ausgenüchtert, fragte er sich, wo seine Burschen und Katze steckten. Im ehemaligen Räuberhaus waren sie nicht gewesen. Das hatte ihn gleichermaßen überrascht wie erleichtert. Überrascht, weil sich die Musikanten fast immer zu Hause aufhielten, es sei denn, sie amüsierten sich in der Waldschenke, und erleichtert, weil er ihnen nicht klarzumachen brauchte, dass sie bis auf Weiteres ohne Gute-Laune-Kraut auskommen mussten. Nun, diese Aufregung würde ihm nicht erspart bleiben. Früher oder später würden seine Schützlinge vom Lieferengpass erfahren und ihm die Hölle heiß machen.

Aber nicht heute. Ein ruhiger Abend erwartete ihn. Selbst

von Läuschen und Flöhchen drohten keine Störaktionen. In Wolfs Ohren herrschte Stille. Nach dem Genuss des *Käses*, den sie über sein Blut aufgenommen hatten, waren die Parasiten in einen tiefen Schlummer gefallen.

Dass der Tag nicht so beschaulich ausklingen würde wie erhofft, erkannte Wolf in dem Moment, als er den Zettel erblickte, der an die Föhre vor dem Höhleneingang genagelt worden war. *Vorsicht, scharfer Wolf!* stand darauf. Links davon war ein Strichmännchen mit Rock und Haube zu sehen, also ein Strichweibchen, das einen Korb trug, rechts davon ein ebenso simpel gestalteter Wolf, dem die Zunge aus dem Maul hing und der seine Stielaugen auf das Strichweibchen gerichtet hatte. Der Zettel trug eindeutig Esels Handschrift.

»Was tut ihr hier?«, fuhr Wolf die Musikanten an, kaum hatte er die Höhle betreten.

Sie hatten sich mit ihren Musikinstrumenten um das Feuer geschart und ließen sich von Aschenputtel Wein kredenzen, den alten, teuren Ungarwein, ein Geburtstagsgeschenk Meisters, den Wolf für einen besonderen Anlass aufgehoben hatte.

»Guten Abend, Wolf«, grüßte Esel mit breitem Grinsen. »Es wird dich freuen zu hören, dass wir ab sofort hier wohnen.«

Wolfs Freude hielt sich in Grenzen. »Was? Warum?«, brach es aus ihm heraus. »Ich meine, nein, das werdet ihr nicht!« Sein Blick wanderte von Esel über Hund und Katze zu Hahn und wieder zurück. »Was soll das? Weshalb seid ihr nicht in eurem Haus? Ich wollte euch Essen vorbeibringen.«

»Möchtest du einen Becher Wein?«, fragte Aschenputtel. »Zur Beruhigung?«

»Nein, danke. Nicht jetzt, Puttel. Ich will wissen, was los ist. Warum seid ihr hier? Hat jemand Geburtstag?«

»Ja, alle.« Katze nickte.

Wolf beäugte sie verständnislos.

»Nicht heute«, erklärte sie. »Aber irgendwann schon.«

Das fand Hund witzig. *Ta-ka, ksch* spielte er mit seiner Marschtrommel und der Tschinelle einen Tusch.

»Sagt mir sofort, was hier vor sich geht!«, forderte Wolf erneut Aufklärung.

»Du hast Essen erwähnt.« Esel leckte sich erwartungsvoll über die Lippen. »Setz dich zu uns! Während wir das Mitgebrachte verzehren, erzählen wir dir, was vorgefallen ist.«

»Ich passe«, tat Hahn kund. »Ich muss auf meine Linie achten, und Essen wird sowieso überbewertet.«

»Ich weiß. Du ernährst dich lieber *davon*.«

Wolf holte das Pfeifchen extragroß aus seinem Rucksack und überreichte es ihm. Dann warf er Esel den Sack Karotten zu, übergab je ein Bratenstück an Hund und Katze und versorgte Aschenputtel mit dem Karnickelfutter.

»Iss doch einmal etwas Anständiges«, schlug er vor, »sonst fällst du mir noch vom Fleisch.«

»Ich mag Salat«, lächelte sie. »Besonders wenn er frisch und knackig ist. Mmh, heute mit Rucola und Tomaten. Dankeschön.«

»Stell dir vor, was passiert ist«, begann Esel, während er an einer Karotte knabberte. »Die Garde war da. Im ehemaligen Räuberhaus, meine ich.«

»Und was wollten sie?«, erkundigte sich Wolf.

»Uns davonjagen.«

»Was ihnen offensichtlich gelungen ist. Aber weshalb?«

»Elende Handlanger des Prinzen sind das, buckelnde Lakaien!«, beschwerte sich Hahn, der in schnellen, tiefen Zügen den *Käse* inhalierte. »Diese Schwachköpfe in Uniform meinten allen Ernstes, wir hätten das Haus rechtswidrig besetzt.«

»Damit hatten sie nicht unrecht. Aber wieso habt ihr euch nicht gewehrt? Sonst seid ihr nicht so zimperlich im Umgang mit Autoritäten.«

Esel zuckte mit den Schultern. »Es waren zu viele. Sie haben uns im Schlaf überrascht.«

»Im Schlaf? Am helllichten Tag?« Wolf konnte es nicht fassen. »Ihr solltet lieber proben, anstatt zu schlafen.«

»Wir sind Musikanten …«

»Und eine Musikant*in*«, warf Katze ein.

»Jedenfalls schlafen und arbeiten wir, wann wir wollen.«

Wolf war sich nicht sicher, ob man das, was seine Burschen und Katze taten, Arbeit nennen konnte.

»Es ging alles sehr schnell«, berichtete Esel. »Die Soldaten trugen, schoben und zerrten uns hinaus und meinten, wenn wir nicht auf der Stelle verschwänden, würden sie uns in den Kerker werfen und uns bei nächster Gelegenheit des Seilers Tochter vorstellen.«

»Das habe ich übrigens nicht verstanden«, bemerkte Hahn. »Des Seilers Tochter. Die kenn' ich nicht. Aber wenn sie gut aussieht, soll es mir recht sein.«

»Sie haben damit gedroht, uns aufknüpfen zu lassen«, erklärte Katze.

»Wie poetisch.«

»Dann haben sie die Transparente von den Fenstern gerissen«, fuhr Esel fort. »Du weißt schon, das eine, auf dem stand: *Dieses Haus ist besetzt!* und jenes mit der Aufschrift: *Eigentum ist Diebstahl, es sei denn, es ist meines.* Sogar das Besetzt-Schild vom Abort haben sie uns weggenommen.«

»Und das Plakat mit dem großen A in einem Kreis«, ergänzte Hahn sichtlich beleidigt, da er es gemalt hatte.

»Ah, das.« Wolf nickt schwach. »Mir war ohnehin nie klar, was das bedeuten sollte.«

»Allergie«, erläuterte Hahn. »Als Warnung an Besucher, dass im Haus überall Katzen- und Hundehaare herumliegen.«

»Tja und jetzt sind wir hier«, schloss Esel.

»Tja und spätestens morgen werdet ihr euch eine andere Bleibe suchen.«

Wolf war keinesfalls gewillt, sein Heim mit den Musikanten zu teilen. Er war ein einsamer Wolf, der gut auf Gesellschaft verzichten konnte. Abgesehen von Aschenputtel natürlich, die er gerne duldete, weil sie die Höhle sauber hielt, sich ums Feuer kümmerte, für ihn kochte und die Einkäufe erledigte.

»Geht klar, mein Gebieter, und danke für deine Gastfreundschaft«, krähte Hahn. Angewidert verzog er den Schnabel. »Wenn es wirklich darauf ankommt, ist es aus und vorbei mit deiner Unterstützung. Dich interessiert nur dein Anteil an unseren Einnahmen.«

»Welche Einnahmen?«, erkundigte sich Wolf. »Bis jetzt habt ihr keinen Groschen verdient.«

»Schon gut, Hahn, beruhige dich.« Esel stellte den Karottensack beiseite. »Wolf ist eben kein Herdentier. Wir sollten froh sein, dass wir hier die Nacht verbringen dürfen. Doch bevor wir uns zur Ruhe begeben, haben wir eine kleine Überraschung für dich.«

»Für mich?« Wolf fühlte sich eher bedroht als geschmeichelt.

»Ja. Auch wenn Hahn das im Moment anders sieht, du bist uns wichtig, ein guter Freund und unser Kümmerer. Deshalb haben wir ein Lied für dich geschrieben. Das wollen wir dir vorspielen. Du wirst begeistert sein. Burschen und Katze, seid ihr so weit?«

Esel schnappte seine Laute, ein schwarzes Monstrum in Form einer Doppelaxt, die er sich auf Wolfs Kosten vom ansässigen Instrumentenbauer hatte herstellen lassen, Katze trat an ihre Kofferorgel und Hund nahm hinter seinem Schlagwerk Platz.

Hahn rührte sich nicht. Regungslos starrte er hinauf zur

Decke, wo der Rauch des Feuers durch einen feinen Riss im Fels abzog.

»Hahn?«, sprach Esel den Sänger der Gruppe an. »Ha-han!« Hahn ignorierte ihn. »Hast *du* das gemalt, Wolf?«

»Was?«

»Diese Bilder an der Decke.«

»Bilder?« Wolf hatte keine Ahnung, wovon Hahn sprach.

»Schau doch hin! Siehst du sie nicht? Die Figuren ... Jäger und Tiere ... und sie bewegen sich.«

»Das ist die Maserung des Gesteins im flackernden Schein des Feuers«, klärte ihn Wolf auf. »Hast du Krötenschleim zu dir genommen?«

»Ja, hat er«, bestätigte Esel. »Los jetzt! Bringen wir es hinter uns. Das Stück heißt *Was hast du getan?*«

Wolf, hey, was hast du getan?
Sieh dir das Schlamassel an!
Verlierst du komplett den Verstand?
Da klebt Blut an deiner Hand.

Wolf, hey, was hast du getan?
Das war schrecklich inhuman.
Mit der Kleinen kopulieren
und ihre Oma schnabulieren.

Armes Kind, allein im Wald,
frei von Schuld und unberührt,
es ist jung, und du bist alt,
weshalb es die Gefahr nicht spürt.
Wein und Kuchen trägt's bei sich,
von seiner Mutter Gaben.
Daran wird sich hoffentlich
die kranke Oma laben.

Du sprichst es an mit einer List,
sagst, Blumen soll es pflücken.
Wenn das Kind beschäftigt ist,
kannst du dich still verdrücken.
Springst hinfort zu Omas Haus
unter den drei Eichen.
Lässt die Suppe einfach aus,
der Hauptgang wird dir reichen.

Wolf, hey, was hast du getan?
Gerietst du auf die schiefe Bahn?
Gelenkt von hemmungsloser Gier
handelte das Tier in dir.

Schnell ist Großmama verspeist,
und weiter folgst du deinem Plan.
Unverschämt, gemein und dreist
ziehst du ihre Kleider an.
Steigst ins Bett und deckst dich zu,
das Mädchen wird bald kommen.
Nicht mehr lang, dann kommst auch du,
hast du es erst genommen.

Groß sind Hände, groß der Mund,
auch Augen und die Ohren.
Schon fühlt sich das Mädchen wund,
die Unschuld ist verloren.
Egal was mancher sagen mag,
es läuft stets auf das eine raus.
Niemand deinem Charme erlag,
nur die Größe macht es aus.

Wolf, hey, was hast du getan?
Schau dich doch im Spiegel an!

Jeder nimmt vor dir Reißaus.
So sieht ein Ganove aus.
Wolf, hey, was hast du getan?
Machst dich an die Kleine ran.
Heimgesucht von Seelenpein
wird sie nie mehr glücklich sein.

»Und? Was meinst du?« Esel stellte seine Laute ab und schenkte Wolf ein erwartungsvolles Lächeln.

Wolf hätte gerne klar und deutlich artikuliert, was er meinte, doch hatte er im Laufe der Zeit gelernt, seine Burschen und Katze nicht vor den Kopf zu stoßen. In zahlreichen Diskussionsrunden war seitens der Musikanten wiederholt der Wunsch an ihn herangetragen worden, er möge seine Kritik einerseits in höfliche Worte fassen und andererseits in einem kultivierten Tonfall vorbringen. Selbst Aschenputtel hatte ihn zu mehr Rücksichtnahme aufgefordert, da zartbesaitete Künstlerseelen mit der Wahrheit nur schwer umgehen könnten.

»Also, liebe Musikanten«, begann Wolf mit sanfter Stimme.

»Und *-in*«, unterbrach ihn Katze. »Es heißt liebe Musikanten und Musikantin. Oder gehöre ich nicht dazu?«

»Doch, natürlich.«

»Möglich wäre auch *Musikant-großes I-nnen*.«

»Großes I?«

»Oder *Musikant-Doppelpunkt-innen*«, bot Katze eine Alternative an. »Ist dir *Musikant-Sternchen-innen* lieber?«

Wolf drohte die Geduld zu verlieren. »Sternchen, Doppelpunkt? Bist du noch bei Trost? Was soll das bedeuten?«

»Es soll deine Wertschätzung gegenüber weiblichen Lebensformen ausdrücken. Auch *Musizierende* würde ich akzeptieren.«

Für Wolf ging das zu weit. »Genug jetzt!«, entschied er. »Wo war ich stehengeblieben?«

»Ganz am Anfang«, stöhnte Hahn.

»Wohlan …« Wolf räusperte sich. »Zuerst, Esel, möchte ich dir herzlich danken. Du hast dir viel Mühe bei der Ausgestaltung des Textes gegeben. Die Reime sind dir durchaus gelungen, ein Versmaß ist vage erkennbar. Ich habe keine Wortwiederholungen wahrgenommen und keine rüden Ausdrücke, die andere beleidigen oder gar verletzen könnten, was bei dir keine Selbstverständlichkeit ist, wie man weiß. Die Musik erachte ich als ansprechend …«

»Die Musik ist von mir«, fiel ihm Katze abermals ins Wort.

»Dann möchte ich dich gerne für die wohlklingenden Harmonien und die einprägsame Melodie loben. Auch rhythmisch präsentiert sich das Lied gefällig, flott im Tempo, jedoch nicht zu wild. Alles in allem hat die Komposition Potential, eine größere Zielgruppe zu erreichen. Bravo, Katze! Mein Dank richtet sich ebenso an Hund, der solide gespielt und das Tempo von Anfang bis Ende vorbildlich gehalten hat, sowie an Hahn, dessen Stimme wie gewohnt ausdrucksstark und vielseitig war.«

»Blabla«, murrte Hahn gelangweilt. Er gähnte demonstrativ, lehnte sich gegen die Höhlenwand, verschränkte die Flügel hinter seinem Kopf und gab ein lautes Schnarchen von sich.

Wolf erhob sich und schritt vor den Musikanten auf und ab. »Zurück zu dir, Esel«, setzte er seine Analyse fort. »Was die inhaltlich-dramaturgische Ebene des Textes anbelangt, würde ich gerne einige Kritikpunkte anbringen. Erstens dichtest du im einleitenden Refrain *Mit der Kleinen kopulieren und ihre Oma schnabulieren*, was impliziert, dass der Geschlechtsakt mit Rotkäppchen vor dem Verzehr der Großmutter stattfand. Später, in der Strophe, die mit *Schnell ist Großmama verspeist* beginnt, kehrst du die Reihenfolge der Aktivitäten um. Darin könnte der aufmerksame Zuhörer einen Widerspruch erkennen. Zudem – und das wiegt für mich weitaus schwerer – entsprechen die aufgestellten Behauptungen nur bedingt der Wahrheit. Das betrifft vor allem die These, ich hätte mich von Rotkäppchens Großmutter ernährt und Rotkäppchen selbst wäre ein junges, gar minderjähriges Mädchen, das ich mit bösen Absichten verführt hätte. Du wirst bestimmt einsehen, dass ich derartige Unterstellungen nicht dulden kann, da sie meine Person in ein schiefes Licht rücken. Aufgrund dieser textlichen Ungenauigkeiten befinde ich mit größtem Bedauern, dass dieses Lied dem von uns angestrebten künstlerischen Niveau in keiner Weise entspricht und sich somit für eine Aufführung nicht eignet.«

Im Zuge seiner Ausführungen war Wolf immer energischer geworden. Jetzt herrschte für einige Sekunden absolute Stille. Niemand rührte sich, nur Aschenputtel sammelte die leeren Becher ein und trug sie in den hinteren Bereich der Höhle, um sie abzuwaschen.

Allmählich lösten sich die Musikanten aus ihrer Starre. Hund spannte die Felle seiner Trommeln, Katze klappte den Deckel ihrer Orgel zu.

»Und da sind doch Wandmalereien«, brach Hahn das Schweigen. »Seht ihr diesen Jäger nicht? Er hält Pfeil und Bogen in der Hand.«

»He, Wolf, das musst du nicht so ernst nehmen«, seufzte Esel. »Der Text soll witzig sein. Das ist Satire. Die Menschen werden ihn lieben. Verstehst du keinen Spaß?«

Wolf platzte der Kragen. »Die Menschen werden ihn vielleicht lieben«, schrie er so laut, dass feiner Staub aus dem Riss in der Decke rieselte. »In erster Linie aber werden sie ihn für wahr halten. Und wer, Esel, frage ich dich, wird das am Ende ausbaden müssen? Hm? Was denkst du?«

Esel zuckte mit den Schultern.

»Ich natürlich! Denn ich stehe als Kinderschreck und Großmuttermeuchler da. Auf mich werden sie mit ihren

Fingern zeigen, während sie betroffen ihre Köpfe schütteln. Im schlimmsten Fall rücken sie hier mit Fackeln und Heugabeln an, um mich auszuräuchern. Nein, nein, Esel, so weit wird es nicht kommen. Das werde ich zu verhindern wissen.«

»Aber wir brauchen das Lied für unseren Auftritt am Stadtplatz. Sonst haben wir zu wenig Programm.«

»Dann komponiere ein anderes, du Kreativgenie!«

Esel reagierte trotzig. »Und wenn wir es dennoch spielen?«, fragte er. »Was willst du tun? Uns von der Bühne jagen?«

Wolf trat nahe an ihn heran. Eindringlich starrte er ihm in die Augen. Nur eine Haaresbreite trennte ihre Nasenspitzen.

»Sollte ich jemals auch nur den ersten Ton dieses Liedes hören, und ich habe ein sehr feines Gehör, wie dir bekannt ist, werde ich dich in Stücke reißen, in unzählige, winzig kleine Stücke, um sie an die Krähen auf den Feldern zu verfüttern.« Wolf setzte eine Pause, bevor er die ganze Gruppe ins Visier nahm. »Und noch etwas, meine Lieben. Habt ihr schon einmal überlegt, wo ihr ohne mich wärt? Stadtmusikanten in Bremen wolltet ihr werden, seid in die Welt gezogen, um Berühmtheit zu erlangen. Und wie weit seid ihr gekommen? Das nächstbeste Haus habt ihr besetzt und fortan dem Müßiggang gefrönt. Vom Musizieren war kaum mehr die Rede. Alle heiligen Zeiten habt ihr in der Rockenstube zum Tanz aufgespielt, und das war's dann. Bis heute hättet ihr nichts zuwege gebracht, wäre ich nicht bereit gewesen, euch unter meine Fittiche zu nehmen. *Ich* habe das Potential eures Projekts erkannt. *Ich* habe euch dazu angetrieben, endlich in die Gänge zu kommen, mit eurer Musik ernstzumachen, und *ich* habe mich in weiterer Folge darum gekümmert, dass ihr Lieder schreibt, dass ihr regelmäßig probt, in diversen Gasthäusern auftreten dürft und endlich euren Traum lebt. Ohne mich wärt ihr nichts, verstanden?

Ich habe Besseres verdient, als zur Zielscheibe eures Spotts zu werden.« Wolf, den sein Monolog außer Atem gebracht hatte, zog die Lefzen nach hinten und präsentierte seine gefletschten Zähne. »Und wem meine Entscheidung nicht passt, meine Herren, meine Dame, dem steht es frei zu gehen. Ich werde niemanden aufhalten. Dort ist der Ausgang.«

Tam-tam-taam spielte Hund auf seinen Pauken, die in absteigender Tonhöhe auf D, H und F gestimmt waren.

Absolute Ruhelage

Kein noch so kleines Wölkchen trübte das strahlende Blau des Himmels, doch über die Anhöhe strich ein deutlich kühlerer Wind als an den Tagen zuvor. Zum ersten Mal in diesem Jahr konnte Wolf den Herbst wittern, und was er roch, behagte ihm ganz und gar nicht. Er war ein Sommerwolf und der Herbst, der langsam aber sicher heranrückte, konnte noch so farbenprächtig und mild sein, letztlich blieb er nichts weiter als ein kurzer Vorbote des Winters. Im Oktober würde es das erste Mal schneien, ab November Eiseskälte das Land erstarren lassen. Eiseskälte, die sich üblicherweise bis in den März, vielleicht sogar bis weit in den April hinein zog. Zudem würde eine ellenhohe Schneedecke Wolf auf seinen Streifzügen behindern. Und nachts in der klammen Höhle müsste er ganz nah am Feuer liegen, wo ihm die umhertanzenden Funken das Fell versengten.

Wolf saß ganz oben auf dem Hügel neben der Höhle, auf seiner privaten Aussichtswarte, von der er über den ganzen Dunklen Wald blicken konnte, bis hin zu den Feldern und der Stadt jenseits des Flusses. Links von ihm, ein gutes Stück tiefer, glitzerte der kleine Quellteich im Sonnenlicht, der ihn und Aschenputtel mit Frischwasser versorgte.

Zeitig in der Morgendämmerung, als die anderen noch geschlafen hatten, war Wolf aufgestanden und auf die Anhöhe spaziert. Er wollte alleine sein und nachdenken. Es war viel passiert, das ihm Kummer bereitete. Zweimal hatte er gestern die Fassung verloren und seine guten Manieren vergessen. Einmal, als er in der Waldschenke mit dem Zwerg in Streit geraten war, und später, als er damit gedroht hatte, Esel in Stücke zu reißen.

Wolfs Machtwort hatte seine Wirkung nicht verfehlt. Esel, Hund und Katze hatten sich beleidigt auf ihre Nachtlager zurückgezogen. Nur Hahn war weiterhin angriffslustig gewesen. Voller Zorn hatte er seine Schwanzfedern gespreizt, von Zensur gesprochen, Wolf einen Despoten genannt und ihn sogar mit dem Prinzen verglichen. Und als Wolf erwähnt hatte, dass die Hexe ermordet worden war und es bis auf Weiteres kein Gute-Laune-Kraut gebe, hatte Hahn Wolf allen Ernstes vorgeworfen, seinen Verpflichtungen nicht nachzukommen. Seiner Meinung nach zählte es zu Wolfs Aufgaben, ihn und die anderen Musikanten nicht nur mit Speis und Trank zu versorgen, sondern ebenso mit Drogen aller Art, die, wie er fand, unerlässlich für ihre Kreativität waren.

Der Apfel war nicht weit vom Stamm gefallen. Hahn war wie sein Vater, meistens schlecht gelaunt, aggressiv und frei von Umgangsformen. Bald würden sich die Probleme häufen, ahnte Wolf. Früher oder später würde Hahns Verhalten das Gefüge der Gruppe gefährden, wenn nicht gar zerstören. Als Sänger unverzichtbar, war er charakterlich der Knüppel zwischen den Beinen von Esel, Hund und Katze und jederzeit bereit, sich aus reinem Protestgebaren selbst zu schaden, nur um anderen eins auszuwischen.

»Da bist du ja.« Aschenputtel kam den Hügel heraufgeklettert und setzte sich zu Wolf. »Ich habe dich gesucht. Guten Morgen.«

»Guten Morgen«, antwortete Wolf.

»Guten Morgen«, meldete sich Läuschen.

»Guten Morgen«, antwortete Wolf.

»Auch von mir einen schönen guten Morgen«, gähnte Flöhchen.

»Guten Morgen«, antwortete Wolf.

Aschenputtel runzelte die Stirn. »Ein dreifaches Guten-Morgen? Wie ich feststelle, bist du heute besonders höflich. Gestern hingegen …«

»Ich weiß.« Wolf nickte. »Was tust du hier?«

»Beeren pflücken. Die Blaubeeren sind reif und bevor die Bären die Beeren fressen, sollten wir von Beeren zehren, die wir ehren, solange sie währen. Denn sind sie erst gegessen, haben wir sie rasch vergessen.«

Wolf rang sich ein Schmunzeln ab. »Du solltest Reime für die Musikanten schmieden. Besser als die von Esel sind sie allemal.«

»Meinst du? Also, ehrlich gesagt, fand ich das Lied ausgezeichnet. *Wolf, hey, was hast du getan? Sieh dir das Schlamassel an* …«, begann Aschenputtel zu singen.

»Bitte hör auf! Ich krieg den Singsang sowieso nicht mehr aus dem Kopf.«

»Das Lied ist das beste, das sie je geschrieben haben.«

Wolf konnte dem nur bedingt zustimmen. »Na ja … zugeben, die Melodie ist einprägsam. Beim Text ist Esel aber zu weit gegangen. Seine Frechheiten muss ich mir nicht bieten lassen.«

»Und du, Wolf?«, erkundigte sich Aschenputtel. »Bist du nicht zu weit gegangen? Du hast sie angebrüllt, dass sogar mir Hören und Sehen vergangen ist.«

»Sie haben es verdient.«

»Wirklich? Haben sie das?«

»Besetzen einfach meine Höhle, trinken meinen besten Wein und dann noch dieses Schmählied … Und das, obwohl ich so viel für sie getan habe.«

»Sie wurden aus ihrem Haus vertrieben. Wo hätten sie auf die Schnelle eine Unterkunft finden sollen?«

»Sie werden nicht mehr gehen«, wagte Wolf eine Prophezeiung. »Sie werden sich bei mir häuslich einrichten.«

»Abwarten. Sie sind schon unterwegs, um sich nach einer neuen Bleibe umzuschauen.«

»Wer's glaubt.« Wolf lachte gequält. »Wahrscheinlich sind sie zum Frühschoppen in die Waldschenke aufgebrochen.«

»Ich glaube nicht. Sie wirkten bedrückt«, zeigte sich Aschenputtel besorgt. »Eure Auseinandersetzung ist ihnen nahegegangen.«

»Ja, mir auch. Oder denkst du, mir hat der Zwist Spaß gemacht?«

»*Zwist* ist wohl die Untertreibung des Jahres. Du warst ganz schön gemein. Vor allem zu Esel. Vielleicht solltest du dich bei ihm entschuldigen.«

»Ich?« Wolf riss die Augen auf. »Ich mich bei ihm?«

»Jawohl. Du hast Dinge gesagt, die besser unausgesprochen geblieben wären.«

»Ich weiß nicht …«

Aschenputtel strich ihm über den Rücken. »Doch, Wolf, das weißt du und zwar sehr genau, denn tief in deinem Inneren …«

»Schon gut, schon gut! Könnte sein, dass du recht hast«, lenkte er ein. »Ich war ein wenig ungehalten. Doch das lag an den, hm, besonderen Umständen. Was mir gestern im Knusperhäuschen widerfahren ist, hätte den stärksten Barbaren aus der Bahn geworfen. Aber meinetwegen, sag Esel, dass es mit leidtut.«

»Das solltest du selbst tun.«

Wolf sträubte sich. »Ach, ich muss heute eine Menge erledigen. Wer weiß, wann ich ihn wiedersehe.«

»Armer Wolf, hat immer so viel zu tun … Den ganzen Tag sitzt er in der Höhle und zählt sein Geld. Und zu allem Überfluss muss er dann und wann die Waldschenke mit seiner Anwesenheit beehren. Pass bloß auf, dass dich die Strapazen nicht aufreiben.«

Aschenputtel schlug die Beine übereinander, wobei ihr Rock ein Stück in die Höhe rutschte und einen blassen, schlanken Knöchel freilegte.

Wolf wandte sich ab. »Dein Rock«, sagte er.

Ohne hinzusehen deutete er auf die nackte Stelle. Er mochte es nicht, wenn sich Aschenputtel in aller Öffentlichkeit dermaßen entblößte.

»Bei Rotkäppchen bekommst du ganz andere Dinge zu sehen«, entgegnete sie belustigt. »So, wie sie sich kleidet … Daran störst du dich nicht.«

»Erstens ist das vorbei, und zweitens kann man das nicht vergleichen. Rotkäppchen ist … nun, Rotkäppchen. Bei ihr erwartet man nichts anderes. Aber du …«

»Ja?«

»Du bist eine ehrbare Frau, die sich keinen lüsternen Blicken aussetzen sollte.«

»Ah!« Aschenputtel grinste breit. »War dein Blick lüstern? Ist mir gar nicht aufgefallen. Und ja, ich bin eine ehrbare Frau«, stimmte sie zu. »Vor allem aber bin ich eine Frau.« Sanft legte sie ihre Hand auf seine Pfote.

Wolf entzog sich ihrer Berührung. Er stand auf und streckte seine Glieder.

»Das mit der Hexe tut mir übrigens leid«, wechselte sie das Thema. »Das muss schlimm für dich sein. Ich weiß, wie viel sie dir bedeutet hat.«

»Und erst die *Weiße Witwe*«, grunzte Wolf.

»Die natürlich auch. Deretwegen machen sich vor allem

deine Burschen und Katze große Sorgen. Sie bezweifeln, dass sie dem Druck gewachsen sind ganz ohne Gute-Laune-Kraut. Das Konzert zu König Dummlings 35-jährigem Thronjubiläum ist mit ihren bisherigen Auftritten nicht zu vergleichen. Vor einem so großen Publikum haben sie nie gespielt. Sie haben Angst zu versagen.«

Das fürchtete Wolf ebenso. Dass sie den Auftritt ohne *Weiße Witwe* vergeigten, war vorhersehbar. Sollten sie in nüchternem Zustand auf der Bühne stehen und mitbekommen, wie schlecht sie waren, würden sie schon nach wenigen Noten in Panik und völlig aus dem Takt geraten. Das Gute-Laune-Kraut machte sie besser. Unter seinem Einfluss strotzten sie vor Selbstvertrauen, was ihnen half, unbekümmert ans Werk zu gehen. Wie von Zauberhand wurden sie eins mit dem Rhythmus, eins mit den Harmonien, während die Töne ihrer Instrumente zu einem kompakten Gesamtklang verschmolzen, dem man sich nur schwer entziehen konnte.

Zum ersten Mal hatte Wolf die *Bremer Stadtmusikanten* gehört, als er zufällig während einer ihrer seltenen Proben am ehemaligen Räuberhaus vorbeigekommen war. Sofort hatte ihn ihre eigentümliche Spielweise fasziniert. Ihre Kompositionen waren anders gewesen als die üblichen einstimmigen Bauernlieder, die meist ohne Begleitinstrumente auskamen. Esel, Hund, Katze und Hahn hatten sich für einen neuen Weg entschieden. Der zweistimmige Gesang, mit dem sie gewisse Textpassagen hervorhoben, war ihre Erfindung gewesen. Da hatte es keine Rolle gespielt, dass er eher zufällig entstanden war, weil Katze ihre liebe Not beim Intonieren hatte und immer eine Terz bis Quint über der führenden Stimme Hahns lag.

Nicht minder bemerkenswert fand Wolf die Arrangements der Lieder. Gleich drei Instrumentalisten begleiteten einerseits den Sänger, traten aber auch als Solisten in den Vordergrund. Damit hatten die *Bremer Stadtmusikanten* eine spannende Symbiose zwischen Vokal- und Instrumentalmusik geschaffen, wobei das Schema genauso simpel wie genial war: Esel zupfte eine sich ständig wiederholende Tonfolge auf der Laute, Katze schlug dröhnende Akkorde auf ihrer Kofferorgel und Hund steuerte einen komplexen Trommelrhythmus bei. So war dieses einzigartige, volle Klangbild entstanden, das Wolf überzeugt hatte, die Musikanten unter seine Fittiche zu nehmen.

»Wir könnten andere Substanzen ausprobieren, damit sie entspannter an die Sache herangehen«, überlegte er laut. »Alraunen sollen eine interessante Wirkung entfalten.«

»Das ist keine gute Idee«, wehrte Aschenputtel ab. »Hahn meint, Alraunenwurzeln führten bei ihm zu Marienerscheinungen und auf grauenhafte Trugbilder könne er gerne verzichten.«

»Krötenschleim vielleicht?«

»Der verursacht bei Esel Muskelkrämpfe.«

»Muskelkrämpfe ... tatsächlich? Woher weißt du das alles?«, wunderte sich Wolf.

»Nun, ich schreie sie nicht an, sondern spreche mit ihnen.«

»Schon recht«, knurrte Wolf. »Ich verstehe.«

Er musste etwas unternehmen. Immerhin war es seine Aufgabe, die Interessen seiner Schützlinge zu vertreten, und nichts interessierte sie mehr als Gute-Laune-Kraut. Wenn Wolf als Kümmerer, wie Esel ihn nannte, ernstgenommen werden wollte, musste er die *Weiße Witwe* wiederbeschaffen. Und nicht nur deswegen. Der Handel mit dem Kraut stellte seine einzige Einnahmequelle dar.

Im Grunde hatte er nur eine Möglichkeit, dem Dieb, der zugleich ein Mörder war, auf die Schliche zu kommen: indem er Meisters Rat befolgte und sich an Hexenmeister

Fitcher wandte. Wenn es ums Morden und Meucheln ging, war er der ideale Ansprechpartner.

Nachdenklich ließ Wolf seinen Blick über den Dunklen Wald schweifen. Die Ruhe hier heroben war trügerisch, ahnte er. Es war die Ruhe vor dem Sturm. Bald würden maßgebliche Veränderungen in sein Leben Einzug halten. Das sagte ihm sein Gefühl, und das machte ihn nicht glücklich.

»Ich muss aufbrechen, Puttel«, flüsterte er. »Ich weiß nicht, wann ich zurück sein werde. Richte den Burschen und Katze schöne Grüße aus.«

»Wohin gehen wir?«, fragte Läuschen.

»Zu Hexenmeister Fitcher.«

»Kannst du Gedanken lesen?« Aschenputtel stierte ihn an. »Gerade wollte ich fragen, wo es dich hinzieht. Was willst du beim Hexenmeister?«

»Das erkläre ich dir ein andermal.«

»Immer diese Geheimnisse …«

»Müssen wir diesen Hexenmeister besuchen?«, jammerte Läuschen. »Er soll gefährlich sein.«

»Ach was! Aber besser, du verrichtest hier deine Notdurft, bevor ich mich auf den Weg mache.«

»Ich muss gar nicht«, protestierte Läuschen.

Aschenputtel war perplex. »Was, bitte, soll ich? Erst fällst du mir fast in Ohnmacht, weil du meinen Knöchel siehst und nun willst du, dass ich vor dir …«

»Nein, nicht du! Um Himmels willen!« Wolf spürte, wie ihm unter seinem Fell heiß wurde. »Ich rede mit Läuschen. Ich kann es nicht leiden, wenn es mein Ohr als Abort benutzt.«

»Läuschen, aha. Sind da wieder diese Stimmen, die du hörst?« Aschenputtel atmete tief durch. »Ach, Wolf, das ist auch so eine Sache, über die wir sprechen sollten. Ich weiß, es ist nur eine Schrulle, doch irgendwie ist sie … na ja, gruselig. Vertrau mir, wir werden jemanden finden, der dir helfen kann. Vielleicht der Bader, vielleicht ein Zauberer … Ein Fachmann ist bestimmt in der Lage, diese Stimmen aus deinem Kopf zu vertreiben.«

»Vielleicht lässt du mich vom Pfarrer exorzieren«, schlug Wolf vor. »Hör zu, es sind nicht nur Stimmen. Läuschen und Flöhchen gibt es wirklich.«

»Läuschen und Flöhchen sind ertrunken.«

»Sind wir nicht«, riefen die beiden wie aus einem Munde.

»Sind sie nicht«, bestätigte Wolf. »Ich habe es dir schon einmal gesagt. Alles fing damit an, dass sich Läuschen beim Bierbrauen verbrannte, woraufhin Flöhchen weinte. Das blieb nicht ohne Folgen. Türchen knarrte, Besenchen kehrte und Wägelchen rannte. Und weil ein Unglück selten alleine kommt, begann Mistchen zu brennen, kurz bevor sich Bäumchen schüttelte. Kein Wunder, dass schließlich Brünnchen zu fließen begann und nach und nach alles überschwemmte. Zum Glück war ich rechtzeitig vor Ort, um Läuschen und Flöhchen zu retten.«

»Jaja, das hast du erzählt. Als du angehalten hast, um aus der Pfütze zu trinken, haben sie die Gelegenheit genutzt, dich zu entern. Und seither machen sie es sich in deinen Ohren gemütlich und ernähren sich von deinem Blut.« Aschenputtel rollte mit den Augen. »Wolf, Wolf, Wolf, du solltest dir zuhören, wenn du solchen Unsinn von dir gibst. So kann das nicht weitergehen.«

»Lassen wir das!«, entschied Wolf. »Wir sehen uns später. Ich muss los.«

»Wie du meinst.« Aschenputtel kraulte seinen Hals. »Pass auf dich auf! Über diesen Fitze Fitcher werden schlimme Dinge berichtet.«

»Ach was, wird schon schiefgehen.« Wolf machte kehrt und lief den Hügel hinab.

»Wolf?«, rief ihm Aschenputtel nach.

Er hielt an und drehte sich zu ihr um. »Ja?«

»Es war schön, mit dir zu reden.«

»Hier wohnt er also. Nicht schlecht, nicht schlecht.« Flöhchen zeigte sich beeindruckt.

»Ja, hier wohnt er«, bestätigte Wolf.

Knapp zwei Stunden hatte es gedauert, bis er an der dunkelsten Stelle des Dunklen Waldes angelangt war, wo kaum ein Sonnenstrahl die dichten Baumkronen durchdrang. Wolf ließ Vorsicht walten und hielt sich hinter einer krummgewachsenen Tanne versteckt, deren Äste bis zum Boden reichten. Von hier aus konnte er Hexenmeister Fitchers Haus beobachten, ohne selbst gesehen zu werden.

»Architektonisch bemerkenswert«, fuhr Flöhchen fort, »verglichen mit den üblichen Köhlerhütten, Hexen- und Räuberhäusern, die man sonst in diesem Wald findet.«

Das Haus war in der Tat etwas Besonderes. Als einziges weit und breit verfügte es neben dem Wohnbereich zu ebener Erde über ein Stockwerk und ein Dachgeschoß. Glaubte man den Gerüchten, gab es zusätzlich einen Keller, in dem vor längerer Zeit noch unaussprechliche Dinge vorgefallen waren. Das Gebäude war zur Gänze aus Holz errichtet worden und besaß eine Veranda, zu der sechs Stufen hinaufführten. Darüber, im ersten Stock, erstreckte sich ein langgezogener, schmaler Balkon, auf den man durch eine hohe Glastür gelangte. Ein steiles, mit grauen Holzschindeln gedecktes Dach ragte gen Himmel und erreichte beinahe die Höhe der höchsten Baumwipfel.

»Für eine Person ist das Anwesen zwar ein wenig überdimensioniert, aber alles in allem ist die Hütte nicht schlecht«, bestätigte Wolf. »Gut, man müsste ein bisschen Hand anlegen, neue Farbe auftragen, das eine oder andere morsche Holzbrett austauschen, das Dach erneuern und so weiter und so fort. Rundum modernisiert, könnte diese Liegenschaft bestimmt einen guten Preis erzielen.«

»Und nicht zu vergessen die absolute Ruhelage«, ergänzte Flöhchen. »Fernab der Hauptverkehrsstraße, genaugenommen fernab jeglicher Verkehrswege, keine Nachbarn, keine Schulen … Für Leute, die das hektische Treiben in der Stadt satthaben, eine wahre Oase. Hier ließe es sich leben.«

»Und sterben«, schaltete sich Läuschen ein. »In einem solchen Horrorhaus will doch keiner wohnen. Jedenfalls keiner, der die Vorgeschichte kennt. Fehlt nur, dass hinter einem der Fenster im ersten Stock eine alte, halb mumifizierte, halb skelettierte Frau in einem Lehnstuhl sitzt.«

»Ich denke, das können wir ausschließen«, lächelte Wolf. »Glaubt man den Märchen, die erzählt werden, hat es von allen Jungfern, die dieses Haus je betreten haben, keine bis in den ersten Stock geschafft.«

»Ja«, spann Flöhchen den Gedanken weiter. »Deren Einzelteile wurden vermutlich im Keller gelagert.«

»Oder *werden*«, warf Läuschen ein.

Wolf trat aus dem Schatten der Tanne. »Deine Angst ist unbegründet. Es sind keine Jungfern anwesend, auf die es der Hexenmeister abgesehen haben könnte. Uns wird nichts passieren. Wir gehören nicht zu Fitchers Zielgruppe.«

»Pass trotzdem auf!«, bat Läuschen. »Vor allem auf dich. Flöhchen und ich sähen es nur ungern, würde dieser Fitcher dein Blut für sich beanspruchen. Wir sind darauf angewiesen.«

Zögernd schlich Wolf auf die Stufen der Veranda zu. »Eine Sache noch«, flüsterte er. »Ab sofort haltet ihr die Klappe. Immer wenn ihr euch in meine Gespräche einmischt, führt das unweigerlich zu Missverständnissen. Es denken ohnehin schon alle, ich bilde mir eure Existenz nur ein. Verstanden?«

Die Bodendielen knarrten jämmerlich, als Wolf auf die Veranda trat. Noch während er nach einer Klingel Ausschau hielt, öffnete sich die Türe.

»Ich habe dich erwartet«, sagte Hexenmeister Fitcher.

»Tatsächlich?« Wolf sah ihn erstaunt an. Außer den Quälgeistern in seinen Ohren, Aschenputtel und Meister wusste niemand, dass er hier vorsprechen wollte. »Erwartet? Warum?«

Fitcher überhörte die Frage und trat einen Schritt beiseite. »Komm herein und nenne dein Begehr!«

Wenn er sprach, bewegten sich nur seine schmalen Lippen. Ansonsten zeigte sein Antlitz keinerlei Regung. Seine Nase war lang und spitz, in seinen Augen lag ein wacher, durchdringender Blick. Unter ihnen traten kantige Backenknochen hervor, die von den eingefallenen Wangen übermäßig betont wurden. Seine Gesichtsfarbe war irgendwo zwischen fahl und bleich angesiedelt, die Haut großporig, doch nahezu frei von Falten. Wie alt Fitcher war, konnte man unmöglich sagen. Vielleicht dreißig, vielleicht aber auch fünfzig. In jedem Fall war er ausgesprochen mager und groß gewachsen.

Seine Bekleidung bestand vorrangig aus einem schwarzen, bodenlangen Leinenmantel mit ausgebeulten Taschen und einem Stehkragen, der bis zu den Ohren reichte. Der Mantel wirkte abgetragen und wies da und dort Mottenlöcher auf. Auch Fitchers Hut hatte zweifellos bessere Zeiten gesehen. Ebenfalls schwarz, mit einer breiten, zerschlissenen Krempe saß er tief in Fitchers Stirn. Die unheimliche Erscheinung wurde von schwarzen Lederhandschuhen komplettiert, in denen auffallend lange, dürre Finger steckten. Wolf fragte sich, um wie viele Hälse sie sich bereits gelegt hatten und ob sein Hals eine weitere Option für sie wäre.

»Hübsches Haus«, hüstelte er um Höflichkeit bemüht.

Das Kompliment entsprach nicht der Wahrheit. Auch innen war das Gebäude renovierungsbedürftig, der Holzboden uneben und zerkratzt, die Wandfarbe stellenweise abgeblättert. Die Möbel waren in die Jahre gekommen, wurmstichig und mit einer dicken Staubschicht überzogen.

Sekunden verstrichen, die sich wie Minuten anfühlten. Fitchers stechender Blick bohrte sich so tief in Wolfs Gehirn, dass es fast schmerzte. Seit er aus dem Nichts auf der Veranda erschienen war, hatte er Wolf nicht aus den Augen gelassen und dabei kein einziges Mal geblinzelt.

»Nun, ich hoffe, ich komme nicht ungelegen«, brach Wolf das Schweigen. »Ich möchte nicht stören, falls du gerade beschäftigt bist.« Unten im Keller, dachte er, mit einem Mädchen, das zerstückelt werden musste.

»Was führt dich zu mir?«

»Ein Freund hat mir empfohlen, dich zu kontaktieren.«

»Ein Freund?«

»Ja, ähm, du kennst ihn nicht.«

»Aber er kennt mich?«

»Nicht persönlich. Nur aus Erzählungen. Ich meine, jeder kennt dich … aus Erzählungen.«

»Es ist nicht alles wahr, was die Leute so reden.«

»Genau meine Worte!«, entfuhr es Wolf. Er zeigte ein breites Lächeln, das nach dem eher frostigen Beginn das Eis zum Schmelzen bringen sollte. »Natürlich ist es nicht wahr, was man von dir hört. Wahrscheinlich hast du niemals Frauen hierher verschleppt, gefoltert und ermordet.«

»*Das* erzählt man sich?«

»Vergiss es! Die Leute reden gerne. Hirnloser Tratsch. Nimm mich zum Beispiel. Von mir behaupten sie …«

»Es ist mir bekannt, was sie behaupten, und es interessiert mich nicht.«

»Aber du solltest wissen, dass ich Rotkäppchens Großmutter …« Ein Geräusch ließ Wolf verstummen. Aufmerksam spitzte er die Ohren. Es war aus dem Keller gekommen. Eine Art Stöhnen oder Ächzen.

»Störe ich wirklich nicht?«, erkundigte er sich. »Ich

vermute, du hast Besuch. Ich könnte ein andermal vorbei-
schauen. Das wäre kein Problem.«

»Das war das Haus«, erklärte Fitcher.

»Das Haus stöhnt?«

»Es ist alt und gebrechlich. Häuser fühlen wie Menschen
… oder Wölfe. Sie ächzen, klagen und seufzen, wenn ihre
Glieder schmerzen.«

»Ja, sicher. Das wird es gewesen sein.«

»Du glaubst mir nicht? Komm mit und überzeuge dich!
Außer uns ist niemand hier.«

Hexenmeister Fitcher drehte sich um und schritt den
langen Flur entlang bis zu einer Treppe, die hinab in die
Dunkelheit führte. Wolf, der ihm zögernd gefolgt war, wich
zurück.

»Das ist nicht notwendig«, versicherte er. »Ich glaube dir
… Zweifelsfrei hat das Haus gestöhnt und keines deiner
Opfer.«

Fitcher duldete keine Widerrede. »Du *willst* den Keller sehen«, überzeugte er Wolf mit eisiger Stimme.

Ein muffiger Geruch lag in der Luft, als sie im schwachen
Schein einer Kerze die steile Wendeltreppe hinabstiegen.
17 Stufen tiefer erwartete sie eine Türe, die aus massiven
Eichenbrettern gefertigt, mit Eisenverstrebungen beschla-
gen und durch ein großes, sehr kompliziert aussehendes
Schloss gesichert war. Unwillkürlich zog Wolf den Schwanz
ein. Nach und nach beschlich ihn das Gefühl, dass es ein
Fehler gewesen war, auf Meisters Rat zu vertrauen.

»Da kommt wohl keiner raus. Habe ich recht? Haha!«,
scherzte er. Sein Lachen klang nach dem Gackern eines auf-
gescheuchten Huhns.

»Du täuscht dich. Die Türe ist nicht abgeschlossen.« Fitcher hob seinen Zeigefinger und stieß sie auf.

Der Keller dahinter war geräumig, aber sparsam möb-
liert. Die sechs Fackeln, die an den feuchten Steinmauern

in Halterungen steckten, beleuchteten ihn nur spärlich. Was sich Wolf in ihrem flackernden Licht darbot, jagte ihm einen kalten Schauer über den Rücken. In der Mitte des Raumes stand eine Steinwanne, auf deren Rand eine Axt und eine Säge lagen. Beide Werkzeuge waren rostig und mit dunklen Flecken anderer Herkunft übersät. Neben der Wanne befand sich eine aus groben Holzbrettern zusammengenagelte Pritsche, die, ganz ohne Matratze und Kissen, wohl nicht der Bequemlichkeit etwaiger Gäste diente. An der rechten Wand waren Eisenketten mit Handschellen befestigt, gegenüber, in einem Regal, lag ein beachtliches Sortiment an Messern unterschiedlichster Formen und Größen. Im hinteren Bereich des Raumes standen vier Stühle um einen runden, mit grünem Filz bezogenen Tisch. Darüber hing ein gut zwei mal vier Ellen großes Bild an der Wand, das einen kahlköpfigen Mann zeigte, der seine Hände an die Wangen presste und mit weit aufgerissenen Augen einen Schrei ausstieß.

»Nett«, sagte Wolf. »Wirklich nett. Der Hobbykeller?«

»Gewissermaßen«, bestätigte der Hexenmeister.

Hatte Wolf einen Hauch von Mimik in diesem sonst so regungslosen Gesicht erkannt? Den Anflug eines Lächelns?

»Es ist das Spielzimmer«, verdeutlichte Fitcher.

»Und … äh … Was spielst du hier, wenn ich fragen darf?«

»Schafkopf.«

»Alleine?«

»Manchmal empfange ich Freunde.«

»Und gehen die auch wieder?« Wolf betrachtete die Steinwanne. »Ist das getrocknetes Blut da an den Rändern?«

Da war er wieder, dieser unerträgliche Blick, mit dem ihm Fitcher tief in den Kopf zu blicken schien.

»Ich präpariere … Tiere«, erläuterte er. Das Wort *Tiere* war nicht mehr als ein Flüstern.

Wolf nickte. Viel hatte er von dem Haus noch nicht zu

sehen bekommen, aber Tierpräparate waren ihm weder hier herunten noch oben im Flur aufgefallen.

»Fein, fein«, murmelte er. »Alles sehr beeindruckend. Ich denke, wir können die Kellerbesichtigung beenden. Niemand da, wie du gesagt hast.«

»Wir bleiben«, entschied Fitcher. »Wir sind noch nicht fertig.«

»Lauf!«, flüsterte Läuschen. »Lauf so schnell du kannst! Der will dich ausstopfen.«

»Habe ich nicht vorhin gesagt, du sollst den Schnabel halten, wenn sich zwei Säugetiere unterhalten?«, schimpfte Wolf. »Nicht du, Fitcher«, beeilte er sich zu erklären. »Ich spreche nicht mit dir.«

»Läuschen?«, riet der Hexenmeister.

»Ja, Läuschen. Du kannst es hören? Normalerweise …«

»Ich höre es nicht. Ich fühle seine Präsenz in deinem Kopf.«

»Es ist in meinem Ohr«, konkretisierte Wolf. »Genau gesagt, im rechten.«

Fitcher zeigte sich an Wolfs Erklärung nicht interessiert. »Lassen wir das Plauschen. Weswegen bist du hergekommen?«

»Nun, es ist so … Wo soll ich beginnen? Es ist etwas Schreckliches passiert. Eine gute Bekannte ist ermordet worden … unter mysteriösen Umständen und sehr grausam.«

»Die Hexe.«

Wolf starrte Fitcher an. Für jemanden, der abgeschieden im Wald lebte, war der Hexenmeister erstaunlich gut informiert.

»Richtig, die Hexe«, bestätigte Wolf. »Und jener Freund, den ich zuvor erwähnt habe, meint, es könnte sich um die Tat eines Reihenscheusals handeln.«

»Reihenscheusal?«

»Das muss ich erklären: Ein Reihenscheusal ist jemand,

der mehrere identische Morde begeht. Identisch, was die Wahl seiner Opfer anbelangt.«

»Also ein Serienmörder.«

»Wenn dir der Ausdruck besser gefällt, meinetwegen. Ich denke, *Reihenscheusal* wird sich als Fachbegriff auf lange Sicht gesehen durchsetzen.«

Fitcher wirkte ungeduldig. »Gut, dass wir das geklärt haben, Wolf. Aber was führt dich zu mir?«

»Na ja, besagter Freund meint, was Reihenscheusalitäten anbelangt, würdest du über ein ausgeprägtes Wissen verfügen.«

»Meint er das?«

»Ja. Und du könntest mir helfen, denjenigen zu finden, der diese Bluttat begangen hat.«

»Der Tod der Hexe geht dir nahe?« Fitcher musterte Wolf von oben bis unten.

»Sicher, ja. Sie war eine nette Frau. Wie gesagt, ich kannte sie seit einer Ewigkeit. Sie hat das beste Gute-Laune-Kraut angebaut, das man in Siebenbergen bekommt. Und jetzt eben nicht mehr bekommt. Der Mörder hat nämlich die letzte Ernte geraubt, musst du wissen.«

»Es geht dir also um das Kraut und nicht um die tote Frau?«, forschte der Hexenmeister.

»Ja … Nein. Es geht mir um beide.«

»Und was hast du vor, solltest du den Übeltäter entlarven?«

»Ich werde …« Wolf überlegte. So im Detail hatte er sich damit noch nicht beschäftigt. »Ich werde ihn zur Rechenschaft ziehen.«

»Zur Rechenschaft? Was darf ich mir darunter vorstellen? Willst du ihn fressen?«

»Das überlege ich mir, wenn es so weit ist. Ich bin bekannt für meine Spontaneität.«

Fitcher nahm die Axt vom Wannenrand und strich mit

dem Daumen über die Klinge, als wollte er ihre Schärfe prüfen. Auch dabei ließ er Wolf nicht aus den Augen.

»Aber wenn du mir nicht helfen kannst oder willst …« Hastig schlich Wolf drei Schritte zurück. »Kein Problem, ist nicht schlimm. Schwamm drüber und nichts für ungut. Vielen Dank jedenfalls. Ich werde mich dann wieder auf den Weg …«

»Natürlich könnte ich dir helfen«, lenkte der Hexenmeister ein. »Natürlich könnte ich dir sagen, was einen Serienmörder antreibt, was ihn zu dem werden lässt, was er ist, weshalb er in seiner Kindheit schon relativ früh anfängt, Tiere zu quälen, und relativ spät damit aufhört, ins Bett zu machen, warum er bei seinen Opfern Trophäen sammelt und …«

»Richtig!«, unterbrach ihn Wolf. »Ein Goldzahn der Hexe wurde entwendet.«

Fitcher überging den Einwand. »… und im Gegenzug manchmal geheimnisvolle Botschaften am Ort des Verbrechens zurücklässt«, sprach er weiter. »Zudem könnte ich dir verraten, welch wundersames Verhältnis so ein Serienmörder zu seiner Mutter unterhält und wie er es anstellt, auf seine Mitmenschen völlig unverdächtig zu wirken.«

Wolf entspannte sich ein wenig. »Ja, gerne. Das wäre nett.«

Fitcher legte die Axt beiseite. »Vielleicht könnte ich dir sogar einen Hinweis geben, wer im konkreten Fall dahintersteckt.«

Mit so viel Hilfsbereitschaft hatte Wolf nicht gerechnet. Alles in allem lief es besser als erwartet.

»Ich bitte darum«, lächelte er. »Das würde mir die Sache sehr erleichtern. Wer war es?«

Der Hexenmeister fixierte ihn abermals eine halbe Ewigkeit, bevor er antwortete. »Nein, Wolf, ich bedaure. Ich möchte dir keinesfalls das Erfolgserlebnis nehmen, es selbst herausgefunden zu haben.«

Die Lage ist ernst

»Das hat es ja voll gebracht«, lästerte Flöhchen.

»Genau«, stimmte Läuschen zu. »Die ganze Aufregung für die Katz. Den Weg hätten wir uns sparen können.«

Wolf konnte nur zustimmen. Ihn ärgerte es am meisten, dass er Hexenmeister Fitcher mit leeren Händen verlassen hatte.

»Und dann, als er gesagt hat, er wäre mir sehr verbunden, würde ich ihn über meinen Kenntnisstand auf dem Laufenden halten …«, knurrte er. »Was denkt er sich? Ich bin doch nicht sein Laufbursche.«

Läuschen lachte bitter. »Ja, so höflich hat er sich zwar ausgedrückt, gemeint hat er aber zweifellos, du würdest einem langen, schmerzvollen Ende in seinem Keller entgegensehen, solltest du ihn *nicht* auf dem Laufenden halten.«

Auf halbem Weg nach Hause hatte sich Wolf zu einer Rast am Waldrand entschlossen und sich neben dem Weg ins hohe Gras gelegt. Er ließ sich die Sonne auf den Bauch scheinen und betrachtete die Stadt und das Königsschloss, das in der Ferne hinter dem Fluss mit seinen spitzen Türmen aus der Landschaft ragte.

»Wie stellt er sich das vor, der Mann in Schwarz?«, klagte er. »Denkt er, ich würde jeden Tag zu ihm rennen und Bericht erstatten. Lächerlich! Ich habe wahrlich Besseres zu tun. Warum interessiert ihn der Tod der Hexe überhaupt?«

»Du könntest dir einen Nachrichtenraben zulegen«, schlug Läuschen vor. »Es wäre allerhöchste Zeit. Fast jeder hat einen. Die werden immer billiger und können immer mehr. Die neuesten Züchtungen kriegst du schon um vier Thaler. Nur die weißen sind viel teurer, obwohl sie gar nicht besser sind.«

»Vier Thaler?« Wolf tippte sich an die Stirn. »Bin ich

verrückt? Um das Geld kann ich mir im Schlachthof ein Viertel eines Pferdes kaufen.«

»Was machst du mit einem Viertel Pferd?«

»Essen.«

»Denk doch nach«, mischte sich Flöhchen ein. »Praktisch sind diese Raben allemal. Du würdest dir viele Wege ersparen. Läuschen hat recht. Besorg dir einen!«

»Bestimmt nicht! So ein neumodisches Zeug kommt mir nicht in die Höhle, nur um mit dem Hexenmeister zu kommunizieren. Allem Anschein nach weiß er sowieso mehr als ich. Habt ihr es nicht komisch gefunden, dass er über sämtliche Vorkommnisse aufgeklärt war. Sogar über euch hat er Bescheid gewusst. Kann mir einer sagen, von wem er seine Informationen bezieht?«

»Wer käme denn in Betracht?«, stellte Flöhchen eine Frage in den Raum, die Wolf schon die längste Zeit beschäftigte.

»Gehen wir die Liste jener Personen und Tiere durch, die vom Tod der Hexe bisher wissen.« Wolf überlegte kurz. »Alle, denen ich davon erzählt habe«, gab er sich selbst die Antwort. »Beziehungsweise alle, die beim Fund ihrer Überreste dabei waren. Also, in chronologischer Reihenfolge: ihr beide, Meister, meine Burschen, Katze sowie Aschenputtel.«

»Und Hähnchen und Hühnchen«, fügte Läuschen hinzu.

»Hähnchen war zwar im Haus, nicht aber in der Küche«, widersprach Wolf. »Vom Mord hat es nichts mitgekriegt.«

»Und da Fitze Fitcher über Läuschen und mich ebenfalls Kenntnis erlangt hat«, merkte Flöhchen an, »bringt mich das zur nächsten Frage: Wer von den erwähnten Personen, Tiere inklusive, weiß, dass wir in deinen Ohren leben?«

Wolf seufzte. »Da bleiben nicht viele übrig. Ihr beide, Aschenputtel, meine Burschen und Katze.«

»Und wer von denen unterhält Kontakte zu Fitze?«, führte Flöhchen die Befragung fort.

Wolf zuckte mit den Schultern. »Soweit ich weiß, niemand.

Ich kann mir nicht vorstellen, dass einer oder eine der Genannten für diesen Typen als Informant arbeitet. Warum sollte er oder sie das tun?«

»Da muss man nicht lange nachdenken«, sagte Flöhchen. »Geld. Am Ende geht es immer nur ums Geld.«

»Meine Burschen und Katze besitzen keinen Pfennig. Wenn sie sich in der Waldschenke ihre Bäuche vollschlagen, lassen sie ihre Zeche auf meine Rechnung schreiben. Ihr zwei habt auch keines, sonst würde es in meinen Ohren klingeln, und Aschenputtel wird von mir bezahlt.«

»Vielleicht nicht ausreichend«, mutmaßte Läuschen.

Wolf beendete das Rätselraten. Die warmen Sonnenstrahlen hatten ihn müde gemacht. Eine angenehme Schwere kroch in seine Glieder. Er schloss die Augen und fiel in einen tiefen Schlaf. Er träumte von der Hexe, die nackt in der Steinwanne des Hexenmeisters lag. Ihr Körper war von unzähligen Stichwunden übersät. Hilfesuchend streckte sie ihre Hände nach Wolf aus, wobei sie immer wieder ein schrilles Lachen ausstieß. Er wollte sie packen und aus der Wanne ziehen, doch bei jedem Schritt, den er auf sie zuging, entfernte sie sich um die doppelte Distanz. Plötzlich zuckte ein Blitz vom Himmel, und Wolf fand sich hinter dem Knusperhäuschen wieder. Regen prasselte auf ihn herab. Wo einst der Kräutergarten gewesen war, stand jetzt ein Apfelbaum, auf dem verfaulte Früchte hingen. Aschenputtel tanzte um ihn herum. Sie zog den Saum ihres Rockes in die Höhe und entblößte ihre Knöchel.

Das Klappern galoppierender Pferdehufe riss Wolf aus seinem Traum. Als er die Augen öffnete, erblickte er einen Reiter auf einem pechschwarzen Ross, der aus der Stadt kommend entlang des Waldrandes unterwegs war.

»Jemand nähert sich«, bemerkte Läuschen.

»Ja, den kenne ich«, sagte Wolf. »Was meint ihr, wollen wir ihn erschrecken?«

Just in diesem Moment hielt der Reiter sein Pferd an und stieg ab. Er hatte Wolf noch nicht entdeckt und machte sich daran, an einem Brombeerstrauch seine Notdurft zu verrichten. Der Mann war vornehm gekleidet, trug ein Wams aus dunkelblauem Samt, dazu passende knielange Hosen, blütenweiße Strümpfe und spitze schwarze Schnallenschuhe, die sich neuerdings in der Stadt größter Beliebtheit erfreuten. Sein Kopf war bedeckt von einem weißen, für Wolfs Geschmack viel zu hohen Hut, auf dem eine Pfauenfeder im Wind wackelte. Und natürlich trug er sein Markenzeichen, einen fünf Zoll breiten Gürtel aus schwarzer, glänzender Seide.

»Sieben auf einen Streich, hä?«, rief Wolf dem Reiter zu.

»Ach, rutsch mir doch den Buckel runter, Wolf!«, antwortete Schneider, ohne sich umzusehen. »Versteckst dich hier und erschreckst ehrbare Leute ... Hast du nichts Besseres zu tun?« Erst nachdem er sein Geschäft erledigt hatte, wandte er sich Wolf zu. »Aber gut, dass ich dich treffe. Ich wollte ohnehin zu dir. Sag, was treibst du da, ganz alleine in der Wiese?«

»Oh, ich genieße die Sonne. Wer weiß, wie lange uns der Sommer erhalten bleibt. Hübsches Pferd übrigens.«

»Nicht nur hübsch, mein Freund. Vor dir steht ein wahrlich edler Hengst. Sein Stammbaum ist länger als der des Königs.«

Wolf nickte anerkennend. »Jaja, unser Schneiderlein hat es zu etwas gebracht.«

»Schneider, bitte. Die Schneiderlein-Zeiten sind vorbei.«

»Und doch willst du auf deinen Gürtel nicht verzichten, obwohl du ihn schon um ein beachtliches Stück verlängern musstest, wie ich sehe.«

Schneider klopfte auf seinen Bauch, über dem sich der

Gürtel so sehr spannte, dass die mit Silberfäden gestickte Aufschrift *Sieben auf einen Streich* fast bis zur Unleserlichkeit in die Breite gezogen wurde.

»Ist es mir gestattet, dir Gesellschaft zu leisten?«, fragte er, während er gemächlich auf Wolf zukam. Zur Schonung seines Hosenbodens breitete er ein Taschentuch auf der Wiese aus und ließ sich ächzend darauf nieder. »Ja, ich sollte mehr Bewegung machen«, gab er zu.

»Oder weniger essen.«

»Das ist schwierig, wenn man am Hofe ein- und ausgeht.« Schneider seufzte theatralisch. »Die neungängigen Festmahle, die Soireen, die Weinverkostungen, und das Tag für Tag, sind wahrlich eine Plage.«

»Armer Teufel! Dich trifft ein hartes Los als Günstling des Prinzen.«

»Ich bin sein Schneider, lieber Wolf. Ich arbeite hart für meinen gesellschaftlichen Stand.«

»Sein Schneider«, wiederholte Wolf, »und enger Berater und Verweser der Künste und Haus- und Hofjagdmeister und … na, du weißt schon. Habe ich was vergessen?«

Schneider legte seine Stirn in Falten. »Höre ich etwa Spott aus deinem Mund? Hüte deine Zunge, mein Freund, hüte deine Zunge! Die Stelle als Jagdmeister habe ich übrigens aufgegeben. Die Jagd betreibe ich nur privat zu meinem persönlichen Pläsier.«

Wie sehr sich Schneider verändert hatte. Damals, als er im Dienste König Dummlings gestanden war, als man ihn noch Schneiderlein hatte nennen dürfen, war er ein unbekümmerter junger Spund gewesen und für jeden Spaß zu haben. Da war er mit Wolf und Meister gerne bis in die frühen Morgenstunden in der Waldschenke gehockt, hatte sich bis zum Erbrechen betrunken, Zwerge verprügelt und nicht nur einmal in Wolfs Höhle seinen Rausch ausgeschlafen, weil er nicht mehr in der Lage gewesen war, den Heimweg zu finden. Als der junge Prinz das Zepter von seinem Vater übernommen und Schneider zu seinem Vertrauten gemacht hatte, war das vorbei gewesen. Auf einmal hatte der Herr kein Interesse mehr gezeigt, in gewöhnlichen Gasthäusern mit dem Pöbel und den Tieren zu verkehren. Seither bewegte er sich im Kreise der besseren Gesellschaft, der gepuderten, ohne Unterlass mit Fächern wedelnden Lackaffen, die es durch finanzielle Zuwendungen an den Prinzen geschafft hatten, dessen Gunst zu erwerben.

»Du wolltest zu mir?«, fragte Wolf. »Was liegt an? Ich vermute, es geht um die Jubiläumsfeier.«

Schneider nickte ernst. »Hör zu, Wolf, was ich dir jetzt sage, sage ich nicht nur als Verweser der Künste und Veranstalter der Feierlichkeiten, sondern vor allem als dein Freund.«

»Freund?« Wolf lachte heiser. »Das mit der Freundschaft liegt lange zurück. Wann haben wir uns denn das letzte Mal gesehen? Privat, meine ich.«

»Lass es gut sein. Die Zeiten ändern sich. Menschen ändern sich, und … hm … Wölfe ändern sich vermutlich ebenso. Wie auch immer …« Schneider streckte seinen Hals und kratze sich am Kinn. »Man ist dir bei Hofe nicht wohlgesonnen.«

»In der Tat? *Quel malheur!*«

»Häme ist nicht angebracht. Die Lage ist ernst. Der Prinz verfolgt dein Handeln mit Argwohn.«

»Wen interessiert's?«, schnaubte Wolf verächtlich.

»Es sollte *dich* interessieren. Denk an das anstehende Konzert deiner Musikanten. Es hängt an einem seidenen Faden.«

Wolf sprang auf. »Warum denn das?«, fragte er scharf. »Es ist alles vereinbart. Du selbst hast mir zugesagt, dass meine Burschen und Katze auftreten dürfen.«

»Ja, ich weiß, das tat ich. Und dazu stehe ich. Nur, wenn sich der Prinz querlegt, sind mir die Hände gebunden.«

»Und weshalb sollte er sich querlegen?«, forschte Wolf. Ohne es zu wollen, war seine Stimme lauter geworden.

»Dafür gibt es mehrere Gründe«, begann Schneider und spreizte den linken Daumen von seiner Faust ab. »Zum einen sind dem Prinzen die Texte deiner Schützlinge ein Dorn im Auge. Sie sind so – nun, wie soll ich es formulieren? – frivol, um es höflich auszudrücken. Manchmal einfach nur schmutzig und anstößig.« Zum Daumen gesellte sich ein Zeigefinger. »Und dann die ständige Verherrlichung von Drogen ... Die stößt dem Prinzen sauer auf. Er sieht es nicht gerne, wenn seine Untertanen unter dem Einfluss von Gute-Laune-Kraut und Co. ein Lotterleben führen.«

»Den Leuten gefallen die Texte«, erwiderte Wolf trotzig. »Darauf kommt es an.«

»Richtig. Das habe ich dem Prinzen auch gesagt. Aber das ist nicht alles.« Schneider streckte seinen Mittelfinger. »Nummer drei: Das Verhalten deiner Musikanten auch abseits der Bühne sorgt am Hofe für Irritation.«

»Was meinst du? Was haben sie denn Schreckliches getan?«

»Die Hausbesetzung zum Beispiel. Ein übler Fauxpas.«

»Was kümmert es den Prinzen? Das war ein Räuberhaus. Der Prinz sollte froh sein, dass meine Musikanten das Gesindel aus der Gegend vertrieben haben.«

»Doch gehören Grund und Boden jetzt dem Prinzen, musst du wissen.«

»Er hat das Haus den Räubern abgekauft?«

Schneider wand sich. »Na ja, nicht im eigentlichen Sinne. Er hat es enteignet. Egal, das spielt keine Rolle. Seine Mittelsmänner suchten das Gespräch mit deinen Musikanten und boten ihnen an, das Haus zu mieten, doch die lehnten ab. Du weißt schon, das ewige Geleier: *Eigentum ist Diebstahl, jeder hat ein Recht auf Wohnraum, Tod den Spekulanten* und dergleichen. Daraufhin entschied der Prinz, sie entfernen zu lassen.«

»Dann dank ihm recht herzlich dafür! Denn jetzt habe ich sie am Hals. Sie sind zu mir in die Höhle gezogen.«

»Siehst du!« Schneiders Blick erhellte sich. »Dir gefällt das auch nicht. Schließlich braucht jeder seine Privatsphäre.«

»Und was will er noch, der Herr Prinz? Die Hausbesetzung ist beendet.«

»Da gibt es eine weitere Sache, die ihn traurig stimmt. Und diesmal betrifft es dich persönlich.«

»Mich persönlich? Das kann ich mir nicht vorstellen. Ich habe ihm nie etwas getan.« Wolf ließ sich wieder neben Schneider nieder und deutete auf das Pferd, das vor ihnen auf der Wiese graste. »Sag, wie tief muss man für so ein Ross in die Tasche greifen?«

Schneider ging nicht darauf ein. »Versuche nicht vom Thema abzulenken! Dem Prinzen kam diese unschöne Angelegenheit mit Rotkäppchen zu Ohren.«

»Wie jedem anderen auch«, stöhnte Wolf.

»Es macht ihn betroffen, wie du sie behandelt hast. Erst verführst du das Kind, dann wirfst du es weg und stiehlst dich davon.«

»Rotkäppchen ist kein Kind!«, protestierte Wolf. Wie immer, wenn dieses Thema zur Sprache kam, begann es in ihm zu brodeln. »Sie ist erwachsen, nahezu jedenfalls, und sie weiß, was sie tut. Und überhaupt, was hat der Prinz mit ihr zu schaffen? Seit wann ist er an der holden Weiblichkeit interessiert? Die Ehe mit Aschenputtel währte ja nur kurz und wurde, soviel mir bekannt ist, nie vollzogen.«

»Das musst du verstehen. Als die beiden heirateten, war der Prinz ein unerfahrener Bursche, der nicht wusste, wonach ihm der Sinn stand. Wie sich bald herausstellte, war Aschenputtel, die ich übrigens sehr schätze, leider nicht die Richtige für ihn. Obwohl …« Schneider schmunzelte listig. »Er ist nach wie vor ein großer Verehrer goldener Pantoffeln.«

71

»Und was begründet seine Sympathien für Rotkäppchen? Auch sie wird kaum *die Richtige* für ihn sein.«

»Die beiden sind auf eine andere Weise verbunden. Er schätzt ihr Wesen, ihre unbekümmerte, frische Art. Sie inspiriert ihn. Nicht umsonst ist sie ein gern gesehener Gast im Schloss. Und …« Schneider überlegte kurz. »Sie hat Einfluss auf ihn, und der könnte dir zum Nachteil gereichen. Nachdem du sie mit deinem groben Verhalten verletzt hast, tut sie alles, um dich beim Prinzen anzuschwärzen. Offen gesagt, lässt sie kein gutes Haar an dir.«

»Was das anbelangt, erzählst du mir nichts Neues. Das habe ich schon bemerkt. Ich kriege ständig die wüstesten Schauergeschichten zu hören.«

»Es könnte durchaus noch mehr Ungemach auf dich zukommen. Der Prinz überlegt ernsthaft, das Konzert deiner Musikanten aus dem Festprogramm zu streichen. Möchtest du das riskieren?«

Wolf ließ seinem Ärger freien Lauf. »Programm?«, fuhr er Schneider an. »Von welchem Programm sprichst du? Es sind lediglich zwei Auftritte geplant. Wenn uns der Prinz rausschmeißt, bleibt nur Drosselbart, der König der Drehleier, übrig. Ein bisschen schäbig für ein Fest zu Ehren des Königs, findest du nicht?«

»Immerhin ist Drosselbart unbestritten der Höhepunkt des Abends. Zudem werden auch Jongleure und Pantomimen auftreten und ein Magier aus Hinterbergen.«

»Oh, Pantomimen!«, höhnte Wolf. »Das Publikum wird begeistert sein.«

»Dein Mangel an Kooperationsbereitschaft enttäuscht mich. Bedenke, dass jeder ersetzbar ist. Es werden sich andere Musikanten finden, die die Lücke füllen. Deine Leute sind nicht die einzigen in Siebenbergen.«

»Aber die besten!«, entfuhr es Wolf. Über diese Äußerung musste er beinahe selbst lachen. »Jedenfalls die billigsten.

Du findest sonst keinen, der sich für drei Thaler auf die Bühne stellt. Nebenbei bemerkt, ist die Affäre mit Rotkäppchen vorbei. Reicht das dem Prinzen nicht?«

»Bedauerlicherweise nein. Er hält es für angebracht, dass du dich bei ihr entschuldigst. Aber ordentlich, mit Blumen und Konfekt oder dergleichen.«

Empört fuhr Wolf auf. »Entschuldigen? Wofür?«, rief er so laut, dass sich Schneiders Pferd wiehernd aufbäumte und quer über die Felder davongaloppierte.

»Für dein Fehlverhalten. Du weißt genau, was du falsch gemacht hast.« Schneider stemmte sich mühsam in die Höhe. »Na, toll«, grunzte er. »Da sind überall Ameisen auf meiner Hose. Und jetzt kann ich auch noch meinem Ross nachrennen. Das wird ein Spaß. Seidenflöckchen!«, rief er dem Pferd hinterher. »Seidenflöckchen!«

»Dein Hengst heißt Seidenflöckchen?«, wunderte sich Wolf.

Schneider klopfte ihm auf die Schulter. »Ich meine es gut mit dir, Wolf. Rede mit Rotkäppchen. Bring die Sache in Ordnung, dann können deine Musikanten am Stadtplatz zeigen, was in ihnen steckt.«

Der gute Wastl

Wolf fand Rotkäppchens Großmutter hinter ihrem Haus. Sie saß gebückt auf der Holzbank, hielt ihren Gehstock mit beiden Händen umklammert und hatte die Augen geschlossen. Ein zufriedenes Lächeln umspielte ihren runzligen Mund.

Die Bank war ihr Lieblingsplätzchen, von dem aus sie den Garten überblicken konnte. Noch im letzten Jahr war er ein einziges, üppiges Blumenmeer gewesen, in dem Narzissen,

Hyazinthen, Tulpen, Stiefmütterchen, Margeriten, Astern und viele weitere Pflanzen vom Frühjahr bis in den Herbst hinein geblüht hatten. Doch im letzten Winter war es mit Großmutters Gesundheit rasant bergabgegangen. Die eisige Kälte im Dezember und Jänner hatte ihr schlimm zugesetzt und ihren körperlichen wie geistigen Verfall vorangetrieben. Nun war sie zu gebrechlich, zu verwirrt, um sich um die Beete zu kümmern, und so wucherte in ihnen lediglich das Unkraut.

Sie bemerkte Wolf erst, als er direkt vor ihr stand.

»Wolf, das freut mich«, sagte sie ein wenig verschlafen. »Was verschlägt dich zu mir?« Sie hatte einen ihrer guten Tage. Es kam nicht oft vor, dass sie ihn auf Anhieb erkannte.

»Ich freue mich ebenso, dich zu sehen, Großmutter«, erwiderte er. »Ich war gerade in der Gegend und habe mir gedacht, besuch doch die nette alte Frau, damit sie nicht so alleine ist.«

Großmutter tätschelte seinen Kopf. »Du bist ein Guter. Sag, welchen Tag haben wir heute?«

»Donnerstag, Großmutter. Es ist Donnerstag.«

»Oh, donnerstags bin ich nie alleine. Da besucht mich mein Enkelkind.«

Montags und donnerstags, um genau zu sein. Wolf nickte. Das wusste er natürlich. An diesen Tagen waren er und Rotkäppchen hier des Öfteren zu einem Stelldichein verabredet gewesen. Eigentlich war sie es, die er sprechen wollte. Er war gekommen, um reinen Tisch zu machen. Gezwungenermaßen. Nicht seinetwegen, sondern im Interesse seiner Burschen und Katze.

»Rotkäppchen muss bald kommen«, sagte Großmutter mit ihrer kratzigen Stimme. »Sie bringt mir Speis und Trank von meiner Tochter. Wie immer. Jedes Mal schleppt sie das gleiche an. Diesen trockenen Kuchen, den ich ja doch nur an die Vögel verfüttere. Und der Wein ist der billigste, den man in der Stadt kriegen kann, so sauer, dass sich meine Mundschleimhäute in Falten legen wie mein altes Gesicht. Erzähl mir, Wolf, was draußen in der weiten Welt vor sich geht. Hier in meiner einsamen Hütte bin ich die Letzte, die Neuigkeiten erfährt. Rotkäppchen ist wortkarg. Kaum ist sie da, muss sie schon wieder weg … Sie hat viel zu tun, weißt du, sie ist ein beschäftigtes junges Ding.«

Beschäftigt am Hofe, dachte Wolf, und damit, ihm das Leben schwerzumachen.

»Ich wusste nicht, dass sie Kontakte zum Prinzen unterhält«, nahm er das Thema auf. »Stimmt das?«

»Ja, das ist richtig«, bestätigte Großmutter. »Sie und der junge Prinz verstehen sich prächtig.«

»Wie kommt das? Üblicherweise bevorzugt der edle Herr blaublütige Gesellschaft und wenn schon nicht blaublütige, dann zumindest gut betuchte.«

Großmutter streckte ihren krummen Rücken. Nachdenklich blinzelte sie in die Sonne. »Nun, es liegt schon einige Zeit zurück, dass er sie an seinen Hof holen ließ. Das war nachdem er von ihrem verwandtschaftlichen Verhältnis erfahren hatte.«

»Bitte?« Wolf war irritiert. »Verwandtschaftliches Verhältnis? Wie meinst du das?«

»Hat sie dir nie davon erzählt?«

»Rotkäppchen? Nein, das hat sie nicht.«

Mit zitternder Hand kraulte Großmutter Wolf am Kinn. »Dann werde ich es tun. Es ist kein Geheimnis.«

»Also wie?«, drängte er. »Rotkäppchen und der Prinz sind verwandt?«

»Ja, in der Tat, das sind sie. Der alte König Dummling war in seiner besten Zeit ein rechter Hallodri«, lächelte sie versonnen. »Zum Ärger der verstorbenen Königin lief er allem hinterher, das einen Rock trug.«

Ganz im Gegensatz zu seinem Sohn, dachte Wolf.

»Was Frauen anbelangte, war er kein Kostverächter. Auf Reisen, bei Jagdausflügen, wenn er seine Untertanen besuchte … Er hatte in jedem Stall ein Pferdchen stehen, wie man so schön sagt. Du verstehst, was ich meine.«

Wolf verstand.

»Und so ergab es sich«, fuhr Großmutter schmunzelnd fort, »dass ihm so manches uneheliche Kind geboren wurde.«

»Richtig.« Dass sich in Siebenbergen der eine oder andere königliche Bastard herumtrieb, war allseits bekannt. »Aber was hat das mit Rotkäppchen zu tun?«, wollte Wolf wissen.

»Sag bloß, sie ist seine Tochter.«

»Sie nicht, aber ihre Mutter.«

»Ihre Mutter also …« Wolf überlegte. »Dann ist ihre Mutter quasi des Prinzen Halbschwester und Rotkäppchen seine … Halbnichte?«

»So ist es, Wolf«, bestätigte Großmutter.

Wolf spann den Gedanken weiter. »Dann ist die Mutter von Rotkäppchens Mutter eine jener ehr- und schamlosen Jungfern gewesen, die sich in einer schwachen Stunde dem König hingegeben haben.«

»Wenn du es so ausdrücken willst …«

Er schüttelte den Kopf. »Nein, du musst dich irren. Das kann nicht stimmen. Die Mutter von Rotkäppchens Mutter bist ja du.«

»Stimmt. Und es waren mehrere schwache Stunden.«

»Oh.«

Großmutter atmete tief durch. »Verurteile mich nicht! Dummling war ein fescher und fröhlicher Bursche, großzügig und auf seine Weise ehrlich. Er versprach nie etwas, das er nicht halten konnte. Die Ehe zum Beispiel. Und wenn man, so wie ich, aus ärmlichen Verhältnissen stammt, sagt man nicht nein zu etwas königlicher Zuwendung, selbst wenn sie nicht den gängigen Moralvorstellungen entspricht.«

Eine Schwebfliege tanzte vor Wolfs Schnauze auf und ab. Sie schien nicht zu wissen, wohin sie wollte. Schließlich landete sie auf seiner Nasenspitze und begann, ihre riesigen Augen zu putzen. Wolfs Versuch, sie mit der Zunge zu erwischen, schlug fehl.

»Verzeih mir, Großmutter«, murmelte er und kratzte sich am Hals. »Ich wollte dich keineswegs beleidigen. Das mit den *ehr- und schamlosen Jungfern* trifft selbstverständlich nicht auf dich zu.«

Großmutter lachte. »Ist schon gut. Ich war jung, ich brauchte das Geld. Jetzt bin ich alt und habe alles erlebt, was man erleben kann. Mich erschüttert längst nichts mehr. Und nun du, Wolf. Erzähl mir, wie es dir ergeht.«

»Im Moment herrschen schwierige Zeiten«, berichtete er nach einem tiefen Seufzen. »Eine gute Freundin ist gestorben. Sie wurde das Opfer eines Meuchelmörders und Diebes. Ihr Schicksal hat mich sehr getroffen.«

»Tut mir leid, das zu hören.«

»Und da diese Untat sonst niemanden interessiert, liegt es an mir, für Gerechtigkeit zu sorgen und den Bösewicht zur Verantwortung zu ziehen.«

»Wer war die arme Seele?«

»Du wirst sie nicht kennen. Sie ist … war … eine Hexe aus dem Dunklen Wald. Sie lebte ungefähr anderthalb Stunden westlich von hier, nahe dem ersten der Sieben Berge.«

Großmutter sah Wolf aufmerksam an. »Möglicherweise kenne ich sie doch. Ist es die, die man Knusperhäuschen-Hexe nennt?«

»So nennt sie zwar niemand, aber ja, sie hatte ihr Haus aus Brot, Kuchen und Zucker gebaut. Frag mich nicht, warum. Vielleicht wollte sie ihre alten Lebensmittel nicht wegwerfen. Na ja, sie war immer ein bisschen wunderlich.«

Großmutter schloss ihre Augen und streckte ihr Gesicht den Sonnenstrahlen entgegen. »Dann ist es die, die ich meine. Eine schrullige, aber wirklich nette und lustige Person. Wir sind uns früher öfters im Schloss begegnet.«

»Im Schloss?« Überrascht richtete sich Wolf auf. »Mir war nicht bekannt, dass sie jemals den Dunklen Wald verlassen, geschweige denn, sich im Schloss aufgehalten hat. Was wollte sie denn dort?«

»Verurteile auch sie nicht, denn wie ich war sie eine von Dummlings Gespielinnen. Manchmal besuchte er uns, manchmal ließ er uns heimlich aufs Schloss bringen, meistens wenn seine Gemahlin unpässlich darniederlag. Und manchmal bat er mehr als nur eine von uns zur gleichen Zeit in seine Gemächer.«

»Na, da hört man ja Sachen …«, grinste Wolf.

»Deine Hexe und ich waren bald ein eingespieltes Gespann.«

»Ein eingespieltes Gespann? Wie darf ich mir das vorstellen?«

»Nun, wir erwiesen unserem König gemeinsam die Ehre. An all seinen erlauchten Ecken und Enden. Eine vorne, eine hinten, eine drunter, eine drauf.«

»Halt, halt, halt!«, wehrte Wolf ab. Er wollte es sich doch nicht vorstellen. »Erspar mir bitte die Einzelheiten!«

Großmutter kicherte. »War ich zu frivol? Du wirkst bestürzt.«

»Du musst mir verzeihen, ich bin etwas perplex. Die Hexe hat mir nie davon erzählt.«

»Wundert es dich? Amouröse Abenteuer an die große Glocke zu hängen, zeugt nicht von gutem Stil. Und deine Hexe war eine sehr würdevolle Frau und äußerst diskret. Damals jedenfalls.« Großmutter schwieg eine Weile. »Es ist so traurig, was mit ihrem Sohn geschehen ist«, sprach sie leise weiter.

»Mit wem?« Wolf dachte, sich verhört zu haben. »Sohn? Sie hatte einen Sohn?«

»Das wusstest du nicht? Kann es sein, dass du dich für deine Freunde und Bekannten zu wenig interessierst?«

»Ich bin nicht neugierig«, stellte er klar. »Das ist etwas völlig anderes. Also, wie war das mit ihrem Sohn?«

»Sie schenkte einem strammen, gesunden Knaben das Leben. Mein Gott, ist das lange her. Ich kann mich gar nicht recht entsinnen …« Großmutter sackte in sich zusammen. Es schien, als würden sich dunkle Wolken über ihre Erinnerung legen, als wäre sie drauf und dran, wieder in einen ihrer Dämmerzustände zu fallen.

»Warte!«, versuchte Wolf sie im Hier und Jetzt zu halten. »Wer war sein Vater? König Dummling?«

Großmutter nickte. »Natürlich. Außer ihm gab es keine Männer in ihrem Leben.«

»Aber was ist aus diesem Sohn geworden? … Großmutter? Hörst du mich? Dieser Sohn … Wo ist er geblieben?«

Langsam drehte sie ihren Kopf in Wolfs Richtung. »Wastl«, hauchte sie heiser. »Da bist du ja.«

Nein, bitte nicht, dachte Wolf, nicht diese Wastl-Sache!

»Wo ist das Stöckchen, Wastl?« Großmutters Blick war trüb geworden. »Hm? Bring mir das Stöckchen!«

Wolf tat ihr den Gefallen. Weiter hinten im Garten lag ein abgebrochener Ast unter einem Zwetschkenbaum. Ohne besondere Eile schlenderte er hin, nahm ihn auf und trug ihn zu Großmutter.

»Du bist ein braver Wastl«, lobte sie. »So ein guter, kleiner Wauwau.« Sie griff nach dem Ast und schleuderte ihn von sich. Der Stock fiel drei Zoll vor ihren Füßen zu Boden. »Bring das Stöckchen, Wastl! Lauf und bring es mir!«

Wolf bückte sich, hob es auf und legte es in ihren Schoß. Wieder warf sie den Ast, wieder landete er direkt vor ihren Beinen.

»Guter Wastl!«, flötete sie. »So ein hübscher Kerl! Wie macht der tote Hund? Na, wie macht er denn?«

Gehorsam legte sich Wolf auf den Rücken und streckte alle viere von sich.

Wastl war vor langer Zeit Großmutters Dackel gewesen, der eines Tages spurlos verschwunden war. Ganz alleine war er in den Wald gelaufen und prompt einem jungen, noch nicht sozialisierten, dafür sehr hungrigen Wolf begegnet. Tja, und dann hatte eines zum anderen geführt, und von Wastl war nur eine schwache Erinnerung in Großmutters marodem Gehirn geblieben.

Wolf legte seine Pfote auf ihren Oberschenkel. »Großmutter, hör mir zu!«, beschwor er sie. »Ich bin nicht dein Wastl. Ich bin es, Wolf. Also, dieser Sohn der Hexe … Was ist aus ihm geworden?«

Kurz lichtete sich der Schleier in ihren Augen. »Der arme Bub«, flüsterte sie so leise, dass Wolf sie kaum verstand. »Deine Hexe konnte sich nicht lange an ihm erfreuen. Ein Adler hat ihn aus seinem Bettchen geholt. Man sagt, er habe den Kleinen entführt, um ihn in seinem Horst großzuziehen. Vielleicht hat er ihn auch an seine Jungen verfüttert.«

Von einem Adler entführt … Großmutter sprach wirres Zeug. Wolf erkannte, dass es keinen Sinn hatte, sie mit weiteren Fragen zu löchern. Von einem Moment auf den anderen war sie in eine andere Welt gewechselt, in eine Welt undurchdringlicher Nebelschwaden, und es war ungewiss, ob sie jemals zurückkehren würde.

»Was tust *du* denn hier?«, riss ihn eine schrille Stimme aus seinen Gedanken.

Erschrocken fuhr er herum. Rotkäppchen funkelte ihn wütend an.

Die ganze Zeit über waren Läuschen und Flöhchen mucksmäuschenstill gewesen. Großmutter hatte sie mit ihren Erzählungen so sehr in ihren Bann gezogen, dass sie es nicht gewagt hatten, die Unterhaltung zu stören. Inständig hoffte

Wolf, das Schweigen der Blutsauger würde länger anhalten, wenigstens so lange, bis es ihm gelungen war, den Verdruss mit Rotkäppchen aus der Welt zu schaffen.

Sie hatten Großmutter draußen in der Sonne sitzen lassen und waren ins Haus gegangen. Während Rotkäppchen Wein und Kuchen aus ihrem Weidenkörbchen holte, setzte sich Wolf auf die Eckbank, genau in den Herrgottswinkel, rutschte aber sogleich ein wenig zur Seite, da er befürchtete, das Kruzifix könne ihm auf den Kopf fallen bei all den Lügen, die er bald von sich geben würde.

Wie meistens trug Rotkäppchen ein extra kurzes Röckchen, diesmal ein rot-weiß-kariertes, mit weißer Schürze, dazu rote Wollstrümpfe, die ihr bis über die Knie reichten, und ein hellblaues Hemdchen. Auf ihrem Kopf saß die obligate rote Haube, ohne die Wolf Rotkäppchen noch nie gesehen hatte, nicht einmal, wenn sie ansonsten splitternackt gewesen war. Als sie sich bückte, um den Wein im Vorratsschrank zu verstauen, blitzte ein weißes, mit Rüschen besetztes Höschen unter ihrem Rock hervor. Wolf zwang sich, nicht hinzustarren, starrte einen Augenblick später dennoch hin und war nicht in der Lage, seinen Blick abzuwenden, bis sich Rotkäppchen wieder aufrichtete.

»Ich frage dich nochmals«, fauchte sie über ihre Schulter hinweg. »Was … tust … du … hier?«

»Ich möchte mit dir reden«, tat er kund. »Ich denke, da gibt es einige Missverständnisse auszuräumen.«

»Missverständnisse?« Rotkäppchen drehte sich zu ihm um. »*Was* bitteschön, soll *wer* missverstanden haben?«

»Nun, ähm, offenbar siehst du unsere – wie nenne ich es am besten – Liaison etwas anders als ich.«

»Wie siehst du sie denn?«, erkundigte sie sich mit scharfer Stimme.

»Na, so … so … weniger kompliziert eben. Schau, wir beide sind erwachsen, wissen, was wir wollen, und haben eine Weile Gefallen daran gefunden, miteinander zu, hm, verkehren. Das war durchaus eine schöne, ergötzliche Erfahrung, die ich bestimmt nicht missen möchte. Nur, wie wir leider feststellen mussten, hat es für ein längeres Konkubinat nicht gereicht. Das liegt weder an dir noch an mir. Das Schicksal hat es vorherbestimmt. Deshalb haben wir als vernünftige Säugetiere einvernehmlich beschlossen, wieder getrennte Wege zu gehen. Das Geschehene werde ich selbstverständlich wohlwollend in Erinnerung behalten.«

»*Einvernehmlich* haben *wir* das beschlossen? Ich vermute, du hast deinen Text auswendig gelernt.«

Ja, das hatte Wolf auf dem Weg hierher tatsächlich. »Natürlich nicht«, wehrte er ab. »Was denkst du von mir? Ich möchte hier ein offenes, unvoreingenommenes Gespräch führen. Auf Augenhöhe, voll gegenseitigem Respekt.«

»So? Das möchtest du? Dann will ich dir sagen, wie ich die Dinge sehe.«

Wolf versuchte ein aufmunterndes Lächeln. »Ich bitte darum. Ich werde aufmerksam zuhören und mich ernsthaft, ohne Vorurteile, mit deiner Meinung auseinandersetzen, denn deine Empfindungen und Gefühle sind mir wichtig. Also bitte, heraus mit der Sprache, sag's einfach frei von der Leber …«

»Dann halt endlich deine Schnauze!«, fuhr sie ihn an. »Dein heuchlerisches Geschwafel kannst du dir sparen! Ehrlich gesagt, habe ich mir von unserer Beziehung mehr erwartet, als ein auf ein paar Monate befristetes Liebesabenteuer. Im Gegensatz zu dir habe ich sie ernst genommen, sie nicht nur als *Liaison* gesehen, wie du es ausdrückst. Ich habe gehofft, du wärst zu einer aufrichtigen Partnerschaft fähig. Also zu gegenseitigem Vertrauen, Wertschätzung, Ehrlichkeit, Achtsamkeit und so weiter. Aber wie ich nun weiß, warst du lediglich an körperlichen Freuden interessiert. Immer nur rauf, runter und auf Wiedersehen. *Ich muss noch etwas Wichtiges erledigen, mich um meine Burschen und Katze kümmern, war schön mit dir, bis bald.* Außer unseren Zusammenkünften hier in Großmutters Haus haben wir nie etwas unternommen. Gemeinsam, meine ich.«

»Was hättest du denn unternehmen wollen?«, erkundigte sich Wolf. Ein unangenehmes Ziehen machte sich in seiner Magengrube bemerkbar.

»Unterbrich mich nicht!«, schnauzte ihn Rotkäppchen an. »Aber wenn du schon fragst … Ein Picknick draußen in der Natur zum Beispiel …«

»Aber wir sind mitten in der Natur, und wenn du uns etwas gekocht hättest …« Ihr Blick brachte Wolf zum Schweigen. »Entschuldigung, bitte fahre fort.«

»Du hättest mich am Kirchtag zum Tanzen ausführen können oder zum Konzert von Drosselbart, als der in der Stadt war … Das hätte mir gezeigt, dass ich dir etwas bedeute. Und ich wäre sehr glücklich gewesen, hättest du mich nur einmal gefragt, ob ich Lust hätte, mit dir die Waldschenke zu besuchen.«

Um Gottes willen, dachte Wolf. Mit Rotkäppchen in der Waldschenke, das hätte ihm gerade noch gefehlt. Das war ein Ort, wo Männer und Rüden zusammenkamen, um die wirklich bedeutenden Dinge zu besprechen. Da legte niemand Wert auf die Anwesenheit von Frauen.

»Ich war naiv«, fuhr Rotkäppchen fort. »Und ich war unerfahren.«

Nein, das warst du nicht, widersprach Wolf in Gedanken. So raffiniert, wie sie bei ihren gemeinsamen Schäferstündchen zur Tat geschritten war, hatte es mit Sicherheit andere vor ihm gegeben.

»Und ich habe mir gedacht, das wird noch. Du bist ein einsamer Wolf und brauchst Zeit, bis du dich öffnen und mitteilen kannst. So habe ich mir dein oft distanziertes, zögerliches Verhalten schönzureden versucht. Doch je länger unsere Beziehung andauerte, desto deutlicher hat sich abgezeichnet, dass ich nur eine gefügige Dirne für dich war, derer du dich nach Lust und Laune bedienen konntest. Und als ich endlich bereit war, alles hinzuschmeißen und Schluss zu machen, rein aus Selbstschutz, bist du wieder vor der Türe gestanden, mit deinem charmanten Lächeln, humorvoll, ja, durchaus eloquent, und hast mich umgarnt, als wäre ich die wichtigste Person in deinem Leben. Und ich war dumm genug, meine Vorsätze über Bord und mich dir neuerlich an den Hals zu werfen.« Rotkäppchen brach ab. Vor lauter Aufregung war sie völlig außer Atem geraten.

Für ein paar Sekunden war es so still, dass das Ticken der Wanduhr in Wolfs Ohren dröhnte.

»Aber Blumen zum Beispiel, Wolf, Blumen hast du mir nie mitgebracht«, fuhr sie fort, die Hände in ihre Hüften gestemmt. »Kein Konfekt oder andere Aufmerksamkeiten. Gar nichts!«

Blumen, fiel ihm ein. Auch heute hatte er sie vergessen, obwohl ihn Schneider extra darauf hingewiesen hatte. Wolf hätte nur zwei, drei Disteln auf der Wiese ausreißen müssen, und alles wäre viel einfacher gewesen.

»Darf ich dazu etwas …«, versuchte er zurück ins Gespräch zu finden.

Vergeblich, denn Rotkäppchen war mit ihm noch lange nicht fertig. »Auch das habe ich hingenommen. Aber als du dann einfach gegangen bist ohne jede Erklärung, hast du mich verletzt. Tief verletzt! Kannst du dir überhaupt vorstellen, wie ich mich gefühlt habe?«

»Bitte, hör mir …«

»So«, wurde Rotkäppchen laut. »Und jetzt tanzt du hier an, weil es dir unangenehm ist, was die Leute über dich reden, und versuchst zu retten, was zu retten ist.«

Das schmerzhafte Ziehen in Wolfs Magen dehnte sich bis in seinen Hals aus. Es lief gar nicht gut, musste er zugeben.

Die erhoffte Aussprache entwickelte sich mehr und mehr zu einem Tribunal, in dem Rotkäppchen die Rolle des Richters übernahm und Wolf jene des Beschuldigten, über den das Urteil längst gefällt worden war. Egal, mit welchen sachlichen Argumenten er sie zu beschwichtigen versuchte, sofern sie ihn überhaupt zu Wort kommen ließ, sie würde seine Sicht der Dinge niemals gelten lassen und demnach nicht aufhören, ihn vor aller Welt als einen unsensiblen und selbstsüchtigen Mistkerl darzustellen.

»Pech gehabt, mein Lieber!« Grimmig fixierte sie ihn mit ihren hübschen blauen Augen. Ihre Backen glühten, ihre vollen Lippen bebten. »Auf deine Spielchen falle ich nicht noch einmal herein. Ich bin nicht mehr das kleine, arglose Ding, das du seinerzeit verführt hast.«

Mit einem Mal spürte Wolf ein Prickeln in seinen Lenden. Rotkäppchens Gefühlsausbruch hatte in ihm ein Feuer entfacht. Dass sie ihn in diesem Moment abgrundtief hasste, vermochte es nicht einzudämmen. Ganz im Gegenteil. Ihre Wut ließ die Flammen seiner Begierde umso höher züngeln. Immer wieder blinzelte er auf ihre gutgewachsenen Beine. Am liebsten hätte er den Kopf unter ihren Rock gesteckt und ihren wunderbaren Geruch tief in seine Nase gezogen.

Rotkäppchen wies zur Türe. »Also geh! Verschwinde! Ich will dich nie, nie wiedersehen! Hast du mich verstanden?«

»Ich liebe dich«, platzte es aus Wolf heraus. »Nur um dir das zu sagen, bin ich hier. Bitte glaube mir. Ich liebe dich über alles. Ich will dich zurück. Mein Leben ist freudlos ohne deine Nähe, nichtssagend und ohne jede Bedeutung. Nichts wünsche ich mir mehr, als mit dir zusammen zu sein. Ich werde mich ändern. Das verspreche ich.«

Rotkäppchen starrte ihn an. Ihr Mund stand offen. »Das sagst du so«, fauchte sie, doch Wolf merkte, wie ihr Zorn allmählich an Kraft verlor. »Ich glaube dir kein Wort, du schäbiger Lump, du treuloser!«

»Doch, es stimmt. Ich ertrage es nicht, ohne dich zu sein. Des Nachts wälze ich mich schlaflos im Stroh. Tagsüber streife ich verzweifelt durch den Wald. Ich bin ein Wrack, ein Schatten meiner selbst. Sieh mich an!«

Wolf versuchte sich an einem schuldbewussten Hundeblick. Sollte er dazu ein hohes Winseln ausstoßen? Nein, besser nicht. Er wollte es nicht übertreiben.

Rotkäppchens Gesichtsmuskeln entspannten sich. Ihre Augen wurden feucht. »Ist das wahr?«, hauchte sie.

Wolf nickte. Er sprang von der Eckbank und trat vor sie hin. »Ich schwöre es bei meinem Leben!«

»Oh, Wolf!« Tränen rollten über ihre Wangen. Sie ging in die Hocke und umarmte ihn. »Wie sehr habe ich dich vermisst.«

»Und ich dich.« Unauffällig linste Wolf unter ihren Rock.

»So einfach kann's gehen«, bemerkte Flöhchen. »Man muss nur die richtigen Worte finden.«

»Du liebe Güte, hoffentlich werden sie nicht Unzucht treiben«, sorgte sich Läuschen.

»Doch, das werden sie. Wollen wir wetten?«

Wolf fühlte Rotkäppchens nasse Wange an seiner Nase. Zärtlich leckte er ihre Tränen weg. Dann legten sich seine Lippen auf die ihren und ihre Zungen fanden zu einem ekstatischen Tanz zusammen. Zielstrebig tastete sich ihre Hand von seiner Brust abwärts über seinen Bauch und weiter.

Wolf hob seine Pfote und zerrte so ungeschickt am Kragen ihres Hemdchens, dass all die Knöpfe der Reihe nach absprangen und über den Boden kullerten.

»Sie trägt nichts darunter«, fiel Flöhchen auf.

»Starr sie nicht an!«, schimpfte Läuschen.

Ohne Wolfs Lippen freizugeben, sank Rotkäppchen auf den Rücken und streifte ihr Höschen ab. »Komm!«, hauchte sie in sein rechtes Ohr. »Schwenke deinen Zauberstab und beglücke mich!«

Läuschen war entsetzt. »Himmel, sie machen es gleich hier auf dem Fußboden!«, rief es.

»Sei froh!«, lachte Flöhchen. »Je eher sie damit anfangen, desto schneller haben wir es hinter uns.«

Wolf roch den dünnen Schweißfilm auf Rotkäppchens ebenmäßiger Alabasterhaut. Der Duft der Leidenschaft trieb seine Lust ins Unermessliche. Als sein Schlüssel ihre Pforte öffnete, konnte er kaum noch Contenance bewahren.

Krachend flog die Türe auf.

»Ha-haa!«, dröhnte eine heisere Stimme durch die Stube. »Habe ich dich erwischt! Runter von ihr, du Untier!«

Wolf wirbelte herum und sah den Jäger, der breitbeinig vor ihm stand und seine Büchse auf ihn richtete.

»Jetzt könnte es ungemütlich werden«, stellte Flöhchen fest.

»Jäger!«, stieß Rotkäppchen hervor. »Was willst du hier?«

»Dich aus den Klauen des vierbeinigen Teufels befreien, Angebetete.«

»Angebetete?«, japste Wolf. Verwirrt starrte er Rotkäppchen an.

»Sie ist mein«, bestätigte der Jäger. »Und du bist des Todes!«

»Runter mit der Waffe«, brüllte Rotkäppchen. »Was fällt dir ein, du Depp? Wir sind noch nicht fertig.«

Wolf hatte keine Ahnung, was hier passierte. Es hatte den Anschein, als wäre er in die Posse einer wandernden Schauspieltruppe geraten. Sein Instinkt riet ihm zu rennen und zwar so schnell er konnte. Das Schicksal bot ihm eine Chance. Die Türe stand offen. Er musste nur am Jäger vorbei, bevor dieser abdrücken konnte.

»Lauf!«, riet ihm auch Läuschen.

»Warte, warte!«, widersprach Flöhchen. »Das kann noch interessant werden.«

Rotkäppchens Stimme war eisig wie ein Schneesturm im

Jänner. »Ich sage es dir zum letzten Mal: runter mit der Waffe, Jäger!«

Nur zögernd ließ der Weidmann seine Büchse sinken. Seine Lippen zuckten unkontrolliert. »Aber der Satan im Wolfspelz tut dir Gewalt an. Er will dich entehren, edle Jungfer. Ich muss ihm Einhalt gebieten.«

»Jungfer?«, wunderte sich Flöhchen.

»Was du musst, Jäger, bestimme ich. Schon vergessen?« Rotkäppchen durchbohrte ihn mit einem wütenden Blick. »Ich frage dich nochmals: Hast du das vergessen?«

»Nein.«

»Nein, was?«

»Nein, Herrin.« Der Jäger wirkte zerknirscht. »Verzeih meine Unrast! Ich dachte nur …«

»Wie oft muss ich es dir sagen? Du sollst nicht denken. Das überlässt du mir.«

Wolf fand, dass es an der Zeit war, Abschied zu nehmen. »Wohlan«, hüstelte er, »dann werde ich mich auf den Weg machen. Ihr zieht es bestimmt vor, die Angelegenheit unter euch zu regeln.«

»Du bleibst!«, befahl Rotkäppchen, ohne ihre Augen vom Jäger abzuwenden. »Und *du* setzt dich dort auf die Bank!«

Der Jäger nickte und tat, wie ihm geheißen.

»*Wer* bestimmt, was du zu tun hast?«, fragte sie.

»Du, Herrin.«

»Und *wer* hat zu gehorchen, um mich nicht zornig zu machen?«

»Ich, Herrin.«

»So ist es gut. Warte ein paar Minuten, bis wir das zu Ende gebracht haben. Danach darfst du mich in der Stadt zu Speis und Trank ausführen. In der Zwischenzeit kannst du dich nützlich machen.« Rotkäppchen streifte ihre Riemenschuhe ab und warf sie dem Jäger an den Kopf. »Putz sie, bis man sich in ihnen spiegeln kann!«

»Aber sie sind aus Rauleder«, erhob er Einspruch.

»Dann wirst du eine Weile beschäftigt sein.«

»Jawohl, meine Gebieterin«, murmelte der Jäger. Sein Gesicht war knallrot angelaufen. Knirschend rieben seine Kiefer aneinander.

»Komm jetzt, Liebster!«, hauchte Rotkäppchen Wolf ins Ohr. »Wo waren wir stehengeblieben?«

Wolf war fassungslos. »Du willst doch nicht ... Ich meine, vor den Augen dieses Kerls ...«, stammelte er. »Nein, beim besten Willen, ich fürchte, das werde ich nicht hinkriegen.«

»Wetten doch?« Rotkäppchen warf ihm ein keckes Lächeln zu. Mit Daumen und Zeigefinger umfasste sie seine Schwanzwurzel und drückte zu.

Sofort durchflutete ein wohliger Schauer seinen Unterleib. Wolf stöhnte auf. Rotkäppchen kannte seine schwache Stelle. Sie wusste, wo und wie sie ihn berühren musste.

Mit einem schnellen Ruck zog sie ihn auf sich hinauf und gewährte ihm Eintritt in ihre magische Grotte.

»Ja!«, rief sie unter seinen rhythmischen Bewegungen. »Mach weiter! Ja, so ist es gut! Oh mein Gott, gleich ist es so weit!« In immer kürzeren Abständen drangen ihre Schreie in sein Ohr.

»Geht das vielleicht ein bisschen leiser?«, beschwerte sich Läuschen.

Auch Wolf stand unmittelbar davor, sein Saatgut auszubringen. Er fühlte Rotkäppchens Liebesnektar, der in Strömen aus ihrem Töpfchen floss. Keuchend stieß er seine heißen Lenden gegen ihre.

»Drei ... zwei ... eins ...«, zählte Flöhchen rückwärts.

Markdurchdringendes Wolfsgeheul schallte durch den Wald und ließ die Vögel scharenweise aus den Baumkronen aufflattern.

Drachenflug

Es war spät geworden. Die Dämmerung breitete sich träge über die Landschaft und tauchte sie in gedämpfte, verblassende Farben. Stundenlang war Wolf ziellos durch den Dunklen Wald geirrt, in der Hoffnung, die Bewegung würde ihm zu einem klaren Kopf verhelfen. Das war nicht passiert. Er stand vor einem Problem, für das er keine Lösung wusste.

Bis jetzt war Flöhchen standhaft geblieben und hatte sich jeden Kommentar verkniffen. Nun aber musste es heraus.

»Was in aller Welt hast du dir dabei gedacht?«, fragte es teils belustigt, teils konsterniert.

»Ja, ekelhaft!«, bestätigte Läuschen. »Das war das Bizarrste, das ich je gesehen habe. Verstörend und grotesk.«

»Und als dann auch noch der Jäger auf der Bildfläche erschienen ist …«

»Hört auf damit!«

Am liebsten hätte Wolf das Thema ein für alle Mal ad acta gelegt. Nur funktionierte das nicht. Ohne Zweifel würden die aktuellen Entwicklungen in Sachen Rotkäppchen nicht nur Läuschen und Flöhchen eine Weile beschäftigen, sondern gezwungenermaßen auch ihn.

»Sag, war das eine gute Idee?«, tadelte ihn Flöhchen. »Die Wiedervereinigung mit Rotkäppchen, meine ich. Das war nicht unbedingt dein Plan, oder? Und nun? Was hast du vor?«

Flöhchen stellte Fragen, die Wolf nicht beantworten konnte.

»Rotkäppchen hat Erwartungen«, setzte Läuschen nach. »Das ist dir hoffentlich klar.«

Und wie klar ihm das war.

»Lass bald von dir hören«, hatte Rotkäppchen erschöpft

zum Abschied gesäuselt. »Ich vermisse dich jetzt schon.« Da war der Jäger noch immer zähneknirschend auf der Eckbank gesessen und hatte ihre Schuhe poliert.

»Tja, nun ist guter Rat teuer.« Flöhchen seufzte. »Offenbar nimmt sie an, ihr wärt ein unzertrennliches Liebespaar mit allem Drum und Dran. Solltest du sie ein weiteres Mal enttäuschen, wird sie es nicht dabei belassen, dich an den Pranger zu stellen. Bestimmt hetzt sie dir den Jäger auf den Hals, damit er dir den Garaus macht.«

»Ach was!« Wolf wollte das nicht hören. »Das Konzert findet in nicht einmal zwei Wochen statt. Bis dahin muss ich sie bei Laune halten, damit sie meinen Burschen und Katze keinen Strich durch die Rechnung macht. Und danach …«

»Jagst du sie zum Teufel.«

Läuschen kicherte. »Ich glaube, eher wird er selber in der Hölle schmoren, wenn Rotkäppchen mit ihm fertig ist. Was hat es eigentlich mit diesem Jäger auf sich?«, wollte es wissen. »Das war vielleicht ein komischer Kauz.«

»Wie es aussieht, macht er Rotkäppchen den Hof«, meinte Wolf. »Für mich hatte es den Anschein, als wäre er ganz schön eifersüchtig gewesen.«

Flöhchen lachte. »Das kannst du laut sagen. *Sie ist mein, und du bist des Todes!*«, äffte es den Jäger nach. »Da täuscht er sich wohl. Rotkäppchen wird ihn nicht ranlassen. Die nützt ihn nur aus, lässt sich von ihm zum Essen einladen und so. Wahrscheinlich zahlt er auch für ihre absonderlichen Kleider. Der Typ ist ihr hörig, ganz klar. Der tut, was sie ihm anschafft.«

»Zum Glück«, stimmte Läuschen zu. »Sonst müssten wir uns jetzt nach einem anderen Warmblüter umsehen, der uns ernährt.«

Kurz bevor Wolf den Hohlweg erreichte, der hinauf zu seiner Höhle führte, vernahm er vertraute Stimmen. Seine

Burschen und Katze kamen ihm entgegen. Als dunkle Schemen tauchten sie zwischen den Bäumen auf.

»*Wolf, hey, was hast du getan?*«, grölte Hahn und grinste breit. Seinem unsicheren Gang zufolge waren er und die anderen in der Waldschenke gewesen.

»Ich nehme an, ihr habt den Tag genutzt, um euch nach einer neuen Unterkunft umzuschauen«, stichelte Wolf.

»Genau.« Esel lachte. »Und stell dir vor: Es ist uns sogar gelungen, eine zu finden.«

»Vorübergehend«, ergänzte Katze. »Für ein paar Stunden haben wir uns in der Waldschenke wie zu Hause gefühlt.«

»Tja, der Wohnungsmarkt ist durchwachsen, die Mieten unverschämt.« Esel richtete seinen Blick leidend gen Himmel. »Da ist es nicht einfach, etwas Passendes zu organisieren. Ich fürchte, ein paar Tage wirst du es mit uns noch aushalten müssen. Ich weiß, du hast keine rechte Freude damit. Die Einsamkeit ist dein Revier. Aber lass dir gesagt sein: Wir fühlen uns wohl bei dir und Aschenputtel. Außerdem macht es Spaß, in deiner Höhle zu proben. Die Akustik ist phänomenal.«

»Die Akustik, hm?« Wolf gab sich geschlagen. Worüber sollte er sich aufregen? Dass sich seine Burschen und Katze bei ihm einnisten würden, hatte er von Anfang an gewusst. »Ist schon recht«, brummte er. »Bis zum Konzert könnt ihr bleiben. So habe ich euch wenigstens unter Kontrolle.«

Das letzte Stück wanderten sie gemeinsam heimwärts. Mehrmals mussten sie auf Hahn warten, der den Hohlweg in Schlangenlinien hinauftorkelte und einmal sogar einen Felsbrocken am Wegesrand touchierte. Sogleich war Hund zur Stelle und leitete ihn mit seiner Schnauze behutsam auf den Pfad zurück. Das gefiel Hahn gar nicht. Unwirsch versetzte er Hund einen Tritt.

»Komm mir nicht zu nahe mit deinem Sabbermaul«, schimpfte er, kaum des Sprechens mächtig. »Wofür hältst du dich? Für einen Assistenzhund? Ich kann alleine gehen, hörst du?«

Noch einmal trat er zu, verlor dabei das Gleichgewicht und stürzte rücklings zu Boden. Seine Versuche, sich aufzurappeln, schlugen fehl. Wie ein weidwundes Reh kippte er immer wieder um und wälzte sich unbeholfen im Staub. Esel, der das traurige Schauspiel nicht länger mitansehen wollte, schnappte ihn kurzerhand beim Kragen und verfrachtete ihn auf seinen Rücken.

»Das war wohl ein Becher Wein zu viel in der Waldschenke«, mutmaßte Wolf. Dann fiel ihm ein, dass er mit den Musikanten etwas bereden wollte. »Passt auf«, begann er, »ich habe da eine Idee, was euren Namen anbelangt. Ich wollte euch das schon gestern vorschlagen, doch leider kam es zu dieser … hm … kleinen Meinungsverschiedenheit, die ausdiskutiert werden musste.«

»Ausdiskutiert?« Katze sah das anders. »Von einer Diskussion habe ich nichts mitgekriegt. Du hast dich gebärdet wie ein Berserker, hast herumgebrüllt und gedroht, Esel in Stücke zu reißen.«

»Ja, ähm, vielleicht war ich ein wenig zu barsch. Schwamm drüber und zurück zum Thema: Es geht um euren Gruppennamen. Ich finde, da sollten wir etwas ändern. *Bremer Stadtmusikanten* ist weder zutreffend, da ihr nie in Bremen wart, noch besonders einprägsam. Alle nennen euch nur *Musikanten* und das birgt eine gewisse Verwechslungsgefahr in sich. Immerhin seid ihr nicht die einzigen in diesem Königreich.«

»Ich habe auch schon an etwas mit mehr Pep gedacht«, begrüßte Esel Wolfs Ansinnen. »*Esel, Hund, Katze und Hahn* ist mir eingefallen. Das passt doch gut zu uns.«

»Ja, aber …«

»Oder *Die tollsten Musikanten, die man sich vorstellen kann*«, brachte Esel eine Alternative ins Spiel.

Wolf wiegte seinen Kopf hin und her und tat, als würde er über den Vorschlag nachdenken.

»Hm, ich fürchte, der Name ist zu lang, zu sperrig«, lehnte er schließlich ab. »Auf den Plakaten müsste er sehr klein gedruckt werden. So klein, dass ihn keiner lesen kann. Nein, ich weiß etwas Besseres. DRACHENFLUG. Was meint ihr?«

»Ausgezeichnete Idee!«, rief Esel, was Wolf überraschte, denn er hatte mit Widerspruch gerechnet. »TRACHTEN-ZUG klingt hintergründig, rustikal und doch ausgelassen. Das macht die Menschen neugierig. Sie werden unsere Konzerte mit gewissen Erwartungen besuchen.«

»Nein, Esel.« Wolf schüttelte den Kopf. »Erstens sollte man sich von euren Auftritten nie allzu viel erwarten, und zweitens heißt es nicht TRACHTENZUG, sondern DRACHENFLUG.«

»Hä? DRACHENFLUG? Was sagt das über uns aus?«

Hahn lachte hämisch. Er musste sich an Esels Mähne festhalten, um nicht abzurutschen. »Hat dir das dein Läuschen eingeflüstert oder dein Flöhchen?«

Wolf warf ihm einen bösen Blick zu. »Weder noch. Es war allein meine Idee. Der Name ist ein Sinnbild für Stärke und Rasanz.«

»Na ja …« Esel blähte seine Backen und stieß die aufgestaute Luft durch seine Lippen. »Ich weiß nicht …«

»Und es ist eine Allegorie für die Wirkung all jener Drogen, die euer Nährboden sind.«

»Ah, Drogen!« Esels Miene erhellte sich. »Sag das doch gleich.«

»Stellt euch DRACHENFLUG in einer fetten Schrift vor«, setzte Wolf nach. »Mit Serifen und so, in Granit gemeißelt. *DRACHENFLUG – Hart wie Stein!*«

»Hart wie Stein, hm …« Esel blieb abrupt stehen und schloss die Augen.

Auch die anderen hielten an und betrachteten ihn neugierig. Es verging fast eine Minute.

»Ich hab's mir vorgestellt«, sagte er zu guter Letzt.

»Und?«

»Schaut ganz in Ordnung aus«, meinte Esel. Dann hob er seinen rechten Vorderhuf, ballte ihn zu einer Faust und rief: »Rocken-Roll!«

Wolf konnte sich ein Grinsen nicht verkneifen. *Rocken-Roll* war eine von Esels Wortschöpfungen, mit der niemand etwas anfangen konnte, es sei denn, er war mit der Vorgeschichte vertraut. Der Ausdruck stammte aus jener Zeit, als die damaligen *Bremer Stadtmusikanten* verbotenerweise in der Rockenstube zum Tanz aufspielten. Dort, wo die jungen Mädchen zusammenkamen, um gemeinschaftlich Wolle zu spinnen, waren die unverheirateten Burschen nicht weit. Zu später Stunde drangen sie, begleitet von den Musikanten, in die Rockenstube ein, woraufhin die züchtige Handarbeit niedergelegt und stattdessen unzüchtig getanzt wurde.

Und weil Esel, Hund, Katze und Hahn zu diesen Anlässen immer einen kleinen, zweirädrigen Rollwagen für den Transport ihrer Musikinstrumente mit sich geführt hatten, war Esel unter dem Einfluss von Gute-Laune-Kraut eines Abends die Bezeichnung *Rocken-Roll* für ihr musikalisches Schaffen in den Sinn gekommen.

Aschenputtel war damit beschäftigt, den getrockneten Fledermauskot zusammenzukehren, als Wolf und DRACHENFLUG die Höhle erreichten.

»Da seid ihr ja!«, rief sie erfreut. Sie stellte den Besen beiseite und kam ihnen mit einer Schüssel Blaubeeren entgegen. »Seht nur, was ich heute für euch gesammelt habe. Das sind mehr als zwölf Unzen. Mir tut jetzt noch der Rücken vom Bücken weh. Greift zu, bedient euch! Sie schmecken köstlich.«

Die Musikanten lehnten ab. Bis auf Hahn hatten sie bereits in der Waldschenke gegessen.

Wolf verzichtete ebenso. »Mich gelüstet es eher nach Fleischlichem«, teilte er Aschenputtel mit. »Sei so nett und wirf eine Lammkeule auf den Feuerrost!«

Katze boxte ihm in die Rippen. »Lammkeule klingt gut. Vielleicht gibst du mir ein Stück davon ab. Blaubeeren sind ja nicht so mein Ding.«

Erst jetzt, im Schein des Feuers, bemerkte er die Perlenkette, die sie zweimal um ihren Hals geschlungen hatte und die sich in ihrem hellgrauen Fell fast gänzlich verlor. »Was ist denn das?«, fragte er, von einer bösen Vorahnung aufs Höchste alarmiert.

»Ach, die Perlen … Hübsch, nicht?« Katze drehte sich vor ihm zweimal im Kreis. »Wir haben Meister in der Waldschenke getroffen. Er hat die Kette extra für mich mitgebracht, weil er meint, ihr matter Glanz würde perfekt mit meiner Augenfarbe harmonieren. Ist sie nicht wunderschön? Ich konnte nicht anders. Ich musste sie ihm abkaufen.«

»*Abkaufen*, aha. Und mit welchem Geld, wenn ich fragen darf?«

»Auf Kredit quasi.« Katze machte einen Buckel und schmiegte ihren Kopf an Wolfs Brust. »Ich habe ihm versprochen, dass du ihm die zehn Thaler alsbald geben wirst.«

»Was? *Zehn* …« Wolf blieb die Luft weg. »Nein, Katze, vergiss es! Ich werde ihm alsbald die Kette zurückgeben.«

»Aber Wolf!«, maunzte sie kläglich. »Sie ist so elegant.«

»Kein Aber«, erwiderte er. »Schlag dir das aus dem Kopf! Kein Gute-Laune-Kraut, keine Einkünfte, keine Perlenkette. So einfach ist das.«

Unverzüglich ging Katze auf Distanz. Ihre Augen verengten sich zu schmalen Schlitzen. »Spielverderber!«, fauchte sie ihn mit angelegten Ohren an. »Meister wird dich für einen Geizhals halten.«

»Meister wird akzeptieren müssen, dass man mir nicht alles andrehen kann. Und jetzt her damit!«

Widerwillig nahm sie die Kette ab und drückte sie Wolf so energisch in die Pfote, dass sie ihn mit einer ausgefahrenen Kralle unabsichtlich kratzte.

»Seid ihr endlich fertig?«, drängte Esel. »Wir wollten doch proben. Du musst wissen, Wolf, dass wir in der Waldschenke ein paar musikalische Änderungen bei *Sodomie* besprochen haben. Die würden wir gerne ausprobieren. Geht das in Ordnung, oder stören wir dich?«

Wolf hatte nichts einzuwenden. »Kein Problem. Legt ruhig los.«

Esel hängte sich die schwarze Doppelaxt um den Hals und wandte sich an ein imaginäres Publikum. »Zum ersten Mal unter dem klingenden Namen TRACHTENZUG spielen wir das schöne Lied *Sodomie*«, sprach er einleitende Worte.

»DRACHENFLUG«, korrigierte Wolf.

Was taten Frosch und Prinzessin im Bett?
War es nur für ihn oder doch für beide nett?
Keiner weiß, was sie heimlich trieben.
Ob sie sich arglos aneinander rieben.
Oder kam es gar zur Penetration?
Gab es eine Amphibieneruption?
Floss eine Menge Krötenschleim?
Das alles bleibt für uns geheim.

Tage zuvor saß an einem Brunnenrand
die Prinzessin, eine Kugel in der Hand.
Der Ball war aus Gold und deshalb schwer,
als er ihr entglitt, erschrak sie sehr.
So viel sie auch fluchte, weinte und schrie,
den Ball im tiefen Schacht, den kriegte sie nie.

Der war verloren, da sie nicht tauchen kann.
Da kam ein Frosch, bot ihr seine Dienste an.

Die Kugel will er holen aus der dunklen Flut.
Der Prinzessin machten seine Worte Mut.
Aber eine Bitte hätte er dann doch,
nach seiner Rückkehr aus dem schwarzen Loch:
Speisen wollte er an ihrem Tisch,
egal ob Huhn, ob Schwein oder Fisch.
Und danach, wer weiß, was noch passiert,
vielleicht wird er fellationiert.

Warf die Prinzessin den Frosch an die Wand,
weil er das so stimulierend fand?
Was tat der Frosch mit seiner Zunge?
Entlockte er ein Stöhnen aus ihrer Lunge?
War die ganze Nacht voller Monotonie?
Oder kam es zu ungestümer Sodomie?
Klar ist, dass am Ende der Geschichte
der Frosch die Prinzessin ehelichte.

Ein Kind entsprang aus besagter Nacht,
das hat den Frosch zum Grübeln gebracht.
Er hält im Arm eine warzige Nixe
und denkt, besser wenn ich in Hinkunft …

»… trickse«, sang Wolf laut und mit zugehaltenen Ohren seine ganz persönliche Version des Endes, weil ihm die Unflätigkeit des Originaltextes zuwider war.

Bei *Sodomie* handelte es sich um eine von Esels typischen Kompositionen, die er aus drei Akkorden und einer einfachen Melodie zusammenzimmerte. Die angekündigten musikalischen Änderungen waren Wolf nicht aufgefallen. Vielleicht hatte DRACHENFLUG das Stück ein bisschen schneller gespielt als gewohnt, doch abgesehen davon klang es wie eh und je.

Was Wolf aber stets aufs Neue faszinierte, war, dass Hahn, dem Sänger, im Gegensatz zu Hahn, dem Hahn, weder Alkohol noch Drogen etwas anhaben konnten. War dem einen die Beeinträchtigung beim Stehen, Gehen und Sprechen deutlich anzumerken, erwies sich der andere gegenüber Rauschmitteln jeglicher Art als resistent. Souverän und energiegeladen erfüllte er seine Aufgabe, bot seine einstudierten Tanzbewegungen dar und niemand, jedenfalls niemand in Siebenbergen, konnte ihm in Hinblick auf seine Stimmgewalt das Wasser reichen. Doch kaum war der letzte Ton verklungen, lehnte Hahn, der Hahn, wieder benommen an der Höhlenwand und gab nur unverständliches Gebrabbel von sich.

»Du, Wolf, wegen der Perlenkette …«, unternahm Katze einen neuen Anlauf, Wolf umzustimmen.

»Die Kette, richtig.« Wolf hielt sie nach wie vor in seiner Pfote. Nachdenklich starrte er sie an. Mit einem Mal kam ihm ein schlimmer Verdacht. »Puttel, bring mir bitte meine Lupe!«, trug er Aschenputtel auf. Sollte er mit seiner Vermutung recht behalten, müsste es auf dem Schmuckstück eine Kennung geben.

Katze schmiegte sich schnurrend an ihn. »Vielleicht könnte ich sie wenigstens bei unserem Konzert am Stadtplatz tragen. Was meinst du? Das wäre doch der perfekte Anlass. Darf ich?«, bettelte sie. »Hm? Du bist doch sonst so ein Lieber. Sag endlich ja! Bitte!«

Wolf ging nicht darauf ein. Ungeduldig riss er Aschenputtel die Lupe aus der Hand und rückte näher ans Feuer heran, um besser sehen zu können. Ja, da war sie. Genau, wie er angenommen hatte. Auf der Schließe befand sich eine Gravur. *Hexe* stand da, klein, aber deutlich zu lesen.

»Habe ich's mir gedacht!«, hauchte er.

»Was ist damit?«, fragte Katze. »Sag bloß, die Perlen sind nicht echt. Dann kannst du dir den Plunder behalten.«

»Die Hexe hat ihre Schmuckstücke gekennzeichnet«, ließ Wolf die anderen wissen. »Und das ist eines von ihnen.« Scharf nahm er Katze ins Visier. »Du sagst, Meister hat dir die Kette gegeben?«

Katze nickte verzagt. »Aber er hat sie bestimmt nicht gestohlen. Das würde er nie tun«, setzte sie zu Meisters Verteidigung an.

»Natürlich nicht«, knurrte Wolf. »Wie könnte man annehmen, dass jemand, der sich Meisterdieb nennt, als Dieb in Erscheinung tritt?«

»Aber doch nicht unser Meister!«, jammerte sie.

Wolf lächelte. »Du magst ihn, stimmt's? Das ist mir schon öfters aufgefallen.«

Ohne Vorwarnung brach schrilles Gegacker los. Federn flogen durch die Luft, als Hahn quer durch die Höhle flatterte. Verfolgt von den erschrockenen Blicken der anderen, trudelte er knapp über das Feuer hinweg, prallte gegen die Wand und stürzte zu Boden.

Aschenputtel war als Erste bei ihm. »Hahn!«, rief sie. »Hahn! Was ist los mit dir?« Sie hob ihn hoch und schüttelte seinen schlaffen Körper. »Hahn, kannst du mich hören?«

Hahn gab keinen Mucks von sich.

»Was hat er denn?«, erkundigte sich Wolf, der Aschenputtel gefolgt war.

»Ist er tot?«, wollte Katze wissen. »Er ist tot, oder? Na toll! Bis zum Jubiläumskonzert werden wir keinen Ersatz für ihn finden.«

Esel stieß ein wehmütiges Seufzen aus. »Wirklich schade um ihn. Er war großartig … als Sänger.«

Hund nickte. Er tropfte ein wenig Leinöl auf den Kessel seiner großen Trommel und rieb es mit einem weichen Tuch sorgsam in das Holz.

»Nein«, sagte Aschenputtel. Ihr Ohr lag auf Hahns Brust. »Er ist nicht tot. Sein Herz schlägt. Sehr schwach, aber es schlägt.«

Zu viel Verwaltungsaufwand

Meisters Geschäft lag direkt am Stadtplatz, im letzten Haus links vor der Schlossmauer. Ein weißes Schild über der Eingangstür wies auf den Eigentümer hin. MEISTERDIEB stand darauf in schwarzen, schlichten Versalien. Mehr war nicht nötig. Man kannte den Namen, und man vertraute ihm.

Wolf war früh dran. Zu früh, denn der Laden hatte noch geschlossen. Die Stadt begann gerade aufzuwachen. Nur wenige Menschen waren in den Straßen unterwegs. Ein paar Marktfahrer bauten ihre Stände auf, zwei Wächter patrouillierten vor dem Schlosstor, eine Frau in einem Seidenkleid trippelte in hohen Schuhen an Wolf vorbei. Kurz warf sie ihm einen argwöhnischen Blick zu, erhöhte ihr Tempo und steuerte den Bäcker auf der gegenüberliegenden Seite des Platzes an.

Wolf hatte sich damit abgefunden, dass man Wildtieren in der Stadt nach wie vor mit Misstrauen begegnete, vor allem, wenn sie ohne menschliche Begleitung unterwegs waren. Man sah sie als Fremdkörper, als Eindringlinge, von denen eine nicht näher definierte Gefahr ausging. Im Grunde fanden sie bei den Städtern nur dann Akzeptanz, wenn sie in gebratenem oder gesottenem Zustand auf einem Teller lagen.

Um die Zeit totzuschlagen, besah sich Wolf die Ware, die Meister in seinen Schaufenstern ausgestellt hatte. Hauptsächlich handelte es sich um alte Möbel, die er günstig einkaufte, renovierte und um horrendes Geld wieder unter die Leute brachte. In seinem Geschäft türmten sich mit aufwendigen Schnitzarbeiten versehene Bauernschränke, Kommoden mit Intarsien aus Schildpatt und Elfenbein sowie Tische, Stühle und Sessel aus den unterschiedlichsten Epochen. Auch edle Kleider, teils kunstvoll bestickt, teils schlicht und elegant, zählten zu seinem Sortiment. Eine der Auslagen war für Kaminuhren, Geschmeide und Kleinodien reserviert, deren genaue Herkunft nicht immer nachvollziehbar war. Doch soweit es Wolf von der Straße aus beurteilen konnte, fand sich unter den ausgestellten Schmuckstücken keines, das aus dem Besitz der Hexe stammte.

»Wolf, was für eine Überraschung!«, rief Meister, der eben aus der angrenzenden Gasse bog. »Schön, dich zu sehen. Das war ja letztens ein ausgelassener Nachmittag in der Waldschenke. Bist du wohlbehalten nach Hause gekommen?«

»Aber ja.« Wolf nickte. »War kein Problem. Da hat es schon wüstere Trinkgelage gegeben, wenn ich mich an früher erinnere.«

»Sofern es dir überhaupt möglich ist, dich zu erinnern«, witzelte Meister. Er kramte einen Schlüssel aus der Tasche und schloss die Ladentür auf. »Nur herein mit dir! Was kann ich für dich tun? Ich habe wunderschönen Schmuck aus dem Orient hereinbekommen, falls du Aschenputtel eine Freude bereiten willst. Feinste Silberarbeiten mit Lapislazuli sind der letzte Schrei. Für größere Geldbörsen führe ich erlesene Goldschmiedekunst aus Frankreich. Dort hinten in der Vitrine findest du, was dein Herz begehrt. Sieh dich um. Ich werde dir einen guten Preis machen.«

Wolf schüttelte den Kopf. »Nein, ich bin nicht hier, um Einkäufe zu tätigen. Ganz im Gegenteil …«

Meister verstand sofort, woher der Wind wehte. »Lass mich raten: Es geht um die Perlenkette, die Katze nach Hause gebracht hat«, grinste er schuldbewusst und präsentierte dabei sein strahlendweißes Gebiss. »Tut mir leid, ich hätte wohl zuerst mit dir darüber reden sollen. Aber zehn Thaler, Wolf, zehn Thaler sind ein wohlfeiler Preis, ein Sonderangebot nur für engste Freunde. Ehrlich, ich mag Katze. Gestern in der Waldschenke lag sie die ganze Zeit auf meinem Schoß und ließ sich von mir kraulen.«

»Zehn Thaler sind der reinste Wucher«, knurrte Wolf.

Meister verzog den Mund. »*Wucher* ist so ein hässliches Wort …«

»Es ist ein zutreffendes Wort.«

»Na gut, Wolf, um unserer alten Freundschaft willen. Ich nehme sie zurück und Schwamm drüber.«

»Daraus wird nichts. Die Kette behalte ich.«

Meister runzelte die Stirn. »Du behältst sie, willst jedoch nicht für sie bezahlen?«

»Aus gutem Grund«, sagte Wolf. »Sie ist Diebesgut.«

Entsetzt hob Meister seine Hände. »Diebesgut?«, rief er. »Ich bitte dich! Wie kommst du darauf?«

»Eine Gravur beweist es.« Wolf fischte die Kette aus seinem Rucksack. »Sieh sie dir an! Am besten mit einer Lupe. Auf der Schließe wirst du finden, was ich meine.«

Meister untersuchte sie lange und ausführlich. »Hm … Ja, gut möglich … Da steht etwas. Da ist ein H, und das dürfte ein kleines E sein und …«

»Hexe«, kürzte Wolf die Sache ab. »Es heißt *Hexe*, Meister. Und zwar ganz eindeutig.«

»Hexe … Bist du sicher?«

»Absolut. Die Kette gehörte ihr.«

»Du meinst jener Hexe, die tot in ihrem Backofen lag?«

»Genau die.« Wolf nahm Meister die Perlen wieder ab. »Ich vermute, du hast sie nicht persönlich gestohlen.«

Meister zeigte sich schockiert. Fahrig strich er mit der Hand durch seinen wirren Haarschopf.

»Ich muss schon sehr bitten!«, keuchte er. »In diesem

103

Geschäft bin ich seit ewigen Zeiten nicht mehr tätig. Wolf, Wolf, Wolf … Und dass du mir derlei Brutalität unterstellst, wie sie der Hexe widerfahren ist, kränkt mich. Du weißt genau, wie ich in meiner früheren Profession zu arbeiten pflegte: mit Raffinesse und Esprit. Ich verabscheue Gewalt wie du. Sie anzuwenden, ist unter meiner Würde.«

Das wusste Wolf natürlich, doch wenn er bei Meister die Daumenschrauben ein wenig anzog, würde sich dessen Bereitschaft, umfassend Auskunft zu erteilen, deutlich erhöhen.

»Wissen tu ich nichts«, fuhr er deshalb fort. »Was vorgefallen ist, weiß nur der Mörder. Aber ich werde es herausfinden. Darauf kannst du dich verlassen.«

»Das wirst du, bestimmt. Du wirst diesen Reihenmörder zur Verantwortung ziehen.«

»Hatten wir uns nicht auf den Begriff *Reihenscheusal* geeinigt?«

Meister machte ein ratloses Gesicht. »Mag sein. Details unseres letzten Gesprächs sind mir nicht erinnerlich.«

»Macht nichts. Vielleicht erinnerst du dich stattdessen, aus wessen Hand die Perlenkette stammt.«

Umständlich kramte Meister einen Staubwedel unter der Budel hervor, trat an einen der Verkaufstische heran, auf dem eine Vielzahl von Vasen zur Schau gestellt war, und begann die Gefäße abzustauben.

»Ich höre«, drängte Wolf.

»Ich gebe nur ungern Informationen über meine Geschäftskontakte preis. Das musst du verstehen, Wolf. Diskretion ist in meiner Branche das Um und Auf. Wenn sich Kunden und Lieferanten nicht auf mich verlassen können, kann ich den Laden gleich zusperren.«

»Es ist mir egal, ob du es ungern tust, Hauptsache, du tust es. Sonst könnte eine dieser hübschen Vasen durch eine ungeschickte Schwanzbewegung meinerseits zu Fall gebracht werden. Wäre schade darum, oder? Die sehen ziemlich wertvoll aus.«

»Das sind sie auch. Echtes Porzellan aus China. Das muss bei uns erst erfunden werden …«

»Den Namen will ich wissen«, blieb Wolf unnachgiebig.

Meister hob resignierend die Schultern. »Im vorliegenden Fall ist es mir nicht möglich, dir einen zu nennen, Wolf, ehrlich. Dieses junge Mädchen, das den Schmuck vorbeibrachte, ist mir nicht bekannt. Obwohl … Irgendwie hatte ich das Gefühl, es schon einmal gesehen zu haben.«

»Ein junges Mädchen hat dir die Perlen verkauft?«

»Fast noch ein Kind.«

»Du willst mir doch nicht weismachen, ein Kind habe die Hexe gemeuchelt und beraubt.«

»Das behaupte ich keineswegs. Ich sage nur, wer mir die Kette anbot.«

Wolf wusste, dass auf Meisters Wahrnehmungen nicht unbedingt Verlass war. Auch Rotkäppchen hatte er für ein kleines Mädchen gehalten.

»Und kannst du diese Person beschreiben?«

»Auf mich wirkte sie ländlich. Blonde Haare, die zu einem Zopf geflochten waren, langer blauer Dirndlrock, rote Schürze, dazu eine weiße Bluse. Sie sah aus, wie diese Landpomeranzen eben aussehen.«

»Und du wunderst dich nicht, dass so ein junges Bauernding über Perlenschmuck verfügt, den es zu Geld machen will?«

»Oh, ich wundere mich über so manchen Anbieter, glaube mir. Und dennoch hinterfrage ich nicht zwangsläufig die Provenienz der eingehenden Waren. Das würde zu viel Verwaltungsaufwand bedeuten. Verstehst du?«

Wolf wedelte kurz mit dem Schwanz, wobei er eine der Vasen anstieß. Sie wackelte bedenklich.

»Eine Sache fiel mir allerdings auf«, erinnerte sich Meister.

»Die Maid trug einen Einkaufskorb, in den sie ein Tuch gebreitet hatte. Ein weißes Baumwolltuch mit blauem Rand.«

»Kommt noch etwas von Bedeutung?«

»In diesem Tuch war ein Name eingestickt.«

»Wirst du mir sagen welcher?« Wolfs Schwanz fing wieder an zu wedeln.

»Gretel.«

»Gretel?«

»Gretel.«

Der Name half Wolf nicht weiter. Er erfreute sich im hiesigen Königreich großer Beliebtheit. Bestimmt gab es eine Unzahl von Bauerndirnen, die ihn trugen.

»Und wann hat sie dich aufgesucht, diese Gretel?«, forschte er.

»Das muss vorgestern gewesen sein.« Meister legte einen Zeigefinger an den Mund und blickte nachdenklich ins Leere. »Ja genau, am späten Vormittag.«

Also etwa zu jener Zeit, als er die Überreste der Hexe entdeckt hatte, erkannte Wolf. »Und hat sie dir noch weitere Schmuckstücke verkauft oder angeboten? Oder etwas anderes? Gute-Laune-Kraut zum Beispiel?«

»Nein, sie trug nur die Perlen bei sich. Ich denke, sie brauchte auf die Schnelle ein bisschen Geld. Ich gab ihr einen Thaler.«

»Einen? Von mir wolltest du zehn! Na gut, Meister. Ich hoffe, du hast mir nichts verschwiegen, was in diesem Fall von Bedeutung wäre. Ich kann sehr ungemütlich werden, wenn man mir Informationen vorenthält, Freundschaft hin oder her.«

»Wolf, ich bitte dich! Du kennst mich und weißt, dass du mir vertrauen kannst. Sollte mir etwas einfallen, melde ich mich bei dir, versprochen. Ansonsten sehen wir uns spätestens in einer Woche.«

Wolf warf Meister einen fragenden Blick zu.

»Da findet euer Probekonzert in der Waldschenke statt. Das lasse ich mir auf keinen Fall entgehen.«

»Ach ja. Allerdings …«

»Was?«

Wolf seufzte. »Im Moment ist es fraglich, ob es stattfinden kann. Es gibt ein Problem mit Hahn.«

»Dieser Hahn!« Meister lachte. »Er ist ein ganz schön exzentrischer Geselle, ziemlich launenhaft. Aber eines muss man ihm lassen: Er ist ein exzellenter Sänger. So einen findest du so schnell kein zweites Mal.«

Wolf, der bereits Richtung Türe unterwegs gewesen war, kehrte an den Ladentisch zurück. »Ist dir gestern in der Waldschenke vielleicht aufgefallen, was Hahn zu sich genommen hat? Außer Wein, meine ich.«

Mit einem Schlag wich die Farbe aus Meisters Gesicht. »Wieso fragst du?«

»Hahn ist in einen tiefen Schlaf gefallen und bislang nicht wieder erwacht.«

»Du meinst, dass Drogen für seinen Zustand verantwortlich sind?«

»Was sonst? Immerhin reden wir von Hahn. Jeder seiner Zustände wird von Drogen hervorgerufen.«

Wolf erzählte Meister, was vorgefallen war, dass alle Versuche, Hahn aus seiner Ohnmacht zu wecken, fehlgeschlagen waren, egal, ob sie ihn gerüttelt, geschüttelt, ihn mit kaltem Wasser übergossen oder auf ihn eingeschrien hatten. Esel hatte ihm sogar eine der schmucken Schwanzfedern ausgerissen, die Hahn hegte und pflegte und denen niemand zu nahekommen durfte. Selbst das hatte nichts geholfen.

Gegen Mitternacht schließlich schickte Wolf Hund los, um den Bader zu verständigen. Hunde waren prädestiniert dafür, Hilfe zu holen, fand er, und Hund war zweifellos der verlässlichste der Musikanten. Es dauerte trotzdem bis in die frühen Morgenstunden, ehe der Bader in der Höhle ankam. Sofort setzte er seine Brille auf und schritt zur Tat. Vorsorglich ließ er den Patienten zur Ader und unterzog ihn erst hinterher einer ausführlichen Untersuchung, indem er ihm den Puls maß, ihn abklopfte und dabei mit dem Hörrohr an Brust und Rücken lauschte.

»Und?« Wolf wagte kaum zu fragen. »Wie steht es um ihn?«

Der Bader ging nicht darauf ein. Er wiegte seinen Kopf hin und her, kratze sich an der Schläfe und meinte: »Hm … hm … das habe ich mir bereits gedacht.«

Wolf, Aschenputtel, Esel, Hund und Katze starrten ihn erwartungsvoll an.

»Hahn ist krank«, diagnostizierte der Bader. »Sehr krank.«

Aschenputtel war das zu wenig. »Was können wir für ihn tun?«, forderte sie einen Therapieplan ein. »Man muss doch irgendetwas für ihn tun können.«

»Haltet ihn warm. Das kann nicht schaden.«

»Wird er wieder aufwachen?«, wollte Wolf wissen.

»Vielleicht. Vielleicht auch nicht.« Der Bader zuckte mit den Schultern. »Betet für seine Seele! Nur der liebe Gott kann ihm jetzt noch helfen, aber macht euch keine allzu großen Hoffnungen. Ach ja, eines noch …«

»Ja?« Wolf schöpfte Hoffnung.

»Mein Salär.« Der Bader rechnete lange im Kopf. Seine ständig wechselnden Gesichtsausdrücke spiegelten die Komplexität der Kalkulation wider. »Zwei Groschen für die Untersuchung«, sagte er schließlich.

Wolf war angenehm überrascht. Er hatte mit weitaus mehr gerechnet.

»Und zwölf Groschen dafür, dass mich dieser Hund mitten in der Nacht aus dem Schlaf gerissen und hierhergeschleppt hat.«

»Also vierzehn«, grunzte Wolf. Es hätte ihn gewundert,

wäre es bei dem erstgenannten Preis geblieben. Zähneknirschend zählte er die Münzen aus seinem Geldbeutel.

»Und zwölf Groschen für den Rückweg«, fügte der Bader eine weitere Position seiner Honorarnote hinzu. »Darauf hätte ich beinahe vergessen.«

»Wenn wir niemanden finden, der Hahn helfen kann, wird es kein Konzert geben«, beendete Wolf seinen Bericht. »Weder in der Waldschenke noch am Stadtplatz.«

Meister schlug sich die Hände vors Gesicht. »Das ist ja furchtbar!«, klagte er. »Der arme Hahn!«

»Also, ist dir bekannt, ob er sich Drogen in der Waldschenke besorgt hat?«, kam Wolf auf seine ursprüngliche Frage zurück.

Meister wirkte zerknirscht. »Ja, es ist mir bekannt«, gestand er. »Ich war quasi dabei.«

»Wie darf ich das verstehen?«

»Ich war es. Ich verkaufte ihm ein Päckchen Pilzpulver. Glaube mir, ich hatte keine Ahnung, wie gefährlich das Zeug sein kann.«

»Und wahrscheinlich gehst du davon aus, dass ich es bezahlen werde.«

»Nein, nein.« Meister wedelte abwehrend mit den Händen. »Keine Sorge. Hahn gab mir bereits das Geld.«

Wolf war erstaunt. »Hahn verfügt über Barmittel?«

»Er stammt aus einer wohlhabenden Familie. Seine Eltern sind Transportunternehmer.«

»Da erzählst du mir nichts Neues. Nur hat sein Vater mit ihm gebrochen. Der will von seinem Sohn nichts wissen.«

»Ich glaube, seine Mutter steckt ihm heimlich dann und wann etwas zu. Du weißt ja, wie Mütter sind. Sie sorgen sich immer um ihre Kinder, auch wenn die längst das Erwachsenenalter erreicht haben.«

»War das wirklich Pilzpulver?« Wolf wollte es nicht

glauben. »Normalerweise haut das Hahn nicht so schnell aus den Socken. Wo hast du es her?«

Wieder zierte sich Meister, mit der Sprache herauszurücken. »Nun, ich … wie soll ich sagen …«, druckste er herum.

»Einfach frei von der Leber weg«, munterte ihn Wolf auf.

»Gestern räumte ich im Auftrag des Prinzen ein leer stehendes Haus. Dabei fiel mir das Pulver in die Hände.«

»Lass mich raten: das ehemalige Räuberhaus? Gratuliere, Meister. Dann hast du Hahn sein eigenes Zeug verkauft.«

»Das konnte ich nicht wissen. Es war originalverpackt. Anscheinend hatte er es noch nicht angerührt.« Meister fiel etwas ein. »Warte kurz!«, sagte er und verschwand durch eine Türe im Nebenzimmer.

Wolf hörte ihn eine quietschende Schublade öffnen und darin herumkramen. Kurz darauf kam Meister zurück.

»Hier«, sagte er und überreichte Wolf ein Pergamentbriefchen. »Ich habe noch etwas von dem Pulver übrig.«

»Und was soll ich damit?«

»Vielleicht findest du heraus, woraus es besteht. Dann könnte man ein Gegenmittel zubereiten und es Hahn verabreichen.«

Wolf war ratlos. »Wie soll ich das anstellen? Das schafft nur ein Gelehrter der Chemie oder ein geschickter Alchemist. Die Hexe hätte es wahrscheinlich ebenso hingekriegt, aber die ist tot.«

Meister lächelte wissend. »Ich kenne da jemanden, der dir bestimmt weiterhelfen kann. Wir sprachen letztens über ihn, wenn du dich erinnerst.«

»Du meinst doch nicht etwa …«

»Wenn einer in der Lage ist, die Ingredienzien des Pulvers zu analysieren und ein Gegengift zu brauen, dann er.«

Ein Dieb und ein Mörder

Schon Wolfs erster Besuch bei Hexenmeister Fitcher hatte zu nichts geführt. Entgegen Meisters Ankündigung hatte sich der Mann als inkompetent erwiesen. Ihn ein weiteres Mal aufzusuchen, hielt Wolf für Zeitverschwendung. Deshalb lief er von der Stadt extra noch einmal nach Hause, um zu sehen, ob Hahn inzwischen erwacht war. Doch in der Höhle angekommen, musste er feststellen, dass sich der Zustand des Patienten nicht verändert hatte. Nach wie vor lag er, umringt von Esel, Hund und Katze, regungslos neben dem Feuer.

Aschenputtel schlug vor, einen letzten Versuch zu wagen, ihn ins Leben zurückzuholen. Sie wollte es mit Fenchelöl probieren, dessen intensiver Geruch, wie sie hoffte, Hahn aus dem Schlaf reißen könnte. Wolf war skeptisch und lehnte ab. Mit Nachdruck wies er darauf hin, dass sie kein Doktor der Medizin sei und besser auf fahrlässige Experimente verzichten solle. Das kränkte Aschenputtel. Schnippisch erwiderte sie, dass sie im Gegensatz zum Bader keine unverschämten Weggebühren berechnen würde, und zog sich beleidigt zurück, um das Mittagessen zuzubereiten.

»Und hier sind wir wieder«, tat Flöhchen zwei Stunden später kund, als Wolf den dunkelsten Teil des Dunklen Waldes erreichte. »Das gefällt mir. Ich glaube, ich habe mich in dieses unheimliche Gebäude verliebt.«

Ehe er Fitcher gegenübertrat, wollte Wolf eine kurze Verschnaufpause einlegen. Die vielen Meilen, die er in den letzten Tagen zurückgelegt hatte, machten sich bemerkbar. Die Beine taten ihm weh, bis hinauf zu den Schultern und Hüften. Wie schon beim letzten Mal ließ er sich unter der krummgewachsenen Tanne nieder.

»Die Rennerei macht mich fertig«, hechelte er. »Hin und her, rauf und runter, tagein, tagaus.«

»Siehst du, mit einem Nachrichtenraben könntest du dir die meisten Wege sparen«, meinte Läuschen. »Dann müsstest du nicht alles persönlich erledigen. Du schickst den Vogel einfach mit einer Botschaft zum jeweiligen Empfänger und wartest auf eine Antwort.«

Das Prinzip eines Nachrichtenraben musste man Wolf nicht erklären. Er war nicht von gestern, nur ein bisschen altmodisch vielleicht, weswegen er das persönliche Gespräch bevorzugte.

»In diesem Fall würde mir ein Rabe nichts nützen«, versuchte er Läuschens Argument zu entkräften. »Ich will dem Hexenmeister keine Botschaft senden, sondern ihm das Pilzpulver zur Analyse übergeben.«

»Kein Problem«, konterte Läuschen. »Auch dafür müsstest du nicht selbst hier erscheinen. Du hängst das Pulver dem Raben einfach an.«

»Du meinst, ich kann es mitschicken?«

»Natürlich.«

Das hatte Wolf nicht gewusst. »Man kann *Dinge* mit einem Vogel senden?«

»Auf jeden Fall.«

Wolf überlegte. »Und funktioniert das auch mit, sagen wir, Bildern?«

»Bilder? Was meinst du? Ganze Gemälde?«

»Nein, eher Miniaturen. Angenommen, ich möchte mir von Meister eine Vase kaufen, was ich ihm mittels Nachrichtenraben mitteile. Kann er mir dann – ebenso mit einem Raben – Bilder der vorrätigen Vasen zukommen lassen, damit ich eine auswähle?«

Läuschen wusste auch diesbezüglich Bescheid. »Hängt ganz von ihrer Größe ab«, erklärte es. »Da gibt es natürlich schon eine Grenze. Aber grundsätzlich ja.«

»Na gut. Und danach sende ich ihm neuerlich eine Nachricht mit meiner Entscheidung?«

»Genau … Aber nicht vergessen, dem Raben das Geld für die Vase anzuhängen.«

»Und dann hängt Meister dem Vogel die Vase an und lässt sie zu mir bringen. Verstehe ich das richtig?«

»Das funktioniert leider nicht«, berichtigte ihn Läuschen. »So eine Vase ist zu schwer.«

»Ha!«, triumphierte Wolf. »Folglich muss ich doch sein Geschäft aufsuchen, um die Ware selbst zu holen.«

»Nein, das musst du nicht, denn Meister kann zum Beispiel *Hähnchen & Hühnchen Transporte aller Art* beauftragen, dir die Vase zuzustellen.«

»Willst du damit andeuten, ich könnte einkaufen, was immer ich möchte, ohne jemals meine Höhle zu verlassen?«

»Da schaust du, was?« Läuschen lachte. »Moderne Zeiten.«

»Aber trotzdem …« Wolf war nicht bereit, so schnell aufzugeben. »Bewegung an der frischen Luft hat noch niemandem geschadet. Die hält einen gesund.«

»Und sorgt für schmerzende Beine«, fügte Flöhchen hinzu.

»Hast du vor, den ganzen Tag unter der Tanne zu liegen?«, ertönte eine schneidende Stimme.

Wolf hatte das Haus keine Sekunde lang aus den Augen gelassen. Er hätte schwören können, dass sich die Türe nicht geöffnet hatte, und dennoch stand der Hexenmeister plötzlich auf der Veranda.

Wolf erhob sich, schüttelte die vertrockneten Tannennadeln aus seinem Fell und folgte der dunklen Gestalt ins Haus.

»Du bist gekommen, um mich über die Fortschritte bei der Suche nach dem Hexenmörder zu unterrichten?«

»Ja … hm … eigentlich …« Wolf wollte nicht zu viel

verraten. Er fand es verdächtig, dass Fitcher ein derart großes Interesse an dem Verbrechen zeigte. War das nicht ein Indiz dafür, dass er selbst in irgendeiner Art und Weise beteiligt war?

Der Hexenmeister führte ihn diesmal nicht in den Keller, sondern durch den langen Flur in eine geräumige Wohnküche. Aus einer Karaffe goss er Wasser in einen Napf und stellte ihn vor Wolf auf den Boden.

»Stille deinen Durst und erstatte Bericht!«

»Ich bin durchaus in der Lage, aus einem Becher zu trinken«, protestierte Wolf.

Fitcher schien das zu bezweifeln. »Wir wollen doch keine Überschwemmung auf dem Parkett anrichten«, sagte er knapp.

Wolf ließ seinen Blick in alle Richtungen schweifen, um gegen etwaige Gefahrenquellen wie gut bestückte Messerblöcke oder gusseiserne Bratpfannen gewappnet zu sein. Zu seiner Erleichterung konnte er keine akute Bedrohung erkennen.

In der Küche sah es nicht anders aus als im Flur. Auch hier lag fingerdick der Staub auf den Möbeln. Er sollte dem Hexenmeister ein Geschäft anbieten, überlegte Wolf, ihm gegen ein kleines Entgelt einmal pro Woche Aschenputtel zum Putzen vorbeischicken. Jetzt, da er beim Verkauf des Gute-Laune-Krauts mit Einbußen zu rechnen hatte, lag es nahe, sich ein zweites Standbein im Bereich der Arbeitskräfteüberlassung aufzubauen.

»Heute bin ich aus einem anderen Grund hier«, begann er, nachdem er den Napf bis auf den letzten Tropfen geleert hatte. »Es geht um Hahn, den Sänger der ehemaligen *Bremer Stadtmusikanten*.«

»Nennst du sie neuerdings nicht DRACHENFLUG?«, erkundigte sich der Hexenmeister.

Wolf starrte ihn an. Woher, zum Teufel, kannte Fitcher

diesen Namen? Wolf hatte ihn erst gestern seinen Burschen und Katze offenbart, und die konnten die Neuigkeit unmöglich weiterverbreitet haben.

Auch über Hahns Dilemma wusste der Hexenmeister Bescheid. »Er liegt noch immer in tiefem Schlaf?«, erkundigte er sich.

»Ja, so ist es. Er hat Pilzpulver zu sich genommen. Allerdings kein handelsübliches, dessen bin ich mir sicher.« Wolf holte Meisters Probe aus dem Rucksack. »Wie ich erfahren habe, sollst du in der Lage sein, es zu analysieren. Vielleicht ist es dir möglich, ein Gegenmittel zu mischen, das Hahns Leben rettet.«

Fitcher besah sich kurz das Päckchen, dann legte er es auf den Tisch.

»Weshalb sollte ich das tun?«, fragte er.

»Damit er in einer Woche in der Waldschenke auftreten kann.«

»Ich kenne Hahn nicht, deshalb steht er mir nicht nahe.«

Darauf lief es also hinaus. Nun wusste Wolf, woran er war. Der Hexenmeister forderte eine Gegenleistung. Er war keiner, der anderen aus reiner Hilfsbereitschaft einen Dienst erwies.

»Du bekommst eine Eintrittskarte für das Konzert«, bot Wolf an. »Selbstverständlich gratis«, fügte er sicherheitshalber hinzu.

»Ich gehe selten unter Menschen.«

»Nun, dann wird es dich freuen, wenn dich Aschenputtel hin und wieder besucht und dein trautes Heim in Schuss hält. Ich könnte sie vorbeischicken, damit sie …«

»Bist du wahnsinnig?«, schrie Läuschen so laut, dass es in Wolfs Ohr klingelte. »Du willst Aschenputtel diesem Unhold ausliefern bei allem, was man über ihn hört?«

»Das sind doch nur Gerüchte«, rechtfertigte sich Wolf. »Außerdem geht es um Hahns Leben. Schon vergessen?«

Läuschen war außer sich. »Du setzt ihr Leben aufs Spiel, um jenes von Hahn zu retten?«

»Reg dich nicht auf! Aschenputtel wird nichts passieren.«

»Wenn du dich mit den Stimmen in deinem Kopf geeinigt hast, sprechen wir über die Perlenkette«, ging Fitcher mit eisiger Stimme dazwischen. »Was hast du herausgefunden?«

»Gibt es etwas, worüber du nicht unterrichtet bist?«, entfuhr es Wolf. »Wie hast du von der Kette erfahren? Von wem erhältst du all die Informationen? Und wozu stellst du mir andauernd Fragen, wenn du ohnehin auf dem Laufenden bist?«

»Im Moment bist du es, der Fragen stellt. Sehr viele Fragen.«

»Aber wieso weißt du das alles?«

Hexenmeister Fitcher richtete den Kragen seines Mantels und wischte mit dem Handrücken ein fiktives Staubkorn von seiner Schulter. »Ich habe gute Ohren.«

Wolf verzichtete auf weitere Fragen. Er würde sowieso keine Antworten erhalten, die einen Sinn ergaben.

»Die Perlenkette wurde einem Freund zum Kauf angeboten«, sagte er. »Und zwar just an jenem Tag, als ich die tote Hexe fand.«

»Vom Mörder?«

»Möglich … oder auch nicht. Angeblich handelt es sich um ein Mädchen oder eine junge Frau. Bei Personenbeschreibungen würde ich mich nicht unbedingt auf meinen Informanten verlassen.«

»Wir können aber ausschließen, dass es sich um einen greisen Mann handelt?« Fitcher nahm am Esstisch Platz und verschränkte seine langen Finger.

»Ja, ich denke, das können wir. Natürlich bedeutet das nicht, dass diese junge Frau die Mörderin ist.«

»Natürlich nicht. Andererseits sollten wir die Möglichkeit nicht ausschließen. Was weißt du noch?«

»Nun, die Hexe hat mir am Montagabend durch ihren Raben mitgeteilt, dass mein Gute-Laune-Kraut am Mittwoch zur Abholung bereitliege. An diesem Tag habe ich sie um elf Uhr tot im Backofen entdeckt. Folglich muss sie irgendwann dazwischen gestorben sein. Wahrscheinlich können wir den Zeitraum sogar genauer eingrenzen, denn bei meiner Ankunft war die Asche im Backofen noch warm.«

»Daraus schließt du, dass die Hexe etwa 24 Stunden vor deinem Auftauchen ums Leben kam.«

»Ja, mindestens. So ein Ofen kann Wärme lange speichern.«

»Gut.« Fitcher blickte Wolf forschend an. »Wie hat sich das Verbrechen deiner Meinung nach abgespielt?«

»Tja …« Wolf hatte keine Ahnung. Woher sollte er das wissen?

»Lass einfach deine Fantasie spielen!«, forderte ihn der Hexenmeister auf.

»Na ja, der Mörder ist in ihr Haus eingedrungen, hat die Hexe überwältigt, in den Ofen gestoßen, danach alle Räume durchsucht, ihren Schmuck und das Gute-Laune-Kraut entdeckt und ist damit verschwunden.«

»Wollen wir ausschließen, dass es sich um ein *Reihenscheusal* handelte, wie du den Täter letztens bezeichnet hast?«

»Wollen wir?«

»Nun, Serienmördern, wie ich sie nenne, geht es nicht darum, sich zu bereichern, sondern um die Ausübung von Macht und um das Tötungsritual selbst. Raub ist nicht ihre Intention. Bestenfalls nehmen sie ein persönliches Stück des Opfers mit, das sie an ihre Tat erinnert, und gerne hinterlassen sie am Ort ihres Wirkens eine Botschaft, als Signatur quasi. Doch darauf wies ich dich bereits gestern hin. Du solltest besser zuhören.«

»Aber genau das …« Wolf biss sich auf die Zunge. Er wollte nichts verraten.

»Genau was, Wolf?« Da war er wieder, dieser kalte und

stechende Blick, der Wolf regelrecht aufspießte. »Sprichst du vom verschwundenen Goldzahn, den du erwähntest?«

»Weißt du es nicht ohnehin?«

»Ich möchte es von dir hören.«

Wolf drehte Runde um Runde um den Esstisch, während er Fitcher über den Anhänger unterrichtete, der in der Hexenküche gelegen war.

»Was bewog dich dazu, mir das gestern zu verschweigen?«, erkundigte sich Fitcher.

Wolf fühlte sich zunehmend unbehaglich. »Tut mir leid. Ich hab's vergessen«, gab er kleinlaut zu. »Der Schock, die Aufregung …«

»Und hast du heute wieder etwas vergessen?«

»Nein, ich denke nicht.«

»Ich denke schon. Zeig mir diesen Anhänger, den du im Knusperhäuschen gefunden hast.«

»Natürlich. Ganz wie du willst.« Wolf holte ihn aus dem Rucksack. »Aber ich fürchte, er wird uns nicht weiterhelfen. Ich habe keine Ahnung, was das ist. Niemand weiß, was das sein soll. Irgendwie sieht es aus wie ein …«

»Das ist die Spitze eines Einhorns.«

»Die Spitze eines Einhorns?«

»Genauer: die Spitze des Horns eines Einhorns.«

»Also die Spitze eines Einhorn-Horns … Hm, gibt es diese Tiere noch?« Obwohl Wolf viel herumkam, hatte er nie eines gesehen. »Ich habe gehört, dass Einhörner früher im Dunklen Wald heimisch waren. Aber heutzutage …«

»Sie sind selten und sehr scheu. Doch sie existieren.«

»Dann ist die Reihenscheusal-Theorie nicht so falsch. Es ist, wie du gesagt hast: Der Täter hat den Goldzahn der Hexe als Trophäe mitgehen lassen und die Hornspitze als Botschaft hinterlegt, was immer er damit zum Ausdruck bringen wollte.«

Obwohl Wolf durchaus logisch kombiniert hatte, war der

Hexenmeister nicht restlos zufrieden. »Und wie erklärst du dir den Diebstahl des Schmucks und das Verschwinden des Gute-Laune-Krauts?«

Wolf überlegte lange. Man konnte es drehen und wenden, wie man wollte, am Ende drängte sich eine Antwort auf. »Der Räuber wollte es wie eine Reihenscheusalität aussehen lassen, um die königliche Garde in die Irre zu führen.«

Fitcher sagte nichts. Er sah Wolf nur an.

»Aber die königliche Garde kümmert sich nicht um den Mord. Sie weiß wahrscheinlich gar nicht, dass ein Verbrechen im Knusperhäuschen begangen wurde.«

Wieder zog es der Hexenmeister vor zu schweigen.

»Daher muss der Räuber niemanden in die Irre führen«, tastete sich Wolf voran. Ein schwaches Nicken motivierte ihn, seine Gedanken zu Ende zu spinnen. Er spürte, dass er der Lösung nahe war. »Es gab zwei Täter!«, rief er aufgeregt. »Einen Dieb und einen Mörder.«

Bedächtig nahm Fitcher das Briefchen mit dem Pilzpulver vom Tisch und steckte es in seine Manteltasche.

»Das wissen wir nicht«, sagte er. »Doch zum ersten Mal gabst du dir Mühe, die Wahrheit herauszufinden. Ich werde das Pulver untersuchen. Morgen Nachmittag kannst du das Gegenmittel abholen.«

»Schick es einfach mit einem Raben«, bat Wolf. »Dann müsste ich nicht wieder quer durch den Wald …« Er unterbrach sich. Der Rabe! Weshalb hatte er nicht schon früher daran gedacht. »Als ich beim Haus der Hexe angekommen bin, ist ihr Rabe auf dem Dach gesessen«, erzählte er. »Kann doch sein, dass er am Tag des Mordes ebenfalls anwesend war und etwas beobachtet hat. Vielleicht hat er den Täter … oder *die* Täter gesehen. Wir müssen ihn nur fragen.«

Fitcher erhob sich und strich seinen Mantel glatt. »Ich muss dich enttäuschen, Wolf. Nachrichtenraben können zwar Botschaften überbringen, die neueren Züchtungen sogar Gespräche wiedergeben, die sie irgendwo aufschnappen, jedoch ist es ihnen unmöglich, Beobachtungen in Worte zu fassen oder gar Personen zu beschreiben.« Der Hexenmeister bückte sich steif nach dem Wassernapf und stellte ihn in das Spülbecken. »Geh jetzt!«, forderte er Wolf auf. »Ich habe zu tun. Wir sehen uns morgen. Ich erwarte dein persönliches Erscheinen.«

Auch diesmal saß der Rabe auf dem Rauchfang. Aufmerksam verfolgte er jede von Wolfs Bewegungen, als sich dieser dem Knusperhäuschen näherte. Der Vogel bewies Treue zu seiner verstorbenen Besitzerin. Oder hatte er noch gar nicht mitbekommen, dass die Hexe tot war?

»Was passiert mit diesen Nachrichtenraben, wenn ihre Eigentümer sterben?«, fragte Wolf.

»Da gibt es kein bestimmtes Prozedere«, antwortete Läuschen, das sich bestens auszukennen schien. »Die meisten bleiben in der Familie. Wenn es keine Angehörigen gibt, suchen sich manche von ihnen einen neuen Besitzer. Andere, vor allem die älteren, genießen ihren wohlverdienten Ruhestand.«

Wolf blickte durch ein Fenster und schnupperte an der Türschwelle. Er wollte sichergehen, dass niemand da war. Dass Verbrecher gerne an den Ort ihrer Tat zurückkehrten, war allseits bekannt. Im konkreten Fall erschien das Wolf nicht so unwahrscheinlich, denn es gab noch etwas zu holen. Nicht im Gebäude, aber dahinter.

Bevor er sich um die Pflanzen im Kräutergarten kümmerte, nahm er noch einmal das Innere des Hauses in Augenschein, diesmal ausführlicher. Beim letzten Mal war er dafür viel zu aufgewühlt gewesen. Vielleicht hatte er Glück und fand das eine oder andere Beweisstück, das ihm einen Hinweis auf den Täter gab. Oder *die* Täter, denn je länger er über den Hergang des Verbrechens nachdachte, desto weniger konnte er sich vorstellen, dass diese ominöse Gretel das Geschehen alleine zu verantworten hatte. Selbst wenn sie kein junges Mädchen war, wie sie Meister beschrieben hatte, sondern eine erwachsene Frau, wäre sie ohne Hilfe weder in der Lage gewesen, die Hexe in den Backofen zu stopfen, noch die Matratze aus dem Bett zu stemmen. Die Matratze war deutlich schwerer als herkömmliche. Die Hexe hatte altersbedingt unter Rückenschmerzen gelitten und sie deshalb mit Walnüssen gefüllt, die sich der Körperform in jeder Lage anpassten.

Obwohl Wolf sämtliche Ritzen und Spalten absuchte, jede noch so unzugängliche Ecke inspizierte, fand er nichts, weder in der Stube noch im Schlafzimmer noch in der Trockenkammer, aus der man die *Weiße Witwe* entwendet hatte. Eine weitere Sache, die eine Frau alleine nicht hingekriegt hätte, war sich Wolf sicher, es sei denn, für den Abtransport wäre eine Karre, ein Wagen oder gar ein Fuhrwerk bereitgestanden.

Auch in der Küche stieß er auf keine neuen Hinweise. Somit blieb der Anhänger mit der Einhornspitze die einzige Fährte. Eine schwache allerdings, denn weder gab sie Aufschluss über die Vorgänge im Knusperhäuschen noch über ihren Besitzer.

Was war nun dran an dieser Theorie, dass hier mehrere, zumindest aber zwei Täter ihr Unwesen getrieben hatten? Waren Mörder und Dieb unabhängig voneinander gekommen oder hatten sie zusammengearbeitet? Mörder und Dieb … War es ein Zufall, dass Wolf jeweils einen Vertreter dieser Zünfte kannte, beide Meister ihres Fachs? Hexenmeister und Meisterdieb. Konnte es sein, dass sie ihre Finger im Spiel hatten? Zumindest Fitcher machte kein Hehl aus seinem Interesse an dem Vorfall und wusste über erstaunlich viele Einzelheiten Bescheid. Und Meister war im Besitz eines der gestohlenen Schmuckstücke gewesen. Hatte er diese Gretel eventuell erfunden, um von sich abzulenken? Nein, Wolf kannte Meister gut genug, um zu wissen, dass der mit der Sache nichts zu tun hatte. Hexenmeister Fitcher hingegen schreckte vor keiner Grausamkeit zurück, glaubte man den Erzählungen, die über ihn kursierten. Ihn wollte Wolf noch nicht von der Liste der Verdächtigen streichen.

Er ging hinaus in den Kräutergarten, wo ihn die *Wei-ße Witwe* mit ihrem intensiven Geruch empfing. Sorgfältig untersuchte er mehrere Blüten. Die Verfärbung ihrer Pistille bestätigte ihm, dass die Ernte bald anstand. In fünf, sechs Tagen, schätzte er, würde das Gute-Laune-Kraut seinen optimalen Reifegrad erreicht haben.

Gerade als er sich zum Gehen wandte, bemerkte er den Fußabdruck am Rande der Anbaufläche. Genauer gesagt, den Abdruck eines spitz zulaufenden Männerschuhs. Der war neu, war sich Wolf sicher. Am Mittwoch war er ihm jedenfalls nicht aufgefallen. War der Dieb zurückgekehrt, um die *Weiße Witwe* einer Überprüfung zu unterziehen und einen Erntezeitpunkt festzulegen? Es hätte Wolf nicht überrascht, denn wer scharf auf die getrockneten Pflanzen gewesen war, hatte es auf die frischen ebenso abgesehen.

Heute war Freitag. Wolf beschloss, Herrn Korbes für Montag herzubestellen, um das verbliebene Kraut in seine Höhle transportieren zu lassen. Zwar bedeutete das, es ein wenig früher als geplant zu ernten, doch konnte er nur so verhindern, dass ihm der Dieb abermals zuvorkam.

Bevor er aufbrach, wollte Wolf eine letzte Sache abklären. Sollte die Beute aus der Trockenkammer mit einem Fuhrwerk abtransportiert worden sein, bestand die Möglichkeit, dass es Spuren hinterlassen hatte.

Die Augen starr auf den Boden gerichtet, schritt er den Weg von der Haustür bis zum Waldrand ab. Der Untergrund aus Kies machte es ihm nicht leicht. Auf ihm blieben keine klaren Abdrücke zurück, doch an der Stelle, an der der Weg in den Wald mündete und der Kies in Lehm und Erde überging, waren schwach ausgeprägte Rillen erkennbar, möglicherweise Abdrücke von Wagenrädern. Von Hähnchens Wägelchen konnten sie nicht stammen. Die Spurbreite deutete auf ein weitaus größeres Gefährt hin. Nur wo sollte Wolf anfangen, danach zu suchen? Nahezu jeder Bauer besaß einen Heuwagen, der infrage kam, fast jeder Händler ein Fuhrwerk.

Wolf ließ das Knusperhäuschen hinter sich und steuerte die Waldschenke an, um drei Bratenstücke, einen kleinen Sack Karotten, gemischtes Karnickelfutter und ein Pfeifchen extragroß mit nach Hause zu nehmen. Nein, kein Pfeifchen, fiel ihm ein. Sofern der Wirt überhaupt noch Gute-Laune-Kraut vorrätig hatte, könnte es Hahn sowieso nicht rauchen. Stattdessen wollte sich Wolf einen Humpen Bier gönnen, während er auf das Essen wartete, möglicherweise einen zweiten, sollte die Zubereitung der Speisen länger dauern, aber sicher nicht mehr als drei.

Weder Heiliger noch Missetäter

»Ich mache mir große Sorgen«, brach Aschenputtel ihr Schweigen.

Es war das erste Mal, dass sie etwas sagte, seit sie und Wolf die Höhle verlassen hatten. Den ganzen Weg in die Stadt war sie mit gesenktem Kopf neben ihm hergeschlichen.

»In der Nacht hat Hahn zu fiebern begonnen. Ich habe ihm einen kalten Wickel verabreichen müssen.«

Wolf nickte. »Ich weiß. Du bist die meiste Zeit neben ihm gesessen und hast seinen Flügel gehalten.«

Er war selbst lange wachgelegen und hatte sich das Hirn zermartert, wie DRACHENFLUG das Jubiläumskonzert über die Bühne bringen sollte, für den Fall, dass Hahn nicht auf die Beine käme.

Als könnte sie seine Gedanken lesen, legte Aschenputtel ihre Hand auf seinen Rücken. Ihre Augen waren feucht.

»Er liegt ganz ruhig da«, sagte sie. »Er schaut aus, als würde er friedlich schlafen, doch wenn er nicht bald Flüssigkeit zu sich nimmt, wird er …« Sie wagte nicht, es auszusprechen.

»Sterben«, hauchte Wolf. »Aber noch ist nicht aller Tage Abend. Heute Nachmittag hole ich vom Hexenmeister das Gegenmittel und dann wird das Federvieh zum Leben erweckt. Oder wir finden vorher einen Prinzen, der ihn wachküsst«, fügte er mit einer gehörigen Portion Galgenhumor hinzu.

Aschenputtel war nahe daran, in Tränen auszubrechen. »Zu allem Überfluss hat der Bader sein Hörrohr vergessen«, klagte sie. »Das müssen wir ihm zurückgeben. Er wird es brauchen.«

Wolf lächelte. »Darüber musst du dir keine Sorgen machen. Bei dem Honorar, das er verrechnet hat, sehe ich das Hörrohr als Draufgabe. Ich werde dem Wucherer bestimmt nicht nachrennen und ihm sein Zeug zurückbringen.«

Sie schlenderten von einem Marktstand zum nächsten und besahen sich das Angebot an Waren, das von den Kaufleuten und Bauern der Region feilgeboten wurde.

Zwischen den Ständen hatte man Holztafeln aufgestellt, auf denen Plakate zum Fest des Königs einluden.

Untertanen, feiert das 35-jährige Thronjubiläum unseres weisen und gerechten Herrschers, König Dummling!, stand darauf zu lesen und darunter, in großen, dicken Lettern, die fast die Hälfte des Anschlags einnahmen: *Es spricht der Prinz.* In der nächsten Zeile, etwas kleiner: *Zu eurer Unterhaltung spielen Drosselbart, der König der Drehleier*, und wieder darunter, noch kleiner, aus größerer Entfernung kaum wahrnehmbar: *sowie andere Musikanten.*

»Reg dich nicht auf!«, sagte Aschenputtel, die Wolf seinen Ärger ansah. »Was hast du erwartet?«

»*DRACHENFLUG* sollte da an erster Stelle stehen. Die Ansprache des Prinzen interessiert niemanden.«

»Das ist doch nicht so wichtig. Hauptsache, es kommen viele Leute. Deine Burschen und Katze werden ihren Weg machen. Da bin ich mir sicher. So oder so.«

»Na ja, wenn du meinst. Aber trotzdem … Da, sieh nur!« Wolf wies auf einen der Verkaufstische. »Was hältst du von einem Schafskopf für heute Abend? Wäre das nicht das richtige Festmahl zur Feier von Hahns Wiederauferstehung?«

»Ich weiß nicht … Das arme Tier. Ich tu mir schwer, etwas zu essen, das noch Augen hat, mit denen es mich traurig ansieht.«

Dieses Problem war Wolf fremd. »Dann esse ich die Augen zuerst«, bot er an.

»Wie wäre es mit einem Bauchfleisch vom Schwein? Dieses Stück hier sieht schön fett und nahrhaft aus.«

»Und kostet nur zehn Pfennige«, mischte sich der Marktfahrer ein. »Da muss die hübsche junge Dame zugreifen! Etwas Besseres wird sie nicht kriegen.«

Aschenputtel blickte Wolf fragend an.

»Von mir aus«, stimmte er zu. »Nimm es, du hübsche junge Dame! Dann essen wir eben Bauchfleisch. Und was nehmen wir als Beilage?«

»Ich hätte da wunderbare Hoden«, schlug der Verkäufer vor.

»Die würde deine Frau vermissen«, scherzte Wolf.

»Vom Stier, meine ich. Die harmonieren ganz hervorragend mit dem Bauchfleisch.«

»Dann kaufen wir die auch«, entschied Wolf. »Und diese Schweinsleber hier.«

»Und für Esel?«, fragte Aschenputtel. »Was werden wir ihm mitbringen?«

»Irgendein Grünzeug. Das gibt's beim Stand gegenüber. Was ist eigentlich los hier? Weshalb sind so viele Menschen da, und was soll *das* sein?« Wolf deutete zum Schlosstor, vor dem ein überdachtes Holzpodest stand, um das sechs Männer der königlichen Garde Aufstellung genommen hatten.

»In Kürze wird der Prinz eine Ansprache halten«, klärte ihn der Marktfahrer auf, während er von Aschenputtel das Geld kassierte. »Soviel ich weiß, geht es darum, dass Gute-Laune-Kraut verboten werden soll. Das behauptet jedenfalls meine Frau, und die ist üblicherweise bestens informiert.«

Wolf sah ihn finster an. Schon der Wirt in der Waldschenke hatte erwähnt, dass es Pläne dieser Art gebe. Wolf hatte das nicht ernst genommen, aber was, wenn der Wirt recht behielt? Angenommen, es käme tatsächlich so weit, mit welchen Konsequenzen müssten all die Menschen und Tieren rechnen, die dann und wann gerne ein Pfeifchen zur Entspannung rauchten? Würden sie als Gesetzlose gelten, von der Garde verfolgt und in den Kerker geworfen werden? Und was wesentlich schwerer wog: Welche Auswirkungen kamen auf Wolf selbst zu, der vom Verkauf der *Weißen Witwe* lebte? Die Arbeit als Kümmerer der Musikanten warf kein Geld ab. Seine Burschen und Katze konnten froh sein, wenn sie in düsteren Spelunken für eine warme Mahlzeit und einen Becher Wein spielen durften. Sollte der Prinz ernstmachen, müsste sich Wolf nach einem neuen Betätigungsfeld umsehen.

Nachdenklich folgte er Aschenputtel, die das Gemüse am Stand gegenüber prüfte, indem sie jedes Stück einzeln in die Hand nahm, es von allen Seiten beäugte und mit Daumen und Zeigefinger drückte.

»Nimm die Karotten«, schlug Wolf vor. »Die schauen gut aus.«

»Da habe ich schon schönere gesehen. Sieh dir diese hässlichen dunklen Flecken an!«

»Für Esel sind sie gut genug. Der ist nicht wählerisch. Hauptsache, er kriegt einen ordentlichen Humpen Bier dazu.«

»Apropos, Bier müssen wir ebenfalls besorgen. Es ist fast keines mehr da.«

»Am besten zwei große Krüge«, empfahl Wolf. »Wenn Hahn aufwacht, wird er durstig sein. Und solang Bier noch legal ist … Da schau!« Wolf stupste Aschenputtel an und machte sie auf den Laden hinter dem Gemüsestand aufmerksam. »Und was wird *er* in Hinkunft verkaufen?«

Der treue Johannes stand in großen Buchstaben auf einem Holzschild über der Eingangstür. *Feinstes Pilzpulver, exquisiter Krötenschleim.* Im Schaufenster hing ein Pergament, das einen dicken, lustig aussehenden Mann zeigte, der an einer Kröte leckte. Darunter war der Werbespruch des Kaufmanns zu lesen: *Johannes kann es! Natürlich natürlich. Ganz ohne Alchemie.*

»Ich meine«, fuhr Wolf fort, »sollte Gute-Laune-Kraut verboten werden, müsste auch dieses Zeug aus dem Verkehr gezogen werden.«

Aschenputtel stopfte die Karotten und zwei Salatköpfe in ihre Einkaufstaschen. Ihr Rucksack war bereits randvoll bepackt mit den Einkäufen vom Fleischstand.

»Mach dir keinen Kopf!«, sagte sie. »Abwarten, vielleicht kommt es anders, als du denkst.«

»Ja, die Hoffnung stirbt zuletzt. Aber sie stirbt.«

»Wie ist dieser Hexenmeister so?«, erkundigte sie sich, als sie am Fischstand anhielten. »Ist er eine so schaurige Erscheinung, wie man sich erzählt?«

»Ach was!« Wolf schnaubte verächtlich. »Alles nur Theater. Er macht gerne auf mystisch und unheimlich. Deswegen trägt er diese dunkle Kleidung und schaut dauernd streng aus der Wäsche. In Wahrheit ist er ein einsamer Mensch. Er erzählt zwar, dass er Freunde hat, mit denen er Karten spielt, aber das bezweifle ich. Er ist einfach nicht der Typ, der mit Kumpels um einen Tisch herumsitzt und es krachen lässt.«

»Und denkst du, er hat früher all diese Mädchen in sein Haus verschleppt, um sie zu zerstückeln?«

»Er spielt ein bisschen mit diesem Ruf, nützt ihn, um andere das Fürchten zu lehren, doch ich bin mir ziemlich sicher, dass diese Geschichten, wie so oft, maßlos übertrieben sind. Ich kann mir nicht vorstellen, dass er jemandem Gewalt antut.« Wolf sagte das, damit sich Aschenputtel keine Sorgen um ihn machte, nicht weil er es glaubte. »So wie ich ihn kenne, ist er ein netter, hilfsbereiter Kerl, auch wenn er sich gerne bitten lässt. Mittlerweile verstehe ich mich recht gut mit ihm. Wir sind fast so etwas wie Freunde geworden.«

»Freunde? Wirklich?« Aschenputtel runzelte ihre Stirn.

»Fast.«

»Und der Hexenmord … Hast du etwas herausgefunden?«

»Die Perlenkette, die Katze angeschleppt hat, ist die erste heiße Spur«, klärte Wolf sie auf. »Meister hat sie einer gewissen Gretel abgekauft. Bis jetzt hat mir das leider nicht weitergeholfen. Gretels gibt es hierzulande wie Sand am Meer und doch kenne ich keine einzige.«

Aschenputtel zuckte mit den Schultern. »Ich leider auch nicht.«

Sie erstanden eine mittelgroße Forelle, fangfrisch, die sich Aschenputtel am Abend in die Pfanne werfen wollte. Ewig nur den Salat zu essen, den Wolf aus der Waldschenke mitbrachte, wurde ihr allmählich langweilig.

Immer mehr Menschen strömten auf den Stadtplatz und drängten sich vor dem Podest zusammen. Noch ließ der Prinz auf sich warten, seine Gefolgsleute hingegen kamen bereits aus dem Schloss und nahmen hinter der kleinen Bühne Aufstellung. Wolf erkannte den Schatzmeister, den eisernen Heinrich, seines Zeichens neuer oberster

Kammerdiener, den Hauptmann der Garde und den treuen Johannes, der bei Hofe gar keine offizielle Stellung innehatte. Wie der Prinz trug er sein Haar straff nach hinten gekämmt, fixiert mit parfümiertem Schweineschmalz, sodass es kein Windstoß aus der Form bringen konnte. Schließlich trat auch Schneider aus dem Tor, der sich wie üblich farbenfroh herausgeputzt hatte. Diesmal trug er rot-blau gestreifte Hosen, einen seiner überdimensionierten Hüte, eine weiße Weste, bei deren Gestaltung er nicht mit Rüschen gespart hatte, darüber eine Pelerine aus blauem Samt und seinen Sieben-auf-einen-Streich-Gürtel. Als er Wolf bemerkte, steuerte er mit großen Schritten geradewegs auf ihn zu.

»Gott zum Gruße, Wolf«, sagte er und lüftete seine lächerliche Kopfbedeckung. »Puttel«, fügte er hinzu, wobei er ihr die Ehre eines Kopfnickens zuteilwerden ließ.

Wolf mochte es nicht, wenn andere Aschenputtel *Puttel* nannten, vor allem Lackaffen wie Schneider. Er fand, dass nur er als ihr Arbeitgeber das Recht dazu hatte.

»Hübsche Pelerine«, knurrte er.

Schneider lächelte stolz. »Der neueste Schrei.«

»Schmerzensschrei?«, spottete Wolf.

Schneider überhörte den Sarkasmus. »Ein Entwurf aus eigener Feder. Angenehm zu tragen, elegant, geschmackvoll und ein guter Wetterschutz. Abgesehen davon«, fügte er lächelnd hinzu, »ist sie überall einsatzfähig, sowohl als Ergänzung zur Abendgarderobe als auch bei der Feldarbeit über grobem Leinen.«

»Nur, dass der einfache Bauer sich einen solchen Fetzen kaum leisten kann.«

Aus Schneiders Lächeln wurde ein Lachen. »Jaja, man muss hart arbeiten, will man sich ein derart exklusives Kleidungsstück in den Schrank hängen. Übrigens«, wandte er sich Aschenputtel zu, »selbstverständlich können heutzutage auch Frauen Pelerinen tragen. An dir sehe ich eine kurzgeschnittene, die bis oberhalb der Brüste reicht, aus rosafarbenem Samt. Die würde dir ausgezeichnet stehen. Ihr raffinierter Schnitt kaschiert breite Schultern. Sieh das als kleinen Tipp, falls du noch nicht weißt, was du dir von Wolf zu Weihnachten wünschst.«

Wolf bedachte Schneider mit einem grimmigen Blick. »Wage es nicht, über Puttels Schultern herzuziehen! Sie ist eine von denen, die wirklich hart arbeiten. Alleine, was sie Woche für Woche an Einkäufen heimschleppt, sollte dir Respekt abverlangen.«

»Nichts für ungut, Wolf. Ich wollte deiner Magd nicht zu nahetreten.«

»Dann trittst du am besten zur Seite und gibst uns die Sicht frei.«

Schneider ließ sich nicht abwimmeln. »Es gibt erfreuliche Nachrichten, Wolf. Das Konzert kann wie vereinbart stattfinden.«

»Ich habe nichts anderes erwartet.«

»Rotkäppchen machte sich beim Prinzen für dich stark.«

»Rotkäppchen?«, fragte Aschenputtel.

»Sie lobte dich über den grünen Klee, sodass dem Prinzen keine andere Wahl blieb, als seine Zustimmung zum Auftritt deiner Musikanten zu geben.«

Aschenputtel tippte Wolf auf die Schulter. »Rotkäppchen hat dich gelobt?«

»Offenbar hast du dich nicht nur bei ihr entschuldigt«, fuhr Schneider augenzwinkernd fort. »Bist wohl mit schärferen Geschützen aufgefahren, wenn du verstehst, was ich meine.«

Wolf verstand es, und wenn Schneider nicht bald seine Klappe hielt, würde es Puttel ebenso verstehen.

»Wir müssen die Sache nicht bis ins letzte Detail ausreizen«, fauchte er. »Danke für die Information.«

Schneider blickte Aschenputtel kurz aus den Augenwinkeln

an. »Oh, ich verstehe, Wolf. Verzeih mir meine Schwadrona-
de. Ich wollte niemanden brüskieren.«

»Was heißt, *nicht nur bei ihr entschuldigt?*« In Aschenputtels
Stimme schwang ein Hauch von Empörung mit.

Schneider hob erneut seinen Hut und verneigte sich. »Ich
darf mich zurückziehen, meine Herrschaften. Ich sehe, der
Prinz betritt das Podest. Da will ich mich schnell zu seinen
Leuten gesellen.«

»Was heißt, *nicht nur bei ihr entschuldigt?*«, wiederholte
Aschenputtel. »Was wollte der aufgetakelte Wichtigtuer damit sagen?«

»Ach, der redet doch nur. Blablabla … Das geht bei ihm
den ganzen Tag so.« Wolf war unter seinem Fell heiß geworden. »Am besten, du hörst nicht hin.«

»Und außerdem … Ich wusste gar nicht, dass du bei Rotkäppchen warst.«

»Genaugenommen war ich bei ihrer Großmutter. Lange
Geschichte … erzähle ich dir ein andermal … jetzt muss
ich los … zum Hexenmeister … du weißt schon … das
Gegengift …«

Aschenputtel stierte ihn an. Ihre Nasenflügel bebten, ihre
Wangen glühten. Ruckartig drehte sie sich um und schritt
durch die Menge davon.

»Und vergiss nicht, Bier zu besorgen!«, rief Wolf ihr nach.
»Zwei Krüge. Zwei große Krüge.«

Er wartete, bis sie außer Sichtweite war, dann trat er näher an die Bühne heran, um den Worten des Prinzen zu
lauschen.

»Genug ist genug«, eröffnete der Prinz seine Rede.

Über seinem indigoblauen Gehrock trug er wie Schneider
eine Pelerine, nur dass seine in königlichem Purpur gehalten, mit Hermelinpelz gesäumt und mit echten Diamanten
besetzt war. Im Vergleich zu ihrem protzigen Aussehen

mutete sein goldenes, mit Smaragden verziertes Krönchen fast bescheiden an.

»Genug ist genug«, wiederholte er für den Fall, dass es jemand nicht verstanden hatte. Er verlieh seiner Stimme einen strengen, fast drohenden Unterton. »Die Worte, die ich heute an euch richten werde, meine Untertanen, werden bei vielen für Verstimmung sorgen, darüber bin ich mir im Klaren, und trotzdem müssen sie ausgesprochen werden. Ich sehe es als meine Pflicht, euch über ein Problem zu informieren, das viel zu lange totgeschwiegen wurde.

In den letzten Monaten erreichten mich vermehrt Nachrichten über Missstände, die ich als euer Prinz nicht gewillt bin hinzunehmen. Missstände, die uns alle gleichermaßen betreffen, die unseren hart erarbeiteten Wohlstand gefährden. Fabrikanten und Kaufleute, die Stützen unserer Gesellschaft, beklagen, dass die Bereitschaft ihrer Bediensteten, ehrliche Arbeit zu leisten, in zunehmendem Maße zu wünschen übriglässt. Ich selbst musste bei Reisen durch meine Ländereien mitansehen, wie Müßiggang und Trägheit um sich greifen und die arbeitsame Mehrheit unserer Bürger darunter zu leiden hat. Ich begegnete Tagelöhnern, die faul am Wegesrand lagen, statt die Felder ihrer Herren zu pflügen. Ich sah Handwerksgesellen, die ihrem Meister frech den Gehorsam verweigerten. Statt pflichtbewusst ihr Tagwerk zu verrichten, zogen sie in die weite Welt hinaus, um Abenteuer zu erleben und sich zu vergnügen. Viele von euch wissen es aus eigener Erfahrung: Die Gasthäuser, die Weinstuben sind voll mit Haderlumpen, die ehrliche Arbeit scheuen und sich lieber berauschenden Stoffen hingeben.

Für mich waren Leistung und Pflichtbewusstsein stets die Säulen unseres Königreichs. Und genau diese Säulen beginnen zu bröckeln. Ich halte es für eine besorgniserregende Entwicklung, dass immer weniger Menschen morgens aufstehen, um zu arbeiten, sondern erst aus dem Bett kriechen, sobald die Wirtshäuser öffnen. Die Folgen dieses Treibens sind abzusehen und schwerwiegend. Wir steuern geradewegs auf einen Notstand zu, auf wirtschaftliche Turbulenzen, die uns allen teuer zu stehen kämen, sollten wir es verabsäumen, rechtzeitig entgegenzuwirken. Deshalb, meine Untertanen, fordere ich, dass jeder, der arbeiten kann, das tatsächlich tut.

Der Grundsatz *Integration durch Leistung* richtet sich nicht nur an zugewanderte Zwerge und unsere tierischen Mitbürger. Er richtet sich ebenso an diejenigen unter uns, die durch übermäßigen Rauschmittelkonsum der Gesellschaft den Rücken kehren und den Zerfall Siebenbergens vorantreiben. So sehe ich es als meine Aufgabe, Rahmenbedingungen zu schaffen, unter denen die geforderte Leistung überhaupt erbracht werden kann.

Abgesehen von den düsteren wirtschaftlichen Auswirkungen häufen sich in den letzten Wochen Meldungen über die fatale Wirkung eines Pilzpulvers, das Traumpulver genannt wird, und das durch dunkle Kanäle in den freien Handel gelangte.« Die Stimme des Prinzen wurde flehend, fast weinerlich, wie immer, wenn er seine bedingungslose Liebe zu Volk und Vaterland glaubhaft machen wollte. »Bis zum heutigen Tage fielen zahllose Menschen, Zwerge und Tiere, die sich an diesem Mittel gelabt hatten, in einen tiefen Schlaf, aus dem die meisten von ihnen nicht mehr erwachten. Ich wage die Vorhersage, dass ohne wirkungsvolle Gegenmaßnahmen bald jeder irgendjemanden kennen wird, der an dieser gefährlichen Droge verstarb. Zu eurem Schutz habe ich daher folgende Entscheidung getroffen.«

Der eiserne Heinrich trat vor, entrollte ein Pergament und überreichte es dem Prinzen.

»Mit sofortiger Wirkung«, las der Prinz, »werden der freie Handel und die Herstellung von Gute-Laune-Kraut, Krötenschleim, Pilzpulver und allen anderen bewusstseinsverändernden und berauschenden Substanzen mit Ausnahme von Alkohol eingeschränkt. Erzeugung und Verkauf obliegen ab sofort ausgewählten Personen, die als seriöse Geschäftsleute in der Lage und willens sind, höchste Qualität und Sicherheit zu garantieren. Eine Kommission aus Experten, deren Mitglieder vom Prinzen – also mir – bestimmt werden, wird fortan die Vergabe von Produktions- und Verkaufsermächtigungen regeln. All jenen, die sich dieser Verordnung widersetzen und ihre Geschäfte illegal betreiben, drohen Kerker, Folter und Tod.«

Der Prinz rollte das Pergament zusammen und gab es seinem Kammerdiener zurück. »Natürlich, meine Untertanen«, setzte er die Rede fort, wobei er seine Arme ausbreitete, als wolle er alle Anwesenden auf einmal an seine Brust drücken. »Natürlich habe ich vollstes Verständnis für diejenigen unter euch, die sich um ihre verdiente Entspannung nach einem harten Arbeitstag in der Schmiede, auf dem Felde oder im Bergwerk sorgen. Wir alle haben uns schon an dem einen oder anderen Pfeifchen erfreut, da will ich mich nicht ausnehmen. Ich bin weder ein Heiliger noch ein Missetäter. Ich bin einer von euch, ein Mensch, ein Tier wie ihr, ein Zwerg im Geiste. Deshalb lasst euch gesagt sein: Niemand wird euch eure Prise Pilzpulver oder euer Quäntchen Krötenschleim nehmen. Doch ich persönlich werde dafür Sorge tragen, dass der Genuss dieser Substanzen sicherer wird, damit ihr unbeschwert und ohne Angst um eure Gesundheit euren Feierabend genießen könnt. Hier geht es keineswegs um meine Interessen, wie Neider und Unbelehrbare gerne behaupten. Nur zu eurem Wohl, meine Untertanen, werden wir diesen neuen Weg einschlagen. Gemeinsam mit euch will ich dieses Land verändern, denn mein Königreich ist mir wichtiger als meine Person.«

Jede Sekunde zählt

»Die Leute haben ihm begeistert zugejubelt«, bemerkte Flöhchen. »So unbeliebt, wie du immer behauptest, scheint er nicht zu sein.«

»Die Leute sind dumm«, brummte Wolf. »Und sie werden von Tag zu Tag dümmer.«

»Letztlich ist die Lage gar nicht schlimm«, schaltete sich Läuschen ein. »Immerhin wird Gute-Laune-Kraut nicht verboten. Freut dich das nicht?«

»Nein. Wie sollte ich mich freuen? Du hast doch gehört, dass man die Erlaubnis des Prinzen benötigt, um es anzubauen und zu verkaufen.«

»Die Erlaubnis der Expertenkommission«, korrigierte Flöhchen.

Läuschen erkannte das Problem noch immer nicht. »Dann such doch um eine an, und alles wird gut.«

Wolf lachte hämisch. Wie konnte man nur so naiv sein? »Das glaubst nur du. Was denkst du, wer eine solche Erlaubnis erhalten wird? Natürlich nur Personen, die dem Prinzen genehm sind. Und wer fällt dir dazu ein? Unser designierter Kaufmann des Jahres und Kaufmann des Vorjahres und des Vorvorjahres et cetera pp., der treue Johannes. Vermutlich wird er der Einzige sein, der sein Drogengeschäft weiterführen darf. Wir steuern auf ein Monopol zu, Läuschen. Er wird die Preise diktieren und horrende Gewinne einfahren.«

»Bei denen der Prinz ordentlich mitschneidet«, fügte Flöhchen hinzu. »Eine Hand wäscht die andere. Vetternwirtschaft und Korruption werden in Siebenbergen Einzug halten.«

»Ach, das haben sie doch längst. Nur werden die Zustände immer unerträglicher.«

»Und wovon wirst du leben, Wolf?«, erkundigte sich

Läuschen. »Ich meine, wenn du deine Geschäfte nicht weiterführen darfst.«

»Das ist die Frage aller Fragen. Stellt euch schon einmal auf magere Zeiten ein. Bald werde ich es mir nicht mehr leisten können, euch so großzügig mit meinem Blut zu versorgen wie bisher.«

Flöhchen hatte eine Idee. »Wenigstens ist Alkohol von der Verordnung ausgenommen. Wir könnten gemeinsam eine Bierbrauerei gründen. Du stellst die finanziellen Mittel zur Verfügung und Läuschen und ich bringen unsere Erfahrung ein.«

»Nein danke«, lehnte Wolf ab. »Es ist nicht lange her, da hat euch eure *Erfahrung* beinahe das Leben gekostet. Erinnert ihr euch? *Läuschen hat sich verbrannt, Flöhchen weint, Türchen knarrt, Besenchen kehrt* und so weiter und so fort. Muss ich mehr sagen?«

»Du übertreibst maßlos«, zeigte sich Flöhchen uneinsichtig. »Am Ende ist doch alles gutgegangen.«

»Ja, weil ich euch aus den Fluten gerettet habe. Sonst wärt ihr hilflos ertrunken.«

Als Hexenmeister Fitchers Haus in Sichtweite kam, gebot Wolf den Blutsaugern zu schweigen. Höchste Konzentration war vonnöten. Diesmal wollte er schneller sein als an den Tagen zuvor. Diesmal wollte er es unbemerkt bis auf die Veranda schaffen und die Türglocke läuten, bevor der Hexenmeister öffnete. Wolf machte sich flach wie eine Flunder. Mit schnellen Schritten trippelte er auf das Haus zu, wobei er jede Deckung im Unterholz ausnutzte. Ein einziger Satz reichte ihm, um die Stufen zur Veranda hinter sich zu lassen. Lediglich zwei Ellen trennte ihn von der Kette des Glöckchens.

»Du kommst spät«, bemerkte Fitcher, der in der Türe stand. »Ich habe dich früher erwartet.«

Resignierend senkte Wolf den Kopf. »Verzeih, ich wurde aufgehalten«, murmelte er.

»Ich weiß, die Rede des Prinzen …«

Natürlich wusste er das. Der Hexenmeister wusste alles.

»Wasser?«, fragte er, nachdem er Wolf in die Küche geführt hatte.

»Ich würde auch zu einem Schluck Bier nicht nein sagen«, lächelte Wolf.

»Wasser«, bestimmte Fitcher und stellte Wolf einen Napf vor die Nase.

»Na, von mir aus.« Wolf steckte seine Zunge in das kühle Nass und stillte seinen Durst. »Was hast du über das Pilzpulver herausgefunden?«, erkundigte er sich.

»Nicht so eilig, Wolf!«, entschied Fitcher, der hinter seinen regungslosen Gesichtszügen gereizt und angespannt wirkte. »Zuerst sprechen wir über deinen Wissensstand bezüglich des Hexenmordes. Und sieh dich vor, ich dulde keine Heimlichkeiten!«

»Gestern war ich nochmals beim Knusperhäuschen«, berichtete Wolf. »Da habe ich im Kräutergarten etwas entdeckt.« Kurz hielt er inne, da ihm eine dramaturgische Pause angebracht erschien.

»*Etwas* …«, wiederholte Fitcher. Er verschränkte seine langen Finger und drehte seine Daumen umeinander. »Geht *etwas* etwas genauer?«

»Einen Schuhabdruck. Der Größe nach zu urteilen, stammt er von einem Mann, der lange, spitze Schuhe trug.«

»Klär mich auf. Ich bin in modischen Dingen nicht bewandert. Tragen viele Menschen solche Schuhe?«

Wolf nickte. »Ich fürchte, ja. Vor allem bei den Städtern erfreuen sie sich in dieser Saison großer Beliebtheit.«

»Dann führt diese Spur zu keiner bestimmten Person?«

»Bedauerlicherweise nicht.«

Die Stimme des Hexenmeisters wurde leiser. Ungeduldig

schritt er in der Küche auf und ab. »Und wie willst du vorgehen ganz ohne neue Erkenntnisse?«

Wolf hob ratlos seine Schultern. Er hatte noch keinen Plan gefasst. Für ihn war die Wiederbeschaffung der *Weißen Witwe* im Vordergrund gestanden. Irgendwann, hatte er gehofft, würde das Gute-Laune-Kraut im Handel auftauchen, und er könnte seine Herkunft bis zu den Tätern zurückverfolgen. Doch jetzt, da der Erlass des Prinzen den Verkauf nahezu unmöglich machte, würde es nicht dazu kommen.

»Du gibst auf?«, bohrte Fitcher.

»Nein, nein«, wehrte Wolf ab. »Keineswegs. Wenn ich mich einmal in eine Sache verbissen habe, lasse ich nicht locker. Meine Zähne sind spitz, meine Kiefer kräftig. Ich warte nur auf einen neuen Hinweis.«

»Du wartest?« Fitcher trat an ihn heran und beugte sich zu ihm hinab. »Nun denn, du musst nicht länger warten«, zischte er. »Und hättest du mir gestern nicht etwas Wesentliches verschwiegen, wärst du mit deinen Nachforschungen bereits ein gutes Stück weiter.«

»Verschwiegen?« Wolf war irritiert. Er hatte keine Ahnung, wovon der Hexenmeister redete. »Ich wüsste nicht, was ich verschwiegen haben soll«, wehrte er sich.

»So will ich deinem Gedächtnis auf die Sprünge helfen. Den Namen jener jungen Dame, die deinem Freund die Perlenkette verkaufte.«

»Habe ich ihn nicht erwähnt? Sie heißt …«

»Gretel, wie ich mittlerweile vernahm. Bedauerlicherweise nicht von dir. Weshalb, frage ich dich. Traust du mir nicht?«

»Doch, ganz bestimmt traue ich dir. Aber wer hat es dir verraten?«

Hexenmeister Fitcher überhörte die Frage. Er ging auf Abstand, drehte sich um und blickte zum Fenster hinaus. »Suche ein Geschwisterpaar, das Hänsel und Gretel genannt wird! Grauenvolle junge Leute. Tunichtgute, die nie einer ehrlichen Arbeit nachgingen. Schon als sie kleine Kinder waren, stahlen sie alles, was nicht niet- und nagelfest war. Erst nur Kleinigkeiten, Süßigkeiten und das Spielzeug der Nachbarskinder. Dann bemalten sie Häuserwände und Kutschen feiner Leute mit seltsamen Schriftzügen und Spottbildern. Später gingen sie noch einen Schritt weiter. Sie bedienten sich an den Ersparnissen ihrer Mitmenschen. Vor allem ältere, alleinstehende Frauen brachten sie um deren Hab und Gut, wobei sie nicht gerade zimperlich vorgingen.«

»Und niemand hat ihnen in all den Jahren das Handwerk gelegt?«, wunderte sich Wolf.

»Es gelang ihnen immer wieder, sich selbst als Opfer darzustellen. Mit ihrer adretten ländlichen Kleidung und ordentlich gekämmten Haaren überzeugten sie jeden Richter von ihrer Unschuld. Wenn sie wollten, wussten sie sich durchaus zu benehmen.«

»Jaja, so manches Urteil lässt Zweifel an unserem Justizsystem aufkommen. Einmal musste ich eine ganze Nacht im Kerker zubringen, nur weil ich ...«

Fitcher fiel Wolf schroff ins Wort. »Bewahre dir deine Anekdoten für kalte Winterabende und erfreue damit deine Enkelwelpen! Jetzt sprechen wir über Hänsel und Gretel.«

»Die soll ich ausfindig machen«, schlussfolgerte Wolf.

Der Hexenmeister drehte sich zu ihm um. »Das wäre dir längst gelungen, hättest du mir Gretels Namen genannt.«

»Na gut. Wo sind sie zu Hause, dieser Franzel und diese Gretel?«

»*Hänsel* und Gretel. Pass auf, wenn ich mit dir rede!« Fitcher stierte Wolf an. Er beherrschte die Kunst der nonverbalen Kommunikation aus dem Effeff. Sein Blick sagte ganz deutlich: *Mach nur weiter so, und du wirst einen Tod der tausend Qualen sterben!*

»Also wo finde ich die beiden?«, hakte Wolf nach.

»Suche sie jenseits des Flusses außerhalb der Stadt!«

»Geht es vielleicht ein bisschen genauer? Straße, Hausnummer, ein Orientierungspunkt? Dort gibt es unzählige Häuser. Soll ich von Tür zu Tür rennen …« Wolf brach ab. Da war wieder dieses Geräusch, das er schon bei seinem ersten Besuch vernommen hatte. Und wie damals kam es aus dem Keller. »Ist es wieder das Haus, das ächzt und stöhnt?«, fragte er.

»Diesmal nicht. Unten warten Gäste auf mich.«

»Eine Partie Schafkopf?«, hoffte Wolf. »Mit lieben Freunden?«

»Nenne es, wie du willst.«

»Egal. Um nochmals auf Hänsel und Gretel …«

Mit erhobenem Zeigefinger gebot ihm Fitcher zu schweigen. »Dafür bleibt uns keine Zeit. Du wolltest etwas über das Pilzpulver erfahren, das ich für dich analysieren sollte.«

»Richtig.« Wolf nickte. »Worum handelt es sich?«

»Um Pilzpulver …«

»Aber sicher nicht um normales. Das schnupft Hahn zum Frühstück.«

»Unterbrich mich nicht! Jede Sekunde zählt.« Fitcher unternahm einen neuen Anlauf: »Zweifellos handelt es sich um Pilzpulver aus dem Hause *Der treue Johannes*. Doch das ist nur die Hauptzutat. Zusätzlich wurde es mit geriebenen Alraunenwurzeln und Mohnextrakt versetzt. Derart angereichert, wird es zu einer äußerst gefährlichen Mischung, die als Traumpulver bekannt ist. Jeder Leichtsinnige, der sie zu sich nimmt, fällt in einen tiefen Schlaf, aus dem er ohne kundigen Beistand nicht wieder erwacht. In den meisten Fällen ist es nur eine Frage von Tagen, bis der Tod eintritt.«

»Und wie lässt sich die Wirkung aufheben? Womit sollen wir Hahn behandeln?«

Der Hexenmeister griff in seine Manteltasche und holte ein kleines Fläschchen hervor. »Fenchelöl. Lass den Patienten daran riechen.«

»Ha!«, platzte es aus Läuschen heraus, das weisungsgemäß bislang keinen Mucks von sich gegeben hatte. »Fenchelöl! Das hat Aschenputtel auch vorgeschlagen, aber nein, der gescheite Herr Wolf hat gemeint, sie wäre kein Doktor der Medizin und würde mit fahrlässigen Experimenten Hahns Zustand nur verschlimmern.«

»Ruhe!«, knurrte Wolf. »Halt' dich da raus!« Er nahm das Öl entgegen und packte es in seinen Rucksack. »Dann hoffen wir, dass es funktioniert.«

»Und jetzt lauf!«, forderte ihn Fitcher auf. »Schau, dass du nach Hause kommst, bevor die Wirkung einsetzt.«

»Welche Wirkung?«

»Die des Traumpulvers. Denn merke dir eines, Wolf, die Kunst der Chemie studiert man am besten im Selbstversuch.«

Wolf lachte rau. »Sicher nicht. So ein Zeug werde ich niemals zu mir nehmen. Ich bin ja nicht verrückt. Ich bleibe bei meinem Gute-Laune-Kraut.«

»Du hast es bereits zu dir genommen.« Für den Bruchteil einer Sekunde streifte Fitchers Blick den Wassernapf, der vor Wolf auf dem Boden stand.

»Du hast es in mein Wasser getan?«, hauchte Wolf. Ihm stockte der Atem.

»Hör auf, Wolfs Blut zu trinken, Läuschen!«, brüllte Flöhchen. »Keinen Tropfen mehr, sonst bist du erledigt!«

»Daraus wirst du zwei Dinge lernen, Wolf«, dozierte der Hexenmeister. »Erstens, dass man mir ungestraft keine wichtigen Informationen vorenthält, und zweitens, wie farbenfroh die Welt sein kann. Sei dir gewiss, diesmal wird dich Gevatter Tod verschonen. Ich habe die Mischung ausreichend verdünnt. Doch beim nächsten Mal werde ich keine Gnade walten lassen.« Er hob seinen Arm und wies zur Türe. »Weshalb stehst du wie angewurzelt da? Hinfort mit dir! Dir bleibt eine knappe Stunde.«

Wolf raste los. Krachend stieß er die Haustür auf und

schoss in einem großen Satz über die Veranda. So schnell ihn seine Beine trugen, jagte er durch den Dunklen Wald.

»Eine Stunde. Das kann sich unmöglich ausgehen«, rechnete Flöhchen. »Selbst wenn du die Strecke in einem Rekordtempo zurücklegst, benötigst du mindestens neunzig Minuten.«

Wolf hörte ihm nicht zu. Er rannte, wie er noch nie gerannt war. Seine Zunge hing ihm aus dem Maul und flatterte im Gegenwind. Er lief und lief, flog geradezu über Wurzeln und Felsbrocken. Sein Keuchen hallte in seinen Ohren, sein Herz hämmerte in seiner Brust, als wolle es zerspringen. Schon erreichte er den Waldrand und bog auf den Weg, der ihn entlang der Felder weiterführte. Da wurde er langsamer, wechselte von Galopp in Trab und hielt schließlich an.

»Was ist los?«, schrie Läuschen. »Die Stunde ist fast vorüber. Lauf zu! Weiter, weiter!«

Hätte es eine Peitsche in seiner Hand gehalten, es hätte Wolf das Leder gegerbt.

»Was bin ich für eine Idiot!«, schimpfte Wolf. Er rang nach Luft. »Wie blöd kann man sein? Der Spinner hat mich an der Nase herumgeführt.«

»Was meinst du?«, erkundigte sich Läuschen.

»Na, da war doch nie und nimmer etwas in meinem Wasser. Das hätte ich gerochen und geschmeckt. Der Wichtigtuer hat mir einen Bären aufgebunden. Wir wissen doch, wie er ist. Nichts bereitet ihm mehr Freude, als Angst und Schrecken zu verbreiten. Genau das ist seine Masche. Und jetzt sitzt er unten in seinem Keller beim Kartenspiel und prahlt vor seinen Gästen, wie er mich reingelegt hat. Vermutlich halten sie sich gerade ihre Bäuche vor Lachen.«

»Spürst du denn gar nichts?«

»Keine Spur, aber danke der Nachfrage. Ich fühle mich fabelhaft. Alles bestens. Wir wissen doch, wie Fitcher ist. Nichts bereitet ihm mehr Freude, als Angst und Schrecken zu verbreiten. Genau das ist seine Masche. Und jetzt sitzt er unten in seinem Keller …«

»Das sagtest du bereits«, bemerkte Flöhchen.

Wolf setzte sich ins hohe Gras und blickte auf die Stadt, deren Dächer im Licht der tiefstehenden Sonne glänzten. Ihre Farbe wechselte von Rot zu Grün, changierte ins Gelbliche, bevor sie in ein metallisches Blau überging. Die beiden Türme des Schlosses schwankten im Wind. Die Stadtmauer wand sich wie eine Schlange, und zu alledem spielten die Kirchenglocken *Was hast du getan?* von DRACHENFLUG.

»Faszinierend«, sagte Wolf. »Absolut spektakulös.«

»Ist alles gut, Wolf?«, erkundigte sich Läuschen. »Ich mache mir Sorgen. Spürst du wirklich keine Wirkung?«

Wolf ließ sich auf den Rücken fallen und lachte, dass sein Bauch auf und ab hüpfte.

»Oh weh!«, seufzte Flöhchen. »Jetzt geht's los.«

Ein Windstoß erfasste Wolf und fegte ihn wie eine Gänsedaune über die Felder. Immer höher stieg er in die Lüfte, in das tiefe Blau des Himmels. Die Bauernhöfe, die Straßen und Wege unter ihm wurden kleiner, schrumpften, bis sie fast nicht mehr zu erkennen waren. Vor ihm schimmerten die höchsten Gipfel der Sieben Berge in klaren und intensiven Farben. Manche von ihnen hatte Wolf noch nie gesehen. Er wollte ihnen Namen geben, doch sein Kopf war leer, gereinigt von allen Gedanken.

In diesem Nichts verformte sich die Zeit zu einer rotierenden Kugel. Warm und weich hüllte sie Wolf in purpurnen Samt. Gemächlich trieb er auf ihren Mittelpunkt zu, an dem er verharrte. Von dort konnte er sie sehen, die schlanken, glitzernden Vögel aus Gold. Weit in der Ferne tauchten sie als kleine Punkte auf. Rasch kamen sie näher, um ihn neugierig zu umkreisen. Ihre Körper zogen sich in die Länge, verjüngten sich zu dünnen Strichen, bis sie zerrissen. Da zersplitterte auch die Kugel. Tief unter Wolf flackerten die Lichter der Stadt, über ihm funkelte das Himmelszelt.

Wolf streckte seine Beine aus, zog eine weite Kurve und tauchte in den Regenbogen. Je tiefer er eindrang, desto deutlicher erkannte er die Struktur der Farben. Milliarden von winzig kleinen Punkten durchflossen ihn, bis er selbst zu einem Teil des Spektrums wurde.

Plötzlich waren sie zurück, die Wege, die Häuser und der Fluss. Mit atemberaubender Geschwindigkeit stürzte Wolf auf sie hinab. Die Rechtecke der Felder dehnten sich aus, verzerrten sich zu kochenden Ellipsen, aus denen klebrige Zungen schossen.

Wolf versank in Watte. Treibsand schwebte über ihm, bunter Nebel lag zu seinen Füßen. Eine gefleckte Kuh säugte rote Katzen. Musik erklang. Musik, die es nicht gab, Töne, die kein Instrument hervorzubringen vermochte. Ganz automatisch begann Wolf zu tanzen. Er drehte Pirouetten, vollführte wilde Sprünge, schneller und schneller, bis alles um ihn herum verschwamm.

Der Mond war nicht rund, der Mond war keine Sichel. Der Mond war ein transparenter Würfel, goldgelb in seiner Mitte mit blassgrün schimmernden Rändern. Unerreichbar schwebte er am Firmament. Fremdartige Wesen sahen aus seinen Fenstern. Eierköpfe. Mit einem Mal öffneten sich seine Schleusen und ein Sprühregen aus winzigen Sternen ergoss sich über die Felder. In ihrem Dunst entfaltete sich eine Gestalt, die leichtfüßig über tosende Wassermassen sprang. Das war er, bemerkte Wolf, doch er trug kein Fell. Er war nackt und bewegte sich auf zwei Beinen.

Plötzlich fand er sich auf einer Wiese wieder. Neben ihm stand Esel und aß ein Butterbrot. »Rocken-Roll!«, wieherte er mit geballtem Huf.

Überall wuchsen Blumen in allen Größen, Formen und Farben. Ihr lieblicher Duft kitzelte Wolf in der Nase. Als er nieste, einmal, zweimal, dreimal, lösten sich die Blüten von den Stängeln und flatterten wie Schmetterlinge auf und davon. Ein kleiner Pilz spähte aus der dunklen Erde, schraubte sich in die Höhe, bis sein Stiel fünf Ellen maß. Er trug einen roten Hut mit weißen Punkten und betrachtete sich in einem Spiegel. Zwerge liefen durch den Garten. Sie hielten Laternen, Spitzhacken und Schaufeln in ihren Händen und unterhielten sich in einer fremden Sprache. Einer rauchte eine Pfeife, ein anderer streichelte ein Reh.

Eine grüne Türe führte in den Pilz, doch sie war verschlossen. Hinter ihr ertönten Kinderlachen und ausgelassenes Geschrei. Auch Wolf lachte. Er klopfte an, bat um Einlass, doch niemand wollte öffnen.

»Ruhe sanft«, sagte Aschenputtel und blies die Kerze aus.

Absolute Dunkelheit umgab ihn. Egal, in welche Richtung er blickte, da war nur reinstes Schwarz.

Wolf wagte einen Schritt ins Nichts, setzte einen zweiten hinterher. »Hallo?«, fragte er. »Ist hier jemand?«

Er hörte sich nicht. Er sah sich nicht. Er spürte sich nicht. Die Leere hatte ihn aufgelöst. Minutenlang, stundenlang oder einen Augenblick. Die Zeit war unberechenbar. Erst der Glockenschlag entfachte die Laternen. Die Schwärze sank in sich zusammen und versickerte im Boden. Zwei Einhörner schliefen vor dem Tor. Einsam streifte Wolf durch leere Straßen, verwuchs mit einer Stadt aus Stein. Häuser formten einen Hexenkreis und tanzten einen Reigen. Dabei sangen sie ein Lied, das er nicht kannte. Er wollte es sich merken, für seine Burschen und Katze und hatte es im selben Moment vergessen. Schlingpflanzen krochen an Fassaden empor, formten komplizierte Ornamente. Pflastersteine hüpften auf und ab. Ein Haus mit grünen Fenstern rief Wolf zu sich. Es inhalierte ihn in einen weißen Raum mit schwarzen Vorhängen. Dann stieß es ihn wieder aus.

Der Pilz war grünlich-weiß geworden und roch nach

Flieder. Seine Türe stand offen. Flauschige Schaumzuckerware schwirrte durch die von unzähligen Kerzen erleuchtete Stube. Schaumzuckerware! Weiche, saftige Flocken. Wolf musste sie haben, um jeden Preis. Als er eintrat, stiebten sie auseinander. Sofort jagte er ihnen nach. Er hetzte nach links, er hetzte nach rechts, rannte vorwärts und zurück. Sie waren flink, doch unter dem Tisch erwischte er die erste. Köstlicher Himbeersirup quoll aus ihr hervor, drang in seinen Mund und umspülte seinen Gaumen. Nie zuvor hatte er etwas Delikateres gegessen. Und da gab es noch so viele mehr. Wolf erhaschte sie im Bett, im Ofen, in der Küche, er fing sie im Schrank und unter der Waschschüssel. Und als er sie verschlungen hatte, leckte er den Sirup von den Wänden.

Die Standuhr sah ihm dabei zu. »Tick-tack«, sagte sie. »Schnickschnack.« Ihr großer Zeiger schnappte ihn am Schwanz und warf ihn in den Garten.

Wolfs Kehle war staubtrocken. »Wasser!«, rief er. »Wasser! Ist es noch weit dorthin?«

Es war direkt unter ihm, kochte und brodelte wie Lava. Wolf stand auf einem dünnen Seil. Fledermäuse schossen aus der breiigen Nacht und flatterten um seinen Kopf. Ihr hohes, schrilles Pfeifen bohrte sich in seine Ohren. Das Seil wippte auf und ab, ruckelte hin und her, immer wilder, bis er fiel. Er versuchte zu fliegen, Höhe zu gewinnen, aber seine Flügel waren lahm. Hart schlug er auf und versank in schäumender Gischt.

Die Strömung riss ihn fort, ein Strudel zog ihn in die Tiefe. Luftbläschen perlten an ihm vorbei, Karpfen schwammen heran und glotzten dumm. Schnell ergriffen sie die Flucht, als kleine Teufel aus dem Schlamm gekrochen kamen, hässliche Ziegenfratzen auf knorrigen Körpern. Sie hatten Wolf gewittert. Sie lechzten nach seinem Blut. Dünne Finger streckten sich nach ihm, kratzen über seinen Bauch. Zähne packten ihn am Schwanz und verbissen sich in seinen

Pfoten. Da prallte er gegen einen Felsen, schrammte über spitze Steine und blieb auf einer Sandbank liegen.

Wolf zitterte. Ihm war kalt, sein wunder Körper schmerzte. Am liebsten wäre er nie wieder aufgestanden, aber noch hatte er es nicht geschafft. Er musste in den Wald. Nur dort war er sicher. Der Wald war sein Revier. Mühsam richtete er sich auf und erklomm die Uferböschung. Kraftlos wankte er über die Felder, taumelte seinem Ziel entgegen und kam nicht voran. Mit jedem seiner Schritte wich der Wald vor ihm zurück.

»Warte!«, keuchte Wolf. »Warte auf mich!«

Seine Beine knickten ein. Er brach zusammen. Die Ohnmacht breitete sich über ihn wie eine Decke aus Blei.

Kennt ihr meinen Namen?

Irgendwo, weit entfernt, hallten Stimmen. Sie klangen hohl und blechern verzerrt. Aufgeregt schnatterten sie durcheinander und wurden dabei immer lauter.

Wolf wünschte, sie würden verstummen. Er wollte schlafen oder tot sein, ganz egal, Hauptsache, man ließ ihn in Ruhe.

»Wolf! Wolf, wach auf!« Jemand rüttelte ihn an der Schulter.

Ein scharf-bitterer Geruch stieg ihm in die Nase, der prickelnd bis in sein Gehirn vordrang. Mit einem Schrei fuhr er in die Höhe und riss die Augen auf.

Aschenputtel kniete neben ihm. »Er ist wieder da!«, stieß sie hervor. »Er ist zu sich gekommen. Wolf, sag, wie fühlst du dich? Erkennst du mich? Kannst du mich hören?«

Benommen sah er sich um. Wo war er? Wann war er? Nur langsam kehrten seine Sinne zurück. Er lag in seiner Höhle, direkt neben der Feuerstelle, umringt von seinen Burschen und Katze.

»Dem Himmel sei Lob und Dank!«, seufzte Esel. »Na, ausgeschlafen?«

»Willkommen daheim«, lächelte Katze.

Hund, der neben ihr stand, nickte zufrieden und kratzte sich mit der Hinterpfote am Ohr.

»Du warst ganz schön weggetreten«, gackerte Hahn heiser. »Mich frisst der Neid. Was für ein Zeug hast du genommen? Bist du auf einem Drachen geritten?«

»Auf einem Drachen?« Wolf sah ihn entgeistert an.

War Hahn nicht tot gewesen? Oder so gut wie? Anscheinend war er aus seinem Schlaf erwacht, doch er sah nicht gut aus. Seine Augen waren blutunterlaufen, sein einst strammstehender Kamm hing schlaff über die linke Seite seines Kopfes.

»Was ist geschehen?«, hauchte Aschenputtel. Sie war den Tränen nahe.

»Ich weiß es nicht. Da war so ein wirrer Traum ...« Wolf konnte sich nicht erinnern. Ihm war übel, sein Mund fühlte sich trocken an. In seinem Kopf pulsierte ein beständiges Hämmern, als würde Hund eines seiner endlosen Trommelsoli spielen. »Wie bin ich hierhergekommen?«

»Wir haben auf dich gewartet, den ganzen Nachmittag. Und als du bei Sonnenuntergang nicht zurück warst, sind Esel, Hund und Katze losmarschiert, um nach dir zu suchen. Fast die ganze Nacht sind sie unterwegs gewesen, bis sie dich endlich gefunden und heimgebracht haben.«

»Heimgebracht?«

»Du bist am Waldrand in einem Feld gelegen, triefnass«, fuhr Aschenputtel fort. »Sogar dein Rucksack war völlig durchnässt. Ich habe ihn ausgeräumt und ans Feuer zum Trocknen gehängt. Bist du in den Fluss gefallen?«

Wolf zuckte mit den Schultern. Er hatte keine Ahnung,

doch langsam fiel ihm ein, was davor passiert war. Er war bei Hexenmeister Fitcher gewesen, um das Gegengift zu holen.

»Hahn lebt also«, murmelte er. »Hast du …« Seine Stimme versagte. Er räusperte sich. »Hast du Fitchers Gebräu gefunden?«

»Das Fläschchen in deinem Rucksack?« Aschenputtel nickte schwach. »Ja, doch wir haben es nicht mehr benötigt.«

»Nicht?«

»Gestern Abend habe ich es mit dem Fenchelöl probiert. Ich hatte Angst, Hahn würde die Nacht nicht überstehen. Und es hat geklappt, zuerst bei Hahn, jetzt bei dir.«

Vorsichtig versuchte Wolf sich zu erheben, setzte sich aber gleich wieder hin. Ihm war furchtbar schwindlig. »Du meinst, es wäre gar nicht notwendig gewesen, das Mittel vom Hexenmeister zu besorgen?«

Aschenputtel schüttelte den Kopf. »Wie wir jetzt wissen, nein. Das Fenchelöl hat seine Wirkung getan. Was hat er zusammengebraut?«

»Ach, irgendeine komplizierte Mixtur«, schwindelte Wolf. »Das würdest du nicht verstehen. Selbst ich habe mir die Ingredienzien nicht gemerkt.«

Lügner!, hätte Läuschen jetzt rufen müssen. Das tat es aber nicht. In Wolfs rechtem Ohr blieb es still.

»Was ist dir auf dem Heimweg widerfahren?«, erkundigte sich Aschenputtel. »Wir haben uns solche Sorgen gemacht.«

Soweit er es wusste, erzählte Wolf, was vorgefallen war, dass ihm Fitcher Traumpulver eingeflößt hatte, dass er wie von Sinnen nach Hause gerannt war, beziehungsweise vorgehabt hatte heimzulaufen, bis schließlich die Wirkung eingesetzt hatte. Und dann … Dann klaffte ein riesiges schwarzes Loch in seinem Gehirn.

»Bier?«, fragte Hahn. »Das bringt das Gedächtnis in

Schwung.« Er selbst hatte sich einen ordentlichen Humpen eingeschenkt.

Wolf winkte ab. »Wie spät ist es?«

»Schon acht Uhr morgens vorbei«, klärte ihn Hahn auf. »Höchste Zeit, den Tag mit einem Frühschoppen zu beginnen.« Er nahm einen Schluck und ließ ihn genussvoll seine Kehle hinunterlaufen. »Alkohol bringt dich auf Trab. Vor allem, wenn nichts anderes im Haus ist«, fügte er hinzu. »Ich will dich in deinem Zustand nicht überfordern, aber wann dürfen wir mit Gute-Laune-Kraut rechnen?«

»Tut mir leid, im Moment ist keines aufzutreiben.«

»Pilzpulver?«, bohrte Hahn.

»Lass Wolf in Frieden!«, wies ihn Aschenputtel zurecht. »Er muss jetzt zu Kräften kommen. Alles andere ist zweitrangig.«

»Das müssen wir alle nach den Aufregungen der letzten Stunden«, meinte Esel. »Ich werde mich kurz aufs Ohr hauen. Und danach ist Proben angesagt, meine Herren, meine Dame.«

»Ich könnte dir eine kräftige Rinderbrühe zubereiten«, bot Aschenputtel Wolf an. »Du wirst sehen, die lässt deine Lebensgeister rasch zurückkehren.«

Alleine beim Gedanken, etwas zu essen, wurde ihm schlecht. »Nein«, lehnte er ab. Ich glaube, ich bringe keinen Bissen runter.«

»Vielleicht später. Sag mir, wenn du etwas möchtest.«

Aschenputtel holte eine Schale mit Linsen und begann sie auszulesen. Wolf sah ihr dabei zu. Sie bei der Arbeit zu beobachten, tat er gerne. Das beruhigte ihn.

»Schade, dass es hier im Wald keine Tauben gibt«, schmunzelte er. »Du weißt schon: die Guten ins Töpfchen, die Schlechten ins Kröpfchen.«

Aschenputtel erwiderte sein Lächeln. »Was soll's? Der Rabe schätzt die Linsen ebenso.«

»Rabe? Welcher Rabe?«

»Ach, irgendeiner. Er sitzt auf dem Baum vor der Höhle, schon seit gestern Nachmittag. Er scheint recht zutraulich zu sein.«

»Vielleicht ein Nachrichtenrabe«, mutmaßte Wolf. Schwerfällig erhob er sich. »Den muss ich mir anschauen. Womöglich hat er eine Botschaft für mich.«

Auf wackligen Beinen trat er ins Freie und blinzelte ins Geäst der Föhre. Es war der Rabe der Hexe. Er saß auf dem untersten Ast, direkt über Esels Zeichnung mit der Aufschrift *Vorsicht, scharfer Wolf!*

»Ich bin es«, sagte Wolf. »Hast du eine Nachricht für mich?«

Der Rabe antwortete nicht. Stattdessen putzte er sein weißes Brustgefieder.

»Keine Nachricht?«, fragte Wolf zur Sicherheit nach.

Auch jetzt blieb der Rabe stumm. Wolf fiel ein, was Läuschen gesagt hatte. Wenn ihre Besitzer verstarben, blieben Raben bei der Verwandtschaft oder sie suchten sich jemand anderen, dem sie ihre Dienste zur Verfügung stellten.

»Läuschen?«, fragte er. »Denkst du, es ist in Ordnung, wenn ich den Raben benutze?«

Läuschen antwortete nicht. Wahrscheinlich schlief es seinen Rausch aus. Wie Flöhchen musste es eine ordentliche Dosis des Traumpulvers zu sich genommen haben. Egal, Wolf würde das alleine hinkriegen. Dass ihn der Vogel als neuen Besitzer auserkoren hatte, war durchaus vorstellbar. Die Hexe hatte keine Familie gehabt, abgesehen von diesem verschollenen Sohn, von dem Rotkäppchens Großmutter erzählt hatte.

Wolf beschloss, es einfach auszuprobieren. Zu gerne hätte er eine geharnischte Beschwerde an den Hexenmeister verfasst, dessen Wahnsinnstat ihm beinahe das Leben gekostet hatte. Doch kaum war ihm diese Idee gekommen, verwarf er sie wieder. Was, bitteschön, hätte sein Protest bewirkt? Erwartete er sich eine reumütige Entschuldigung? Die konnte er vergessen. Der Hexenmeister kümmerte sich einen feuchten Dreck um Wolfs Befinden. Ihm ging es nur um seine eigenen Interessen. Da wäre jedes Wort umsonst gewesen. Nein, mit ihm wollte Wolf nichts mehr zu tun haben. Fitcher war für ihn gestorben. Ein für alle Mal.

Rotkäppchen fiel ihm als mögliche Adressatin ein. Bei ihr sollte sich Wolf ohnehin melden, bevor sie abermals auf dumme Gedanken kam. Drei Tage waren seit ihrem Stelldichein vergangen. Bestimmt wartete sie bereits sehnsüchtig auf ein Lebenszeichen.

Wolf überlegte hin, Wolf überlegte her, suchte endlos nach den passenden Worten. Schöne Grüße alleine würden ihr nicht reichen, das war ihm klar. Es musste etwas Gefühlvolles sein, etwas mit *ich liebe dich* und *ich denke nur an dich* oder dergleichen, was Frauen eben gerne hörten.

»Rabe«, sagte er. Der Vogel blickte ihn aufmerksam an. »Flieg zu Rotkäppchen und …«

Der Rabe schwang sich in die Lüfte und flog davon.

Wolf vernahm ein Kichern. Katze saß im Höhleneingang. Die ganze Zeit über hatte sie ihn beobachtet.

»So funktioniert das nicht«, meinte sie. »Bevor du ihn absendest, musst du ihm deine Botschaft mitteilen.«

Wolf sah sie skeptisch an. »Woher willst du das wissen? Hast du jemals einen Raben besessen?«

»Nein, das nicht, aber Meister hat mir erklärt, wie man mit so einem Vogel umgeht, für den Fall, dass du mir einen kaufen möchtest. Er hat nämlich gerade einen im Angebot. Zwar ein älteres Exemplar, aber noch gut in Schuss, wie er meint. Es kostet nur drei Thaler.«

»Vergiss es!«, lehnte Wolf ab. »Kein Gute-Laune-Kraut, keine Einnahmen, kein Rabe.«

»Geizkragen«, fauchte sie. »Jeden Wunsch schlägst du mir

ab. Erst die Perlenkette, jetzt den Raben. Kann es sein, dass du die männlichen Mitglieder der Gruppe bevorzugst? Nur weil sie männlich sind?«

»Wie bitte? Wie kommst du darauf?«

»Nun, Hund kriegt immer das größere Bratenstück und Hahn Drogen, so viele er will. Sogar Esels hässliche Axt-Laute hast du bezahlt.«

»Ein Fehler, aus dem ich gelernt habe«, gab Wolf zu. »Ich hatte gehofft, er könnte mit ihr besser spielen als mit seiner alten. Nun, da habe ich mich getäuscht. Sei dir sicher, Katze, du bist den anderen in jeder Hinsicht gleichgestellt, auch was dein Salär anbelangt.«

»Salär?« Katze lachte hämisch. »Ich bekomme keinen Pfennig.«

»Wie ich sagte: in jeder Hinsicht gleichgestellt. Zurück zum Raben«, wechselte Wolf das Thema. »Was passiert jetzt? Was wird der Vogel Rotkäppchen ausrichten?«

Katze ahmte das Krächzen eines Raben nach: »Nachricht von Wolf an Rotkäppchen.«

»Und?«

»Nichts und. Du hast ihm ja keinen Text mitgegeben.«

Wolf blähte seine Backen und blies die angestaute Luft durch seine Lippen. »Na, das kann ja heiter werden«, ächzte er.

»Warum hat dir Hexenmeister Fitcher das Traumpulver eingeflößt?«, wollte Katze wissen.

»Weil er ein gemeingefährlicher Spinner ist. Er meint, ich hätte ihm wichtige Informationen vorenthalten. Dafür wollte er mich bestrafen. Dabei habe ich es einfach nur vergessen.«

»Was denn?«

»Ihm den Namen derjenigen Person zu nennen, die Meister die Perlenkette angedreht hat. Eine gewisse Gretel. Was soll's, du wirst sie nicht kennen.«

»Vielleicht schon. Ich kenne eine Gretel.«

»Mag sein, aber die, um die es geht, lebt auf der anderen Seite des Flusses.«

Katze nickte. »Ich kenne dort eine Gretel.«

Wolf blickte sie fragend an.

»Bevor ich mit Esel, Hund und Hahn losgezogen bin, um Musik zu machen, war ich auf einem Bauernhof daheim, stromaufwärts der Stadt«, erklärte sie. »Diese Gretel, die ich meine, hat im Nachbarhaus gewohnt, gemeinsam mit dem gescheiten Hans. Ein seltsames Gespann, das kann ich dir sagen.«

Wolf begann die Geschichte zu interessieren. Hans und Gretel. Da konnte etwas dran sein. Der Hexenmeister hatte zwar von *Hänsel* und Gretel gesprochen, aber wahrscheinlich handelte es sich um ein und dasselbe Geschwisterpaar.

»Wo genau kann ich sie finden?«, erkundigte er sich.

»Wenn du sie besuchen möchtest, musst du nur nach dem heruntergekommensten Hof in der Gegend Ausschau halten. Dort sind sie zuhause.«

»Katze? Wolf? Kommt ihr bitte?« Esel rief sie in die Höhle. Er hatte sein Kraftschläfchen, wie er es nannte, beendet und konnte es nicht erwarten, mit der Probe zu beginnen.

»Ich habe mir gedacht«, fuhr er grinsend fort, als sich alle um das heruntergebrannte Feuer geschart hatten, »als Erstes spielen wir *Kennt ihr meinen Namen?*. Aus gegebenem Anlass quasi.«

»Haha«, lachte Wolf lustlos.

In dem Lied ging es um die bedenklichen Auswirkungen exzessiven Drogenkonsums. Hahn hatte den Text seinem alten Freund Rumpelstilzchen gewidmet, der Krötenschleim und Pilzpulver in so rauen Mengen genoss, dass er längst die Orientierung in Raum und Zeit verloren hatte. Das Stück war vor anderthalb Jahren entstanden und bis heute der einzige Erfolg der Musikanten geblieben. Die Leute liebten seinen frech-fröhlichen Text, der zum Mitsingen einlud, und Esels flotte Melodie, die einem nicht mehr aus dem Kopf ging, sobald man sie einmal gehört hatte.

»Apropos *Namen*«, fiel Esel ein, während er seine Doppelaxt stimmte. »Als wir dich gesucht haben, Wolf, kam uns die Idee, uns Künstlernamen zuzulegen. Ich meine, da du uns schon einen neuen Gruppennamen verpasst hast, war das der nächste logische Schritt. Musikanten brauchen …«

»Und *-innen*«, brummte Katze.

»Richtig. Musizierende brauchen Namen, die verheißungsvoll klingen, die ihre Persönlichkeiten widerspiegeln und die sich den Leuten ins Gedächtnis einprägen.«

»Will ich die kennen?«, zweifelte Wolf.

»Jeder will sie kennen«, war sich Esel sicher. »Pass auf: Ich heiße fortan *Flinker Finger*, Hund ist *Donnerschlag*, Katze *Tastenfee* und Hahn hat sich heute Morgen nach reiflicher Überlegung für *Prachtschwanz* entschieden.«

»*Prachtschwanz*, aha. Ich dachte, die Namen sollten eure Persönlichkeiten widerspiegeln, aber egal …« Wolf sah davon ab, Einspruch zu erheben. Sollten sie sich nennen, wie sie wollten. Er würde es ihnen sowieso nicht ausreden können. »Somit kenne ich eure Namen«, sagte er. »Doch jetzt lasst endlich *Kennt ihr meinen Namen?* hören!«

»*Tastenfee, Donnerschlag, Prachtschwanz*, seid ihr bereit? Eins, zwei, drei, vier«, zählte Esel ein.

Ja, man nennt mich Rumpelstilzchen,
dann und wann rauch' ich ein Pilzchen
hier in meiner Rumpelkammer
und schon folgt der große Jammer.
Mit getrübten Sinnen, leider,
glaube ich, ich bin Herr Schneider,

155

weil ich nicht mehr weiß,
dass ich Rumpelstilzchen heiß'.

Manches Gute-Laune-Kraut
hat mich früher aufgebaut.
Heut' bewirken Zauberbohnen
Halluzinationen.
Flieg durch Wolken, weich wie Wolle,
denk' dabei, ich sei Frau Holle,
weil ich nicht mehr weiß,
dass ich Rumpelstilzchen heiß'.

Leck ich eine Aga-Kröte,
zeitig schon zur Morgenröte,
bin ich mittags in Ekstase,
trinke Rotwein aus der Vase.
Abends dann, bevor ich reiher',
glaube ich, ich bin Herr Meier,
weil ich nicht mehr weiß,
dass ich Rumpelstilzchen heiß'.

Hallo, ihr schönen Damen,
kennt ihr meinen Namen?
Wisst ihr vielleicht noch, wer ich bin?
Ich glaub', das Gift trübt meinen Sinn.
Hallo, ihr schönen Damen,
kennt ihr meinen Namen?
Ich fleh' euch an, so seid mir hold,
zum Dank spinn' ich euch Gold.

Ich heiß' nicht Kunz, ich heiß' nicht Heinz,
wohn' nicht in Tölz, wohn' nicht in Mainz.
Ich heiß' nicht Herz, ich heiß' nicht Milz,
dass ich's nicht weiß, bewirkt der Pilz.

Er heißt nicht Hammelswade, Rippenbiest,
auf das der blöde Jäger schießt,
nicht Kaspar, Melchior, Balthasar,
er in keinem Alter Walter war.

»Bravo«, lobte Wolf, als der letzte Ton verklungen war und beließ es dabei. Heute war ihm nicht danach, Kritik zu üben, weder konstruktiv noch ehrlich. Dafür, dass seine Burschen und Katze die ganze Nacht nach ihm gesucht hatten und kein Gute-Laune-Kraut zur Verfügung stand, war ihr Spiel besser als erwartet. Nur Hahn litt hörbar an den Folgen seiner Unpässlichkeit. Seine Stimme klang kratzig und war bei jedem zweiten Ton gekippt. Mehrmals hatte er seinen Einsatz verpasst und an einer Stelle sogar den Text vergessen. Wolf nahm ihm das nicht übel. Immerhin war Hahn gestern noch mit einem Bein im Grab gestanden.

Wolf ließ die Musikanten alleine weiterproben und begab sich vor die Höhle. Er wollte nachsehen, ob der Rabe zurückgekommen war, möglicherweise mit einer Nachricht. Und tatsächlich saß er in der Föhre.

»Nachricht von Rotkäppchen an Wolf«, krächzte er. »*Was ist los mit dir? Wieso schickst du mir einen Raben ohne Botschaft? Nicht einmal eine Zeichnung war dem Vieh angehängt. Herrscht schon wieder Schweigen? Ich möchte dich morgen sehen, am Vormittag in Großmutters Haus. Und wage es nicht zu schwänzen! RK.*«

»Soso, Rotkäppchen also …«, zischte Aschenputtel. Unbemerkt war sie Wolf gefolgt. Sie hielt ihre Arme über der Brust verschränkt und stierte ihn an. »Jetzt ist mir klar, was Schneider meinte, als er sagte, du hättest dich bei ihr mehr als nur entschuldigt. Läuft da wieder etwas zwischen euch?«

»Nein … Ja … Nein«, stammelte Wolf.

Er senkte seinen Blick und starrte zu Boden. Wieso war sein Leben so kompliziert geworden? Wie sollte er Aschenputtel erklären, dass er tun musste, was er gar nicht tun wollte oder, offen gesagt, doch manchmal wollte, vor allem, wenn Rotkäppchen in ihrem kurzen Röckchen vor ihm posierte? Und weshalb sollte er es Aschenputtel überhaupt erklären? Es ging sie nichts an. Nicht das Geringste. Das war alleine seine Angelegenheit. Und was ihn am meisten aufregte: Warum schlich sie sich aus dem Hinterhalt an ihn heran und hörte bei seinen eingehenden Nachrichten mit? Hatte sie in der Küche nichts zu erledigen?

Der Idiotengroschen

Seit Aschenputtel Rotkäppchens Botschaft mitbekommen hatte, zeigte sie Wolf die kalte Schulter. Die eisige Stimmung entging auch seinen Burschen und Katze nicht. Es war ihnen anzusehen, wie unbehaglich sie sich fühlten. Eine Zeitlang versuchte Esel, mit launigen Bemerkungen seine Anspannung zu überspielen und für allgemeine Erheiterung zu sorgen, scheiterte aber kläglich. Im Grunde machte er die Situation nur schlimmer. Ein bedrückendes Schweigen breitete sich in der Höhle aus, bis der völlig betrunkene Hahn das Wort ergriff und meinte, Aschenputtel brauche einen Mann, einen richtigen, der sie auf andere Gedanken brächte, und sollte sich keiner finden, wäre er gerne bereit, diese Lücke zu füllen.

Da suchte Wolf das Weite. Es gab viel zu tun. Aufgrund seines angeschlagenen Zustands hatte er den Tag zwar ruhig ausklingen lassen wollen, doch morgen stand ihm nicht nur das Treffen mit Rotkäppchen ins Haus, sondern auch die Ernte der *Weißen Witwe*. Da würde ihm keine Zeit bleiben, dieser Gretel samt ihrem gescheiten Hans einen Besuch abzustatten. Das wollte er lieber gleich erledigen.

Zuvor aber musste er sich mit Herrn Korbes in Verbindung

setzen und ihn für den Transport des Gute-Laune-Krauts engagieren. Diesmal machte Wolf alles richtig. Er nannte dem Raben Empfänger und Text und schickte ihn erst danach auf die Reise. Läuschen wäre stolz auf ihn gewesen. Doch Läuschen sagte nichts. Auch Flöhchen blieb stumm. Allmählich machte sich Wolf Sorgen. Inständig hoffte er, dass das Traumpulver seinen Begleitern keinen bleibenden Schaden zugefügt hatte.

Normalerweise überquerte Wolf den Fluss nur dann, wenn er in der Stadt etwas zu erledigen hatte. Die ländlichen Gebiete am anderen Ufer lagen außerhalb seines Reviers. Und doch erschien ihm die Gegend seltsam vertraut.

Nach dem heruntergekommensten Haus solle er suchen, hatte ihm Katze geraten. Das war keine schwere Übung. Die wenigen Höfe, die verstreut zwischen den Feldern lagen, wirkten allesamt gepflegt, bis auf einen, der aussah, als würde er jeden Moment in sich zusammenbrechen. Stellenweise bröckelte der Verputz von den Mauern, die Fensterläden hingen schief in ihren Angeln und große Teile des Rauchfangs waren – vermutlich nach einem Blitzschlag – vom Dach gefallen. Die Nebengebäude befanden sich in einem ähnlich desolaten Zustand. Die Holzscheune war zur Hälfte eingestürzt, in den Lehmwänden des Stalls klafften breite Risse.

Wolf bezog hinter einem Holzzaun Stellung, von wo aus er den verwahrlosten Vorgarten überblicken konnte. Wenn Hänsel und Gretel nicht in die Instandhaltung des Hauses investierten, wofür gaben sie die erbeuteten Schätze aus? Für Reisen? Für Unterhaltung? Vielleicht bunkerten sie das Diebesgut im Keller und ihr kläglicher Lebensstil war nichts weiter als Tarnung. Niemand sollte wissen, wie vermögend sie waren.

Die Türe schwang auf, und ein beleibter Mann in

schmutziger Arbeitskleidung, vermutlich der gescheite Hans, trat vor das Haus. Mit schlurfenden Schritten begab er sich zum Brunnen, schnappte zu Wolfs Überraschung mit seinem Mund das Seil, das über eine Winde in die Tiefe führte, und zog, indem er sich rückwärts bewegte, einen mit Wasser gefüllten Kübel aus dem Schacht. Als er das Seil losließ, um den Kübel abzunehmen, sauste dieser postwendend zurück in das Loch. Es brauchte mehrere Anläufe, bis der gescheite Hans seine Taktik änderte und mit dem Seil mehrmals einen Apfelbaum umrundete, sodass es Halt fand. Daraufhin löste er den Kübel – wieder mit seinem Mund – vom Haken und trug ihn ins Haus.

Weshalb man den Mann gescheit nannte, blieb Wolf auf den ersten Eindruck verborgen. Wenn seine Art, Wasser zu schöpfen, gescheit war, dann war sie so gescheit, dass sie die Intelligenz der meisten Lebewesen überforderte.

Der Kerl war schwer einzuschätzen. Unkonventionell und sonderbar. Wolf musste beim Verhör der beiden äußerste Vorsicht walten lassen, bei seinen Fragen mit Bedacht vorgehen, damit das Räuberpaar seine Absichten nicht sofort durschaute.

Als er klopfte, dauerte es eine Weile, bis er schlurfende Schritte vernahm. Die Türe öffnete sich einen Spalt, und ein breites, aufgedunsenes Gesicht lugte heraus. Die Augen, die knapp unter dem kurzgeschorenen Haaransatz lagen, standen eng beisammen. Unter ihnen saß eine schwammige Knollennase über einer schmalen Ober- und einer wulstigen Unterlippe, von der ein Speichelfaden baumelte. Ein fliehendes Kinn rundete das Gesamtbild ab.

»Wer ist es?«, hörte Wolf eine Frauenstimme fragen.

»Ein großer Hund. Wauwau«, antwortete der gescheite Hans. »Hallo, großer Hund.«

Er verzog seinen Mund zu einem erschreckenden Grinsen.

Ganze drei Zähne zählte Wolf. Drei verfaulte Zähne, die schief aus dem üppigen Zahnfleisch ragten.

»Wolf«, stellte sich Wolf vor.

»Der Hund heißt Wolf«, gab Hans die Information weiter. Seine unförmigen Lippen machten die Worte schwer verständlich.

»Was will er?«, fragte die Frauenstimme.

»Wer?«

»Der Hund, der Wolf heißt.«

»Weiß nicht.«

»Dann frag ihn doch.«

Um die Sache abzukürzen, zwängte sich Wolf zwischen den Beinen des gescheiten Hans in die Stube.

»Ich hätte da ein Anliegen«, sagte er.

Gretel saß an einem kleinen Tisch, an dem die beiden ihr Mahl einnahmen. Sie war fast breiter als hoch und mit enormen Brüsten ausgestattet. Ihr Gesicht wies eine ungesunde, dunkelrote Färbung auf. Langsam griff sie nach einem Fleischermesser, das vor ihr auf dem Tisch lag.

»Geh weg von ihm!«, befahl sie dem gescheiten Hans. »Das ist kein Hund, das ist ein Wolf.«

»Ein Wolf, der Hund heißt?«, fragte der gescheite Hans.

»Keine Angst, ich tu euch nichts«, lächelte Wolf so liebenswürdig, wie es ihm möglich war. »Ich bin ein müder Wanderer, der um ein Stück Brot bittet.«

»Ein Wanderer? Ha! So siehst du aus«, schnaubte Gretel. Mit zitternder Hand richtete sie das Messer auf Wolf. »Komm mir nicht zu nahe, du Ausgeburt der Hölle! Denkst du, ich weiß nicht, wer du bist?«

Der gescheite Hans nickte. »Böse Ausgeburt. Ganz böse.« Er schlurfte zurück an den Tisch, nahm Platz und machte sich über das undefinierbare, schleimartige Gericht auf seinem Teller her.

Wolf nickte verständnisvoll. »Ich weiß schon, worauf ihr

161

anspielt, aber ich kann euch versichern, dass an der Geschichte nichts dran ist. Ich habe Rotkäppchens Großmutter nicht verspeist. Alles nur Gerüchte. Rotkäppchen selbst hat inzwischen zugegeben, dass …«

»Sei still!«, fauchte Gretel. Ohne ihren Blick von Wolf zu lösen, wandte sie sich an den gescheiten Hans. »Vielleicht war *er* es.«

Wolf verstand nicht, worauf sie hinauswollte. »Vielleicht war ich was?«, erkundigte er sich.

»Hast du die Geißlein gefressen?«, fragte Gretel und fuchtelte mit dem Messer in der Luft herum.

»Mhmm, Geißlein fressen …« Dem gescheiten Hans schien der Gedanke zu gefallen. Der Speichelfaden löste sich von seiner Lippe und tropfte in den Teller.

»Tut mir leid, mir ist schleierhaft, was du meinst.« Wolf lächelte noch immer. »Von welchen Geißlein sprichst du?«

»Na, die, die zwei Häuser weiter gewohnt haben. Tu nicht so unschuldig!«

»Da muss eine Verwechslung vorliegen. Ich war noch nie in dieser Gegend.«

Gretel schwenkte wieder das Messer. »Das kann jeder sagen. Wo warst du gestern zwischen acht und zehn Uhr abends?«

Irgendwie lief die Unterredung nicht so, wie Wolf es sich ausgemalt hatte. Noch bevor es ihm gelungen war, die Sprache auf den Hexenmord zu bringen, schien plötzlich er der Angeklagte zu sein.

»Zwischen acht und zehn, hm, …« Wolf hatte keine Ahnung. Das Traumpulver hatte jede Erinnerung ausgelöscht. »Auf Reisen«, sagte er schließlich. »Weit weg von hier.« In einer völlig anderen Dimension, fügte er gedanklich hinzu.

»Aber es muss ein Raubtier wie du gewesen sein, bei der Sauerei, die es angerichtet hat. Und so viele von deiner Sorte gibt es hier nicht.«

Das stimmte allerdings. Genaugenommen gab es außer Wolf nur eine Wölfin, die sich ab und zu in der Gegend herumtrieb und mit der er früher gelegentlich zusammengetroffen war, um ihre Art zu erhalten.

»Also ein Wolf hat angeblich irgendwelche Geißlein gefressen, meinst du«, rekapitulierte er. »Wer behauptet das? Gibt es Zeugen?«

»Einen Zeugen«, verkündete Gretel und berichtete nach und nach, was angeblich vorgefallen war.

Jemand habe sich Zutritt zum Haus der sieben Geißlein verschafft, sei im Blutrausch über sie hergefallen und habe eines nach dem anderen verschlungen. Das jüngste, das sich im Kasten der Uhr versteckt hatte und von der Bestie unentdeckt geblieben war, habe das Massaker mitangesehen. Außerdem habe der Täter Spuren hinterlassen. Mehl- und Kreidestaub. Die königlichen Gardisten, die den Fall untersuchten, meinten, ein wildes Tier habe mit dem Mehl sein Fell aufgehellt und die Kreide dazu verwendet, seine Stimme weichzumachen. Auf diese Weise sei es ihm gelungen, sich für die Mutter der Geißlein auszugeben. Das habe der Kommandant der Garde in einer Stellungnahme jedenfalls behauptet, betonte Gretel. Dass die Geißlein ihren Mörder aus einem anderen Grund ins Haus gelassen hätten, schließe er aus.

Wolf hatte Mühe, nicht in schallendes Gelächter auszubrechen. »Und dieses überlebende Geißlein meint, ein Wolf sei das gewesen?«, forschte er.

»Nicht direkt. Es hat ihm die Sprache verschlagen. Der Schock und so. Man hat es in die Pflegeanstalt für verstörte Tierkinder gebracht. Aber einem Wolf wäre eine solche Gräueltat durchaus zuzutrauen.«

»Gute Frau«, versuchte Wolf Gretel zu beschwichtigen »Ich bitte dich! Wer weiß, was wirklich vorgefallen ist. Um das zu erfahren, wird man wohl warten müssen, bis das

Geißlein wieder bei Verstand ist. Und die Sache mit der Kreide und dem Mehl klingt mir nach überbordender Fantasie. Findest du nicht? Ein Wolf würde so etwas nie tun.«

»Mehl!«, lachte der gescheite Hans und ein halbzerkauter Bissen fiel ihm aus dem Mund.

Gretel musterte Wolf argwöhnisch. Endlich legte sie das Messer auf den Tisch zurück und griff nach einer Karaffe, um eine farblose, scharf riechende Flüssigkeit in ihren Becher zu gießen.

»Apfelsaft«, erklärte sie. »Doppelt gebrannt. Du warst es also nicht?«

»Bestimmt nicht und wohl bekomm's!«

Gretel leerte den Becher auf einen Zug und schenkte sich nach.

»Ein Stück Brot willst du?«, fragte sie. »Wir sind arme Leute. Bei uns gibt es nichts zu holen.«

Der gescheite Hans griff mit bloßer Hand in eine Schüssel, fischte ein faustgroßes Stück Fett heraus und schob es sich in den Mund.

»Wo bleiben deine Tischmanieren?«, fuhr ihn Gretel an. »Wie oft habe ich dir bereits gesagt, dass du das Besteck verwenden sollst? Ich glaube, du hast genug gegessen. Mach dich nützlich und putz das Fenster! Man sieht kaum noch hinaus.«

»Nur ein Stück vom alten Brot«, wiederholte Wolf. »Ich bezahle gut dafür.«

Gretels Augen funkelten. »Was ist *gut*?«

»Was hälts du von einem Pfennig?«

»Was hälts du von zehn Pfennigen?«

»Wie wäre es mit fünf?«

»Wie wäre es mit zwölf?«

Wolf sah ein, dass seine Verhandlungsstrategie zu nichts führte. »Das scheint mir ein gerechter Preis zu sein«, knurrte er. Er holte die Münzen aus seinem Rucksack und legte sie auf den Tisch, von wo sie unverzüglich in Gretels Schürze verschwanden.

»Dann setzt dich«, forderte sie ihn auf. »Aber nicht zu nahe.«

Wolf trat an den Tisch heran und nahm am Boden Platz.

»Woher kommst du, Wanderer?«, fragte Gretel.

»Ich ... äh ... Von weit her. Von einem Ort, den du nicht kennen wirst. Man nennt ihn ...«

Ein schrilles Quietschen ließ Wolf die Haare zu Berge stehen. Der gescheite Hans kratzte mit Messer und Gabel über die Fensterscheibe.

»Was tut er da?«, schrie Wolf, um das schreckliche Geräusch zu übertönen.

»Fensterputzen«, antwortete Gretel ohne jede Regung. »Wie ich es ihm aufgetragen habe.«

»Mit Messer und Gabel?«

»Manchmal versteht er etwas falsch. Aber er gibt sich Mühe. Hans!«, rief sie. »Sag, was treibst du da? Nimm doch einen Schwamm und Seifenlauge! Oder lass es lieber bleiben. Vielleicht schaffst du es, die Kuh zu füttern.«

Gehorsam schlurfte der gescheite Hans zum Waschbecken, wo er von einem Seifenstück eine Handvoll Flocken in eine Schüssel schabte und mit Wasser übergoss. Mit der Lauge und einem Schwamm bewaffnet, verließ er das Haus.

»Er, hm, ist ... wie soll ich sagen ... besonders«, lächelte Wolf. »Du kümmerst dich nett um ihn. Respekt. Das ist sicher nicht einfach.«

Gretel schenkte sich einen Schluck vom gebrannten Apfelsaft nach.

»Besonders? Was meinst du damit?«

»Na ... Nichts, vergiss es.«

»Willst du damit sagen, er ist ein Dummbeutel?«

»Nein, bestimmt nicht«, wehrte Wolf ab. »Wie käme ich dazu?«

»Er *ist* ein Dummbeutel«, bestätigte Gretel. »Mein Mann ist der größte Dummbeutel im ganzen Königreich.«

»Ach, da gibt es bestimmt noch …« Wolf unterbrach sich »Dein *Mann*?«, fragte er ungläubig. »Ich dachte, er wäre dein Bruder.«

Gretel zuckte mit den Schultern. »Vielleicht auch das. Wer weiß das schon. Unsere Familien sind sich immer sehr nahegestanden.«

Wolf beschlich zunehmend das Gefühl, seine Zeit zu vergeuden. Wie Mörder oder Räuber wirkten die beiden nicht. Zudem sah es im Haus weder nach unrechtmäßig erworbenem Wohlstand aus, noch roch es nach Gute-Laune-Kraut. Nichts deutete auf etwaige Raubzüge hin. Die Unterkunft war innen wie außen nichts anderes als eine schäbige Bruchbude.

»Tja, nettes Haus«, lobte er dennoch. »Es kostet bestimmt eine Stange Geld, es so in Schuss zu halten. Verdient ihr gut an euren Produkten?« Durchs Fenster beobachtete er, wie der gescheite Hans die Kuh aus dem Stall holte, sie an einen Pflock band, ihr den Schwamm ins Maul stopfte und die Seifenlauge hinterhergoss.

»Welche Produkte?«

»Landwirtschaftliche. Was baut ihr an?«

»Nichts.«

»Dann schlachtet ihr das Vieh und verkauft das Fleisch?«

»Wir haben eine Kuh und ein Schwein. Würden wir die schlachten, hätten wir keine Kuh und kein Schwein«, erläuterte Gretel mürrisch.

»Das klingt logisch. Aber was treibst du so den lieben langen Tag?«

»Ich sitze hier und trinke gebrannten Apfelsaft.«

»Jaja, eine Flasche Äpfel am Tag hält gesund, sagt man.«

»Was sollte ich sonst tun?«

»Arbeiten?«, schlug Wolf vor.

Der gescheite Hans kam zurück. »Muh!«, imitierte er die Kuh. »Muh sagt die Kuh.«

»Was hast du jetzt angestellt?«, stöhnte Gretel. »Du Hornochse! Fütterst die Kuh mit Seifenlauge und einem Schwamm … Warum versuchst du es nicht mit Heu? Nichtsnutz, dummer! Räum die heiße Asche aus dem Ofen und bring sie hinaus! Vielleicht kriegst du wenigstens das hin.«

Als der gescheite Hans das Haus verließ, versuchte sich Wolf auszumalen, was als Nächstes passieren würde. Er glaubte, ein Muster zu erkennen.

»Wenn ihr nichts anbaut und nichts verkauft, wovon lebt ihr?«, erkundigte er sich.

Gretels Mann, der möglicherweise ihr Bruder war, kehrte mit einem Bündel Heu zurück. Damit griff er in den Ofen, hob die Asche heraus und trug sie aus der Stube, wobei das Heu auf halbem Weg in Flammen aufging.

»Aua!«, rief er. »Feuer tut weh.«

»Wovon wir leben? Na, wovon wohl?« Gretel verzog den Mund. »Vom Idiotengroschen.«

Wolf hätte es sich denken können. König Dummling hatte diese staatliche Unterstützung für Angehörige von Benachteiligten seinerzeit ins Leben gerufen. Jeder Haushalt, der einen Trottel zu versorgen hatte, erhielt pro Tag einen Groschen aus der königlichen Schatzkammer als Zuschuss zum Unterhalt. Mit diesem Akt der Güte hatte der König vielen bettelarmen Familien das Leben erleichtert. Dass der Prinz diese Zuwendung sofort streichen würde, sobald sein Vater das Zeitliche segnete, war absehbar, ebenso die Folgen. Ohne finanzielle Hilfe würden die Leute ihre Idioten nicht mehr in dunklen Kellerverliesen durchfüttern, sondern wie früher mit einem Knüppel erschlagen. Auch zahllose Schaulustige würden um ihr Vergnügen gebracht werden. Immer am letzten Freitag im Monat zwischen acht und zehn Uhr, wenn der Idiotengroschen ausbezahlt wurde, standen sie vor dem Schlosstor Spalier, um sich am bizarren Anblick der mit ihren Familien aufmarschierenden Kretins zu erfreuen.

»Aua!« Der gescheite Hans war zurückgekehrt und blies auf seine Hände. »Asche heiß. Hat Flammen gemacht. Haha.«

»Was bist du nur für ein Tölpel!« Gretel verdrehte ihre Augen. »Dafür benutzt man doch den Aschenkübel! Geh' und hol' die saubere Wäsche von der Leine! Das sollte sogar für dich zu meistern sein.«

Aschenkübel, saubere Wäsche … Jetzt hatte Wolf das System durchschaut.

»Kommt ihr viel unter Leute?«, führte er seine Befragung fort. »Besucht ihr andere Menschen, ladet ihr Gäste zu euch ein?«

Gretel schüttelte den Kopf. »Wir kennen nur unsere Nachbarn. Und auch die kennen wir so gut wie gar nicht. Warum stellst du so viele Fragen?«

»Ich bin ein wissbegieriger Wolf. Gerne kaufe ich ein weiteres Stück Brot. Hätte ich das erste gegessen, hätte es mir bestimmt geschmeckt.«

»Wir verlassen das Haus nur, wenn der königliche Schatzmeister den Idiotengroschen ausbezahlt«, berichtete Gretel, nachdem weitere zwölf Münzen in ihre Schürze gewandert waren.

»Und wenn ihr Einkäufe tätigt? Wie geht ihr vor?«

»Na, wie wohl? Wir haben einen Raben. Wir lassen uns alles liefern.«

Natürlich. Einen Raben musste man haben. Für den war Geld da. So teuer konnte er gar nicht sein.

Schon kam der gescheite Hans mit der Wäsche im Aschenkübel zur Türe herein.

»Gut gemacht?«, fragte er hoffnungsvoll.

»Nein, schlecht gemacht, du Depp!« Gretel bedachte ihn

mit einem vorwurfsvollen Blick. »Jetzt ist sie schmutzig. Du musst sie in deinen Händen tragen! Ist denn das so schwer zu verstehen? Spute dich, es ist Zeit, das Schwein in den Stall zu bringen.«

Der letzte Zweifel war beseitigt. Wolf war definitiv am falschen Ort gelandet. Den Hexenmörder würde er hier nicht finden. Auch nicht den Dieb des Gute-Laune-Krauts. Nie und nimmer hatten die beiden etwas mit den Verbrechen zu tun. Dafür waren sie schlichtweg zu dumm, zu fett und zu faul.

Dieser wichtigtuerische Hexenmeister war mit seinem Verdacht völlig falschgelegen.

Durch das Fenster beobachtete Wolf, wie der gescheite Hans das Schwein mit beiden Händen aus der Jauchengrube hob und in den Stall trug.

»Sei ehrlich«, sagte er zu Gretel und deutete nach draußen. »Das macht dir schon ein bisschen Spaß, oder?«

»Was bleibt einem sonst im Leben?«, seufzte sie matt. Sie wollte sich noch einen gebrannten Apfelsaft einschenken, doch die Karaffe war leer. »Ich glaube, ich werde mich ein bisschen niederlegen.«

Wolf nickte verständnisvoll. »Warum nicht, es ist ja bereits später Nachmittag.«

Plötzlich liefen Tränen über Gretels Wangen. »Das Glück ist uns nie hold gewesen«, wimmerte sie. Sie versuchte aufzustehen, schaffte es jedoch nicht, ihr voluminöses Hinterteil vom Stuhl zu heben. »Das Schicksal meint es nicht gut mit uns.«

»Nun, jeder ist seines eigenen Glückes Schmied. Man muss sich nur einen Ruck geben, ordentlich anpacken, dann steht einem die Welt offen. Hast du dir nie ein anderes Leben vorgestellt? Eines, das du zufrieden in bescheidenem Wohlstand führst, mit einem fleißigen Mann an deiner Seite? Versteh mich nicht falsch, dein Hans ist bestimmt ein bemerkenswerter Bursche, und doch muss ich dich fragen: Was hält dich bei ihm?«

Gretel dachte eine Weile nach. Sie wischte sich die Tränen aus den Augen und lächelte versonnen. »Im Stroh macht er mich froh«, flüsterte sie.

Wahrscheinlich lag es an den Nachwirkungen des Traumpulvers, dass sich Wolf ohne jede Vorwarnung übergab. Vielleicht lag es auch am Gestank des gescheiten, aber von oben bis unten mit Jauche beschmierten Hans, der aus dem Stall zurückgekehrt war.

»Tschuldigung«, murmelte Wolf, höchst erstaunt über den Anblick seines Erbrochenen.

Ein riesiger Haufen halbverdauter Fleischbrocken lag vor ihm, garniert mit Knochenresten und Fellstücken. Noch einmal überkam es ihn, und er würgte etwas hervor, das aussah wie ein Huf.

»Schwein im Stall«, meldete der gescheite Hans. »Gut gemacht?«

»Wie siehst du denn aus, du Schmutzfink?«, regte sich Gretel auf. »Hast du das Schwein etwa getragen? Was fällt dir ein? Du musst es mit einem Stock vor dir hertreiben, es kräftig anstupsen! Und jetzt begleite Wolf vor die Türe. Unser Gast will gehen.«

Keine Gnade

Während in der Stadt die Kirchenglocken die zehnte Stunde des Tages einläuteten, dröhnte markerschütterndes Wolfsgeheul durch den Dunklen Wald.

»Oh mein Gott!«, röchelte Wolf. Schwer atmend rollte er von Rotkäppchen.

Sie war nicht minder außer Atem, ihre Bäckchen zudem so

rot wie ihre Haube. »Das kannst du laut sagen«, stimmte sie zu und griff zu ihm hinüber, um seinen Bauch zu kraulen.

Der Liebesakt mit Rotkäppchen war immer etwas Besonderes gewesen. Schnell, leidenschaftlich, intensiv und hemmungslos. Auch dieses Mal, obwohl Wolf kurz vor dem Höhepunkt an Aschenputtel hatte denken müssen. Weshalb sie sich just in diesem Moment in seinen Kopf geschlichen hatte, konnte er nicht nachvollziehen.

»Was sollte die seltsame Nachricht, die du mir geschickt hast? Hatte die Leere an Worten eine Bedeutung, die ich nicht verstehe?«, sprach ihn Rotkäppchen auf sein gestriges Missgeschick an.

Bislang war keine Zeit für Fragen und Erklärungen geblieben. Gleich als Wolf Großmutters Haus erreicht hatte, waren er und Rotkäppchen übereinander hergefallen. Während er ihr noch mit seinen Zähnen die Kleider vom Leib gerissen hatte, hatte sie ihn schon ins Bett gezerrt.

»Nein, nein, das war keine Absicht. Ich glaube, der Vogel spinnt«, versuchte Wolf seine Unerfahrenheit im Umgang mit Nachrichtenraben zu kaschieren. »Der funktioniert nicht richtig. Vielleicht hat er die Botschaft unterwegs vergessen, was weiß ich.«

»Vergessen?« Rotkäppchen bezweifelte das. »Üblicherweise kann man sich auf die Vögel verlassen.«

»Bist du sicher? Gestern habe ich ihn mit einem Transportauftrag zu Herrn Korbes geschickt. Am Abend ist er unverrichteter Dinge zurückgekommen und hat gemeint, der Empfänger sei nicht erreichbar.«

»Tja, das kommt tatsächlich vor. Das bedeutet aber nicht, dass der Rabe deine Nachricht vergessen hat.«

»Sondern?«

»Dass der Empfänger nicht erreichbar war.«

Das hatte Wolf ebenfalls in Erwägung gezogen und – weil ihm keine andere Wahl geblieben war – *Hähnchen &*

Hühnchen Transporte aller Art zurück ins Boot geholt. Zu seinem Leidwesen hatten die Wucherer diesmal glatt den doppelten Preis, also acht Groschen, verlangt.

»Hast du von diesem Blutbad gehört?«, fragte Rotkäppchen.

»Blutbad? Wovon redest du?«

»Sechs junge Geißlein sind in ihrem Haus gefressen worden. Das klingt ganz nach dir.«

Wolf richtete sich auf. »Nach mir?«, fragte er. Meinte sie das ernst, oder hatte sie sich einen schlechten Witz erlaubt? Bei Rotkäppchen wusste man das nie so genau. »Wie kommst du darauf?«

Als Gretel über den Vorfall berichtet hatte, war er überzeugt gewesen, dass es sich bloß um eines dieser Märchen handelte, die sich die Leute aus reiner Langeweile aus den Fingern saugten. Erst später, nachdem er sich übergeben hatte, waren ihm leise Bedenken gekommen. Sollte tatsächlich er derjenige, welcher sein? Nein, nicht einmal im Drogenrausch hätte er ein derartiges Massaker angerichtet. Und objektiv betrachtet sprach nichts, aber auch gar nichts für seine Schuld. Der Inhalt seines Magens war nicht eindeutig zu bestimmen gewesen. Vielleicht war er vorgestern im Zustand geistiger Umnachtung zum Schlachthof vor der Stadt gewankt, wo man knietief in den Eingeweiden toter Tiere watete, und hatte sich dort den Bauch mit dem ganzen Mist vollgeschlagen, der am nächsten Tag unter Gretels Esstisch gelandet war.

Rotkäppchen kicherte und boxte ihm in die Rippen. »Schau nicht so betroffen aus der Wäsche, sonst könnte man meinen, du bist es wirklich gewesen. Das war ein Scherz! Zu einer solchen Tat bist du überhaupt nicht fähig.« Zärtlich küsste sie ihn auf die Nase. »Ein Mensch hat das zu verantworten, ganz sicher. Ein geisteskranker Massenmörder.«

Wenn sogar Rotkäppchen das sagte, musste sich Wolf keine Gedanken machen. Natürlich hatte sie recht. Nur ein

Mensch war zu solchen Grausamkeiten imstande. Nur ein Mensch wäre auf die Idee gekommen, mit Kreide und Mehl die Geißlein glauben zu machen, er wäre ihre Mutter.

»Jedenfalls kann sich der Unhold auf etwas gefasst machen«, wagte Rotkäppchen eine Vorhersage. »Wenn sie ihn erwischen, wird er gehenkt, gerädert, von vier Ochsen zerrissen und im Wald den wilden Tieren zum Fraße vorgeworfen. Mindestens. Da lässt der Prinz keine Gnade walten. In einem Brief an die Mutter hat er sich ob des Verbrechens fassungslos gezeigt, zutiefst erschüttert, und hat den Hinterbliebenen seine aufrichtige Anteilnahme ausgesprochen.«

»Wird schwer, den Kerl zu finden«, warf Wolf ein. »Außer Mehl und Kreide gibt es keine Spuren.«

»Abwarten. Seine Ergreifung ist nur eine Frage der Zeit. Sobald das überlebende Geißlein wieder bei Sinnen ist, wird es eine genaue Beschreibung des Wahnsinnigen abliefern.« Rotkäppchen kuschelte sich eng an Wolf und tippte mit dem Zeigefinger auf seine Brust. »Wie wird es bei dir weitergehen, nachdem der Prinz das neue Drogengesetz erlassen hat?«

Gute Frage, dachte Wolf. Wenn er hinterher den Rest der *Weißen Witwe* erntete, bewegte er sich bereits auf gefährlichem Terrain. Verkaufen durfte er das Kraut in keinem Fall, wollte er nicht im Kerker landen. Er müsste es schon nach Hinterbergen bringen, wo der Handel noch keiner Regulierung unterlag.

Rotkäppchen fuhr mit ihrem Finger langsam seine Brust hinab. »Warum suchst du nicht um eine Verkaufsermächtigung an? Dann wäre alles in Ordnung.«

»Sofern ich sie bekomme. Ich fürchte, der Prinz mag mich nicht besonders. Das wird die Entscheidung der Kommission beeinflussen. Wer sitzt überhaupt in dieser Kommission?«

»Der treue Johannes.«

»Ausgerechnet! Und wer noch?«

»Nur er.«

Wolf sah sie fragend an. »Was? Der treue Johannes ist die Kommission? Der treue Johannes, der die größte Fabrikationsstätte für Drogen besitzt? Würde mich nicht wundern, sollte er sich als Erstes selbst eine Zulassung erteilen.«

»Das tat er bereits. Aber nicht nur das. Inzwischen verteilt er Sublizenzen an diverse Vertriebsstellen.«

»Sublizenzen? Was bedeutet das?«

»Dass seine Erzeugnisse überall legal erhältlich sind.«

»Ich verstehe. Aber nur *seine* Erzeugnisse, und dabei wird es wohl bleiben, realistisch gesehen. Somit hat es keinen Sinn, um eine Genehmigung anzusuchen. Der treue Johannes würde mich nur auslachen.«

»Du solltest dich in den Dienst des Prinzen stellen«, schlug Rotkäppchen vor. »Wenn der ein gutes Wort für dich einlegt, kann selbst der treue Johannes nicht darüber hinwegsehen.«

»Vergiss es!«, knurrte Wolf. »Das Letzte, was ich tun werde, ist, dem Prinzen die Stiefel zu lecken.«

»Na, wenn du sie so gut leckst wie …«

»Ich bitte dich!«

Rotkäppchen lachte. »Dass du immer alles so … idealistisch siehst. Jeder ist um gute Beziehungen zum Prinzen bemüht. Das ist völlig legitim. Wenn es einem weiterhilft … Sogar dein Freund, der Meisterdieb, war letztens bei Hofe zu Gast.«

»Meister?« Wolf sprang auf. »Was erzählst du da? Nie und nimmer gibt sich Meister mit dem Prinzen und seiner Entourage ab. Dafür lege ich meine Hand ins Feuer.«

»Autsch! Da verbrennst du dir aber ganz schön die Pfote. Glaube mir, ich habe ihn selbst im Schloss gesehen.«

»Meister?«, fragte Wolf nochmals. Er konnte es nicht glauben. »Was wollte er dort?«

»Kann ich nicht sagen. Nach dem Diner zogen sich der

Prinz und er zu einem Vieraugengespräch zurück. Worum es dabei ging, wissen nur die beiden.«

»Meister …« Wolf schüttelte den Kopf. »Nicht Meister!«

»Und wenn *er* sich anbiedert, wird es *dir* auch niemand übelnehmen, dass du dich um dein geschäftliches Fortkommen kümmerst. So läuft das eben. Eine Hand wäscht die andere.«

»Niemals werde ich das tun!« Wolf geriet in Rage. »Da pfeif ich lieber auf das Gute-Laune-Kraut und mache mit DRACHENFLUG Karriere. Sobald sie erfolgreich sind, rollt der Thaler. Das kannst du mir glauben.«

»Wer? Was ist DRACHENFLUG?«

»Meine Burschen und Katze. So nennen sie sich neuerdings.«

Rotkäppchen lachte herzlich. »Ehrlich, Wolf«, sagte sie, nachdem sie sich die Tränen weggewischt hatte, »der war gut. Deine Musikanten und Karriere …« Wieder brach sie in Gelächter aus. »Aber ja, fünf Thaler Gage für den Auftritt bei Dummlings Jubiläumsfeier sind zumindest ein Anfang.«

Wolf kräuselte seine Stirn. »Wieso fünf? Schneider hat mir drei Thaler zugesagt.«

»Davon weiß ich nichts. Der Prinz hat bei der Planung jedenfalls fünf für das musikalische Vorprogramm bewilligt. Drosselbart kriegt selbstverständlich mehr.«

»Fünf also, aha …« Wolf starrte finster an die Wand. Dafür würde ihm Schneider bei nächster Gelegenheit Rede und Antwort stehen müssen. »Wie auch immer«, knurrte er. »Am Freitag findet das Probekonzert in der Waldschenke statt, und nächsten Dienstag gelingt meinen Burschen und Katze bei ihrem Auftritt am Stadtplatz der endgültige Durchbruch.«

»Ich wünsche es dir so sehr.« Rotkäppchen zog ihn an sich heran und streichelte über seine Flanke. »Am Freitag habe ich übrigens Zeit«, flötete sie.

»Zeit? Wofür?«

»Um beim Probekonzert dabei zu sein.« Ihre Hand rutschte ein Stück tiefer. »Du hast versprochen, etwas mit mir zu unternehmen. Schon vergessen?«

Wolf schüttelte den Kopf. »Aber ausgerechnet in der Waldschenke? Das ist nicht der richtige Ort für eine Frau. Dort ist es laut, dort ist es verraucht, und erst der Umgangston …«

»Dann ist es genau der richtige Ort für mich.« Rotkäppchens Finger legten sich auf seine Schwanzwurzel und begannen, sie zu reiben. »Komm jetzt, du großer böser Wolf, uns bleiben noch zwei Minuten, bevor ich zurück in die Stadt muss.«

Jeder ist sich selbst der Nächste

»Das … darf … einfach … nicht … wahr … sein«, hauchte Wolf. Er brauchte keinen Spiegel, um zu wissen, dass ihm das blanke Entsetzen ins Gesicht geschrieben stand.

Fassungslos starrte er auf den gerodeten Kräutergarten. Erst nach und nach begriff er, dass ihm der Dieb wieder einen Schritt voraus gewesen war. Besser gesagt, die Diebe, denn am Erdboden waren deutlich die Fußabdrücke mehrerer Menschen zu erkennen.

Nicht nur das Gute-Laune-Kraut war geschnitten und weggeschafft worden, sogar Wermut, Arnika und Bärwurz. Einzig Oregano, Thymian und Rosmarin hatten die Gauner verschont. Genau das Richtige, wenn man eine mediterrane Speise zubereiten wollte, doch völlig unnütz, wenn man seine Einnahmen aus dem Verkauf von Drogen lukrierte.

»Schaut nicht so aus, als gäbe es hier etwas zu transportieren«, machte Hähnchen seinem Ärger Luft. »Weshalb, frage ich dich? Weshalb engagierst du ein Transportunternehmen, das renommierteste im ganzen Königreich, wenn du nichts besitzt, das befördert werden könnte?«

Wolf wusste nicht, ob die Frage rhetorisch gemeint war oder ob er darauf antworten sollte.

»Das heißt«, echauffierte sich Hähnchen weiter, »ich habe die Ente wieder einmal grundlos vor den Wagen gespannt. Machst du das mit Absicht, Vierbeiner? Legst du es darauf an, mir den Tag zu verleiden? Langsam platzt mir der Kragen.«

»Denkst du, mir macht das Spaß?« Wolf fixierte das Federvieh mit zusammengekniffenen Augen. »Ich konnte ja nicht wissen, dass hier alles abgeerntet wurde. Es tut mir leid, dass ihr umsonst hergefahren seid.«

»Umsonst sind wir auch diesmal nicht gekommen. Unser Salär wirst du bezahlen. Das steht außer Zweifel. Wegen dir habe ich einen anderen Auftrag sausen lassen. Den wirst du mir ebenso ersetzen.«

»Da täuscht du dich. Entweder zahle ich für meinen Auftrag oder für den anderen. Beide zugleich hättest du nicht ausführen können, folglich wärst du auch nicht für beide entlohnt worden.«

»Wie du meinst, Wolf.« Hähnchen grinste herausfordernd. »Dann bezahlst du mir den anderen. Das macht zwölf Groschen. Zwölf Groschen bar auf die Federn.« Hähnchen streckte Wolf seinen Flügel entgegen.

»Zwölf? Bist du wahnsinnig geworden? Das ist reinster Wucher! Und überhaupt … Ich glaube dir kein Wort. Wieso solltest du meinen Auftrag annehmen, wenn du an einem anderen mehr verdienst?«

»Aus reiner Freundschaft, Wolf, aus reiner Freundschaft. Setze sie nicht aufs Spiel! Das kann ich dir nur raten.«

»Freundschaft? Wir? Pah!« So sehr es Wolf widerstrebte, holte er doch das Geld aus seinem Rucksack. Die Bezahlung zu verweigern, wäre unklug gewesen. Irgendwann würde es wieder etwas zu transportieren geben, und wie die Erfahrung lehrte, konnte man sich auf Herrn Korbes nicht verlassen. »Habt ihr jemanden gesehen, als ihr hierhergefahren seid?«, erkundigte er sich. »Irgendwen, der euch mit einer Ladung Gute-Laune-Kraut entgegengekommen ist?«

Hähnchen ließ das Geld in seinem Federkleid verschwinden und schüttelte den Kopf. »Nein, keine Menschenseele. Außerdem stecke ich meinen Schnabel nicht in fremde Angelegenheiten. Was andere so treiben, interessiert mich nicht.«

Sie gingen zurück vor das Haus, wo Hühnchen auf dem Wagen wartete.

»Wo ist die Ware?«, wollte es wissen.

»Es gibt keine Ware«, erklärte Hähnchen giftig. »Aber das Geld haben wir.«

»Erzähl mir nicht, dass wir unnötigerweise hergefahren sind!«, keifte Hühnchen. »Was ist los mit diesem verlausten Köter? Läuft bei dem etwas falsch im Kopf?«

Wolf überhörte das Gezeter. »Solltest du etwas von einem Kräuter-Transport erfahren, der in den letzten Tagen durchgeführt wurde, lass es mich wissen«, bat er Hähnchen. »Ich wäre dir sehr verbunden.«

Hähnchen kletterte auf den Kutschbock und schlug mit der Peitsche auf die Ente ein.

»Wie gesagt«, schnaubte es, »ich kümmere mich nicht um fremde Angelegenheiten.«

»Dieser schäbige Flohbeutel!«, regte sich Hühnchen auf. »Dieser nichtsnutzige Sohn einer läufigen Hündin!«

Das wollte Wolf nicht auf sich sitzen lassen. »Apropos nichtsnutziger Sohn«, schrie er Hühnchen nach. »Wenn du deinem Filius wieder einmal heimlich Geld zusteckst, denk daran, dass er es nur für Drogen ausgibt. Und die haben ihn beinahe ins Grab gebracht.«

Damit erzielte er die erhoffte Wirkung.

»Du gibst ihm Geld?«, fuhr Hähnchen seine Frau an. »Heimlich? Hinter meinem Rücken? Bist du noch bei Trost? Habe ich dir nicht deutlich gesagt, dass ich von diesem Haderlumpen nichts mehr wissen will? Der Versager ist für mich gestorben, verstehst du? Ein professioneller Musikant will er werden, der junge Herr, reich und berühmt ... Ha! Das sieht ihm ähnlich. Nur nicht die Hände schmutzig machen, nur keine ehrliche Arbeit verrichten, der faule Kerl! Aber was reg ich mich auf? Überraschung ist das keine. So ist er schon immer gewesen. Und wer ist schuld? Hm? Wer? Das kann ich dir sagen: Du bist schuld. Du mit deiner Erziehung. *Mit Kindern muss man liebevoll umgehen, Verständnis zeigen, sie fördern ...* Blabla, nichts als dummes Geschwätz! Stets habe ich dir geraten, ihn härter anzufassen. Eine Tracht Prügel hat noch niemandem geschadet, aber nein, Frau Hühnchen hat ihn ja immer verhätscheln müssen. Und was kommt dabei heraus? Nichts Gutes. Jetzt siehst du, was du angerichtet hast. Ab sofort kriegt er keinen Pfennig mehr von dir, dass das klar ist ...«

Wolf wartete bis Hähnchen und Hühnchen außer Hörweite waren, dann betrat er das Knusperhäuschen. Seine Hoffnung, dass die Diebe diesmal verwertbare Spuren zurückgelassen hätten, löste sich in Luft auf. Alles stand beziehungsweise lag so da wie beim letzten Mal. Offenkundig waren die Lumpen gar nicht im Haus gewesen.

Wolf nahm sich einen der beiden geräucherten Schinken aus der Speisekammer, setzte sich in die Stube und begann ihn hastig zu verschlingen. Ihn plagte großer Hunger. Heute Morgen hatte es für ihn kein Frühstück gegeben. Nach wie vor behandelte ihn Aschenputtel, als wäre er Luft. Aber weshalb? Er hatte sich ihr gegenüber nichts zuschulden kommen lassen. Zudem bezahlte er sie für ihre Arbeit. Da

179

erwartete er, dass sie ihre Pflichten ordnungsgemäß erfüllte, egal, welche Laus ihr über die Leber gelaufen war.

Apropos Laus: Seit gestern hatte Wolf nichts von Läuschen und Flöhchen gehört. Noch nie war es in seinen Ohren so lange ruhig geblieben, seit sie ihn zu ihrem Ernährer auserkoren hatten.

Inzwischen hielt es Wolf sogar für möglich, dass sie nicht mehr auf ihm lebten, dass sie sich, als er im Drogenrausch darniedergelegen war, einen anderen Blutspender gesucht hatten. Oder – und daran wollte er am liebsten gar nicht denken – sie lebten überhaupt nicht mehr, weil sie eine Überdosis Traumpulver dahingerafft hatte.

Ein Knall zerriss die Stille. Die Zuckerscheibe des Fensters zerbarst samt Fensterkreuz. Nur um wenige Zoll verfehlten die Schrotkugeln Wolfs Kopf und bohrten sich in die Wand hinter ihm.

»Ha-haa!«, ertönte das irre Lachen des Jägers. »Jetzt bist du des Todes, teuflische Bestie!«

Mit einem tollkühnen Sprung brachte sich Wolf neben dem Fenster in Sicherheit. Kurz wagte er einen Blick ins Freie. Breitbeinig stand der Jäger vor dem Haus und lud seine Büchse. Er war ganz in Grün gekleidet, trug eine Kniebundhose, eine Lodenjacke mit unzähligen aufgenähten Taschen und einen Filzhut, auf dem zwei Auerhahnfedern steckten. Sorgsam füllte er Schießpulver in den Lauf seiner Flinte, deckte es mit einem Filzpfropfen ab und leerte Schrotkugeln hinterher. Schließlich platzierte er die Lunte im Zündloch.

»Akzeptiere dein Schicksal!«, rief er. »Du hast keine Chance zu entkommen. Du bist umstellt. Heraus mit dir, und stirb wie ein Wolf!«

Umstellt? Wie konnte ein einzelner Mann jemanden umstellen? »Ich bin gerade beim Essen«, schrie Wolf zurück.

»Wenn du bereit wärst, noch eine Viertelstunde zu warten, wäre ich dir sehr verbunden.«

Ein weiterer Schuss krachte. Die Schrotladung verfehlte diesmal das Fenster und landete in der Mauer. Fürs Erste bot das steinharte Brot ausreichend Schutz, doch lange würde es dem Beschuss nicht standhalten.

»Rache für Rotkäppchen!«, brüllte der Jäger. Sein Gesicht war knallrot angelaufen. »Tod und Verderben ihrem Peiniger!«

Wolf zog den Schinken an sich heran und biss ein Stück davon ab.

»Wieso Rache?«, fragte er mit vollem Mund. »Wieso Peiniger? Was habe ich ihr angetan?«

»Du hast sie aufs Schändlichste entehrt«, erwiderte der Jäger. Abermals lud er seine Waffe. »Ich musste es selbst mit ansehen.«

»Musstest du nicht. Du hättest jederzeit gehen können. Außerdem kann von Entehren keine Rede sein. Alles in allem genossen wir beide einen erbaulichen Nachmittag. Sie nicht minder als ich.«

»Stirb, du gottloses Ungeheuer!«

Der Jäger hob seine Flinte und drückte ab. Die Schrotkörner rissen einen Teil des Fensterrahmens aus der Wand. Langsam wurde es ungemütlich. Zweifellos wäre es am vernünftigsten gewesen, die Flucht durch den Hinterausgang anzutreten, doch dieses Vorhaben scheiterte daran, dass es keinen Hinterausgang gab. Nicht einmal ein Fenster gab es an der Rückseite des Knusperhäuschens.

Wolf suchte unter dem Tisch Deckung. »Übrigens erwies mir Rotkäppchen heute abermals die Ehre«, tat er kund. »Im Haus ihrer Großmutter. Wir haben dich vermisst.«

»Na warte, Höllenhund!«, schallte es zurück. »Deine Dreistigkeit werde ich dir austreiben.«

Die nächste Schrotladung ließ nicht lange auf sich warten.

Die Kugeln bohrten kleine Löcher in die Mauer, durch die das Sonnenlicht in dünnen Linien in die Stube fiel.

Wolf kaute den letzten Bissen und schluckte ihn hinunter. Er erkannte, dass er etwas unternehmen musste, ehe sein Widersacher das ganze Haus in Trümmer schoss. Er öffnete die Türe und trat ins Freie.

»Hier bin ich«, sagte er. »Niemand soll behaupten, ich würde mich vor dir verstecken, du grüner Wicht!«

»Jetzt wirst du deine Sünden büßen, grässlicher Fürst der Finsternis!«

Der Jäger beeilte sich so sehr, Pulver in den Lauf seiner Flinte zu leeren, dass er die Hälfte verschüttete.

Wolf ging auf ihn zu. »Das tue ich bereits«, sagte er. »Glaube mir: Du hast keine Ahnung, was ich derzeit durchmache. Sachen könnte ich dir erzählen … Allerdings bin ich in Eile. Vielleicht ein andermal.«

»Spar dir deine Ausflüchte!« Fahrig stocherte der Jäger mit dem Ladestock in seiner Büchse herum. »In Kürze kannst du sie deinem Schöpfer erzählen.« Er füllte den Lauf mit Kugeln und fixierte die Lunte. »Sprich dein letztes Gebet!« Mit einem triumphierenden Lachen entfachte er ein Schwefelholz.

Wolf blies es aus. »Ich erkenne Verbesserungspotential an deinem Schießgewehr«, erklärte er.

Der Jäger glotzte ihn an. »Was?«

»Siehst du das Problem nicht? Bei diesen ach so neumodischen Flinten dauert der Ladevorgang viel zu lange. Würdest du auf Pfeil und Bogen zurückgreifen, wäre ich längst tot.«

»Jaja, da hast du recht. Einen kleinen Moment, bitte.«

Wieder zündete der Jäger ein Streichholz an, wieder blies es Wolf aus.

»Du unverschämter Lümmel! Dir wird gleich die Luft ausgehen.« Der Jäger kramte in einer seiner zahlreichen

Jackentaschen, dann in einer zweiten. Hektisch suchte und klopfte er eine nach der anderen ab.

»Brauchst du Feuer?«, fragte Wolf.

»Das … hm … wäre sehr nett«, räusperte sich der Jäger. Seine Oberlippe zuckte. »Hast du Zünder bei dir?«

»Nicht direkt bei mir, aber in der Küche auf dem Backofen habe ich eine Packung liegen sehen. Importware aus Schweden.«

»Aha …« Der Jäger schien zu überlegen. »Tja, dann … Das trifft sich gut. Die werde ich mir holen.« Kurz zögerte er. Sein Blick wanderte zwischen Haustür und Wolf hin und her. »Und du wartest hier!«, befahl er. »Du wirst doch warten, oder? Nicht, dass du mir wegläufst!«

»Wo denkst du hin?« Wolf hob entrüstet seine Pfote. »Weglaufen? Ich? Bestimmt nicht.«

Eine Stunde später stand Wolf am Tresen der Waldschenke und wartete auf seine Bestellung. Drei Bratenstücke, einen kleinen Sack Karotten, gemischtes Karnickelfutter und ein Päckchen Pilzpulver hatte er zum Mitnehmen geordert. Zur Überbrückung der Wartezeit genehmigte er sich einen Humpen Bier. Möglicherweise würde er einen zweiten trinken, sollte die Zubereitung der Speisen länger dauern, aber sicher nicht mehr als drei.

An Montagnachmittagen war in der Gaststätte wenig los. Die meisten Stammgäste verbrachten den Tag daheim, um sich von ihren Ausschweifungen am Wochenende zu erholen. Viele kamen überhaupt nicht mehr, seit dem Wirt das Gute-Laune-Kraut ausgegangen war. So waren nur wenige Tische mit fahrenden Händlern und jenen Trunkenbolden besetzt, die die Waldschenke zu ihrem ständigen Wohnsitz gemacht hatten.

»Montags bleiben die Leute gerne im Kreise ihrer Familien«, erklärte der Wirt. »Das tut dem Geschäft aber keinen

Abbruch. Sie lassen sich ihr Essen nach Hause liefern. Das könntest du übrigens auch. Wir bringen dir die Speisen bis in deine Höhle. Er macht das gerne.« Der Wirt deutete auf seinen Schankburschen. »Habe ich recht?«

»Grundsätzlich ja, solange ich nicht 182 Stufen in einem Turm hinaufsteigen muss«, brummte der Schankbursche verdrossen.

»Fang nicht schon wieder damit an! Ich will mir dein Gemaule nicht jeden Tag anhören müssen.«

Wolf kratzte sich am Kinn. »Danke für das Angebot, aber mir macht es nichts aus, persönlich vorbeizukommen und das Essen mitzunehmen.«

»Dauert nicht mehr lange«, verkündete der Wirt. »Ein paar Minuten, dann ist es fertig.«

»Pilzpulver und Krötenschleim darfst du noch verkaufen?«, fragte Wolf und deutete auf die schwarze Tafel an der Wand, auf der die aktuellen Angebote vermerkt waren.

»Die Expertenkommission hat mir eine Sublizenz erteilt«, erläuterte der Wirt. »Was mir der treue Johannes liefert, darf ich unter die Leute bringen.«

»Die Preise haben aber ziemlich angezogen.«

»Genauer gesagt, haben sie sich im Einkauf verdoppelt. Diese Erhöhung muss ich leider an meine Kundschaft weitergeben.«

»Wofür wir uns beim Prinzen herzlich bedanken können«, knurrte Wolf.

»Alles nur für meine Untertanen, deren Wohl mir weitaus wichtiger ist als mein eigenes«, sagte Meister mit der Stimme des Prinzen. Er war gerade zur Türe hereingekommen und gesellte sich zu Wolf an die Schank. »Mein gesamtes Tun und Handeln ist darauf ausgerichtet, unserem geliebten Königreich Siebenbergen zu dienen«, setzte er seine Imitation lautstark fort, was ihm einen Lacherfolg einbrachte. »Schon bald wird jeder jemanden kennen, der aufgrund der Preiserhöhungen völlig verarmt ist. Gott zum Gruße miteinander.«

Meister bestellte einen Humpen und wandte sich sogleich Wolf zu. »Gut, dass ich dich treffe. Am Vormittag schickte ich einen Raben mit einer Botschaft für dich los, der konnte dich aber nicht erreichen.«

Wolf nickte. »Kein Wunder. Ich bin seit dem Morgen auf Achse. Was ist passiert?«

»Ich habe Informationen, die dich interessieren werden. Du erinnerst dich doch an diese Gretel, die mir die Perlenhalskette verkaufte.«

»Ja, natürlich.«

»Mir ist eingefallen, woher ich sie kenne.«

»Tatsächlich?« Wolf sah Meister erwartungsvoll an. Zeichnete sich etwa eine neue Spur ab, die ihn zur *Weißen Witwe* führte? »Woher?«, fragte er.

Meister holte weit aus. »Es ist so: Vor einigen Jahren versuchte ein Geschwisterpaar namens Hänsel und Gretel meinen Laden auszuräumen. Dabei gingen sie so geschickt vor, dass ich es beinahe nicht bemerkt hätte. Sie wollten das Geschäft bereits mit allerlei Schmuck in ihren Taschen verlassen, als diesem Hänsel ein Silberlöffel aus der Hose rutschte. Na ja, und diese Gretel von damals war mit ziemlicher Sicherheit die Gretel von vergangenem Mittwoch. Und jetzt kommt das Beste: Ein Freund konnte mir sagen, wo die beiden Tunichtgute wohnen. Wenn du noch auf der Suche nach deinem Gute-Laune-Kraut bist, solltest du dich jenseits des Flusses umsehen.«

Wolf seufzte schwer. »Dort war ich schon. Die haben mit den Vorfällen im Knusperhäuschen rein gar nichts zu tun. Gretel ist eine fette Säuferin, der gescheite Hans ein Vollidiot.«

Meister trank seinen Humpen zur Hälfte aus. »Du irrst dich. Das müssen andere sein. Ich spreche von jenem

Hänsel und jener Gretel, die sich schon in ihrer Kindheit einen zweifelhaften Ruf als Betrüger, Diebe und Vandalen erworben haben, doch stets ungeschoren davongekommen sind. Sie leben nach wie vor in ihrem Elternhaus stromabwärts der Stadt, ganz im Westen, in der Nähe der Brücke.«

Wolf schöpfte Hoffnung. Meisters Beschreibung von Hänsel und Gretels krimineller Vergangenheit deckte sich eins zu eins mit der Schilderung des Hexenmeisters. Demnach trug Fitcher keine Schuld daran, dass Wolf beim falschen Haus gelandet war. Wolf hatte sich von Katze in die Irre führen lassen.

»Sieh einer an.« Er hob sein Bier und prostete Meister zu. »Danke, diese Information könnte sich als hilfreich erweisen.«

»Dein Essen ist fertig«, verkündete der Wirt. »Soll ich es warmhalten, oder bist du schon auf dem Sprung?«

»Warmhalten bitte«, entschied Wolf nach kurzem Überlegen. »Ich denke, zur Feier des Tages gönne ich mir noch einen Humpen.«

»Recht so«, stimmte ihm Meister zu. »Denn das war noch nicht alles. Ich habe weitere spannende Neuigkeiten für dich.«

Wie Wolf erfuhr, hatten Hänsel und Gretel ihre Aktivitäten bis ins benachbarte Königreich ausgedehnt. Ein mit Meister befreundeter Händler aus Hinterbergen hatte ihm anvertraut, dass ihm eine größere Menge an wertvollem Geschmeide zu einem außergewöhnlich günstigen Preis angeboten worden war. Da habe er nicht nein sagen können und das Konvolut angekauft. Bei genauerer Untersuchung hatte er festgestellt, dass die Schmuckstücke gekennzeichnet waren.

»Dreimal darfst du raten wie«, grinste Meister.

»Mit dem Wort *Hexe*.«

»Korrekt. Der Anbieter war ein kleiner Mann mit weißem

Rauschebart und Zipfelmütze, der irgendwo hinter den Sieben Bergen leben muss«, fuhr er fort. »Der wollte allerdings nicht sagen, woher er die Ware bezogen hatte.«

»Klingt nach einem Zwerg«, schlussfolgerte Wolf.

Meister lachte. »Davon können wir ausgehen. Ein Riese wird es nicht gewesen sein.«

»Aber wie«, wunderte sich Wolf, »gelangte der Schmuck der Hexe von dieser Gretel zu einem Zwerg jenseits der Berge?«

»Da kann ich nur mutmaßen: Sie hat ihn dorthin verkauft.«

Damit gab sich Wolf nicht zufrieden. »Dann hätte sie die gesamte Beute gleich dir überlassen können.«

»Da ist was Wahres dran. Ich schätze, du wirst den Grund herausfinden. Mehr weiß ich leider auch nicht.«

Und wieder begann das Rätselraten. Kaum hatte Wolf eine vielversprechende Fährte ausgemacht, stellte sich heraus, dass sie in eine Sackgasse mündete, und ein neuer Hinweis führte ihn in eine völlig andere Richtung. Wann würde das enden? Bis jetzt war er auf der Suche nach der *Weißen Witwe* kreuz und quer durch das hiesige Königreich gehetzt. Musste er sie nun auf Hinterbergen ausweiten? Nein, das würde er bestimmt nicht tun. Angesichts der bevorstehenden DRACHENFLUG-Konzerte blieb ihm dafür keine Zeit.

»Warum ist alles so kompliziert?«, klagte er. »Ich will doch nur mein Gute-Laune-Kraut wiederfinden. Nichts weiter.«

»Hast du dir schon eine Verkaufsermächtigung besorgt?«, erkundigte sich der Wirt, während er zwei frisch gefüllte Humpen für Wolf und Meister auf den Tresen stellte.

»Ach was.« Wolf schnaufte mürrisch. »Die krieg' ich sowieso nicht. Denkst du, der treue Johannes züchtet sich Konkurrenz heran?«

Meister zuckte mit den Schultern. »Genaugenommen wärst du keine Konkurrenz für ihn. Er handelt mit Pilzpulver und Krötenschleim, du mit dem Kraut. Ihr könntet euch den Markt aufteilen.«

»Und vielleicht wird dir sogar die Ehre zuteil, einmal den Titel *Kaufmann des Jahres* tragen zu dürfen.« Der Wirt lachte herzlich. »Denk an die Vorteile, die eine solche Auszeichnung mit sich bringt.«

»Steuererleichterungen«, setzte Meister fort. »Beste Beziehungen zum Hofe …«

»… wo der Prinz seine Hand aufhält, um einen beträchtlichen Teil meiner Einnahmen zu kassieren«, ergänzte Wolf. »Ich bin nicht der treue Johannes. Mit diesem verlogenen Pack rund um den Prinzen will ich nichts zu tun haben.«

Meister klopfte Wolf auf die Schulter. »Der treue Johannes hat es aber zu etwas gebracht, mein Freund. Sein Werdegang ist beeindruckend. Vor fünf Jahren war er noch ein unbedeutender Diener des Königs. Dann, als er die Aufgabe erhielt, sich um Dummlings pubertierenden Sprössling zu kümmern, ging es plötzlich steil bergauf. Schon bald quittierte er seinen Dienst und machte sich selbstständig.«

»Das Geld dafür soll er als nicht rückzahlbares Darlehen vom Prinzen erhalten haben. Und der wiederum hat es sich aus der Schatzkammer geliehen«, verdeutlichte der Wirt, wobei er beim Wort *geliehen* mit seinen Fingern Anführungszeichen in die Luft malte. »Man sagt«, begann er zu tuscheln, »der treue Johannes selbst habe dieses gefährliche Traumpulver in Umlauf gebracht, um dem Prinzen einen Vorwand für das neue Drogengesetz zu liefern. Wenn ihr mich fragt, war alles sorgfältig vorbereitet.«

»Da siehst du es!«, rief Wolf. »Diese selbstherrliche Brut nimmt sogar Tote in Kauf, nur um das Königreich in ihrem Sinne umgestalten zu können. Die schrecken vor nichts zurück. Wie viele Menschen sind an dem Gift bereits gestorben? Verfluchtes Mördergesindel! Es würde mich nicht wundern, hätten die auch die Hexe auf dem Gewissen.«

»Na, na, na«, tadelte ihn Meister. »Nicht alle im Umfeld des Prinzen sind so, wie du sie beschreibst. Da gibt es durchaus anständige Menschen.«

Wolf nahm ihn scharf ins Visier. »Gibt es die? Spielst du auf dich selbst an?«

Meister wirkte erstaunt. »Wieso auf mich? Wie kommst du darauf?«

»Wie ich gehört habe, verkehrst du neuerdings in besagten Kreisen. Warst du nicht letztens beim Prinzen zu Gast?«

Meister machte eine wegwerfende Handbewegung. »Ach, das ... Ich war zum Abendessen eingeladen. Nichts weiter.«

»Und worum ging es dabei?«

Meister wand sich wie ein Regenwurm in der Sonne. Er schnaufte, rollte mit den Augen und schüttelte den Kopf. »Nichts, was von Bedeutung wäre. Geschäftliches. Ich will dich nicht mit Einzelheiten langweilen.«

»Das tust du nicht. Ich finde, die Geschichte wird immer spannender. Also, raus mit der Sprache! Was hat dich ins Schloss geführt?«

»Meinetwegen, wenn du es unbedingt wissen willst ...« Gequält fuhr sich Meister durch seinen blonden Schopf. »Bei der Unterhaltung ging es um ... na ja, Umwegrentabilität und steuerschonendes Wirtschaften, um Expansion und dergleichen.«

»Expansion?«

»Neue Geschäftszweige, neue Absatzmärkte ...«

»Das heißt konkret?«, bohrte Wolf. Er ließ Meister keine Sekunde aus den Augen.

»Der Hof bietet sich als Kunde an.«

Allmählich verstand Wolf, worauf Meisters *Expansion* hinauslief. »Willst du damit sagen, der Hof kauft mit Steuergeld deinen Krempel, den er gar nicht braucht, und der Prinz kassiert von dir Provisionen, die er in die eigene Tasche steckt? Das nenne ich Veruntreuung.«

Meister legte seine Stirn in Falten. »Und ich nenne es eine Geschäftsbeziehung, von der beide Seiten profitieren und bei der niemand zu Schaden kommt«, fauchte er. »Die Zeiten sind schwierig. Jeder muss sehen, wo er bleibt, wie er sich über Wasser hält. Das willst du mir hoffentlich nicht zum Vorwurf machen.«

»Ja, jeder ist sich selbst der Nächste«, regte sich Wolf auf. »Auch wenn es auf Kosten der einfachen Leute geht, die am Ende für diese Vetternwirtschaft geradestehen müssen. An die denkt niemand. Tolle Einstellung, Meister! Das hätte ich von dir nicht erwartet. Früher hast du von den Reichen genommen und den Armen gegeben.«

»Jaja, früher trug ich auch meine Haare länger«, murrte Meister. »Nimm es zur Kenntnis, Wolf: die Zeiten ändern sich.«

Erst Schneider, jetzt Meister. Wie schaffte es der Prinz, ausgerechnet Wolfs beste Freunde auf seine Seite zu ziehen?

Geld. Am Ende gehe es immer nur ums Geld, hatte Flöhchen letztens gemeint. Und recht hatte es gehabt.

»Die Aussicht auf gute Geschäfte verdirbt deinen Charakter«, schimpfte Wolf. »Eine Schande ist das!«

»Reg dich nicht auf, Wolf. Du hast doch keine Ahnung, wie schwer es ist, als Selbstständiger über die Runden zu kommen.«

»Ach, habe ich nicht?« Wolf stieß ein bedrohliches Knurren aus. »Wem ist denn das Gute-Laune-Kraut gestohlen worden? Und wer steht jetzt ohne Einkommen da?«

»Hört schon auf, bitte!« Der Wirt schlug flehend die Hände zusammen. »Streiten bringt nichts. Reden wir über etwas anderes. Habt ihr von der Sache mit den Geißen gehört?«, sprach er das aktuelle Tagesthema an, das das ganze Königreich in Atem zu halten schien. »Ein richtiges Gemetzel ist das gewesen. Sechs Geißlein haben qualvoll sterben müssen.«

»Ja, mir kam da etwas zu Ohren«, bestätigte Meister. »Am Samstagabend soll das gewesen sein. Allerdings sind mir keine Details bekannt. Vielleicht war es ein Wolf«, fügte er mit einem gehässigen Seitenblick auf Wolf hinzu. »Ein großer, böser Wolf, kein Gutwolf wie du, der es sich zur Lebensaufgabe gemacht hat, für Benachteiligte in aller Welt einzutreten.«

»Himmelherrgottsakra!«, schickte der Wirt ein Stoßgebet gen Himmel. »Jetzt gib endlich Ruhe, Meister! Wir wissen nicht, wer das Blutbad angerichtet hat. Niemand weiß es, außer dem überlebenden Geißlein, aber das ist zu keiner Aussage fähig. Irgendwann werden wir die Wahrheit erfahren, da bin ich mir sicher, und dann möchte ich nicht in der Haut des Übeltäters stecken.«

»Genau. Sieh dich vor, Wolf!«, grinste Meister.

»Willst du mir unterstellen, ich sei es gewesen?«, fauchte Wolf. Er merkte, wie die Wut in ihm hochkroch. Am liebsten wäre er Meister an die Gurgel gesprungen. »Wirt, bring mir meine Bestellung und die Rechnung! Ich werde mir das nicht länger anhören.«

Meister wartete, bis der Wirt in der Küche verschwunden war, und setzte ein versöhnliches Lächeln auf. »Nein, Wolf«, verkündete er, »ich will dir gar nichts unterstellen. Du kannst es nicht gewesen sein. Als das Massaker stattfand, warst du völlig weggetreten. In deinem Zustand wärst du zu einer solchen Tat nicht in der Lage gewesen. Was hattest du zu dir genommen? Alraunenwurzeln?«

»Woher weißt du das?«, wunderte sich Wolf. »Wer hat dir davon erzählt?«

»Niemand hat es mir erzählt. Kannst du dich nicht erinnern? Du warst bei mir daheim.«

»Tatsächlich? Bei dir?«

Meister nickte. »Um dir Kreide und Mehl zu leihen«, lachte er. »Wofür brauchtest du das Zeug?«

Dunkle Zeiten

Wind kam auf. Ein Unwetter kündigte sich an. Heulende Böen schüttelten die Baumkronen, Blätter tanzten durch die Luft. Am Himmel hingen dunkle Wolken, die nach Blitz und Donner rochen. Irgendwo rief eine Eule.

Seit fast einer Stunde saß Wolf vor seiner Höhle und starrte in den Dunklen Wald. Drinnen werkte Aschenputtel in der Küche, während die Musikanten mehr schlecht als recht probten. Ihre Gesellschaft war Wolf unerträglich geworden, ihr Geplapper, ihr Herumalbern, ihr Gezänk, wenn Esel einen Ton nicht traf oder Katze ihren Einsatz verpasste. Speiübel war Wolf gewesen, so schlecht, dass er sogar sein Bratenstück an Hund abgetreten hatte.

Die Zweifel waren zermürbend gewesen, doch die Gewissheit drückte so schwer auf seine Brust, dass er das Gefühl hatte zu ersticken. Die längste Zeit hatte er sich etwas vorgemacht, das Offensichtliche verdrängt, weil ihm die Wahrheit so undenkbar erschienen war. Er, Wolf höchstpersönlich, hatte die Geißlein auf dem Gewissen. Er hatte eine Schuld auf sich geladen, die nicht gutzumachen war, mit der er den Rest seines jämmerlichen Daseins zurechtkommen musste. Realistisch betrachtet nicht mehr allzu lange, denn sobald sich das überlebende Geißlein an ihn erinnerte, war es nur eine Frage von Stunden, bis die Garde aufmarschierte, ihn aus seiner Höhle zerrte und er im nächsten Morgengrauen am Galgen baumelte.

Wolfs Leben war aus den Fugen geraten. Privat wie beruflich. Privat hatte er den Stein selbst ins Rollen gebracht, indem er sich mit Rotkäppchen auf ein Verhältnis eingelassen hatte, das von Anfang an zum Scheitern verurteilt gewesen war. Geschäftlich war es mit dem Diebstahl der *Weißen Witwe* steil bergab gegangen, und jetzt, da ihm das neue Drogengesetz für alle Zeit verbot, seinen Handel fort-zuführen, stand er vor dem endgültigen Aus.

In Siebenbergen gab es für ihn keine Perspektiven mehr. Vielleicht sollte er dem Land den Rücken kehren, sich still und heimlich davonschleichen, irgendwo eine neue Existenz aufbauen, dort, wo ihn keiner kannte, wo es kein Rotkäpp-chen gab und keinen Hexenmeister, die ihn drangsalierten.

Fitcher einfach aus dem Weg zu gehen, wie es sich Wolf vorgenommen hatte, würde nicht funktionieren. Als er von der Waldschenke heimgekommen war, hatte dessen Rabe bereits auf ihn gewartet.

Hexenmeister Fitcher ersuche ungeduldig um Aufklärung über den aktuellen Stand der Dinge, hatte der Vogel Wolf ausgerichtet. *Ungeduldig.* In Fitchers Sprachgebrauch bedeu-tete das, dass er höchst erzürnt in seinem Keller saß und die Klinge seiner Axt schärfte.

»Wolf, hast du einen Moment? Ich denke, wir müssen re-den«, sagte Aschenputtel.

Wolf sah sie kurz an. Sie kam mit ihrem Karnickelfut-ter aus der Höhle und steuerte auf ihn zu. Reden. Auch das noch. Wenn Frauen reden mussten, brachte das einen unweigerlich in Bedrängnis. Als ob er nicht schon Sorgen genug hatte.

»Müssen wir das?«, fragte er matt.

Sie setzte sich neben ihn und stocherte lustlos in ihrer Sa-latschüssel. »Was ist los mit dir?«, fragte sie. »Dich bedrückt etwas, das sehe ich dir an der Nasenspitze an.«

Er zuckte mit den Schultern. Nach einer Beichte war ihm nicht zumute.

»Was immer es ist, vielleicht hilft es dir, es auszusprechen, dich jemandem anzuvertrauen. Was meinst du? Ich bin eine gute Zuhörerin.«

»Ach, es ist nichts«, brummte er und versuchte, sich auf

die Musik zu konzentrieren, die aus der Höhle tönte. Im Rauschen des Windes ging sie beinahe unter.

Aschenputtel ließ sich nicht abspeisen. »Es geht um Rotkäppchen, oder?«, bohrte sie. »Sie macht dir Ärger. Habe ich recht? Ich weiß, es geht mich nichts an, mit wem du dich abgibst, aber ich glaube, es ist besser, wenn du dich von ihr fernhältst. Sie tut dir nicht gut. Sie ist ein intriganter Mensch, denkt nur an sich und ist bereit, dabei über Leichen zu gehen.«

Aschenputtel hatte leicht reden. Sich von Rotkäppchen fernzuhalten, war nicht so einfach, wie sie es sich vorstellte.

»Welche Beziehung du auch immer zu ihr pflegst, eines ist offensichtlich: Sie macht dich nicht glücklich.«

Wolfs Mauern begannen zu bröckeln. »Es geht um meine Burschen und Katze«, rückte er mit der Sprache heraus. »Wenn ich Rotkäppchen fallen lasse, versaut sie ihnen das Konzert.«

»Das Konzert? Warum sollte sie das tun?«

Also erzählte er es ihr, wobei er die pikanten Details vorsichtshalber ausließ. Er berichtete, dass Rotkäppchen sich beim Prinzen über ihn beschwert hatte, nur um ihm eins auszuwischen, und dass ihm gar nichts anderes übriggeblieben war, als sie wiederzusehen und sich zu entschuldigen, wofür auch immer. Und nun war er dazu verdammt, sie mit Freundlichkeiten bei Laune zu halten, wenigstens bis die Jubiläumsfeierlichkeiten vorüber waren.

»Und wie genau hältst du sie bei Laune?«, forschte Aschenputtel. »Mit Bettgeschichten?«

»Nein!«, entfuhr es Wolf ein wenig zu laut. »Nein«, wiederholte er leiser. »Das ist vorbei. Unsere Beziehung ist eine rein freundschaftliche. Wir sehen uns manchmal, wenn ich ihre Großmutter besuche. Jemand muss sich ja um die alte Dame kümmern.«

Es fiel ihm nicht leicht, Aschenputtel zu belügen, doch

musste er es tun, denn tief in seinem Inneren ahnte er, dass ihr die Wahrheit nicht gefallen würde.

Lange sah sie ihn an. In ihrem Blick lag eine Mischung aus Skepsis und Mitgefühl. »Na, wenn du es sagst ...«, murmelte sie. »Und was passiert nach dem Konzert, wenn du nicht mehr auf sie angewiesen bist?«

»Glaube mir, ich werde auf Distanz gehen. Was sie über mich erzählt, ist mir egal. Das berührt mich nicht. Es geht mir nur um DRACHENFLUG.«

»*Egal*, aha.« Aschenputtel stellte die Salatschüssel beiseite und griff nach seiner Pfote.

Diesmal ließ Wolf sie gewähren. Er stand nicht auf, ging nicht auf Abstand. Ihre Berührung tat ihm gut. Sie spendete ihm Trost, wenigstens für den Moment. Müde lehnte er seinen Kopf an ihre Schulter.

»Und sonst? Ist da noch mehr, das dich bedrückt«, wollte sie wissen.

Lange dachte er nach. Vielleicht sollte er sie einweihen, ihr die Sache mit den Geißlein gestehen, sich alles von der Seele reden ...

Ein Rabenkrächzen kam ihm dazwischen.

»Nachricht von Hexenmeister Fitcher an Wolf«, sprach der Vogel. »*Ich erwarte dich morgen zur Beratung über das weitere Vorgehen.*«

Aschenputtel kräuselte ihre Stirn. »Weiteres Vorgehen?«, fragte sie. »Was meint er damit?«

»Ach, vorhin wollte der Spinner wissen, was es Neues gibt. Ich habe ihm mitgeteilt, dass der Schmuck der Hexe in Hinterbergen aufgetaucht ist. Jetzt will er sicher, dass ich die näheren Umstände herausfinde.«

»Der Mann ist gefährlich. Ich finde, es wäre besser, den Kontakt zu ihm abzubrechen, bevor wieder ein Unglück passiert.«

»Das wollte ich ja«, begann Wolf, »aber ...«

Er sprach nicht weiter. Fitchers bedrohliche Art, die selbst in den vom Raben übermittelten Nachrichten mitschwang und Tausende Qualen in Aussicht stellte, hatte ihn überzeugt, seine Entscheidung im Interesse seiner Gesundheit zu revidieren.

»Erst setzt er dich unter Drogen, gefährdet dein Leben und dann erwartet er von dir, dass du dich um Dinge kümmerst, die dich nichts angehen«, regte sich Aschenputtel auf. »Sag ihm wenigstens klipp und klar, was du davon hältst!«

Wolf stimmte ihr zu. »Ja, vielleicht sollte ich das. Schlimmer kann es nicht werden.«

Esel streckte seinen Kopf aus der Höhle. »Hast du kurz Zeit, Wolf?«, fragte er. »Hahn hat ein neues Lied geschrieben. Das würden wir dir gerne vorspielen. Wir könnten es in unser Programm aufnehmen, anstelle von, du weißt schon, *Was hast du getan?*, das deiner Zensur zum Opfer gefallen ist.«

Aschenputtel streichelte Wolf über den Kopf. »Solltest du mich brauchen, sag es einfach! Ich bin für dich da.«

Wolf lächelte schwach. »Ich denke, das eine Lied werde ich ohne deine Hilfe überstehen.« Er erhob sich und folgte Esel in die Höhle. »Dann lasst hören! Ich bin gespannt. Ich hoffe nur, es geht diesmal nicht um mich.«

»Bestimmt nicht«, krähte Hahn. »Du hast deine Chance verspielt, in einem unserer Lieder verewigt zu werden. Es ist deinem neuen Freund gewidmet. Diesem Hexenmeister Fitcher. Es heißt *Haus der Leiden.*«

Hexenmeister,
du rufst böse Geister,
die dich leiten
durch all die dunklen Zeiten.
Kriegst die schönsten Maiden,
bist fast zu beneiden.

Musst sie nur berühren,
um sie willenlos zu führen.
Und im Wald, im dunklen,
so hört man munkeln,
wird ihr Schicksal besiegelt,
ist die Kerkertür verriegelt.

Verdammt sind die Frauen,
die dir vertrauen.
Mit Prunk und Reichtum
kannst du dir's leichttun.
Mit Pracht sie blenden,
hernach gräulich schänden.
Du befreist die Dämonen,
die in deiner Seele wohnen.
Wirst im Haus der Leiden
deine Opfer ausweiden,
um dann wie besessen
ihre Innereien zu essen.

Scharfe Beile, Leichenteile
in einem Meer aus Blut.
Scharlachrote, zerhackte Tote,
das Werk teuflischer Brut.
Eisenkette und Skelette
hängen an der Wand.
Schwerverbrechen, die sich rächen,
Der Unhold ist bekannt.

Hexenmeister, ja, so heißt er,
bald bist du gefasst.
Hängst im Trubel mit Gejubel
tot am höchsten Ast.

Hexenmeister, jetzt zerreißt er,
wird nicht mehr geheilt.
Lernt von Ochsentieren dividieren,
wird durch vier geteilt.

Der langgezogene Schlussakkord verebbte in kakofonischem Getöse. Hahn sprang in die Luft und landete exakt beim letzten Trommelschlag mit ausgestreckten Flügeln auf seinen Knien.

Esel stellte seine Laute ab. »Und?«, fragte er, wobei er von einem Ohr bis zum anderen grinste. »Wie findest du es? Das Lied hat etwas, oder?«

Wolf kratze sich am Kinn. »Es ist … hm … interessant. Wirklich außergewöhnlich. Es ist …« Angestrengt suchte er nach Worten. Ihm fielen keine ein. Er musste die Eindrücke erst verarbeiten.

»Ist es in Ordnung, wenn wir es am Stadtplatz spielen?«

»Von mir aus«, stimmte Wolf zu. »Wenn ihr denkt, dass die Menschen bereit für diese Art von Musik sind …«

Die Chancen, dass DRACHENFLUG mit *Haus der Leiden* für Aufregung sorgte, standen gut. Dass das Publikum nach der Inquisition rief oder die Bühne gleich selbst in Brand steckte, lag im Bereich des Möglichen. Sogar Wolf hatte die Komposition irritiert. Sie war laut und wild und bestand ausschließlich aus dissonanten, fremdartig klingenden Harmonien. Dem Rhythmus lag ein hämmernder Viervierteltakt zugrunde, mit exzessiver Betonung des ersten und dritten Schlags. Die Melodie der beiden ersten Strophen war einfach gehalten. Hahn sang eine Zeile vor, Katze wiederholte sie mit abgewandelter Tonfolge und Akzentuierung. Danach folgte ein instrumentales Zwischenspiel, in dem sie unkontrolliert auf die Tasten ihrer Orgel einschlug, ohne dem Bestreben, bestimmte zu treffen. Eine rhythmische, sich ständig wiederholende Lautenphrase bildete den Übergang zu den letzten zwei Strophen, die von Hahn nicht gesungen, sondern in einer Art Sprechgesang rezitiert wurden.

Etwas Ähnliches hatte Wolf nie gehört. Nichts erinnerte an die bäuerlichen und geistlichen Lieder, in denen die Musik seiner Schützlinge gewöhnlich wurzelte. Der durchschnittliche Zuhörer hätte das Stück als schmerzhaft bezeichnet, als Qual für jedes Ohr, das sich nach althergebrachten Harmonien sehnte. Doch Wolf erkannte sein Potential. Gerade die schrillen, falschklingenden Töne eigneten sich perfekt als Fundament für den düster-bedrohlichen Text. Wie faszinierend musste dieses Lied erst klingen, wenn Gute-Laune-Kraut die Musikanten in höchste Höhen trug?

Abgesehen davon, dass kein Gute-Laune-Kraut zur Verfügung stand, gab es einen weiteren Wermutstropfen, der sich allmählich zu einem erheblichen Problem entwickelte: Hahns Gesang. Seit der Traumpulvergeschichte krächzte und schrie er mehr als zu singen. Nicht nur, dass er kaum einen Ton traf, bereitete es ihm Schwierigkeiten, sich seinen eigenen Text zu merken. An einer Stelle hatte sogar Esel das Singen übernommen, um Hahns Gestammel zu kaschieren. Das blieb nicht ohne Folgen.

»Wenn ich singe, hältst du dein Maul, verstanden?«, brüllte Hahn Esel an. »Kümmere dich um deine Angelegenheiten! Damit hast du genug zu tun. Dein Lautenspiel war kompletter Mist, simpel, dilettantisch und viel zu leise. Warum denkst du, heißt eine Laute Laute und nicht Leise? Letzte Warnung, Grautier, wage es nicht, mir beim Gesang in die Quere zu kommen!«

»Dieses furchtbare Gekrächze nennst du Gesang?«, gab Esel zurück. »Würdest du nicht kreischen wie eine rollige Katze auf dem Scheiterhaufen und deinen Text vergessen, müsste ich nicht einspringen!«

»Willst du ernsthaft behaupten, ich würde falsch singen?

Ich glaube eher, dass mit deinen Ohren etwas nicht in Ordnung ist, abgesehen davon, dass sie zu lang und hässlich sind!«

Wolf musste einschreiten. »Bitte, meine Herrschaften«, sprach er beruhigend auf die Kontrahenten ein, »lasst uns zivilisiert darüber reden. Herumschreien hilft niemandem weiter.«

Doch der Streithahn und der sture Esel waren dermaßen in Rage geraten, dass sie ihn nicht beachteten.

»Ich denke, du solltest besser deinen Drogenkonsum einschränken, du schäbiges Federvieh«, empfahl Esel. »Das würde nicht nur deiner Stimme guttun. Vor allem dein Äußeres würde profitieren. Dieses Krötenschleim-Zeug, das du neuerdings einwirfst, macht dich krank. Schau dich an, wie du aussiehst!«

Wolf gab Esel recht. Hahn war ein Schatten seiner selbst. Dunkle Ringe lagen unter seinen Augen, in seinem Gefieder zeigten sich kahle Stellen. Nach seinem Kamm hatte auch sein Kehllappen die Spannkraft verloren und baumelten schlaff vom Hals. Aus seinem einst so kräftigen Rot war ein blasses, fleckiges Rosa geworden.

»Wie sehe ich denn aus?«, zeterte Hahn. Wütend funkelte er Esel an. »Hm? Wie denn?«

»Genug jetzt!«, versuchte Wolf erneut zu kalmieren.

»Ja, Schluss damit!«, mischte sich Katze ein. »Das bringt doch nichts.«

Hund, der die Felle seiner Trommeln spannte, kratzte sich an den Ohren, erst am rechten, dann am linken.

Hahn ließ nicht locker. »Sag' schon, du elendes Huftier, du Pferdeverschnitt, wie schau' ich denn aus?«

»Grauenhaft!«, wieherte Esel. »Wie eine lebende Leiche. Und wenn du so weitermachst, bald wie eine tote.«

Hahn rastete aus. Unter schrillem Gegacker sprang er Esel ins Gesicht und pickte wie von Sinnen auf dessen Augen ein. Esel gelang es, ihn abzuwehren. Er schleuderte ihn hoch in die Luft, und als Hahn erneut auf ihn herniederflatterte, schlug er ihn mit der Doppelaxt gegen die Höhlenwand. Mit schmerzverzerrtem Schnabel sank Hahn zu Boden.

»Aua«, wimmerte er und rieb sich die Schulter.

»Bist du noch bei Trost?«, fauchte Katze Esel an. »Was hast du angerichtet?«

Esel plusterte sich auf. »Ich? Wieso ich? Er hat angefangen! Er hat …«

»Ruhe!«, brüllte Aschenputtel so laut, dass ihre Stimme mehrfach von den Wänden zurückgeworfen wurde. Aus dem Riss in der Decke regneten kleine Steinchen hinab ins Feuer. »Was fällt euch ein? Seid ihr verrückt geworden?« Wütend stemmte sie ihre Hände in die Hüften. Ihre Wangen glühten rot. »Hört mir gut zu, ihr Mistviecher! Jetzt sag ich euch was.«

Hund überbrückte ihre dramaturgische Pause mit einem an- und abschwellenden Trommelwirbel.

»Wolf tut alles, damit ihr erfolgreich seid, damit ihr beim Jubiläumskonzert auftreten dürft und endlich ein größeres Publikum erreicht. Tagein, tagaus kümmert er sich um euer Wohl, lässt euch hier wohnen, füttert euch durch, und was macht ihr? Ihr benehmt euch wie rabiate Barbaren. Anstatt dankbar zu sein, euch zu bemühen und euer Bestes zu geben, schlagt ihr euch gegenseitig die Schädel ein.«

Schwer atmend schritt sie vor den Musikanten auf und ab. Ihr Kinn bebte, dicke Adern traten an ihrem Hals hervor. Selbst Wolf fand, dass sie zum Fürchten aussah. Was war bloß in sie gefahren? So energisch hatte er sie noch nie erlebt.

In der Höhle war es mucksmäuschenstill geworden. Esel blickte betroffen zu Boden, Katze duckte sich und starrte Aschenputtel mit riesigen Augen an. Ihre Schwanzhaare waren gesträubt.

»Tschuldigung«, murmelte sie.

»Ja, tut mir leid«, flüsterte Esel. »Ich weiß nicht, was in mich gefahren ist. In letzter Zeit fühle ich mich dauernd so … übelgelaunt. Ehrlich, mit dem Gute-Laune-Kraut war alles viel entspannter.«

»Da hat er recht«, stimmte Katze zu. »Mir geht es genauso.« Hund kratzte sich am Ohr.

»Vielleicht wäre es wirklich besser, mit dem harten Zeug aufzuhören«, lenkte Hahn ein. Er griff nach einem Fläschchen Krötenschleim und genehmigte sich einen Schluck. »Nur gegen die Schmerzen«, tat er kund, als er die fragenden Blicke von fünf Augenpaaren bemerkte. »Nur gegen die Schmerzen.«

»Ab sofort ziehen wir an einem Strang, konzentrieren uns auf die Zukunft und vergessen, was geschehen ist«, schloss Aschenputtel ihre Moralpredigt mit versöhnlichen Worten ab.

Die Musikanten nickten.

»Nun zu etwas völlig anderem.« Sie deutete hinauf zur Höhlendecke. »Ist der Spalt größer geworden, Wolf? Mir kommt vor, als hätte er sich ausgedehnt, seit deine Burschen und Katze hier proben.«

Wolf winkte ab. »Aber nein, wo denkst du hin? Der war schon immer so.«

Irgendwann waren alle eingeschlafen. Nur Wolf lag wach auf seinem Lager neben der Feuerstelle, betrachtete die funkelnde Glut und dachte nach. Zuvor war ihm etwas aufgefallen. Ein kleines Detail, das ihn stutzig gemacht hatte. Konnte es sein, dass … So leise wie möglich erhob er sich und schlich an Hund heran.

»Läuschen?«, flüsterte er. »Flöhchen? Seid ihr da?«
Stille.

»Ich glaube, ich weiß, weshalb ihr aus meinen Ohren

ausgezogen seid. Was ihr mitangesehen habt, hat euch in Angst und Schrecken versetzt. Stimmt's?«

Wieder kam keine Antwort.

»Ich meine, ich könnte das verstehen. Seit dieser Sache habe ich selbst Angst vor mir. Ich weiß nicht, was in mich gefahren ist. Ja, meine Tat ist unverzeihlich, keine Frage, aber glaubt mir bitte: So bin ich nicht. Ihr kennt mich und wisst, dass ich etwas so Furchtbares nie aus freien Stücken tun würde. Das Traumpulver war schuld. Es hat mich zu einer reißenden Bestie gemacht. Bitte meldet euch, kommt zurück! Ihr …« Wolfs Stimme brach. »Ja, ihr fehlt mir. Ich brauche eure Unterstützung. Gerade jetzt.«

Nichts rührte sich. Wolf hatte sich wohl getäuscht. Da war kein Läuschen, da war kein Flöhchen. Dennoch wartete er eine Weile und beobachtete Hund, der begonnen hatte, in einem komplizierten Rhythmus zu schnarchen. Schließlich verließ Wolf die Höhle, um frische Luft zu schnappen.

Der Regen war ausgeblieben. Das Gewitter hatte sich verzogen. Der Vollmond stand am Himmel, riesengroß und rot wie Blut. Es war zum Heulen. Einfach nur zum Heulen. Wolf konnte nicht anders. Er hob seinen Kopf und ließ es raus.

»Pst, sei leise!«, schimpfte Flöhchen. »Du weckst die anderen auf.«

Wolf brach sein Klagelied ab. »Flöhchen? Du bist zurück?«

»Sicher. Und Angst hast du mir keine eingejagt. Das ist ja lächerlich. Da habe ich weitaus schlimmere Dinge in meinem Leben gesehen.«

»Ehrlich gesagt, habe ich mich schon ein bisschen gefürchtet«, gab Läuschen zu.

»Läuschen! Du bist auch da. Ich freue mich!«

»Es war furchtbar gruselig, wie du die armen Geißlein …«

»Lassen wir das besser«, sagte Wolf.

»Wie du ein Geißlein nach dem anderen …«

»Lassen wir das!«, wiederholte er mit Nachdruck. »Ich kann mir vorstellen, wie euch zumute war, und es tut mir schrecklich leid, dass ihr das miterleben musstet. Ich kann euch nur versprechen, dass so etwas nie wieder vorkommen wird. Nie, nie wieder!«

»In Ordnung«, sagte Läuschen. »Ich glaube dir.«

»Und jetzt?«, fragte Flöhchen. »Was steht als Nächstes an?«

Innere Einkehr

Ob es an der Rückkehr der Blutsauger lag, am strahlenden Spätsommermorgen oder an seiner Fähigkeit, Unannehmlichkeiten zumindest vorübergehend zu verdrängen, konnte Wolf nicht sagen, jedenfalls hatte sich seine Stimmung im Vergleich zum Vorabend deutlich verbessert.

»Sind wir schon da?«, wollte Läuschen wissen, als er stromabwärts der Stadt über die Brücke trabte.

»Wie es aussieht, ja«, antwortete Wolf. »Vorausgesetzt, Meisters Wegbeschreibung ist korrekt.«

Von der Hauptstraße führte eine Abzweigung zu einem kleinen, aber schmucken Häuschen, das von seinem Besitzer gut in Schuss gehalten wurde. Die Fensterläden, unter denen üppig gefüllte Blumenkästen hingen, wirkten, als wären sie erst gestern frisch gestrichen worden. Ein gleichmäßig gestutztes Reetdach ruhte wie ein zu groß geratenes Kissen auf den weiß getünchten Steinmauern. Ganz oben, neben dem Rauchfang, glänzte ein Wetterhahn aus Messing in der Sonne.

»Aufgepasst, da kommt jemand«, wies Läuschen auf ein Fuhrwerk hin, das, von zwei stämmigen Rössern gezogen, die Brücke überquerte. Es hatte geschlagenes Holz geladen und wurde von einem hageren Mann in mittlerem Alter gelenkt.

»Willst du zu mir?«, fragte der Kutscher, als er zu Wolf aufschloss. Ohne anzuhalten, bog er in die Zufahrt ab.

Wolf lief neben dem Wagen her. »Schon am Vormittag kehrst du aus dem Wald zurück?«, fragte er.

»Warum nicht? Ich beginne mein Tagwerk bereits im Morgengrauen.«

»Und kaum ist es zehn Uhr, hast du es beendet. Respekt«, gab sich Wolf beeindruckt. »Das nenne ich ein perfektes Arbeits-Lebens-Gleichgewicht. Sag, edler Herr, wohnen zufällig Hänsel und Gretel hier?«

Der Mann nickte. »Das sind meine Kinder.«

»Wie schön. Wäre es möglich, sie zu sprechen?«

»Ich fürchte, nein.« Er brachte das Fuhrwerk direkt vor der Haustür zum Stehen und sprang vom Kutschbock. »Sie sind nicht hier.«

»Das spielt keine Rolle. Ich habe Zeit, ich kann warten. Wann, denkst du, werden sie zurückkehren?«

Der Holzhacker stieß ein langes, schmerzvolles Ächzen aus. Wehmut erfüllte sein Gesicht. »Das kann ich dir nicht sagen. Sie sind in die weite Welt gezogen, um ihr Glück zu suchen. Was ist dein Begehr?«

»Ja, es geht um Folgendes … « Wolf hatte sich einen Plan zurechtgelegt, einen ausgezeichneten, wie er fand, an dem er auch in Abwesenheit von Hänsel und Gretel festhalten wollte. »Mein Name ist Wolf. Ich bin Kaufmann«, stellte er sich vor. »Ich handle mit erlesenem Schmuck, Perlen und Edelsteinen von bester Qualität. Kürzlich wurde mir zugetragen, deine Kinder seien im Besitz von solchen Prachtstücken und bereit, sie zu barer Münze zu machen.«

Der Mann musterte ihn fragend. »Da muss eine Verwechslung vorliegen. Hänsel und Gretel handeln nicht mit Schmuck. Wie sollten sie? Ich bin ein armer Holzhacker.

Meine Kinder verdingen sich als Dienstboten in der Stadt. Diese bescheidene Hütte ist alles, was wir besitzen.«

»Bist du sicher?« Wolf war nicht bereit, sich abwimmeln zu lassen. Heute befand er sich definitiv an der richtigen Adresse. »Mir liegen andere Informationen vor. Ein befreundeter Händler hat von deiner Tochter eine Perlenkette erworben. Ich kann sie dir gerne zeigen.« Er kramte das Schmuckstück aus dem Rucksack und hielt es dem Holzhacker vor die Nase. »Na, was sagst du jetzt? Edles Geschmeide, oder?«

»Die soll von meiner Gretel stammen?« Der Holzhacker schüttelte den Kopf. »Bestimmt nicht. Wie sollte sie an eine solche Kostbarkeit gekommen sein?«

Durch Raub und Mord, dachte Wolf, durch rohe Gewalt und Grausamkeit.

»Woher sie die Kette hat, kann ich nicht sagen, und ich will es gar nicht wissen, denn ich bin weit und breit für meine Diskretion bekannt.«

Das Gesicht des Holzhackers verfinsterte sich. Er spannte die Pferde ab und führte sie in die Koppel neben dem Haus.

»Willst du meinen Kindern unterstellen, sie hätten den Schmuck gestohlen?«

Genau das tat Wolf, und es kostete ihm einige Überwindung, nicht zuzustimmen.

»Selbstverständlich nicht«, versicherte er. »Wie komme ich dazu? Ich bin überzeugt, dass sie ihn ehrlich erworben haben. Und ich bin gewillt, ihnen ein Angebot zu machen, das sie nicht ablehnen werden.«

»Es gibt hier keinen Schmuck. Würden meine Kinder welchen besitzen, wüsste ich das wohl.«

Wolf ließ nicht locker. »Und Gute-Laune-Kraut? Ist dir in letzter Zeit eine größere Menge untergekommen? Selbst wenn du es nicht mit eigenen Augen gesehen hast, der Geruch müsste dir aufgefallen sein.«

Abwehrend hob der Holzhacker seine Hände. »Niemand in diesem Haus hat je zu Drogen gegriffen. Selbst Alkohol lehnen wir ab. Wir leben streng abstinent.«

»Wenn das so ist …« Kein Alkohol, keine Drogen … Nun war klar, weshalb sich die Brut auf so abscheuliche Weise entwickelt hatte.

»Hänsel und Gretel sind artige Kinder«, fuhr der Holzhacker fort. »Ehrbar und manierlich.«

»Das bestreite ich keineswegs.«

»Meine Frau und ich haben sie von Anfang an zur Selbstständigkeit ermutigt. Eigenverantwortung stärkt das Selbstvertrauen, verstehst du? Es war unser Anliegen, sie unbeeinflusst heranwachsen und ihren ganz persönlichen Weg finden zu lassen. Wir haben ihnen jeden erdenklichen Freiraum für ihre Entwicklung geboten.«

»Gratuliere!«, lächelte Wolf. »Ich bin mir absolut sicher, dass Hänsel und Gretel davon profitiert haben.«

»Niemals haben wir ihnen Verbote auferlegt, wie andere Eltern es tun. Bist du mit Nachkommen gesegnet, Wolf?«

Wolf dachte an die Wölfin, mit der er dann und wann für Welpen gesorgt hatte. »Den einen oder anderen Sprössling kann ich nicht verleugnen«, meinte er.

Der Holzhacker hob belehrend seinen Zeigefinger. »Du musst wissen, dass Kinder vor allem eines brauchen: Freiheit, die Möglichkeit, unvoreingenommen Erfahrungen zu sammeln und aus ihnen zu lernen. Nur so sind sie in der Lage, sich zu entfalten und zu eigenständigen Persönlichkeiten heranzureifen.«

»Und deswegen sind sie nie mit dem Gesetz in Konflikt geraten«, folgerte Wolf. Ihnen schon in jungen Jahren ein paar hinter die Löffel zu geben, wäre die vernünftigere Erziehungsmethode gewesen, fand er.

»Niemals.«

»Nie haben sie sich vor Gericht verantworten müssen?«

Der Holzhacker zögerte. »Hm, das schon«, lenkte er ein. »Doch sämtliche Vorwürfe waren aus der Luft gegriffen. Nichts als böse Gerüchte und Verleumdungen.«

»Wie kam es dazu? Wer tut armen, unschuldigen Kindern so etwas an?«

»Ach, die Menschen säen gerne Zwietracht. Weshalb sie ausgerechnet meine Kinder der hässlichsten Taten bezichtigen, weiß ich nicht. Wahrscheinlich, weil sie selbst nur Taugenichtse großziehen. Die Boshaftigkeit liegt den Menschen im Blut.«

»Da hast du recht. Dürfte ich vielleicht mit deiner Frau sprechen?«

Der Holzhacker senkte seinen Blick. »Leider nein«, murmelte er kaum hörbar. »Ich habe sie erst vor kurzer Zeit verloren.« Seine Lippen begannen zu beben.

»Verloren?« Wolf sah ihn verwundert an. »Und nicht wiedergefunden? Vielleicht ist sie gemeinsam mit den Kindern in die weite Welt gezogen.«

»Nein …« Plötzlich standen Tränen in den Augen des Mannes. »Ich meine, sie ist von uns gegangen.«

»Sag ich ja, in die weite Welt.«

»Sie ist verschieden.«

»Wie?« Wolf verstand nicht. »Verschieden? Soll das bedeuten, sie sei *anders*? … Na, na, nicht weinen. Alles wird gut.«

»Sie wurde abberufen«, erläuterte Flöhchen.

»Von ihrem Amt? War sie am Hofe bedienstet?«

»Wie? Wovon redest du?«, fragte der Holzhacker irritiert.

»Entschuldige, ich spreche mit jemand anderem.«

Der Holzhacker sah sich um. »Außer mir ist niemand da.«

Läuschen und Flöhchen kicherten.

»Doch, nur kannst du sie nicht sehen. Also, wegen deiner Frau …«

»Sie ist friedlich eingeschlafen.«

»Das freut mich. Ich für meinen Teil habe öfters Probleme mit dem Einschlafen, liege stundenlang wach und ...«

»Er meint: entschlummert«, mischte sich Läuschen ein.

»Nein, sie ist heimgegangen«, weinte der Holzhacker.

»Dann ist sie hier?« Wolf hatte komplett den Überblick verloren. Verunsichert spähte er durch ein Fenster, um zu sehen, ob die Dame des Hauses vielleicht am Herd stand und die Brotzeit zubereitete.

»Sie hat den Löffel abgegeben«, versuchte es Flöhchen.

»Heißt das, sie macht eine Diät?«

»Mit wem, in aller Welt, redest du?«, wollte der Holzhacker wissen. »Und nein, sie macht keine Diät!« Seine Stimme brach, sein Körper wurde von heftigem Schluchzen erschüttert. »Ihr Licht ist erloschen.«

»Das ist doch nicht so schlimm. Das kann man wieder entzünden.«

Läuschen und Flöhchen krümmten sich vor Lachen.

»Sie ist verblichen!«, heulte der Holzhacker, ehe er auf seine Knie sank.

»Was?«

»Sie ist tot«, setzte Läuschen dem Spaß ein Ende.

»Verstorben, abgekratzt, krepiert«, verdeutlichte Flöhchen.

»Oh!« Jetzt hatte es Wolf begriffen. »Sie ist also in den Holzpyjama gesprungen und sieht sich die Radieschen von unten an. Das tut mir sehr leid.«

»Wie bitte?« Der Holzhacker starrte ihn mit verquollenen Augen an.

»Ich will sagen, sie hat ins Gras gebissen, man hat sie mit den Füßen voran hinausgetragen ... Aber tröste dich: Du bist ein Mann in den besten Jahren. Du wirst eine andere finden.«

»Eine andere?«, krächzte der Holzhacker. Er war fassungslos. »Ich will keine andere. Was sprichst du da?«

»Ermutigende Worte.«

Wolf hatte es allmählich satt, dass sich der Kerl dermaßen hängen ließ. Was rissen da für Sitten ein? Seit wann zeigten Männer Gefühle, noch dazu in aller Öffentlichkeit?

»Na, egal«, versuchte er das Wehklagen zu beenden. »Um auf deine Kinder zurückzukommen: Die weite Welt, in die sie gezogen sind, wo genau befindet sich die?«

Langsam richtete sich der Holzhacker auf und klopfte den Staub von seiner Hose. »Der Tod ihrer Mutter hat Hänsel und Gretel schwer getroffen. Sie sprachen davon, sich hinter den Sieben Bergen in Selbsterkenntnis zu üben. Sie wollten den Schmerz in einer Schwitzhütte überwinden, durch Exerzitien innere Einkehr finden und spirituelle Erleuchtung erfahren.«

»Einmalig! Das wird ja immer besser«, begeisterte sich Flöhchen. »Stundenlang könnte ich diesem Gespräch lauschen.«

Innere Einkehr, spirituelle Erleuchtung ... Wolf drohte erneut den Faden zu verlieren. Diesmal hütete er sich nachzubohren. Welchen Unsinn der Mann auch faselte, Hänsels und Gretels Reise hatte sie zu jenem Ort geführt, an dem der Hexenschmuck aufgetaucht war. Alles passte zusammen.

»Und wann ist das gewesen, wenn ich fragen darf? Wann haben sie ihr Heim verlassen?«

Der Holzhacker wischte sich die letzten Tränen aus den Augen. »Letzten Mittwoch packten sie ihre sieben Sachen und brachen auf.«

Vermutlich unmittelbar nach Gretels Besuch bei Meister, kombinierte Wolf. Demnach hatte jemand anderer die *Weiße Witwe* aus dem Kräutergarten gestohlen.

»Und hast du seither etwas von ihnen gehört?«, fragte er.

Niedergeschlagen schüttelte der Holzhacker den Kopf. Abermals traten Tränen in seine Augen. »Nein, nichts. Kein Brief, kein Rabe. Ich hoffe, es geht ihnen gut.«

»Jetzt noch zum Hexenmeister, um Bericht zu erstatten, und das war's dann«, freute sich Wolf. Seine Odyssee stand unmittelbar vor ihrem Abschluss. »Ende, aus, finito. Der Schmuck ist weg, das Kraut ist weg, und die Mörder der Hexe haben sich aus dem Staub gemacht. Was soll's? Ich habe getan, was ich konnte. Mehr geht nicht.«

»Hm …«, brummte Flöhchen. Es war skeptisch. »Das klingt nicht nach der ganz großen Erfolgsgeschichte. Und ich bezweifle, dass Fitze das mit dem *Ende, aus, finito* ebenso sehen wird.«

Wolf überhörte den Einwand. »Wenigstens kann ich mich nun mit voller Kraft meinen Burschen und Katze widmen. Die haben das bitter nötig. Und nach ihrem Auftritt am Stadtplatz, wer weiß, vielleicht suche ich tatsächlich um eine Verkaufsermächtigung für Gute-Laune-Kraut an … sobald mir eines zur Verfügung steht.«

»Wenn du nicht zuvor für das Geißenmassaker zur Rechenschaft gezogen wirst«, gab Läuschen zu bedenken.

Irgendwie war es Wolf gelungen, diesen Gedanken aus seinem Kopf zu verbannen oder zumindest in einer der hintersten, schwer zugänglichen Gehirnwindungen abzulegen. Kaum hatte Läuschen seine Befürchtung ausgesprochen, trat er wieder in den Vordergrund. Augenblicklich schnürte es Wolf die Kehle zu.

»Und dann wirst du in einem Eilverfahren zum Tode verurteilt«, setzte Flöhchen fort. »Traurige Zukunftsaussichten sind das. Auch für uns, Wolf, das kannst du mir glauben. Wir waren gerne deine Gäste. Stimmt's Läuschen?«

»M-hm. Er war ein guter, fürsorglicher Kamerad. Er wird mir fehlen. Ehrlich.«

»Armer Teufel. Auf seinem Grabstein wird geschrieben stehen: *Im Kerker gefoltert, von Ochsen zerrissen, wir werden Wolf gar schmerzlich vermissen. Ein edler Charakter, stets hoch verehrt, hätte er bloß nicht die Geißlein verzehrt.*«

211

»Jetzt reicht's aber, ihr Plagegeister!«, schimpfte Wolf. Er hatte sein Ziel erreicht und stieg die Treppe zu Fitchers Veranda hinauf. »Noch bin ich nicht tot, verstanden? Und ihr seid bitte so nett und haltet die Klappe, wenn ich mit dem Spinner rede.«

»Sprichst du von mir?«, fragte Fitcher, der wie gewöhnlich aus dem Nichts aufgetaucht war.

»Was? Von dir? Nein, natürlich nicht.«

»Von wem dann?«

»Ach …« Wolf überlegte angestrengt. »Es geht um einen Freund. Du kennst ihn nicht.«

»Dann ist es ja gut.« Der Hexenmeister nickte schwach. »Folge mir!« Er machte kehrt und steuerte auf die Küche zu. »Darf ich dir einen Napf Wasser als Labsal anbieten?«

Wolf stieß ein heiseres Lachen aus. »Nein, danke, bestimmt nicht. Den letzten Schluck aus deinem Napf bereue ich heute noch.«

Der Hauch eines Lächelns zeichnete sich auf Fitchers schmalen Lippen ab. »Zu deinen wahrscheinlich hochinteressanten Erfahrungen mit dem Traumpulver kommen wir später. Der Schmuck der Hexe sei in Hinterbergen, teiltest du mir durch den Raben mit.«

Wolf nickte. »Und wie ich heute erfahren habe, sind es die Räuber auch.«

»Hänsel und Gretel.«

»Ja, die zwei Nachwuchsbösewichte. Tja …« Wolf kratzte sich hinter dem Ohr. »Das ist alles, was ich herausfinden konnte. Letzten Mittwoch haben sie das Weite gesucht.«

»Das ist mir bekannt.«

»Für mich ist die Sache abgeschlossen. Mehr weiß ich nicht.«

Fitcher hob seinen spindeldürren Zeigefinger. »Wissen ist erweiterbar. Man sollte nie damit aufhören, nach neuen Erkenntnissen zu streben. Das schärft den Verstand.«

Wolf verzog sein Gesicht. »Na schön, wie auch immer. Jedenfalls weißt du über den Stand der Dinge Bescheid. Dann werde ich mich auf den Heimweg machen. War schön, mit dir zu arbeiten. Vielleicht sieht man sich einmal wieder …«

»Pack warme Sachen ein«, riet Fitcher, als sich Wolf zum Gehen wandte. »Ich hörte, in den Bergen sei bereits Schnee gefallen.«

»Berge?« Wolf hielt die Luft an. Stirnrunzelnd fixierte er den Hexenmeister.

»Sieben.«

»Ich wusste es, ich wusste es, ich wusste es!«, jubilierte Flöhchen.

»Oh nein! Sicher nicht.« Diesmal war Wolf fest entschlossen, Fitcher Paroli zu bieten. »Keinesfalls begebe ich mich in die Berge«, sagte er mit fester Stimme. »Das kommt überhaupt nicht infrage.«

Der Hexenmeister stierte ihn lange und eindringlich an. »Hör in dich hinein, Wolf!«, sprach er schließlich. »Ganz tief. So tief, wie ein langes Fleischermesser vordringt, wenn es langsam durch deine Eingeweide schneidet. Ich bin mir absolut sicher, die Reise kommt für dich doch infrage.«

Mit einem Mal brach es aus Wolf heraus. »Nein!«, brüllte er mit gesträubten Nackenhaaren. Unaufhaltsam bahnte sich der angestaute Druck seinen Weg ins Freie. »Das mache ich nicht! Ich kann nicht mehr! Verstehst du? Ich will nicht mehr! Unter keinen Umständen werde ich für dich nach Hinterbergen pilgern. Dieser Hänsel, diese Gretel sind mir egal. Der Schmuck ist verloren, das Gute-Laune-Kraut ebenso. Jetzt muss ich mich um mein Leben kümmern. Da gibt es viel zu tun. Ich …« Wolf brach ab. Tränen stiegen in seine Augen. Mit einem Mal zitterten ihm die Knie. Seine Beine knickten ein, und er sank zu Boden.

»Es hat den Anschein, als würde dich etwas belasten«,

konstatierte Fitcher ohne jegliche Gefühlsregung. »Ist es Rotkäppchen?«

Wolf sah zu ihm auf. »Woher weißt du von … Ach, was soll's. Du weißt ja alles. Dann ist dir ebenso bekannt, dass sie meinen Burschen und Katze den Auftritt versauen wird, wenn ich sie nicht hofiere. Sie hat mich in der Hand, und deswegen macht mir neuerdings Aschenputtel die Hölle heiß. Aber ich brauche Aschenputtel, ich brauche sie in meiner Höhle für … für alles.«

»Eine verlässliche Magd ist Gold wert«, stimmte Fitcher zu.

»Und jetzt stehe ich bald ohne Geld da, weil mir der Prinz den Handel mit Gute-Laune-Kraut verboten hat.«

Der Hexenmeister nickte. »Das neue Gesetz.«

»Ja, das neue Gesetz … Es ist ein verlogenes Gesetz, ein scheinheiliges. Er will damit nur …«

»Über den Prinzen brauchst du mich nicht zu unterrichten. Mir ist bekannt, was er im Schilde führt.«

»Und dann noch …«, schrie Wolf. »Und dann …«

Er merkte wie das wilde Tier in ihm die Kontrolle an sich zu reißen versuchte. Ihn packte das Verlangen, über den Hexenmeister herzufallen und ihn zu zerfleischen. Geifer tropfte aus seinem Maul.

»Ja?«, zeigte Fitcher Interesse.

»Daran bist nur du schuld! Hättest du mich nicht unter Drogen gesetzt, wäre das nie passiert. Aber ich muss am Ende die Zeche bezahlen. Ist dir das völlig egal?«

»Ich frage nicht gerne«, sagte Fitcher mit versteinerter Miene. »Und doch werde ich es tun. Was?«

»Was geschehen ist, nachdem du mir das Traumpulver eingeflößt hast.«

Der Hexenmeister schwieg.

Wolf erhob sich. »Du weißt es nicht«, hauchte er. »Du weißt es tatsächlich nicht.«

Fitcher stand regungslos vor ihm. Nur sein rechter Mundwinkel zuckte kaum merkbar. »Selbst ich, hm …« Er räusperte sich. »Selbst ich bin nicht allwissend. Möchtest du mir offenbaren, was passiert ist?«

»Unter dem Einfluss deines Traumpulvers habe ich sechs junge Geißlein gefressen«, bellte Wolf. »Das ist passiert. Genau das. Nicht mehr und nicht weniger.«

»Das warst du? Soso, jetzt wird mir einiges klar. Wahrlich eine Tragödie. Die bedauernswerte Mutter. Nun, ich fürchte, du wirst lernen müssen, mit deiner Tat zu leben. Am Anfang wird es nicht leicht sein, doch im Laufe der Jahre …«

»Was für ein Trost! Danke, für dein Mitgefühl. Und weißt du, was? Kann gut sein, dass ich mich gar nicht lange damit beschäftigen muss, wenn man mich demnächst verhaftet und hinrichtet. Und alles nur wegen dir!«

Fitcher drehte sich um und blickte zum Fenster hinaus.

»Hörst du?«, setzte Wolf nach. »Es war deine Schuld!«

»Wer weiß, dass du es warst?«

»Nur das jüngste Geißlein, das alles mitangesehen hat. Es steht unter Schock, aber sobald es ansprechbar ist, wird es verraten, wer für das Gemetzel verantwortlich ist. Und dann werden sie mich in den Kerker werfen, und ich bin so gut wie verschieden.«

»Verschieden?«

»Heimgegangen.«

»Heimgegangen?« Fitcher sah Wolf fragend an. »Du sprichst in Rätseln.«

»Tot. Mausetot. Kapierst du es nicht?«

»Kann es sein, dass du zu einer pessimistischen Denkweise neigst?«

»Mag sein.« Wolf schnappte nach Luft. »Das liegt wahrscheinlich daran, dass ich nichts Positives an meinem Entschlummern erkennen kann.«

»Warte hier!« Der Hexenmeister verließ die Küche und

kehrte wenig später mit einem kleinen Päckchen zwischen seinen Fingern zurück. »Erfreue dich daran«, sagte er und reichte es Wolf. »Es wird dich auf andere Gedanken bringen.«

»Was ist das?«

»Gute-Laune-Kraut.«

»Oh nein, darauf falle ich kein zweites Mal herein.«

»Vertraue mir. Es ist Kraut von bester Güte.«

Zögernd nahm Wolf das Päckchen an sich. »Du besitzt Gute-Laune-Kraut?«

»Ja, die eine oder andere Unze. Ich nenne es das *Licht des Nordens.*«

»Du baust es selbst an?«

»Nicht in großen Mengen«, schränkte der Hexenmeister ein. »Ich züchte neue Sorten. Aber das spielt jetzt keine Rolle. Nimm dir eine Auszeit, Wolf, und du wirst sehen, manchmal lösen sich die Probleme wie von selbst.«

»Eine Auszeit? Was meinst du?«

»Übe dich ein paar Tage in innerer Einkehr. Begib dich auf Wanderschaft und befreie deinen Geist! Nimm Kontakt zu den sieben Zwergen auf, die mittig hinter dem siebenten Berg leben, und wenn du Hänsel und Gretel findest und sie zur Rechenschaft ziehst, wirst du deinen Frieden zurückgewinnen. Für dein Wohlbefinden ist er unerlässlich. Sieh her!« Fitcher holte einen Handspiegel aus der Tischlade und hielt ihn Wolf vors Gesicht.

Wolf erkannte sich fast nicht wieder. Er schien um Jahre gealtert zu sein. Seine Augen waren verschwollen, seine Wangen eingefallen und die Haare um seine Nase herum ergraut.

»Spieglein, Spieglein in der Hand, wer ist der Schönste im ganzen Land?«, fragte Flöhchen. »Wolf sicher nicht«, gab es mit tiefer, verstellter Stimme gleich selbst die Antwort.

»Verstehst du, was ich meine?«, fragte der Hexenmeister.

»Ein bisschen Luftveränderung wird dir guttun, dir helfen, neue Energien zu sammeln.«

Wolf löste den Blick von seinem Spiegelbild und schielte Fitcher skeptisch an. »Das ist doch wieder nur so ein Gerede, damit ich tue, was du willst.«

»Was ich möchte, ist zweitrangig. Du willst es selbst. Du weißt es nur nicht. Aber wenn es mir erlaubt ist, einen Wunsch zu äußern, mache ich gerne davon Gebrauch. Mir liegt durchaus etwas am Herzen.« Der Blick des Hexenmeisters verfinsterte sich. »Dieses Lied, das Hahn komponierte, *Haus der Leiden* …«

»Du kennst das Lied?«, fiel ihm Wolf ins Wort. »Hat es einen Sinn zu fragen, woher? Ich meine, ich selbst habe es gestern zum ersten Mal gehört.«

»Dieses Lied«, fuhr Fitcher fort, »es trifft so gar nicht meinen Geschmack. Das Bild, das darin von mir gezeichnet wird, missfällt mir. Ich wäre dir verbunden, würden deine Burschen und Katze darauf verzichten, es ein weiteres Mal zu spielen.«

»Warum sollten sie das tun?«, protestierte Wolf. »Das Lied ist eines ihrer besten. Außerdem lehne ich Zensur strikt ab.«

»Selbstverständlich tust du das. Toleranz ist dein zweiter Vorname.« Der Hexenmeister nickte verständnisvoll. »Das Werk, das Esel zu deinen Ehren schrieb – wie heißt es doch gleich? *Was hast du getan?* – musstest du aus rein künstlerischen Gründen aus dem Programm streichen. Verfahre, wie du es für richtig hältst, Wolf. Diese Entscheidung überlasse ich dir.«

»Da kommt doch noch ein dickes Ende«, fauchte Wolf. »Ich kenne dich. So schnell gibst du dich bestimmt nicht geschlagen.«

»Im Sinne von Transparenz und gegenseitigem Vertrauen möchte ich dich darauf hinweisen, dass ein Fluch auf *Haus der Leiden* lastet.«

»Ein Fluch?« Wolf lachte abschätzig. »Werden die Musikanten in Frösche verwandelt, oder erstarren sie zu Stein?«

»Schlimmer, Wolf, viel schlimmer.« Fitcher stieß ein wehmütiges Seufzen aus. »Der Fluch lautet: *Bevor der nächste Morgen graut, packt der Sensenmann beim Kragen den, der sorgenlos, fidel und laut dieses Lied hat vorgetragen.*«

2
DAS LICHT DES NORDENS

*Wir sind DRACHENFLUG.
Und wir spielen Rocken-Roll.*

Ein Meer aus Entenfedern

Der Rucksack war so schwer, dass Aschenputtel Wolf helfen musste, ihn umzuschnallen.

»Was ist da drinnen?«, fragte er. »Wackersteine?«

»Essen«, lächelte sie. »Damit du mir auf deiner Reise nicht verhungerst. Für heute habe ich dir einen saftigen Schinken und Lammnieren eingepackt, für die nächsten Tage Trockenfleisch vom Reh und ein eingelegtes Rinderherz. Das wird dir Kraft geben.« Sie kniete sich hin und kraulte Wolf am Kinn.

»Dem Gewicht nach zu urteilen, reicht der Proviant für mindestens eine Woche«, nörgelte er. »Du weißt aber schon, dass ich vorhabe, am Freitag wieder hier zu sein. Ich *muss* wieder hier sein«, konkretisierte er. »Da findet das DRACHENFLUG-Probekonzert in der Waldschenke statt.«

»Du wirst froh sein, ausreichend mit Vorräten versorgt zu sein. Eine warme Decke habe ich dir ebenfalls mitgegeben«, fuhr Aschenputtel fort. »Man sagt, in den Bergen habe es schon geschneit.«

Ja, das hatte Wolf bereits vom Hexenmeister erfahren, außerdem war es nicht ungewöhnlich, dass zu dieser Jahreszeit auf den Gipfeln der erste Schnee lag.

»Eine Decke brauche ich nicht«, protestierte er. »Wofür habe ich mein Fell?«

»Du wirst sie brauchen. Dir ist heuer noch keine Unterwolle gewachsen. Hör auf mich, sonst holst du dir den Tod! Und versuche, die Schneefelder zu umgehen«, riet Aschenputtel, »damit du nicht ausrutschst und in einen Abgrund stürzt.«

»Jawohl.«

»Und halte dich von den Riesen fern! Die haben gerade Paarungszeit und sind deswegen besonders streitsüchtig.«

»Mach ich, Puttel.«

»Hast du Geld eingesteckt, falls du an einer Gastwirtschaft vorbeikommst und dir etwas zu trinken kaufen möchtest?«

»Ja.«

»Vergiss den Raben nicht! Schick mir eine Nachricht, wenn du angekommen bist, damit ich weiß, wie es um dich steht.«

»In Ordnung.«

Aschenputtel drückte ihn an sich. »Pass auf dich auf!«, hauchte sie. »Du wirst mir fehlen.«

Wolf merkte, dass sie den Tränen nahe war. »Du mir auch, aber übermorgen bin ich wieder da. So lange werden wir nicht voneinander getrennt sein.«

»Soll ich dich begleiten?«, fragte sie nicht zum ersten Mal.

»Nein, besser nicht. Bergwanderungen sind viel zu anstrengend für Frauen. Du würdest mich nur aufhalten.«

»Aber wenn ich mitkomme, wärst du nicht alleine.«

»Keine Sorge. Läuschen und Flöhchen sind bei mir. Mit denen wird mir sicher nicht langweilig.«

»Ach, die! Deine imaginären Freunde können dir nicht helfen, wenn es gefährlich wird.«

Wolf wand sich aus Aschenputtels Umarmung. »Ich brauche dich hier in der Höhle. Kümmere dich um meine Burschen und Katze. Achte darauf, dass sie regelmäßig üben, gut genährt sind und sich nicht allzu oft betrinken. Vor allem Hahn. Er bereitet mir am meisten Kopfzerbrechen.«

Aschenputtel wischte mit dem Handrücken ihre Augen trocken. »Du kannst dich auf mich verlassen. Sei vorsichtig!«

»Bestimmt.« Wolf drehte sich um und ging davon.

»Und vergiss nicht, mir einen Raben zu schicken!«, rief sie ihm nach.

»Ja.«

»Spätestens, wenn du angekommen bist.«

»Versprochen.«

»Frauen, hm?«, meinte Flöhchen. »Die sind immer so

222

besorgt. Ein Wunder, dass sie dir keine Haube aufgesetzt hat.«

Die Sonne ging gerade auf, als Wolf den Hohlweg hinunterwanderte. Er hatte einen strikten Zeitplan ausgearbeitet, der ihm helfen sollte, rechtzeitig zum Konzert zurück zu sein. Wenn er das Gebirge auf Passstraßen und Schmugglerwegen überquerte, anstatt es entlang des Flusses zu umgehen, würde er spätestens morgen Vormittag sein Ziel erreichen, den Wohnort der sieben Zwerge, von denen er hoffte, dass sie ihm über den Verbleib von Hänsel und Gretel Auskunft geben konnten. Aber vorausgesetzt, er würde die Gesuchten tatsächlich aufstöbern, wie würde er dann mit ihnen verfahren?

Seinen Frieden solle er finden, indem er die Geschwister zur Rechenschaft ziehe, hatte der Hexenmeister gemeint. Bedeutete das, sie in Ketten gelegt nach Hause zu schleppen, um sie der Garde des Königs zu übergeben? Sollte er sie Fitcher persönlich ausliefern oder vor Ort selbst Richter und Henker spielen, um den Tod der Hexe zu sühnen? Wolf hatte den Verdacht, dass ihm der Hexenmeister die Entscheidung ganz bewusst überließ, damit er ihn später zum Sündenbock stempeln konnte, für den Fall, dass die getroffenen Vergeltungsmaßnahmen nicht seinen Vorstellungen entsprachen.

Die erste Teilstrecke seiner Wanderung kannte Wolf wie seine Westentasche. Am Ende des Hohlwegs bog er nach Westen und folgte dem Pfad bis zu dem alten Wehrturm, der verfallen am Waldrand stand. Von dort ging er geradeaus weiter, marschierte quer über Wiesen und Felder bis an den Fuß des ersten Berges. Der war der niedrigste von allen, eine leichte Übung und genau richtig zum Aufwärmen.

»Sind wir schon da?«, erkundigte sich Läuschen. »Mir ist langweilig.«

»Genieße die Landschaft!«, empfahl Wolf. »Hier bist du noch nie gewesen. Da gibt es für dich bestimmt aufregende Dinge zu entdecken.«

»Pff!« Läuschen schnaufte verächtlich. »Was soll an der Gegend aufregend sein? Hier sieht es aus wie überall. Dauert es noch lange bis Hinterbergen?«

»Ich fürchte, ja. Wir könnten etwas spielen, um die Zeit zu verkürzen. *Ich sehe was, was du nicht siehst* zum Beispiel.«

»Ich sehe was, was du nicht siehst«, begann Flöhchen, »und das ist bräunlich-gelb.«

Wolf sah sich um. Da gab es Sträucher und eine Wiese, die waren grün, ein paar graue Felsbrocken, und wenn er nach oben blickte, sah er einen blauen Himmel mit weißen Wolken.

»Ich weiß es nicht«, kapitulierte er. »Was ist bräunlich-gelb?«

»Dein Ohrenschmalz«, löste Flöhchen das Rätsel auf.

»Das ist unfair«, protestierte Wolf. »Mein Ohrenschmalz kann ich nicht sehen.«

»Das ist Sinn und Zweck des Spiels. Deswegen heißt es ja *Ich sehe was, was du nicht siehst.*«

»Jetzt ich!«, rief Läuschen. »Ich sehe auch etwas, das bräunlich-gelb ist.«

»So funktioniert das nicht. Du musst etwas anderes nehmen«, erklärte Wolf. »Noch einmal das Gleiche macht keinen Spaß.«

Läuschen fiel nichts ein. »Spielen wir *Stadt, Land, Fluss*«, schlug es vor.

»Meinetwegen. Mit dem Buchstaben S.«

»Stadt Siebenbergen, Siebenbergen und der Siebenbergische Fluss«, wusste Flöhchen.

»Jetzt mache ich es schwieriger. Buchstabe H. Läuschen?«

»Hinterbergen die Stadt, Hinterbergen das Königreich und … der Siebenbergische Fluss, der in Hinterbergen Hinterbergischer Fluss heißt«, preschte Flöhchen abermals vor.

»Wolf hat *mich* gefragt«, maulte Läuschen.

»Richtig, Flöhchen, lass Läuschen antworten. Such dir einen Buchstaben aus und los geht's!«

»Ich mag nicht mehr. Das ist ein blödes Spiel. Sind wir endlich da?«

»Wir könnten etwas singen«, schlug Flöhchen vor. »Läuschen hat eine gute Stimme.«

Doch da war Wolf mit seinen Gedanken bereits woanders, daheim bei seinen Burschen und Katze.

Am Vorabend hatte es wieder Krach gegeben, wie so oft in letzter Zeit. Ohne die entspannende Wirkung des Gute-Laune-Krauts kippte die Stimmung schon beim geringsten Anlass. Anfangs war es um Hahns Indisponiertheit gegangen.

Esel hielt ihm vor, nichts zu unternehmen, um seine Genesung voranzutreiben. Statt sich an dem von Aschenputtel zubereiteten Kräuter-Honig-Tee zu laben, greife er lieber zu Pilzpulver und Krötenschleim. Das ließ Hahn nicht auf sich sitzen. Er war überzeugt, dass seine Stimme besser klang denn je.

Das ging eine Weile so hin und her, bis Wolf zum denkbar ungünstigsten Zeitpunkt den Fluch des Hexenmeisters ins Spiel brachte und quasi ein Aufführverbot für *Haus der Leiden* aussprach. Damit brachte er das Fass zum Überlaufen.

Sofort richtete sich Hahns Zorn gegen ihn. »Du nimmst doch nicht ernsthaft an, dass auf dem Lied ein Fluch lastet«, schrie er Wolf an. »Das ist doch nur einer von Fitchers billigen Tricks, weil ihm der Text gegen den Strich geht. Wie blöd muss man sein, um an einen Fluch zu glauben?«

»Wir sollten seine Warnung ernstnehmen«, reagierte Wolf betont gelassen. »*Bevor der nächste Morgen graut, packt der Sensenmann beim Kragen den, der sorgenlos, fidel und laut dieses Lied hat vorgetragen*«, gab er die Drohung des Hexenmeisters wortgleich wieder.

»Oder die Sensen*frau*«, warf Katze süffisant ein. »Wir wissen es erst, wenn es so weit ist.«

»Wo bleibt die Freiheit der Kunst?«, brüskierte sich Esel. »Wenn jeder daherkommt und uns vorschreibt, was wir spielen dürfen, sind wir nichts weiter als Marionetten.«

Katze stimmte dem Einwand zu. »Das finde ich auch. Als Kümmerer hast du dich nicht in unser musikalisches Schaffen einzumischen«, ritt sie eine Attacke gegen Wolf. »Dein autoritäres Gehabe ist das reinste Gift für unsere Kreativität. Es ist immer das Gleiche mit euch Männern. Wenn ihr das Sagen habt, endet es mit Machtmissbrauch, Unterdrückung und Tyrannei.«

»Du übertreibst maßlos«, wehrte sich Wolf. »Es geht mir um eure Sicherheit.«

»Ich übertreibe? Tu ich das? Du siehst doch selbst, wie es um dieses Königreich bestellt ist. Wer trifft denn hierzulande die fragwürdigsten Entscheidungen, unter denen der Großteil der Bevölkerung zu leiden hat? Sind das Männer oder Frauen?«

»Genaugenommen ist es ein Mann, der sich gerne wie eine Frau kleidet.«

Ta-ka, ksch, spielte Hund einen Tusch auf Marschtrommel und Tschinelle.

»Jetzt aber im Ernst, wollt ihr das Risiko wirklich eingehen?«, redete Wolf den Musikanten ins Gewissen. »Mit Hexenmeister Fitcher ist nicht zu spaßen, glaubt mir. Das weiß ich aus eigener Erfahrung. Der Mann geht über Leichen.«

Hahn geriet vollends in Rage. »Na und? Denkst du, ich habe Angst vor ihm? Was kümmert mich dieser Wahnsinnige? Ich singe, was ich will und wo ich will. Ich lasse mir von niemandem etwas dreinreden. Was Fitcher sagt, interessiert mich nicht.« Giftig stierte er Wolf an. »Ist noch Krötenschleim da, Herr Kümmerer?«

»Nein. Und angesichts deines gesundheitlichen Zustands solltest du gänzlich auf das Zeug verzichten, wenigstens bis das Jubiläumskonzert vorüber ist.«

»Du schreibst mir nicht vor, was ich zu tun habe! Du nicht!«

»Wenn du sterben willst, ist das deine Sache«, gab Wolf ungerührt zurück. »Such dir eine Möglichkeit aus, am Fluch oder an Drogen, aber zieh die anderen nicht mit hinein! Ich sage es zum letzten Mal: Der Hexenmeister ist brandgefährlich. Der macht kurzen Prozess mit euch.«

Allmählich schien Esel seinen Widerstand aufzugeben. Nervös nagte er an seiner Unterlippe. »Wir wissen nicht, ob an dem Fluch etwas dran ist«, meinte er nach einer intensiven Nachdenkpause. »Ich finde, wir sollten Vorsicht walten lassen. Ich für meinen Teil habe jedenfalls keine Lust, schon in jungen Jahren ins Gras zu beißen. Es sei denn, ich will es fressen. Wenn Wolf sagt, dass Fitchers Drohung ernst zu nehmen ist, dann nehme ich sie ernst.«

Katze nickte zögerlich. Hund leckte seinen Schwanz.

»Angsthasen, Feiglinge!«, schimpfte Hahn. »Was ist aus euch geworden? Bevor dieser Wolf in unser Leben getreten ist, haben wir getan, was wir wollten. Da hat uns keiner gesagt: Tut dies nicht, tut das nicht. Wir waren frei. Ich weiß überhaupt nicht, weshalb ich noch mit euch spielen sollte.«

»Bevor ihr mich getroffen habt«, korrigierte Wolf, »habt ihr so gut wie überhaupt nichts getan. Weder das, was ihr wolltet, noch das, was euch andere gesagt haben.«

»Ach, rutsch mir den Buckel runter, du Besserwisser!«, maulte Hahn. »Kein Kraut, kein Pulver, kein Schleim. So kann ich nicht arbeiten.« Beleidigt griff er nach seinem Bierhumpen, lehnte sich an die Höhlenwand und starrte ins Feuer.

»Jetzt fehlt uns immer noch ein Musikstück für unser Programm«, warf Katze ein. »Was hältst du davon, wenn wir einen neuen Text zu *Haus der Leiden* schreiben, einen, der sich nicht auf Fitcher bezieht?«

»Kommt nicht infrage«, lehnte Hahn ab. »An meinem Lied wird nichts verändert, nur weil euch ein angeblicher Fluch in Angst und Schrecken versetzt.«

Läuschens Gezappel holte Wolf in die Gegenwart zurück. Ein dringendes Bedürfnis hatte sich eingestellt. Das kam ihm gelegen. Er fand, dass es Zeit für eine Pause war. Die Sonne stand hoch im Zenit, und die dünner werdende Luft hatte ihn hungrig gemacht. Bisher war er zügig vorangekommen. Der Gipfel des dritten Berges lag in greifbarer Nähe.

Er setzte sich auf einen Stein und blickte zurück auf das Königreich Siebenbergen. Der Fluss, nicht mehr als eine schmale, im Sonnenlicht glitzernde Linie, wand sich durch die Landschaft. Die Stadt und das Schloss waren gerade noch mit freiem Auge erkennbar, die einzelnen Gehöfte hingegen verloren sich zwischen den Feldern.

Wolf holte die Schinkenkeule aus dem Rucksack und riss mit den Zähnen einen Bissen ab. »Mmh!«, schmatzte er. Aschenputtel hatte sie mit Preiselbeer-Kompott bestrichen und in geriebenen Walnüssen gewälzt.

Der Rabe, der die ganze Zeit über neben Wolf hergeflogen war, saß auf einem Latschenzweig und beäugte ihn erwartungsvoll.

»Möchtest du etwas?«, fragte Wolf.

Der Vogel krächzte markerschütternd. Wolf warf ihm ein Stück von der Kruste zu. Dann nahm er selbst noch ein paar Bissen, bevor er den Rest des Schinkens wieder einpackte. Gerne wäre er sitzen geblieben und hätte die wunderbare Aussicht genossen, doch er musste weiter. Bis zum Sonnenuntergang blieben ihm etwa sieben Stunden. Spätestens dann wollte er den letzten Berg erreicht haben.

Er wanderte über eine Geröllhalde bis zum Gipfel und

lief auf der anderen Seites entlang eines Baches hinab ins nächste Tal. Am vierten Berg machten sich die ersten Ermüdungserscheinungen bemerkbar. Mit jedem Schritt wurde der Rucksack schwerer. Wolfs Rücken schmerzte, und seine Beine brannten wie Feuer. Zudem pfiff ihm ein kalter Wind um die Ohren. Doch das schwierigste Teilstück stand ihm erst bevor: der Aufstieg auf den fünften Berg. Der war so steil, dass Wolf in Serpentinen gehen musste, um die Steigung zu bewältigen. Hechelnd kletterte er über Felsen, kreuzte eine Alm und stapfte durch ein Schneefeld, in dem er bei jedem dritten Schritt bis zur Brust versank.

Trotz der widrigen Umstände kam er schneller voran als berechnet. Bereits eine Stunde bevor die Dämmerung hereinbrach, hatte er den sechsten Berg hinter sich gelassen. Lange musste er nicht suchen, um eine Stelle zu finden, die ihm zum Übernachten geeignet erschien. Auf der windabgewandten Seite einer Felswand entdeckte er eine Höhle. Zwar war sie nicht so geräumig wie seine daheim, aber groß genug, um sich ein bequemes Schlaflager einzurichten.

Der Rabe ließ sich neben dem Höhleneingang nieder und reinigte sein Gefieder. Wolf überlegte, ob es dem Vogel zuzumuten wäre, eine Nachricht zu überbringen. Immerhin war er wie Wolf seit dem Morgen unterwegs und vermutlich ebenso erschöpft. Dennoch wollte es Wolf probieren.

»Rabe«, sagte er. »Nachricht von Wolf an Aschenputtel: *Liebe Puttel, ich übernachte am siebenten Berg in einer Höhle. Das Wetter ist schön, das Essen schmeckt vorzüglich. Vielen Dank. Die Decke werde ich nicht brauchen, ich habe ja mein Fell. Schöne Grüße an die Daheimgebliebenen. Wolf.«*

Ohne jedes Anzeichen von Müdigkeit erhob sich der Rabe in die Lüfte und entschwand Richtung Heimat.

Die Zeit bis zum Sonnenuntergang nutzte Wolf, um ein paar Holzstücke zusammenzutragen. Er schaffte sie in seinen Unterschlupf, schlichtete sie übereinander und entfachte ein wärmendes Feuer. Dann holte er den Rest des Schinkens aus seinem Rucksack und röstete die geriebenen Walnüsse über den Flammen an. Gut eingewickelt in die warme Decke, begann er zu essen.

Die Höhle gefiel ihm. Nicht nur, dass ihre Ausrichtung nach Osten Schutz vor den kalten Westwinden bot, umrankten Brombeersträucher den Eingang und ließen ihn nur bei genauem Hinsehen erkennen. Für ein Eremitendasein war der Ort wie geschaffen. Wolf fand, dass er hier durchaus eine Weile untertauchen könnte, für den Fall, dass die königliche Garde Jagd auf ihn machte.

Gerne hätte er dem Hexenmeister Glauben geschenkt, der gemeint hatte, Probleme würden sich oft wie von selbst lösen. Doch das wäre mehr als naiv. Sicher, in einem Märchen funktionierte das. In einem Märchen würde plötzlich eine alte Frau vor ihm stehen und ihm drei Wünsche erfüllen.

Wolf warf den abgenagten Knochen aus der Höhle und kramte in seinem Rucksack nach den Lammnieren, die er sich vor dem Schlafengehen noch einverleiben wollte. Dabei fiel ihm das kleine Päckchen in die Hände, das ihm Fitcher mitgegeben hatte. Das *Licht des Nordens*. Vorsichtig öffnete Wolf die Verpackung und eine stramm gewachsene Blüte kam zum Vorschein. Ihr Duft war verlockend, musste er zugeben. Dennoch zögerte er. Sollte er es wagen, davon zu probieren? Hatte es der Hexenmeister diesmal gut mit ihm gemeint?

»Du willst das Zeug hoffentlich nicht rauchen«, warnte Läuschen. »Wer weiß, was Hexenmeister Fitcher hineingemischt hat. Denk an das Traumpulver und welchen Schaden es angerichtet hat!«

»Da kennst du Wolf schlecht«, erwiderte Flöhchen. »Jede Wette, dass er das Kraut testen wird. Und ehrlich gesagt hätte ich gute Lust, mich ebenfalls daran zu erfreuen, wenn wir schon so gemütlich beisammensitzen.«

»Meinetwegen«, entschied Wolf, der seine Pfeife bereits gestopft hatte. »Aber du genießt es ausschließlich über mein Blut, damit das klar ist!«

Aus gegebenem Anlass hatte er bereits vor längerer Zeit ein striktes Rauchverbot in seinen Ohren verhängt.

Mit einem Ast fischte er Glut aus dem Feuer und entfachte das *Licht des Nordens*. Vorsichtig nahm er einen Zug.

»Und?«, fragte Flöhchen.

»Nicht schlecht. Wirklich nicht schlecht. Schmeckt leicht süßlich nach Honigmelone mit einem Hauch von Pinien und Wacholder. Ausgesprochen aromatisch.«

»Und sonst?«, wollte Läuschen wissen. »Spürst du eine Wirkung? Sag schon!«

»Warte, warte, noch ist es nicht so weit.« Wolf zog ein weiters Mal an der Pfeife und hielt den Rauch lange in seiner Lunge. »M-hm, aha … Ja, ich glaube …« Er inhalierte ein drittes Mal.

Ein leichtes Kribbeln breitete sich von seiner Körpermitte her aus, kroch durch seine Beine, durch seinen Schwanz und wanderte bis in seinen Kopf, wo es sich hinter dem Stirnbein festsetzte. Von einer Sekunde auf die andere erfasste ihn ein heftiger Schwindel.

»Hui!«, rief er. »Ich glaube, wir werden Spaß haben.«

Die Höhlenwände gerieten in Bewegung. Abwechselnd dehnten sie sich aus und schrumpften zusammen, als würde der Fels atmen. Zufrieden sank Wolf zurück. Entspannung ergriff von ihm Besitz.

»Sehr gut«, zeigte er sich angetan. »Ganz hervorragend. Besser als die *Weiße Witwe*.«

Mit einem Mal hatte er das Gefühl, sein Körper würde in tausend Teile auseinanderfallen. Eine wohlige Wärme gab ihm das Gefühl von Schwerelosigkeit.

»Ich glaube, ich spüre es«, meldete sich Flöhchen. Seine Stimme klang dumpf und träge. »Erst habe ich gedacht, das wird nichts, das Kraut ist sein Geld nicht wert, obwohl es nichts gekostet hat, aber dann, auf einmal war da so ein Bing-Ding in meinem Kopf mit Blitz, aber ohne Donner, und ich habe mir noch gedacht, wusch, damit kannst du dir auch alleine einen geselligen Abend machen, bevor der Schützenverein aufmarschiert ist, um mit Kanonen auf Spatzen zu schießen. Und auf einmal, *zi-bong*, sitze ich auf einem Esel und ...«

Stille kehrte ein. Flöhchen sprach nicht weiter. Niemand sagte etwas.

»Und?«, fragte Läuschen, nachdem undefinierbare Zeiteinheiten verstrichen waren.

»Was und?«, fragte Flöhchen.

»Esel«, half es ihm auf die Sprünge. »Du sitzt auf einem Esel.«

»Wer sagt das?«

»Na du!«

»Ich glaube, ich schwimme in einem Meer aus Entenfedern.«

»Auch nicht schlecht«, meinte Läuschen anerkennend.

Für einen kurzen Moment war Wolf eingenickt. Jetzt schreckte er hoch. Bunte Lichter flackerten vor seinen Augen. Sterne im Miniaturformat rieselten gleich Schneeflocken zu Boden.

»Aber hallo!«, stöhnte er. »Absolut eins A.«

»Irgendwas war mit einem Schützenverein«, erinnerte sich Flöhchen.

»Die Spanier haben ihn gekapert«, wusste Läuschen. »Ich war dabei.«

Das hatte Wolf schon einmal gehört. Da war er sich ganz sicher. Erst kurz zuvor hatte Läuschen darüber gesprochen. Oder war es in einem früheren Leben gewesen?

»*Manches Gute-Laune-Kraut hat mich früher aufgebaut ...*«, sang er laut. Seine Stimme überraschte ihn. Sie klang wunderbar,

232

weitaus besser als die von Hahn. Vielleicht sollte er als Sänger bei TRACHTEN …, äh, DRACHENFLUG einsteigen.

»Die Spanier …« Flöhchen überlegte. »War das vor dem Frühstück?«

Wolf bekam Hunger. Er zog den Rucksack an sich heran und wühlte darin herum. Es dauerte ewig, bis er die Lammnieren fand. Gierig stopfte er sich alle auf einmal ins Maul. Einige Brocken fielen wieder heraus und landeten auf dem Boden. Wolf leckte sie auf. Er wollte nichts vergeuden.

»Mmh!«, brummte er.

Immer wieder schob er die Nierenstücke mit der Zunge durch den Mund, um ihren Geschmack so lange wie möglich zu konservieren. Nie zuvor hatte er etwas derart Köstliches gegessen. Doch, korrigierte er sich: die Geißlein. Die Geißlein aus Schaumzuckerware mit Himbeersirup.

Wolf begann zu kichern. Das Kichern wandelte sich zu einem schallenden Lachen.

Flöhchen lachte ebenfalls. »Denkst du das Gleiche wie ich?«, fragte es.

»Geißlein?«, riet Wolf.

»Keine Ahnung. Ich hab's vergessen.«

Auch Läuschen konnte sich nicht halten. Es gackerte wie ein hysterisches Huhn. »Geißlein!«, schrie es und wälzte sich so ungestüm in Wolfs Ohr, dass er es fühlen konnte.

»Was suchst du?«, fragte Flöhchen, als Wolf erneut den Rucksack durchstöberte.

»Aschenputtels Trockenfleisch«, antwortete Wolf kaum verständlich. »Möchtest du es probieren?«

»Seit wann esse ich Fleisch? Übrigens ist das der Proviant für morgen, hat Aschenputtel gesagt. Wenn du heute alles verschlingst, bleibt dir nichts für die Rückreise.«

Darüber machte sich Wolf keine Gedanken. Was interessierte es ihn, was der nächste Tag brachte? Er lebte im Hier und Jetzt.

»Nachricht von Aschenputtel an Wolf«, meldete der Rabe, der in die Höhle gehüpft kam. *Lieber Wolf, du fehlst mir. Ich denke viel an dich und freue mich auf deine Rückkehr. Deine Burschen und Katze sind wohlauf. Nur Hahn fühlt sich kränklich. Noch alles Gute für deine weitere Mission. Deine Puttel.*«

»Das ist nett von ihr«, sagte Wolf. »Findet ihr nicht auch?«

»Außerordentlich nett«, bestätigte Läuschen. »Am Raben hängt was dran«, murmelte es mit schwerer Zunge. »Sieht aus wie ein Preisschild.«

Wolf konnte nichts erkennen. »Was? Wo?«

»An seinem Fuß.«

»Ah ja, wirklich.«

Wolf nahm dem Vogel den Zettel ab und faltete ihn auseinander. Aschenputtel hatte einen Kreis gezeichnet mit zwei Punkten als Augen und geschürzten Lippen, von denen ein kleines Herz wegflog.

»Sie hat wahrlich Talent als Zeichnerin«, bemerkte er. »Kunst ist das.«

Der Rabe machte kehrt und ließ sich vor der Höhle nieder.

»Gute Nacht«, rief ihm Wolf nach. »Schlaf dich aus, es war ein langer Tag.«

»Sie liebt dich«, meinte Läuschen.

»Wer?«

»Aschenputtel.«

»I wo.« Wolf schüttelte seinen Kopf. »Das bildest du dir ein.«

»Doch, sie liebt dich. Willst du wetten? Liebst du sie auch?«

»Sie ist nett«, gab Wolf zu.

Flöhchen war das nicht genug. »Aschenputtel ist nicht bloß nett. Sie ist eine Seele von einem Menschen. So gütig und hilfsbereit, immer für dich da. Echt, Wolf, eine Bessere findest du nicht. Das kannst du mir glauben.«

Wolf faltete Aschenputtels Zeichnung zusammen und steckte sie in den Rucksack.

»Ja, eine Seele«, murmelte er. Wieder erfasste ihn ein angenehmer Schwindel. Alles an ihm war so leicht, dass er sich kaum noch spürte. »Und sie ist von anmutiger Gestalt«, hauchte er. »Vielleicht liebe ich sie doch.«

»Wirst du sie heiraten?«, wollte Läuschen wissen. »Darf ich die Hochzeitsglocken läuten?«

Wolf grübelte eine Weile. »Wenn ich sie heirate«, sinnierte er, »gewinne ich zwar eine Ehefrau, verliere aber eine Magd. Das will gut überlegt sein.«

»Das siehst du vollkommen falsch«, wusste es Flöhchen besser. »Du gewinnst nämlich eine Ehefrau und behältst zudem eine Magd, die du nicht bezahlen musst.«

Das überzeugte Wolf noch immer nicht. »Kommt mir eine Ehefrau denn billiger als eine Magd?«, wollte er wissen.

»Frag wen anderen!«, empfahl Flöhchen. »Ich bin nicht verheiratet. Doch eines muss dir klar sein: Wenn du dich entscheidest, Aschenputtel zu ehelichen, wird sich Rotkäppchens Begeisterung in Grenzen halten. Sie setzt gewisse Erwartungen in dich. Wie willst du ihr beibringen, dass es eine andere gibt?«

»Ach, Rotkäppchen … Ha!« Wolf lachte kurz und laut. »Vergiss sie! Weißt du, was? Die kann mir den Buckel runterrutschen. Verstehst du? Konzert hin oder her, Rotkäppchen hat mir mehr als genug Ärger eingebrockt. Ich werde mich ihren Wünschen nicht länger unterordnen. Wäre ja noch schöner. Weißt du, was ich ihr sagen werde?«

»Nö.«

»Nachricht von Wolf an Rotkäppchen«, verkündete er theatralisch. »*Sperr deine Lauscher auf und hör gut zu!*«

Das Kichern von Läuschen und Flöhchen kitzelte ihn in den Ohren.

»*Ich liebe dich nicht*«, fuhr er fort. »*Überhaupt nicht. Ich habe dich nie geliebt, und ich werde es nie tun bis ans Ende aller Zeiten! Du nervst. Und noch etwas: Mit deiner roten Haube schaust du lächerlich aus. Geradezu peinlich. Auf Nimmerwiedersehen, Wolf. Ende und aus.«*

Vor der Höhle erklang das Flattern von Flügeln.

Einige Minuten lang saß Wolf regungslos da und starrte ins Feuer. »Äh, kann es sein ...«, begann er. »War das ...«

»Der Rabe«, bestätigte Läuschen. »Und schon ist er dahin.«

»Oje.« Wolf seufzte schwer. »Das war keine gute Idee, oder?«

»*Wolf, hey, was hast du getan?*«, sangen Läuschen und Flöhchen zweistimmig, bevor sie erneut in Gelächter ausbrachen.

Über alle Berge

Als Wolf aus der Höhle trat, empfing ihn ein kühler, kristallklarer Morgen. Die ersten Sonnenstrahlen fielen auf den schneebedeckten Kamm des fünften Berges und ließen ihn in einem kitschigen Rosarot erglühen. Wolf fühlte sich herrlich ausgeschlafen, bereit, den letzten Anstieg vor der Landesgrenze in Angriff zu nehmen. Sein Ziel lag in greifbarer Nähe. Tief inhalierte er die frische Bergluft und marschierte los.

Der Rucksack war um einiges leichter geworden. Außer einem Stück Trockenfleisch hatte Wolf alles verzehrt, was ihm Aschenputtel mitgegeben hatte. Sogar das eingelegte Rinderherz war seinem unstillbaren Appetit zum Opfer gefallen, bevor ihn die Müdigkeit dahingerafft hatte.

Zügig schritt er aus, durchquerte ein Tannenwäldchen, kämpfte sich über eine Schotterhalde und erreichte nach nicht einmal zwei Stunden den Gipfel. Die Aussicht, die ihn empfing, war atemberaubend. Gen Westen erstreckte sich eine weite, fruchtbare Ebene. In südlicher Richtung, direkt neben dem Fluss, lag ein Städtchen, dessen Türme stolz aus der Landschaft ragten. Nördlich des siebenten Berges dehnte sich eine sanfte, bewaldete Hügellandschaft aus. Die ganze Welt lag Wolf zu Füßen und zeigte sich in ihrer vollen Pracht. Einzig eine dunkle Wetterfront, die sich weit im Westen in den Himmel türmte, trübte den Rundblick. Wie es aussah, musste er für den Rückweg mit einem Wetterumschwung rechnen.

Eine knappe Meile unter ihm, an einem Bachlauf, dort, wo der Steilhang in eine Bergwiese überging, stand ein Steinhaus umgeben von kleingewachsenen Obstbäumen. Eine schwarze Rauchsäule stieg aus seinem Schornstein. Es war das einzige Bauwerk weit und breit und als solches zweifellos die Heimat der sieben Zwerge.

Immer schneller hastete Wolf den Abhang hinunter, rutschte und schlitterte mehr, als er lief, und steuerte direkt auf das Gebäude zu. Schon von weitem erkannte er, dass sich seine Bewohner zum Aufbruch bereitmachten. Ausgerüstet mit Schaufeln und Spitzhacken versammelten sie sich vor der Türe.

Eins, zwei, drei, vier, fünf, sechs, sieben, zählte Wolf. Die kleinen Wichte waren vollzählig. Sie alle trugen Zipfelmützen, jede in einer anderen Farbe, und natürlich zierten lange Bärte ihre Gesichter.

»Einen wunderschönen guten Morgen«, grüßte Wolf, als er sie erreichte.

Einer der Zwerge trat aus der Gruppe hervor. Er schien der älteste zu sein. Seine Stirn war zerfurcht von tiefen Falten, sein Bart schlohweiß.

»Herrje, ein Wolf«, ächzte er gequält. »Was führt dich zu uns? Willst du uns den Tag mit dem Anblick deiner abstoßenden Visage verleiden?«

»Da hast du dir ein grauenhaftes Plätzchen zum Leben ausgesucht, du lächerlicher Wicht«, erwiderte Wolf. Wollte er das Vertrauen der Zwerge gewinnen, musste er sich ihren

Sprachgepflogenheiten anpassen. »Dein Bart sieht aus, als wäre er von tausend Motten zerfressen worden.«

Der Alte nickte anerkennend. »Genug der leeren Worte«, sagte er. »Was suchst du hier, mitten im Nirgendwo? Hast du dich verlaufen?«

»Mein Name ist Wolf. Ich bin ein Gesandter des Königreichs Siebenbergen und auf der Suche nach zwei Abgängigen. Vielleicht könnt ihr mir helfen. Es wird nicht lange dauern. Ich weiß, es drängt euch unter Tage. Harte Arbeit und karger Lohn sind eure traurige Bestimmung. Habe ich recht?«

»Unter Tage?« Der alte Zwerg verzog seinen Mund. »Wir arbeiten nicht unter Tage«, brummte er. »Hör mir auf mit diesen billigen Klischees! Keiner von uns ist in einem Bergwerk tätig. Die Zeiten sind vorbei. Die Gruben hierzulande wurden längst geschlossen. Wir widmen uns anderen Aufgaben. Ich genieße meinen Ruhestand, der fette Kerl hier ist Hirte, der daneben kümmert sich um die Felder, der mit der gelben Mütze ist Doktor der Freizeitwissenschaften, derzeit ohne Beschäftigung, der lange Lulatsch gerbt das Leder, der mit der weißen Mütze versucht sich mehr schlecht als recht als Koch und der Schlaumeier mit der dicken Brille arbeitet im Büro.«

»In der Buchhaltung«, konkretisierte der Schlaumeier. »Doppelte Buchhaltung. Eine für uns, eine für den königlichen Steuereintreiber.«

»Das will keiner wissen«, zischte der Alte verärgert, der scheinbar der Anführer der Truppe war, quasi der Oberzwerg. »Heute aber arbeitet keiner von uns«, klärte er Wolf auf. »Wir begehen einen Feiertag, du räudiges Monstrum.«

»Schon wieder? Hattet ihr nicht erst letzten Mittwoch einen?«

»Ja, das war der Tag des Schafs.«

Wolf war überrascht. »Ihr verehrt Schafe?«

»Wir verehren ihre Wolle, Dummkopf«, wies ihn der Alte zurecht.

Der Schlaumeier hob seinen Zeigefinger. »Und zwar aus Tradition. Früher, als wir tatsächlich noch in den Minen schufteten, stopften wir mit der Wolle unsere Mützen aus, um uns in den niedrigen Schächten nicht die Köpfe zu stoßen.«

»Und heute?«, heuchelte Wolf Interesse. »Welchen eurer seltsamen Feiertage zelebriert ihr heute, ihr arbeitsscheues Gesindel?«

»Den 29. August.«

»Aha. Was macht diesen Tag so besonders?«

Der Oberzwerg musterte ihn spöttisch. »Das weißt du nicht, du ungebildeter Kretin? Heute ist der Tag des Graben Grabens.«

»Des Graben Grabens?« Wolf hütete sich, nach den genauen Hintergründen zu fragen. »Na ja, wie auch immer, dann feiert schön, ihr mickrigen Gestalten. Aber eine Sache ist mir nicht ganz klar: Wenn ihr nicht zur Arbeit geht, wofür benötigt ihr Schaufeln und Spitzhacken?«

»Mit ihnen werden wir einen Graben graben«, erklärte der Alte.

»Am Tag des Graben Grabens ist das Graben eines Grabens Pflicht«, fügte der Schlaumeier hinzu.

Wolf nickte. »Das leuchtet mir ein. Vermutlich werdet ihr zuerst mit den Hacken hacken und dann mit den Schaufeln schaufeln. Doch bevor ihr beginnt, würde ich gerne ein paar Fragen fragen. Ist euch in letzter Zeit ein Geschwisterpaar über den Weg gelaufen, das sich Hänsel und Gretel nennt? Das müsste vor etwa einer Woche gewesen sein. Ich bin auf der Suche nach ihnen.«

Die Zwerge tauschten misstrauische Blicke aus. Sofort erkannte Wolf, dass er in ein Wespennest gestochen hatte.

Der Oberzwerg stemmte grimmig seine Fäuste in die

Hüften. »Und wenn dem so wäre, was geht es dich an, du an Mundfäule leidende Promenadenmischung?«, schnauzte er Wolf an.

»Oh, das will ich dir verraten: Die beiden werden in Siebenbergen gesucht. Man verdächtigt sie, eine alte Frau getötet und ihre Edelsteine und Perlen gestohlen zu haben. Der Prinz persönlich schickt mich, um sie zur Rechenschaft zu ziehen.«

»Von diesem Hänsel und dieser Gretel wissen wir nichts. Tut mir leid, wenn du den ganzen Weg umsonst gemacht hast. Wenn du uns jetzt entschuldigen würdest, wir haben einen Graben zu graben.«

»Moment, Moment.« Wolf ließ nicht locker. »Der Prinz hat eine Belohnung auf sachdienliche Hinweise ausgesetzt, die zur Ergreifung der Beschuldigten führen«, tat er kund, und da die Aussicht auf ein Kopfgeld die Zwerge wenig zu beeindrucken schien, fügte er hinzu: »Eine sehr hohe Belohnung, gerade recht für ein derart heruntergekommenes Lumpenpack, wie ihr es seid.«

Damit weckte er ihre Neugier. »Wie hoch genau?«, erkundigte sich der Alte prompt.

»Ach, das tut nichts zur Sache. Ihr könnt ohnehin nichts zur Ausforschung der Gesuchten beitragen.«

»Hm, na ja …« Nachdenklich zwirbelte der Oberzwerg seinen Bart. »Vielleicht doch. Kommt ganz drauf an.«

Wolf überlegte. Jetzt, da er den Zwergen den Mund wässrig gemacht hatte, durfte er den Betrag nicht zu niedrig ansetzen. Eine Enttäuschung hätte ihre Gesprächsbereitschaft rasch versiegen lassen. Andererseits wollte er nicht übertreiben, um glaubwürdig zu bleiben.

»14 Thaler«, verkündete er schließlich. »Das sind zwei für jede von euch Witzfiguren.«

»Wie viel ist das in unserer Währung?«, fragte der Oberzwerg seinen Buchhalter.

Der Schlaumeier rechnete kurz im Kopf. »14 Thaler, zwei Groschen und vier Pfennige.«

»Ha!« Der Alte grinste Wolf herausfordernd an. »Diese Summe lässt sich nicht so gut durch sieben teilen. Habe ich recht?«

»Doch, alles lässt sich gut durch sieben teilen. Man muss nur wollen. Ich schlage folgendes Prozedere vor: Die 14 Thaler würde ich euch in meiner Währung ausbezahlen. Ein Thaler sind 24 Groschen, ein Groschen sind zwölf Pfennige. 14 mal 24 macht 336, mal zwölf macht 4032 Pfennige. Wenn ihr die in der Stadt beim Geldwechsler umtauscht, erhaltet ihr 4060 Pfennige in eurer Währung. Teilt man die durch sieben, ergibt das 580 Pfennige. Das sind zwei Thaler und vier Pfennige pro Zwerg und Nase. Was ist daran so kompliziert, du geistige Amöbe?«

Die Zwerge drängten sich zusammen und tuschelten. Sie berieten sich sehr lange.

»Also gut«, stimmte der Alte zu. »Wo ist das Geld?«

»Gemach, gemach! Die Belohnung gibt es erst, nachdem ich die Mörder festgenommen habe. So hat es der Prinz angeordnet.«

»Fangt schon an, den Graben zu graben«, wies der Oberzwerg die anderen an. »Und du, Sabbermaul, folgst mir ins Haus!«

Wolf hatte nicht damit gerechnet, dass seine Suche ein so schnelles Ende finden würde. Obwohl er die Geschwister nie zuvor gesehen hatte, wusste er sofort, dass sie es waren, die in der Stube die Hausarbeit verrichteten. Hänsel schwang, übertrieben stöhnend, einen Besen, während Gretel an der Abwasch stand und das Geschirr der Zwerge wusch. Beide waren adrett gekleidet, geschniegelt und gestriegelt und erweckten den Eindruck von wohlerzogenen, züchtigen Kindern. Nur die großgliedrigen Ketten, die sie

an ihren Knöcheln trugen und an denen schwere Eisenkugeln hingen, passten nicht so recht zu ihrem tugendhaften
Erscheinungsbild.

»Hier sind diejenigen, die du suchst«, sagte der Oberzwerg.
»Verhafte sie, und her mit dem Geld!«

Die Geschwister starrten Wolf mit einer Mischung aus
Furcht und Hoffnung an.

»Hilf uns!«, flehte Hänsel kläglich. »Wir sind zwei arme
Waisenkinder, die gegen ihren Willen festgehalten werden.«

»Das mit den Waisenkindern zieht bei mir nicht«, knurrte
Wolf. »Ich weiß von eurem Vater, dass ihr nur Halbwaisen
seid.«

»Wo bleibt mein Lohn, du betrügerischer Geizhals?«,
drängte der Oberzwerg.

Wolf schüttelte den Kopf. »Über den sprechen wir später.
Lass mich zuerst mit ihnen reden!«

»Meinetwegen«, maulte der Zwerg. »Dann nimm sie dir
zur Brust. Ich bin derweil im Garten beim Graben-Graben.«

»Setzt euch!«, forderte Wolf die beiden Missetäter auf. »Ihr
könnt euch wahrscheinlich denken, weshalb ich hier bin.«
Er drehte einen Stuhl um, sodass dieser mit der Rückenleh-
ne zum Tisch stand und schwang sich rittlings darauf. Das
war zwar unbequem, wirkte aber respekteinflößend. Finster
nahm er Hänsel und Gretel ins Visier, während er sie mit
ihrer Tat konfrontierte.

Natürlich stritten sie alles ab. Wolf hatte es nicht anders
erwartet. Mit ihren Unschuldsmienen, mit denen sie im
Laufe ihrer bisherigen Verbrecherkarriere jeden Richter er-
weicht hatten, schworen sie Stein und Bein, nichts mit dem
Diebstahl des Schmucks, dem Verschwinden der *Weißen
Witwe* oder gar dem Mord an der Hexe zu tun zu haben. Weder kannten sie eine Hexe noch hätten sie jemals Edelsteine
oder Gute-Laune-Kraut besessen. Unverfroren tischten sie
Wolf das gleiche Lügenmärchen auf, das sie daheim ihrem

Vater erzählt hatten, dass sie nach dem Tod ihrer Mutter hinter die Sieben Berge gereist seien, um innere Einkehr und Erleuchtung zu finden. Dabei seien sie den abscheulichen Zwergen in die Hände gefallen.

Erst als Wolf die Geschwister auf die Perlenkette ansprach, die Gretel Meister verkauft hatte, und sie darüber aufklärte, dass der restliche Schmuck von den Zwergen bei einem hiesigen Händler zu Geld gemacht worden war, begann ihre Verteidigungsstrategie zu bröckeln. Trotzig starrten sie zu Boden und sagten kein Wort mehr. Da platzte Wolf der Kragen. Er schlug auf den Tisch, dass es krachte, brüllte sie an und versprach, er werde sie lebendig in dem von den Zwergen gegrabenen Graben begraben, sollten sie ihn weiterhin zum Narren halten.

Die Androhung roher Gewalt zeigte Wirkung. Plötzlich brach Gretel in Tränen aus. Ja, sie seien tatsächlich im Hexenhaus gewesen, rückte sie mit der Sprache heraus. Letzten Mittwoch noch vor dem Morgengrauen sei das gewesen. Sie wollten der armen, einsamen Frau Wein und Kuchen bringen und sie mit ihrer Gesellschaft erfreuen.

»Wein und Kuchen?«, fragte Wolf belustigt. »Die Rolle ist bereits vergeben. Tisch mir keine Lügen auf!«

Gretel hielt an ihrer Geschichte fest. Sie hätten die Hexe nur besuchen wollen, versicherte sie. Zu ihrer Verwunderung sei jedoch niemand daheim gewesen.

Hänsel nickte. Bevor sie sich wieder auf den Weg gemacht hätten, setzte er die Geschichte fort, habe er die Ursache für den seltsamen Geruch herausfinden wollen, der ihnen schon beim Betreten des Hauses aufgefallen war. Also habe er im Backofen nachgesehen, ob vielleicht ein Braten angebrannt sei, doch stattdessen sei er auf die sterblichen Überreste der Hexe gestoßen. Was das für ein Schock gewesen sei, könne sich Wolf bestimmt vorstellen. Den Schmuck hätten sie rein zufällig entdeckt und sicherheitshalber mitgenommen, um ihn vor dem Zugriff des Mörders oder etwaiger Plünderer zu schützen. Dann seien sie in Angst und Schrecken davongelaufen.

»*Rein zufällig*«, höhnte Wolf. »Ihr habt also rein zufällig alle Räume durchstöbert und die Matratze aus dem Bett gehoben? Für wie blöd haltet ihr mich? Wenn ihr nicht vorhattet, euch an dem Schmuck zu bereichern, weshalb habt ihr die Perlenkette verkauft und überstürzt das Land verlassen?«

Auch dafür hatten sie eine Erklärung: Ihnen sei klar geworden, dass man ihnen den Mord in die Schuhe schieben würde, rechtfertigte sich Gretel. Da sie nicht am Galgen enden wollten, hätten sie kurzerhand beschlossen, das Weite zu suchen. Die Kette habe sie aus Not veräußert, um an Geld für die Reise zu kommen. Den Rest des Schmucks hätten sie alsbald an die rechtmäßigen Erben übergeben wollen.

In Gretels großen Augen glitzerten Tränen. Verzagt zupfte sie an ihren ordentlich geflochtenen Zöpfen. Hänsel nahm sie tröstend in den Arm und blickte Wolf flehend an.

»Bitte glaube uns, wir sind Opfer der entsetzlichen Umstände geworden«, lamentierte er. »Das Schicksal meint es nicht gut mit uns. Erst stirbt unsere Mutter und jetzt müssen wir fernab der Heimat bei den Zwergen Sklavenarbeit verrichten.« Heftiges Schluchzen ließ ihn am ganzen Leib erzittern.

Fast hätten sie Wolf überzeugt. Einen kurzen Moment lang empfand er Mitgefühl mit den armen, geschundenen Kreaturen, die vom Leben dermaßen benachteiligt wurden. Nein, brachte er sich umgehend zur Räson, ihn würden die Ganoven mit ihrer Mitleidsmasche nicht über den Tisch ziehen.

»Ihr lügt doch!«, schrie er. »Natürlich habt ihr die Hexe getötet. Ich sage euch, wie es sich zugetragen hat: Ihr seid in ihr Haus eingedrungen, um nach Wertgegenständen zu suchen, dabei hat sie euch auf frischer Tat ertappt. Und weil sie Zeugin eures Verbrechens wurde, blieb euch nichts anderes übrig, als sie zum Schweigen zu bringen.«

»Nein, so war es nicht«, zeterte Gretel. »Bestimmt nicht! Ich schwöre!«

»Hör auf! Deine Schwüre sind nichts wert. Ihr habt den Schmuck gestohlen und die alte Frau ermordet. Punktum. Das gehört doch euch oder?« Ohne seinen Blick von den Geschwistern abzuwenden, holte Wolf den Anhänger mit der Einhornspitze aus dem Rucksack und legte ihn auf den Tisch.

Hänsel und Gretel betrachteten ihn ausdruckslos. »Besitzt er einen hohen Wert?«, erkundigte sich Hänsel. »Dann gehört er uns.«

»Sein Wert ist eher ideeller Natur«, klärte ihn Wolf auf.

»In diesem Fall habe ich ihn noch nie gesehen.«

Wolf steckte den Anhänger wieder ein. »Und jetzt verratet mir, was ihr mit dem Gute-Laune-Kraut angestellt habt.«

»Nichts.« Hänsel zuckte mit den Schultern. »Das ist hinterm Haus gewachsen. Wir haben es nicht angerührt.«

»Von dem rede ich nicht. Ich meine jenes Kraut, das in der Trockenkammer gelagert war.«

Hänsel blickte seine Schwester ratlos an. »Da war kein Kraut. Die Kammer war leer.«

»Ausflüchte! Nichts als Lügen!«, brüllte Wolf und schlug abermals auf den Tisch. »Na wartet, ihr werdet schon reden, wenn ich euch in Siebenbergen der Obhut des Folterknechts anvertraue.«

Trotzig verschränkte Hänsel seine Arme. »Der Aufenthalt in der Folterkammer wird die reinste Erholung sein im Vergleich zu dem, was wir hier durchmachen«, grunzte er. »Du hast keine Vorstellung, welche Qualen wir erdulden müssen. Als wir letzte Woche ankamen und um Essen und Quartier für eine Nacht baten, nahmen uns die Zwerge unser gesamtes Hab und Gut ab und legten uns in Ketten. Nun sind wir dazu verdammt, die Hausarbeit für sie zu erledigen. Tagein, tagaus nur kochen, putzen, Wäsche waschen. Glaube mir, alleine beim Anblick ihrer Unterhosen kommt einem das Grauen!«

»Und wir müssen Wasser vom Brunnen holen«, fügte Gretel hinzu. Das Entsetzen stand ihr ins Gesicht geschrieben.

»Und die Ziege melken«, fiel Hänsel ein. »Die Zwerge gönnen uns keine freie Minute. Um fünf Uhr morgens heißt es: raus aus den Federn! Um zehn Uhr abends müssen wir im Bett liegen. Sie beuten uns aus. Sie behandeln uns wie Leibeigene.«

Gretels Beschwerde ging noch weiter: »Und sie sind so vulgär! In einem fort beschimpfen sie uns, nennen uns Taugenichtse und Faulpelze.«

Wolf erhob sich. »Wartet hier!«, sagte er. »Ich werde mich mit den Zwergen beraten, wie wir weiter vorgehen.«

Fürs Erste hatte er genug gehört. Der Schmuckraub ging auf Hänsel und Gretels Kappe, daran bestand kein Zweifel. Doch die *Weiße Witwe* aus der Trockenkammer hatten sie mit allergrößter Wahrscheinlichkeit nicht gestohlen. Das waren dieselben Halunken gewesen, die irgendwann zwischen Freitag und Montag das Gute-Laune-Kraut im Garten abgeerntet hatten, also zu einem Zeitpunkt, als Hänsel und Gretel längst über alle Berge gewesen waren. Aber wer hatte die Hexe getötet? Wenn es stimmte, dass die Geschwister erst letzten Mittwochmorgen in das Knusperhäuschen eingedrungen waren, konnten sie es nicht gewesen sein. Dann hätte bei Wolfs Eintreffen das Feuer im Backofen noch gebrannt.

Mit dem Wetterumschwung hatte Wolf recht behalten. Es war spürbar kühler geworden, als er in den Garten trat, wo die Zwerge Gruben gruben.

»Ich dachte, ihr wolltet einen Graben graben«, wunderte er sich.

»Das verstehst du nicht, du dummes Tier. Die Gruben stehen symbolisch für einen Graben«, belehrte ihn der Oberzwerg.

»Besonders tief sind sie ja nicht geworden.«

»Wozu auch? Spätestens am Abend, wenn sich der Tag des Graben Grabens seinem Ende zuneigt und wir ein großes Fest feiern, schütten wir die Löcher ohnehin wieder zu.«

»Lass mich raten«, grinste Wolf. »Bei dem Fest werdet ihr feinste Speisen speisen und Wein aus silbernen Bechern bechern?«

Ein heiseres Krächzen kam der Antwort zuvor. Der Rabe der Hexe flog in geringer Höhe den Berghang herab, kreiste einmal über Wolfs Kopf und ließ sich flatternd auf einem Birnbaum nieder.

»Nachricht von Rotkäppchen an Wolf«, meldete er. »*Du verlogener Schweinehund, du niederträchtiges Stinktier! Was fällt dir ein? Na warte, du behaarte Missgeburt, das Jubiläumskonzert werde ich dir gründlich verderben und das in der Waldschenke ebenso. Glaube mir, dir wird Hören und Sehen vergehen! Mach dich auf etwas gefasst, du elender Flohbeutel ... Da ist jemand an der Türe, Rotkäppchen, würdest du bitte öffnen? Sicher, Großmutter, einen Augenblick. Wo war ich stehengeblieben? Ah ja, die Räude soll dich ...* Die maximal zulässige Anzahl von Wörtern wurde erreicht«, schloss der Vogel die Sprachnachricht ab.

Wolf rang nach Luft. Mit seiner irrtümlich abgeschickten Botschaft hatte er das Fass zum Überlaufen gebracht. Schlimmer konnte es nicht kommen.

»Sie muss dich wahrlich lieben, so, wie sie mit dir spricht«, meinte der Oberzwerg. Seine Augenbrauen wippten auf und ab. »Ist sie deine Frau?«

Wolf schüttelte schwach den Kopf. »Nein, äh, ich ... Sie ist eine Bekannte, die ...«

»Ich habe aus Höflichkeit gefragt«, unterbrach ihn der Alte. »Denkst du, dein unbedeutendes Privatleben interessiert mich wirklich? Kriegen wir jetzt das Geld oder muss ich erst eine schriftliche Anforderung aufsetzen lassen?«

Wolf war um Fassung bemüht. Rotkäppchens Drohungen hatten ihm einen Riesenschreck eingejagt.

»Moment, Moment«, hüstelte er. »Nicht so schnell. Zuerst benötige ich ein paar Informationen, um die weitere Vorgehensweise auszuloten. Angenommen, ich wäre heute nicht hier erschienen, wie lange hättet ihr unverschämten Ausbeuter vorgehabt, Hänsel und Gretel festzuhalten und Zwangsarbeit verrichten zu lassen?«

»Bis ans Ende ihrer Tage, du neugierige Nase. Eigentlich hätten wir ihre Dienste gar nicht benötigt, wäre unsere frühere Haushaltshilfe nicht ausgefallen.«

»Eure frühere Haushaltshilfe?«

»Komm, ich zeig sie dir.« Der Alte gab Wolf ein Zeichen, ihm zu folgen.

Er führte ihn hinters Haus, wo ein gläserner Sarg auf dem Terrassentisch stand, in dem eine dunkelhaarige Schönheit lag. Sie trug ein weißes Kleid aus reiner Seide, das mit goldenem Garn kunstvoll bestickt war. Ihre Haut war bleich, nur ihre Backen leuchteten rot.

»Wer ist das?«, fragte Wolf.

»Schneewittchen. So nannte sie sich jedenfalls.«

»Nie gehört. Ist sie tot?«

»Ja und nein«, antwortete der Zwerg. »Einerseits gibt sie kein Lebenszeichen von sich, andererseits setzt keine Verwesung ein. Keine Ahnung, was ich mit ihr machen soll. Hier kann sie jedenfalls nicht bleiben. Der Sarg verstellt uns die Sicht auf die Rosenbüsche. Willst du sie haben? Du kriegst sie umsonst. Hauptsache, wir sind sie los.«

»Warum beerdigt ihr sie nicht in einer eurer Gruben?«

»Was?« Dem Oberzwerg stand die Entrüstung ins Gesicht

geschrieben. »Bist du vollkommen verrückt?«, fuhr er Wolf an. »Die Gruben sind ein Symbol für einen Graben, nicht für ein Grab, du degeneriertes Mistvieh!«

»Für eine kleinwüchsige Missgeburt spuckst du große Töne«, konterte Wolf. »Anderer Vorschlag: Versuchen wir sie zu wecken. Hast du schon probiert, sie mit diesen ekelhaften Geschwüren, die du Lippen nennst, zu küssen?«

»Oft, aber da hat sie noch gelebt und wollte nichts davon wissen. Jetzt, fürchte ich, müsste schon ein Prinz des Weges kommen.«

Wolf winkte ab. »Ach, Prinzen werden überschätzt. Ich denke, das kriegen wir alleine hin.«

Nachdem sie den Glassturz des Sargs abgenommen hatten, beugte sich Wolf über Schneewittchens bleiches Antlitz und drückte seine Lippen auf die ihren.

»Und?«, fragte der Oberzwerg. »Tut sich was? Hast du ihr mit deinem stinkenden Atem Leben eingehaucht?«

»Nein.« Wolf überlegte. »Wahrscheinlich muss man etwas forscher zur Tat schreiten.«

»Nur zu.«

Abermals küsste Wolf die Leblose, wobei er ihr diesmal seine Zunge in den Mund schob.

Augenblicklich ging ein Zucken durch Schneewittchens Leib. Sie würgte, richtete sich auf und spie einen Apfelbutzen aus. Als sie Wolf erblickte, folgte der Rest ihres Mageninhalts. Ein Schwall brauner Soße ergoss sich über ihre hübsche Robe.

»Ui, den Fleck kriegt man nie wieder raus«, sagte Wolf.

»Macht nichts«, erwiderte der Zwerg. »Hauptsache sie liegt nicht mehr auf der Terrasse herum. Jetzt zu unserem Geschäft: Du schuldest uns 14 Thaler in deiner Währung oder 14 Thaler, zwei Groschen und vier Pfennige in unserer.«

»Wie gesagt, nur für den Fall, dass ich Hänsel und Gretel festnehme …«

»Deswegen bist du doch hier, du aufgeblasener Wichtig-tuer. Willst du sie nicht nach Siebenbergen bringen?«

Wolf tat, als würde er eine Überstellung der Geschwister ernsthaft in Erwägung ziehen. »Schon, aber damit sie mir nicht weglaufen, müsste ich sie an den Fesseln fesseln und auf meine Schultern schultern.«

»Entschuldigung?«, mischte sich Schneewittchen ein.

»Was gibt's?«, fragte der Zwerg.

»Braucht ihr mich noch?«

»Ich nicht«, meinte Wolf. »Du?«

Der Zwerg kratzte sich am Kinn. »Hängt davon ab. Krieg ich jetzt das Geld?«

Wolf verneinte. »Bedaure, ich habe es mir anders überlegt.«

»Soll das heißen, du verweigerst die Bezahlung, du nieder-trächtiger Betrüger?«

»Gewissermaßen. Dafür könnt ihr verabscheuungswürdi-gen Sklaventreiber Hänsel und Gretel behalten.«

Der Zwerg richtete sich an Schneewittchen. »Mach, dass du verschwindest! Wir haben neue Haushaltshilfen einge-stellt. Die kommen uns billiger. War nett, dich kennenge-lernt zu haben, du verlotterte Schlampe.«

»Gibt es eine Abfertigung oder so?«, wollte Schneewitt-chen wissen.

»Oder so«, bestätigte der Zwerg. »So zieh von dannen und berichte in der Heimat, wie gut es dir bei uns ergangen ist.«

»Wegen Hänsel und Gretel …«, kam Wolf auf das eigent-liche Thema zurück, während er Schneewittchen nachblick-te. Sie hatte einen hübschen Rücken, stellte er fest. Einen sehr hübschen Rücken.

»Ja?«, bohrte der Oberzwerg. »Hat es dir die Sprache ver-schlagen, du geifernder Spanner?«

»Versprich mir, dass du die Halunken hart in die Pflicht nimmst. Trage ihnen schwerste Arbeit auf, halte sie von früh bis spät auf Trab, sieben Tage die Woche, auch an all euren idiotischen Feiertagen. Und sollten sie nicht spuren, lass die Peitsche auf ihren Rücken tanzen!«

Eine Wolkendecke hatte sich über die Sieben Berge gebreitet. Schwarz wie Pech verdunkelte sie den Himmel. Just als Wolf mit der Besteigung des zweiten Berges begann, entlud sie ihre schwere Last. Ein heftiger Regenguss prasselte auf ihn hernieder. Der Westwind frischte auf und fuhr ihm eisig unters Fell.

Bei seinem Aufbruch hatte sich Wolf vorgenommen, bis zum Abend die ersten drei Berge hinter sich zu lassen, doch als der Regen eine Viertelmeile unterhalb des Gipfels in Schneetreiben überging, sah er ein, dass er sich sein Ziel zu ehrgeizig gesteckt hatte. Viel zu langsam kam er im dichten Gestöber voran. Bald hatten sich die Wolken so tief über den Hang gelegt, dass er seine eigene Nasenspitze nicht mehr sehen konnte. Jetzt hieß es, höllisch aufzupassen. Selbst ein einziger Fehltritt konnte in dieser Nebelsuppe sein jähes Ende bedeuten.

Schritt für Schritt tastete er sich weiter, trotzte mit zusammengekniffenen Augen den Böen, die den Schnee waagrecht vor sich her wehten. Fast wäre er gegen eine Felswand gerannt, die auf einmal senkrecht vor ihm in die Höhe ragte. An ihr war er gestern nicht vorbeigekommen, dessen war er sich sicher. Demnach musste er sich verirrt haben, vielleicht schon vor geraumer Zeit, und nun ging es in gerader östlicher Richtung nicht mehr weiter. Wolf dachte nicht lange nach, wohin er ausweichen sollte. Er stapfte entlang der Wand südwärts und erreichte eine Dreiviertelstunde später einen Nadelwald, der es ihm erlaubte, seinen Weg nach Osten fortzusetzen.

Ohne zu wissen, wo er sich befand, hielt er nach einer Stelle Ausschau, an der er einigermaßen geschützt die Nacht verbringen konnte. Ein Felsvorsprung kam ihm gerade recht. Der Unterschlupf war zugig, bot ihm aber wenigstens ein Dach über dem Kopf. Notdürftig schob Wolf feuchte Tannennadeln zu einem kärglichen Nachtlager zusammen. Durchnässt und ausgefroren wie er war, standen ihm ungemütliche Stunden bevor. Jetzt konnte er nur hoffen, dass es ihn bis zum Morgen nicht völlig einschneite.

Ein letztes Stück Trockenfleisch war ihm geblieben. Wolf verzehrte es langsam und mit Bedacht, indem er jeden Bissen zweimal kaute. Danach schlug er die Decke um sich herum und rollte sich auf seinem Nadelkissen zusammen.

Die Aussichten auf die kommenden Tage waren düster, nicht nur aufgrund der vorherrschenden Wetterlage. Mit seiner idiotischen Nachricht an Rotkäppchen hatte er seinen Burschen und Katze vermutlich das Jubiläumskonzert vermasselt. Natürlich würde sie beim Prinzen intervenieren, ihn dazu drängen, den Auftritt von DRACHENFLUG in letzter Minute abzublasen. Aber was plante sie, wenn sie drohte, Wolf das Konzert in der Waldschenke zu verderben? Mit Schrecken malte er sich aus, wie die Türe zur Wirtsstube aufflog, sie wie eine Furie hereingestürmt kam und ihm vor restlos ausverkauftem Haus eine Szene machte.

Und der Hexenmeister? Würde ihn Wolfs Entscheidung zufriedenstellen, Hänsel und Gretel den sieben Zwergen zu überlassen? Eine andere Wahl war Wolf ohnehin nicht geblieben. Die Zwerge hätten ihre neuen Haushaltshilfen niemals ziehen lassen, ohne im Gegenzug die Belohnung zu kassieren. Summa summarum, fand Wolf, waren die Geschwister hinter den Sieben Bergen gut aufgehoben. Denn wenn Zwerge eines hatten, dann kein Mitleid. Lebenslänglich Frondienst für sie zu verrichten, war Strafe genug.

Zudem sollten daheim, in Siebenbergen, alle erfahren, was die beiden angerichtet hatten. Wolf war bereits eine Idee gekommen, wie sich die Geschichte am besten verbreiten ließe. Seit längerem hegte er den Wunsch, einmal ein Lied für seine Burschen und Katze zu schreiben. Das würde er nun tun. Ein Lied über Hänsel und Gretel, besser gesagt, ein Gedicht, das, von Esel vertont, schon bald alle Spatzen von den Dächern pfeifen würden.

Mit Feuereifer stürzte er sich in die Arbeit, von der er hoffte, dass sie ihm eine eisigkalte Nacht verkürzte. Kaum hatte er Inhalt und Aufbau seines Werkes konzipiert, stand er vor einem ersten Problem. Da er nichts zum Schreiben bei sich hatte, musste er den Text im Kopf behalten. Ein schwieriges Unterfangen, denn das Auswendiglernen war nie seine Stärke gewesen. Doch Hilfe nahte.

»Morgen«, gähnte Flöhchen.

»Guten Morgen«, antwortete Läuschen.

»Morgen?«, wunderte sich Wolf. »Sagt bloß, ihr habt bis jetzt geschlafen. Es ist später Nachmittag.«

»Na und? Im Gegensatz zu dir waren wir die ganze Nacht auf«, rechtfertigte sich Flöhchen.

»Bis in die frühen Morgenstunden haben wir uns an deinem Blut gelabt«, fügte Läuschen hinzu. »Das *Licht des Nordens* war großartig. So viel Spaß hatten wir lange nicht. Machen wir das heute wieder?«

»Nein, besser nicht«, wehrte Wolf ab. »Heute unternehmen wir etwas anderes, das uns genauso viel Freude bereiten wird.«

»Was könnte das sein?«, fragte Flöhchen argwöhnisch.

»Ihr müsst mir euer Gedächtnis leihen. Euer *ungetrübtes* Gedächtnis.«

Wolf erklärte ihnen, was er vorhatte, dann machte er sich daran, einen Text zu formulieren. Zeile für Zeile kämpfte er sich voran, schmiedete Reime und trug sie Läuschen und Flöhchen vor, deren Aufgabe es war, sich die Verse einzuprägen.

Zwei Stunden später maß das Werk stolze neun Strophen. Wolf gab ihm den Titel *Es jauchzen die Kinder* und rezitierte es mit Unterstützung der beiden Souffleure in seinen Ohren noch einmal in theatralischer Sprechweise.

Der Hans und die Grete gehen durch den Wald.
Es ist nicht finster, schon gar nicht bitterkalt.
Auch haben sich die beiden nicht verirrt,
sie sind nicht ängstlich oder gar verwirrt.

Denn es ist längst wieder einmal an der Zeit,
wie schon so oft in der Vergangenheit,
ihrem Trieb zu folgen, bis ihre Lust gestillt.
Dafür auch zu morden, sind sie gewillt.

Grausame Folter, Terror und Gewalt,
vor keiner Rohheit machten sie je halt.
Sie schwelgen im Blutrausch bis zum bitt'ren Schluss.
Für Hans und für Grete ein himmlischer Genuss.

Schon stehen sie vor dem kleinen Hexenhaus.
Gebaut aus Brot und Zucker, sieht es köstlich aus.
Sie stillen ihren Hunger, der Spaß kommt erst danach.
Die Grete isst das Fenster, der Hans ein Stück vom Dach.

Plötzlich erscheint eine arme alte Frau.
Die beiden Kinder machen sie zur Sau.
Die Grete versetzt ihr einen groben Stoß,
der Hans packt ihre Haare und lässt sie nicht mehr los.

Sie schleifen die Alte in das Haus hinein.
Dort hört sicher niemand die arme Hexe schreien.
Es folgen Stunden von fürchterlicher Pein,
schließlich heizt die Grete den Backofen ein.

Niemand beachtet der alten Hexe Flehen.
So ganz ohne Mitleid ist's um sie geschehen.
Es jauchzen die Kinder, für sie ist es ein Fest,
als der Hans die Hexe in den Ofen presst.

Von der armen Frau ertönt ein letzter Schrei.
Dann wird es still, denn ihr Leben ist vorbei.
Der Hans und die Grete rauben sie noch aus,
all ihre Edelsteine tragen sie nach Haus.

Wie furchtbar es war, was da die Kinder taten.
Die alte Hexe quälen und am Ende braten.
Sehet euch vor, die Vergeltung folgt bestimmt!
Sein Leben muss geben, wer ein and'res nimmt.

»Nicht schlecht, oder?«, fragte Wolf. »Ich bitte um konstruktive Kritik.«

»Echt heftig«, meinte Flöhchen.

Läuschen fand es gruselig.

»Aber …« Flöhchen lag etwas auf der Zunge.

»Ja?«

»Nach alldem, was du über dein Gespräch mit Hänsel und Gretel erzählt hast, wissen wir gar nicht, ob die beiden die Hexe getötet haben.«

»Na und?« Für Wolf spielte das keine Rolle. »Auf jeden Fall haben sie ihren Schmuck gestohlen. Der Rest ist künstlerische Freiheit.«

Damit gab sich Flöhchen nicht zufrieden. »Nur einmal angenommen, dass sie keine Mörder sind, würdest du dann nicht Lügen über sie in die Welt setzen?«

»Nein«, wehrte sich Wolf. »Denn ich lüge nicht. Ich schmücke aus. Das ist ein riesengroßer Unterschied.«

»Ich meine ja nur … Es ist erst ein paar Tage her, da hast du dich maßlos über die Gerüchte aufgeregt, die über dich verbreitet wurden. Kann es sein, dass du mit zweierlei Maß misst?«

Wolf stieß ein langes, grollendes Knurren aus. »Und kann es sein, dass du dir schon bald einen neuen Wirt suchen musst?«, fragte er. »Hier in den Bergen, alleine im Wald?«

Der Joker im Talon

Läuschen begann unruhig zu werden. »Sind wir endlich da?«, fragte es. Allerhöchste Not schwang in seiner Stimme mit.

Wolf wusste, was das bedeutete. Entweder er machte kurz halt, oder er musste mit einem feuchten Fleck in seinem Ohr rechnen.

»Bald, Läuschen, bald«, erwiderte er. »Eine knappe Stunde noch, dann haben wir es geschafft. Aber für dich lege ich gerne eine Rast ein.«

Schon in Sichtweite des Dunklen Waldes hielt er an und ließ sich im Gras nieder. Nach der beschwerlichen Wanderung über das Gebirge war ihm eine Verschnaufpause vor der letzten Etappe nur allzu recht. Da er ohnehin spät dran war, kam es auf ein paar Minuten nicht an. Zum Konzert am Abend würde er es in jedem Fall schaffen.

Das Vorhaben, seine Höhle bis zur Mittagsstunde zu erreichen, hatte Wolf bald aufgegeben. Zwar hatte es am Morgen nicht mehr geschneit, doch wie befürchtet war der Schnee in den höheren Regionen liegen geblieben. Am dritten Berg hatte sich Wolf stellenweise durch schulterhohe Verwehungen kämpfen müssen, um den Gipfel zu erreichen. Erst danach war er einigermaßen flott weitergekommen. Der Wind war abgeflaut, und während des letzten Abstiegs hatte es sogar aufgeklart. Doch es war kühl geblieben. Deutlich kühler als an den Tagen zuvor.

»Was für eine Erleichterung!«, meldete Läuschen, das zurück in Wolfs Ohr kletterte. »Ich bin zum Abmarsch bereit.«

Wolf setzte seinen Weg fort, vorbei an dem Wehrturm und hinein in den Dunklen Wald. Während es in den Bergen geschneit hatte, war hier ein starker Regen niedergegangen. Der Untergrund war aufgeweicht und matschig. Wolf musste in Schlangenlinien unzählige Pfützen umrunden, um nicht knietief in ihnen zu versinken. Als er in den Hohlweg bog, erhöhte er das Tempo. Die Freude, sich bald im Kreise seiner Lieben wiederzufinden, trieb ihn an. Seine Burschen und Katze und natürlich auch Aschenputtel warteten sicher schon sehnsüchtig auf ihn.

»Puttel!«, rief er, noch bevor er den Höhleneingang erreicht hatte. »Puttel, ich bin zurück!«

Aschenputtel war nicht da. Niemand war da, außer Hahn, und der befand sich in einem besorgniserregenden Zustand. Er lag neben dem Feuer, das fast zur Gänze heruntergebrannt war, ächzte und jammerte und zitterte am ganzen Leib. Seine Pupillen waren so klein, dass sich Wolf fragte, ob Hahn ihn überhaupt sehen konnte.

»Hahn?«, fragte er, doch der reagierte nicht.

Immer wieder wurde sein Körper von Krämpfen geschüttelt. Sein rechter Flügel wackelte auf und ab, als wollte er jemandem winken.

»Wo sind die anderen?«, erkundigte sich Wolf.

Als Antwort kam nicht mehr als ein Geräusch, das irgendwo zwischen einem Stöhnen und Würgen lag.

»Der schaut nicht gut aus«, bemerkte Flöhchen. »Was ist los mit ihm? Man hat den Eindruck, er würde jeden Moment den Löffel abgeben.«

Wolf legte ein paar Holzscheite in die Glut, lief aus der Höhle hinauf auf den Hügel und hielt nach Aschenputtel

Ausschau. Bestimmt war sie irgendwo in der Nähe. So schlecht, wie es um Hahn stand, hätte sie ihn niemals lange unbeaufsichtigt zurückgelassen.

Gerade wollte Wolf nach ihr rufen, da entdeckte er sie in dem kleinen Teich hinter der Anhöhe. Sie nahm ein Bad, wusch ihre Haare und ihr Gesicht. Obwohl sie bis zu den Schultern im Wasser stand, erkannte er, dass sie gänzlich unbekleidet war. Noch hatte sie ihn nicht bemerkt und widmete sich unbekümmert der Köperpflege.

Wolf duckte sich und hielt den Atem an. Er wollte nicht, dass sie ihn sah, sonst hätte sie am Ende gedacht, er würde sie heimlich beobachten.

»Juhu, Wolf!«, rief sie und winkte ihm zu, wobei ihre rechte Brust für den Bruchteil einer Sekunde aus dem Wasser auftauchte.

»Aber hallo!«, zeigte sich Flöhchen angetan. »Welch reizender Anblick.«

Wolf machte sich so flach, wie er nur konnte. Er lag auf dem Bauch und spreizte alle viere von sich.

»Wo-holf!«, rief Aschenputtel wieder, wobei sie diesmal ihre Brüste mit den Händen bedeckte. »Kuckuck, hier bin ich!«

»Ah, Puttel …« Er tat, als würde er sie erst jetzt bemerken. »Na, das ist eine Überraschung.«

»Komm herunter zu mir!« Ungeniert watete sie, nackt wie sie war, ans Ufer und wickelte sich in eine bereitgelegte Decke. »Brrr!«, machte sie. »Kalt ist es geworden.«

Wolf stieg den Hügel hinab und lief zu ihr.

»Da bist du ja endlich.« Sie schenkte ihm ein herzliches Lächeln, nahm ihn in ihre Arme und küsste seine Nasenspitze. »Ich habe dich vermisst. Wie ist es dir ergangen?«

In aller Kürze erstattete er Bericht. Er erzählte nicht mehr, als dass er Hänsel und Gretel bei den sieben Zwergen gefunden hatte, wo sie ihre gerechte Strafe verbüßten.

»Und was ist aus dem Schmuck geworden?«, wollte Aschenputtel wissen.

Wolf zuckte mit den Schultern. »Ich fürchte, der ist unwiederbringlich weg.«

»Mach dir nichts draus.« Aschenputtel streichelte aufmunternd seinen Rücken. »Du hast getan, was du tun konntest. Jetzt soll dich Hexenmeister Fitcher gefälligst in Frieden lassen.«

»Das sehe ich genauso«, stimmte ihr Wolf zu. »Für mich ist die Sache abgeschlossen. Und hier? Was hat sich zu Hause während meiner Abwesenheit ereignet?«

»Oh, so einiges.« Aschenputtel rubbelte sich mit einem Handtuch die Haare trocken. »Du wirst staunen.«

»Als Erstes würde mich interessieren, was mit Hahn los ist«, verlangte Wolf Aufklärung. »Ich habe ihn mehr tot als lebendig am Feuer vorgefunden. Was ist passiert? Eine Überdosis Krötenschleim?«

Aschenputtel schüttelte den Kopf. »Ganz im Gegenteil. Der ist ihm ausgegangen, das Pilzpulver ebenso. Er hat kein Geld, um sich mit Nachschub zu versorgen, und der Wirt weigert sich, ihm etwas auf Pump zu überlassen.«

Wolf wusste, dass es einen krankmachen konnte, wenn man plötzlich aufhörte, Drogen zu konsumieren, aber dass die Symptome solche Ausmaße wie bei Hahn annehmen würden, hatte er nicht geahnt.

»Tja, da muss er durch«, fuhr Aschenputtel fort. »Ich denke, für ihn ist es das Beste. In letzter Zeit hat er einfach zu oft ins Krötenschleimfläschchen geschaut. Du hast es selbst miterlebt. Das hat ihm nicht gutgetan.«

»Und heute Abend? Wird er singen können?«

»Ich fürchte nein. Wie sollte er? Er schafft es nicht einmal aufzustehen. Fürs Erste muss er sich erholen und zu Kräften kommen. Mit ein bisschen Glück ist er bei den Jubiläumsfeierlichkeiten wieder dabei. Heute wird Esel den

Gesang übernehmen. Er ist mit Hund und Katze bereits in der Waldschenke, um alles vorzubereiten. Sie wollten nicht länger auf dich warten.«

Aschenputtel verschwand hinter einem Strauch, um sich anzukleiden.

Aus dem Quartett war also ein Trio geworden … Wolf schwante Übles. Ein Viertel weniger Musikanten bedeutete in diesem Fall eine mindestens fünfzigprozentige Qualitätseinbuße. Hahn war nun einmal der Primus der Gruppe, derjenige, den die Leute hören und sehen wollten. Seine Stimme und die Art, wie er sich auf der Bühne bewegte, waren zum Markenzeichen geworden. Wenn er im Hahnenschritt hin- und herstolzierte, imaginäre Körner aufpickte oder dem Publikum sein Hinterteil präsentierte und keck mit den Schwanzfedern wackelte, zog er die Aufmerksamkeit auf sich. Oft genug lenkte er damit von den musikalischen Unzulänglichkeiten der anderen ab. Dieser Joker blieb heute Abend im Talon.

Aschenputtel kam hinter dem Gebüsch hervor. »Du hast doch von diesem Geißenmassaker gehört«, sprach sie Wolf unvermittelt an.

Wolf nickte. Er fühlte, wie sich sein Magen zusammenzog. »Ja?«

»Stell dir vor, überraschenderweise hat sich das jüngste Geißlein nahezu vollständig erholt und das in so kurzer Zeit. Es konnte gestern die Pflegeanstalt für verstörte Tierkinder verlassen und befindet sich in der Obhut seiner Mutter.«

Wolf räusperte sich. »Das, ähm, ist ja sehr erfreulich. Wie kam es dazu?«

»Ein berühmter Medikus aus einem fernen Land, der sich auf der Durchreise befand, hat es geheilt. Er hat dem Kleinen eine Kräutermixtur verabreicht, ihm die Hand aufgelegt, und schon wenige Stunden später war es wieder bei Sinnen.«

»Und …« Wolf wurde speiübel. »Weiß man, wer … Ich meine, hat es verraten, wer …«

»Nein, das leider nicht. Die Erinnerung an das Blutbad wird nicht wiederkehren, meint der Medikus.«

»Wie schade.« Wolf fiel ein Stein vom Herzen. »Demnach werden wir nie erfahren, wer die anderen sechs Geißlein gerissen und gefressen hat. Bedauerlich.«

»Irrtum.« Aschenputtel grinste bis über beide Ohren. »Der Täter wurde bereits gefasst.«

»Wie bitte?« Wolf starrte sie an. »Wie kann das sein?«, hauchte er.

»Ein Zeuge, der anonym bleiben wollte, hat sich bei der Garde gemeldet«, klärte sie ihn auf. »Er hat den Mörder zum fraglichen Zeitpunkt am fraglichen Ort beobachtet.«

»Und …« Die Spannung schnürte Wolf die Kehle zu. »Wer ist es gewesen?«, krächzte er.

»Du wirst ihn nicht kennen. Man nennt ihn den gescheiten Hans. Er wohnt nicht weit vom Geißenhaus entfernt, jenseits des Flusses. Er und die Geißlein sind quasi Nachbarn.«

»Der gescheite …«

»Hans. Als die Gardisten anrückten, um ihn zu vernehmen, fanden sie allerlei belastendes Material.«

»Tatsächlich?«

Wolf kratzte sich am Kinn. Die Geschichte, die Aschenputtel erzählte, wurde immer mysteriöser.

»Ja, stell dir vor, im Garten ist ihnen ein frisch aufgeschütteter Erdhügel aufgefallen. Den haben sie sich natürlich näher angeschaut. Worauf, denkst du, sind sie bei ihren Ausgrabungen gestoßen?«

Auf halbverdaute Tierkadaver, die augenscheinlich von sechs kleinen Geißlein stammen, dachte Wolf.

»Auf halbverdaute Tierkadaver, die augenscheinlich von sechs kleinen Geißlein stammen«, erläuterte Aschenputtel. »Das ist aber nicht alles.«

»Nicht?«

»Im Wäschekorb lagen blutdurchtränkte Kleidungsstücke. Ein Hemd und eine Hose. Mehr an Beweisen haben sie nicht gebraucht. Die Garde hat den gescheiten Hans auf der Stelle verhaftet. Da hat selbst das Gezeter seiner Frau nichts geholfen. Die haarsträubendsten Erklärungen hat sie dem Kommandanten aufgetischt. Stell dir vor, sie hat gemeint, die Kleidung sei deshalb blutig, weil ihr Mann die Kuh mit einem Rasiermesser gebürstet habe. Das ist doch lächerlich. Wer bürstet eine Kuh mit einem Rasiermesser, frage ich dich? So blöd kann doch keiner sein.«

»Haha«, lachte Wolf. »Natürlich nicht.«

»Aber jetzt kommt das Beste. Die Frau wollte den Gardisten allen Ernstes weismachen, die sterblichen Überreste der Geißlein habe ein Wolf erbrochen, der bei ihnen zu Gast gewesen sei. Mitten in ihrer Stube, unter dem Tisch, habe er sich übergeben. Kannst du dir das vorstellen? Ist das nicht verrückt? Unglaubwürdiger geht es nicht.«

»Geradezu absurd«, bestätigte Wolf. Er musste sich zusammenreißen, um nicht laut jubilierend um Aschenputtel herum zu hüpfen.

»Na ja, was soll's? Am Ende siegt immer die Gerechtigkeit, und der Schuldige muss sein Verbrechen sühnen«, fasste sie zufrieden zusammen.

Augenblicklich trübte sich Wolfs Stimmung. »Ah ja … Und wie? Was haben sie mit diesem gescheiten Hans vor?«

»Dreimal darfst du raten. Die Beweislage war dermaßen erdrückend, da hat der Richter nicht lange gefackelt. Der gescheite Hans wird am Sonntag im Morgengrauen gehenkt, danach von Ochsen geviertelt und anschließend im Wald den wilden Tieren zum Fraße vorgeworfen. Das volle Programm.«

»Am Sonntag schon? Das ist übermorgen.«

»Genau.« Aschenputtel lächelte.

»Na, hoffentlich trifft es nicht den Falschen.«

»Zweifelst du etwa an seiner Schuld?«

»Aber nein«, beeilte sich Wolf zu versichern. »Wie könnte ich das Urteil eines unabhängigen Richters anzweifeln?«

»Weißt du was, Wolf? Zur Feier deiner Rückkehr werde ich dich heute in die Waldschenke begleiten. Was hältst du davon? Wir machen uns einen gemütlichen Abend. Das wird bestimmt ein Riesenspaß. Ich freue mich schon auf das Konzert.« Aschenputtel bückte sich, nahm seinen Kopf in die Hände und drückte ihm einen Kuss auf die Stirn.

Unter normalen Umständen hätte Wolf ihre Freude geteilt. Doch im konkreten Fall tat er das nicht. Wenn Aschenputtel dem Konzert beiwohnte, würde sie zwangsläufig mitbekommen, wie Rotkäppchen ihm vor aller Augen die Hölle heißmachte. Sich mit den beiden in ein und demselben Raum aufzuhalten, war eine Konstellation, die Wolf in Angst und Schrecken versetzte. Irgendwie musste er das Zusammentreffen verhindern, wollte er weitere Missverständnisse, unangenehme Fragen und Animositäten vermeiden. Und das wollte er ganz bestimmt.

»Hm, sehr gerne hätte ich dich dabei«, hüstelte er. »Aber ich denke, es ist besser, wenn du zu Hause bleibst und dich um Hahn kümmerst. Man sollte ihn in seinem Zustand keinesfalls alleine lassen. Möglicherweise benötigt er Hilfe, und wenn du nicht da bist …«

Aschenputtel winkte ab. »Was das anbelangt, lass dir keine grauen Haare wachsen. Du kennst mich. Ich habe vorgesorgt und eine wunderbare Kräutermischung zubereitet. Baldrian, Hopfen und Kamille. Wenn er davon eine Tasse trinkt, wird er schlafen wie ein Küken.«

»Na ja, aber …«

»Oder ist es dir nicht recht, wenn ich dich begleite?«, fragte sie mit gerunzelter Stirn.

Der Akt der Verzweiflung

Eine halbe Stunde vor Konzertbeginn trafen Wolf und Aschenputtel in der Waldschenke ein. Aschenputtel hatte sich hübsch herausgeputzt, ihr Haar hochgesteckt und das Gesicht gepudert. Zudem hatte sie ihr schönstes Kleid herausgesucht, das hautenge, silber- und goldfarbene, das sie erst ein einziges Mal, und das vor vielen Jahren, getragen hatte. Damals war sie heimlich von zu Hause ausgebüxt, um einem Fest im Königsschloss beizuwohnen, bei dem sie ihren späteren Kurzzeitgemahl, den Prinzen, kennengelernt hatte.

Es stand ihr immer noch hervorragend, sodass es Wolf nicht wunderte, dass sie beim Betreten der Wirtsstube alle Blicke auf sich zog. In Summe waren es nicht allzu viele. Genau 21 Augenpaare sowie das einzelne eines abgedankten Soldaten richteten sich auf sie. Von diesen 22 Personen erwiesen sich drei bereits als volltrunken, vier weitere zählten zu den verbliebenen Teilnehmern eines Schafkopfturniers. Da sich diese sieben mindestens seit dem Vortag in der Waldschenke aufhielten, lag es auf der Hand, dass sie keine Eintrittskarten erworben hatten. Rechnete man auch den Wirt und den Schankburschen ab, kam Wolf auf 13 zahlende Gäste. Bei einem Eintrittspreis von einem Groschen pro Person ergab das vorläufige Einnahmen von 13 Groschen. Ein ernüchterndes Ergebnis, wenn man bedachte, dass der Wirt eine Saalmiete von einem Thaler veranschlagt hatte.

»Denkst du, es kommen noch mehr?«, fragte Aschenputtel besorgt.

»Das will ich schwer hoffen«, knurrte Wolf. »Sonst steige ich am Ende mit einem Verlust aus.«

Er bestellte einen Humpen Bier für sich und einen Becher

des süßen roten Weins für Aschenputtel, dann nahmen sie an einem Tisch direkt vor der kleinen Bühne Platz, den der Wirt für sie reserviert hatte.

Sogleich gesellte sich Esel zu ihnen. »Das schaut nicht gut aus«, murmelte er. Nervös nagte er an seiner Unterlippe. »Oh weh, oh weh, das schaut gar nicht gut aus.«

»Ach was, das wird schon hinhauen«, versuchte Wolf ihn zu beruhigen. »Ihr tut einfach, was ihr könnt, gebt wie gewohnt euer Bestes, dann werden wir den Abend heil überstehen.«

»Aber ohne Hahn …«, erhob Esel Einspruch.

»Seid ihr auch nicht schlechter«, log Wolf.

»Trotzdem, ein paar Lieder müssen wir weglassen. Die funktionieren nicht ohne ihn. Ich fürchte, unser Programm wird nicht länger als eine halbe Stunde dauern.«

»Zieht es in die Länge«, schlug Wolf vor. »Spielt die Lieder langsamer oder wiederholt ein paar Strophen. Glaube mir, das fällt keinem auf. Zur Not greift auf ein paar alte Bauernweisen zurück. Mach dir keine Sorgen, irgendwie werdet ihr das schon meistern.«

Esel nickte und verschwand hinter dem Vorhang, der die Bühne von der dahinterliegenden Künstlergarderobe trennte.

Aschenputtel tippte Wolf auf die Schulter. »Sieh nur, da kommt noch jemand.«

Wolf spähte zum Eingang. Es war Meister. Gekleidet in einen feinen Stadtanzug, betrat er die Stube, bestellte an der Schank ein Bier und setzte sich zu Wolf und Aschenputtel.

»Na, aufgeregt?«, fragte er.

»Geht so«, antwortete Wolf. »Hahn kann nicht auftreten. Er liegt krank daheim.«

»Der Ärmste! Was hat er?«

»Keine Drogen. Er ist auf Entzug.«

Meister nickte. »Jaja, Abstinenz hat ihre Tücken. Am

besten, man hegt und pflegt seine Laster, sind sie doch ein wesentlicher Bestandteil des Lebens.«

»Oder man fängt erst gar nicht damit an«, warf Aschenputtel ein. »Vor allem mit dem harten Zeug.«

»Wie lange dauert das noch?«, rief ein Zwerg mit einem verfilzten Rauschebart, der ihm fast waagrecht vom Kinn abstand. »Los, auf die Bühne, Dilettanten! Ich will was sehen für mein Geld.«

»Zwerge!«, schimpfte Meister und verdrehte seine Augen. »Man hätte diese Wichte nie nach Siebenbergen holen sollen. Jetzt sind sie da und machen nur Schwierigkeiten. Sie passen einfach nicht zu uns normalen Menschen … und Wölfen. Man sollte sie wieder heimschicken.«

»In Hinterbergen wurden die Minen geschlossen«, gab Wolf zu bedenken. »Und wer, außer den Zwergen, würde hierzulande die Drecksarbeit in den niedrigen Stollen verrichten? Du vielleicht?«

Meister wusste die Lösung. »Kinder«, sagte er. »Ganz so wie früher.«

Aschenputtel gab ihm recht. In ihrer Kindheit war es gang und gäbe gewesen, selbst die Jüngsten für körperliche Arbeit heranzuziehen. Das hatte sie am eigenen Leib erfahren müssen. Sogar nachdem König Dummling Kinderarbeit per Dekret verboten hatte, war sie von ihrer Stiefmutter nie geschont und mit den beschwerlichsten Haushaltstätigkeiten betraut worden.

»Habt ihr gehört, dass der gescheite Hans verhaftet wurde?«, erkundigte sich Meister, wohl um eine endlose Diskussion zum Thema Zuwanderung zu vermeiden. »Ich frage mich, was in seinem kranken Gehirn vorgeht, dass er zu solchen Gräueltaten fähig ist.«

Wolf verzog den Mund. »Das werden wir wahrscheinlich nie erfahren. Übermorgen ist dieses Gehirn tot, sofern es jemals gelebt hat.«

Der Vorhang hinter der Bühne wurde ein Stück beiseitegeschoben. Katze lugte hervor. Lautlos bewegten sich ihre Lippen, während sie ihren Blick durch den Raum schweifen ließ und die Gäste zählte. Auf einmal hielt sie inne, begann zu würgen und spie einen riesigen Haarballen aus.

»Man sieht ihr das Lampenfieber deutlich an«, bemerkte Wolf mit Bedauern. »Ohne Gute-Laune-Kraut ist sie das reinste Nervenbündel.«

»Guten Abend, Katze!«, rief Meister und winkte ihr aufmunternd zu. »Miez, miez.«

Katze lächelte verlegen und verschwand sogleich hinter dem Vorhang.

»Bei ihren Auftritten will sie neuerdings *Tastenfee* genannt werden«, klärte Aschenputtel Meister auf.

Zwei Holzfäller mit geschulterten Äxten betraten die Gaststube. Durch ihren Obolus erhöhten sich die Einnahmen auf 16 Groschen. Jetzt fehlten noch weitere acht, um aus den roten Zahlen zu rutschen, doch so viele Besucher würden um diese Zeit nicht mehr kommen, fürchtete Wolf. Das Konzert sollte jeden Moment losgehen.

Angesichts des finanziellen Fiaskos tröstete er sich mit der Tatsache, dass Rotkäppchen bislang nicht aufgetaucht war. Von Minute zu Minute wuchs seine Hoffnung, dass sie ihre Rachepläne verworfen und sich entschlossen hatte daheimzubleiben.

Laute Stimmen ließen Wolf abermals zum Eingang blicken. Drei Zwerge begehrten in dem für sie typischen schroffen Tonfall Einlass. Sie waren merklich angetrunken und behaupteten unter Hinweis auf ihre Größe, Kinder zu sein, weswegen sie nur den halben Preis entrichten wollten. Der Schankbursche, der den Kartenverkauf übernommen hatte, war kein Idiot und ließ nicht mit sich verhandeln.

»Dafür will ich aber etwas Anständiges zu sehen kriegen, du Halsabschneider!«, grölte der jüngste der Zwerge, ein

vorlauter Rabauke, während er widerwillig das Geld heraus-
rückte. »Sonst könnt ihr was erleben, ihr zu klein geratenen
Riesen!«

Gegen wen sich die Drohung konkret richtete, ging aus
seinen Worten nicht hervor. Die Spitzhacken, die er und seine Begleiter mit sich führten, sah Wolf dennoch mit Sorge.

»Oh Gott«, hauchte er, als sie herantorkelten, um den
Nebentisch in Beschlag zu nehmen. »Ich kann nur hoffen,
der Abend endet ohne Blutvergießen.«

»Anfangen!«, plärrte jemand auf den hinteren Plätzen.
Andere Gäste stimmten mit ein. »An-fan-gen, an-fan-gen,
an-fan-gen …«, skandierten sie.

Und dann war es so weit. Die Musikanten betraten die
Bühne, eher zaghaft als forsch, eher gebückt als aufrecht.
Flinker Finger, *Donnerschlag* und *Tastenfee* hatten sich in Esel,
Hund und Katze zurückverwandelt. In diesem Moment
wusste Wolf, dass ein Desaster bevorstand.

»Guten Abend. Wir …«, krächzte Esel. Seine Stimme
brach. Er räusperte sich und probierte es von Neuem. »Wir
sind TRACHTENZUG …«

»DRACHENFLUG«, sagte ihm Wolf vor.

»Richtig. Also, wir sind DRACHENFLUG. Und wir spielen Rocken-Roll.«

»Was hat er gesagt? Nennt er mich einen Pockentroll?«,
witzelte einer der Holzfäller. »Na, der kann was erleben!«

»Nein«, entgegnete sein Kumpan. »Er findet deine Locken
toll.«

In der Gaststube brach schallendes Gelächter aus.

»Lasst endlich was hören!«, schrie der vorlaute Zwerg am
Nebentisch. »Ihr Mistviecher seid nicht zum Vergnügen
hier. Wir haben viel Geld bezahlt. Unterhaltet uns!«

»Sie können es nicht lassen!«, zischte Meister durch seine
Zähne. »Sie wollen sich einfach nicht an unsere Umgangsformen anpassen!«

»Fang schon an, Langohr!«, setzte der Zwerg nach. »Worauf wartest du?«

»Halt den Mund, du Wicht!«, wies ihn der Pockentroll-Holzfäller zurecht. »Sonst machst du Bekanntschaft mit meiner Axt.«

Zögernd hängte sich Esel seine Laute um den Hals. »Unser erstes Stück heißt *Mächtig und stark*«, verkündete er mit zittriger Stimme.

Begleitet von seinem Lautenspiel und Hunds schwungvollem Getrommel, intonierte Katze die Melodie auf ihrer Orgel. Es war eine einfache Weise im Sechsachtel- beziehungsweise Dreivierteltakt, je nachdem, wie weit man in der Lage war zu zählen. Katze war anzumerken, dass sie keinen Fehler machen wollte. Konzentriert starrte sie auf die Tasten, während ihr Schwanz wie wild hin- und herzuckte. Zu Wolfs Erleichterung brachte sie das Vorspiel tadellos über die Bühne. Dann erhob Esel seine Stimme.

Schneeweißchen und Rosenrot
waren fromm und doch in Not.
Wenn Prinzen sich nicht interessieren,
bleibt nur die Liebe zu den Tieren.
Ob Hase, ob Hamster, ob Maus,
die Mädchen holten alle ins Haus.
Es folgten ständig noch mehr.
Am Ende stand da ein Bär.

Schneeweißchen und Rosenrot
dachten erst, es drohe der Tod,
doch war der Bär brav und zahm,
ein Kavalier, der sich gut benahm.
Sie hatten ihn furchtbar lieb,
wenn er sich zärtlich an ihnen rieb.

Sie rieben ihn gerne zurück
und schwelgten fortan im Glück.

Kein Hase und kein Reh,
kein Fischlein klein im See,
kein Lämmchen weit und breit,
bezaubern eine Maid.
Nur Bären, mächtig und stark,
selbstbewusst sowie autark,
die wecken natürlich Bedarf,
machen die Jungfern scharf.

Schneeweißchen und Rosenrot
sah'n für ihr Treiben kein Verbot.
Sie konnten ihn nicht mehr entbehren,
ihren liebsten Kuschelbären.
Er strotzte nur so vor Kraft,
sein prächtiger Schaft war zauberhaft.
Sie wollten ihn ständig berühren,
ihn zu neuen Höhen führen.

Schneeweißchen und Rosenrot
spürten, es war alles im Lot.
Nichts war so flott wie ein Dreier
mit ihrem pelzigen Freier.
Sie liebten es, ihn zu kosen,
vor ihm ohne Hosen zu posen.
Er nahm sie bei Tag und bei Nacht,
manchmal hart, manchmal sacht.

Kein Zicklein, keine Katzen,
die nur an den Möbeln kratzen,
kein Vogel, der ständig schreit,
begeistern eine Maid.

Nur Bären mächtig und stark,
selbstbewusst sowie autark,
die machen, wie mir deucht,
nicht nur die Augen feucht.

Esel, Hund und Katze spielten brav und bemüht. Wolf fiel kein einziger falscher Ton auf, was vermutlich daran lag, dass sie die musikalisch komplizierten Passagen vereinfachten oder gänzlich wegließen. Nachdem der Schlussakkord verklungen war, blieb es in der Waldschenke für ein paar Sekunden still.

»Bravo!«, rief Wolf, wobei er demonstrativ laut applaudierte.

»Ja, bravo!«, unterstützten ihn Aschenputtel und Meister. »Ein Hoch den Musikanten!«

»Und -*innen*«, ergänzte Katze. Ihre Äußerung erwies sich unter den gegebenen Umständen als unbedacht.

»Was hat das schäbige Fellknäuel gesagt?«, fragte einer der betrunkenen Zwerge.

»Und innen«, wusste der Zwerg zu seiner Linken. »Im Gegensatz zu außen.«

»Hä? Was soll das bedeuten?«, erboste sich der erste. »Noch ein dummes Wort, das ich nicht verstehe, und ich werde der Muschi mit meiner Hacke den hässlichen Schädel spalten!«

Meister sprang auf. »Wenn du schon dumme Worte nicht verstehst, werden dich kluge erst recht überfordern«, fuhr er den Zwerg an. »Trotzdem will ich dir sagen, dass dein an deine Kleinwüchsigkeit angepasster Intellekt für dich Grund genug sein sollte, andere nicht mit unqualifizierten Äußerungen zu inkommodieren.«

Wolf sah sich genötigt einzuschreiten. »Ich schlage vor, wir alle beruhigen uns und lauschen der schönen Musik«, lächelte er gequält.

Nicht alle teilten seine Auffassung. An einigen Tischen ertönte verärgertes Gemurmel bis hin zu hämischem Gelächter.

Esel, Hund und Katze steckte ihre Köpfe zusammen und berieten sich. Danach richtete sich Esel ans Publikum.

»Das nächste Lied«, kündigte er an, »nennt sich *Kennt ihr meinen Namen?*«

»Nein«, rief einer, der hinten an der Theke stand. »Wozu auch? Den muss man nicht kennen.« Mit seinem Einwand erntete er spontanen Beifall.

Wolf warf Esel einen fragenden Blick zu. *Kennt ihr meinen Namen?* war für gewöhnlich das letzte Stück im Programm, das mitreißende Finale, mit dem die Musikanten die Stimmung im Publikum noch einmal so richtig anheizten. Weshalb spielten sie es schon jetzt? Hatten sie es in einem Akt der Verzweiflung vorgezogen? Hofften sie, den drohenden Untergang auf diese Weise abzuwenden?

»Wo ist Hahn?«, wollte jemand wissen, gerade als Esel zur Einleitung ansetzte.

»Genau!«, rief ein anderer. »Wo ist er? Ich will Hahn sehen. Du kannst überhaupt nicht singen, Langohr.«

Während sich unter den Gästen zunehmend Hohn und Ärger ausbreiteten, kämpften sich die Musikanten allen Zwischenrufen zum Trotz tapfer von Takt zu Takt, von Strophe zu Strophe, als ginge es um ihr Leben. Erbittert rangen sie mit ihren Instrumenten wie ein Seemann im Taifun mit seinem Steuerrad.

»*Hallo, ihr schönen Damen, kennt ihr meinen Namen? Wisst ihr vielleicht noch, wer ich bin? Ich glaub', das Gift trübt meinen Sinn*«, sangen Esel und Katze zweistimmig.

»Lauter, Katze, man kann dich nicht hören!«, beschwerte sich der einäugige Soldat.

»Lass es gut sein«, warf sein Sitznachbar ein. »Es ist bestimmt besser, sie nicht zu hören.«

Ein Zwerg forderte sein Geld zurück, ein Holzfäller gebot ihm mit geballter Faust zu schweigen. Bald schrien alle durcheinander.

In Wolf begann es zu brodeln. Er stand kurz davor aufzuspringen und für Ordnung zu sorgen.

Aschenputtel bekam das natürlich mit. »Bleib sitzen!«, raunte sie ihm zu. »Gewalt ist keine Lösung.«

In diesem Moment passierte es. Ein Tumult brach los. Wer oder was ihn ausgelöst hatte, konnte im Nachhinein niemand mehr sagen. Vermutlich war ein böses Wort gefallen, woraufhin ein Humpen Bier auf einem Schädel zersplitterte. Ein Handgemenge folgte. Binnen weniger Sekunden entwickelte es sich zu einer ausgewachsenen Schlägerei, die sich wie ein Flächenbrand auf die ganze Gaststube ausweitete. Tritte und Faustschläge wurden ausgeteilt, Stühle auf den Rücken mutmaßlicher Widersacher zertrümmert. Teils wütendes, teils schmerzerfülltes Geschrei übertönte die Musik.

Als die Axt eines Holzfällers nur zwei Zoll vor der Nase des vorlauten Zwerges in der Tischplatte stecken blieb, brach DRACHENFLUG die Darbietung ab. Die Musikanten schnappten ihre Instrumente und ergriffen die Flucht, gerade rechtzeitig, bevor eine Spitzhacke quer über die Bühne flog und den Vorhang zerfetzte.

Längst war die Lage außer Kontrolle geraten. Beim Versuch, sich aus dem Würgegriff des Soldaten zu winden, taumelte der Zwerg mit dem verfilzten Bart gegen Wolfs Tisch und stieß Aschenputtels Becher um. Ein Schwall Rotwein ergoss sich über ihren Schoß. Wie von der Tarantel gestochen sprang sie auf, packte den Zwerg bei den Ohren und rammte ihm ihr Knie unters Kinn.

»Wie war das?«, grinste Wolf. »Gewalt ist keine Lösung?«

»Sieh dir mein Kleid an!«, schrie sie. Ihre Frisur war in Unordnung geraten, eine Strähne hing ihr bis zur Nasenspitze ins Gesicht. »Der widerliche Gnom hat es mir ruiniert.«

»Tja, das war's dann wohl«, fasste Wolf zusammen. Auch ohne Rotkäppchens Zutun endete der Abend in einer Katastrophe. Er stand auf und folgte Aschenputtel und Meister, die sich einen Weg durch die tobende Menge hinaus auf die Straße bahnten.

»Besser hätte es nicht laufen können«, grunzte Esel, der mit Hund und Katze bereits vor dem Lokal wartete.

Katze verzichtete bei ihrer Beurteilung auf Ironie. »Ein jähes Ende unserer Karriere«, konstatierte sie. »Was war da los? So schlecht waren wir doch nicht, oder?«

Meister bückte sich und kraulte sie hinter dem Ohr. »Überhaupt nicht«, tröstete er sie. »Mir hat es sehr gut gefallen, *Tastenfee*.«

Hund lud seine Trommeln zu Katzes Orgel auf den Rollwagen und schnürte sie fest.

»Meister hat recht. Es war nicht eure Schuld«, sprach Wolf seinen Schützlingen Mut zu. »Da waren nur Banausen, Bauerntölpel und Kretins zugegen, die mit eurer Musik nichts anzufangen wissen. Manche von ihnen waren von vornherein darauf aus, Krawall zu schlagen. Lasst euch deswegen keine grauen Haare wachsen.«

»Haha, sehr witzig«, meinte Esel, den Tränen nahe. »Mir reicht's für heute.« Ohne ein weiteres Wort zu verlieren, schnappte er den Rollwagen und machte sich auf den Heimweg. Hund und Katze liefen hinter ihm her. Auch Aschenputtel verabschiedete sich. Sie wollte schnellstmöglich zurück zur Höhle, um den Fleck aus ihrem Kleid zu waschen.

Lärm drang aus der Gaststube. Die Türe schlug auf und ein Zwerg kam in hohem Bogen herausgeflogen. Hart landete er auf der Straße. Zwei Männer stolperten ins Freie und prügelten, wüste Beschimpfungen ausstoßend, aufeinander ein.

»Was für ein schöner Abend«, sagte Meister. »Was das

Wetter anbelangt, meine ich. Gestern schüttete es noch wie aus Kübeln.«

»Nur der kalte Wind ist unangenehm«, fand Wolf.

Sie saßen auf der Holzbank vor der Waldschenke und starrten auf die Lichter der Stadt jenseits des Flusses.

»Hör zu«, begann Wolf, »ich hätte eine große Bitte an dich.«

»Nur heraus mit der Sprache.« Meister sah ihn aufmerksam an.

Glas zersplitterte. Mit dem Kopf voran krachte der vorlaute Zwerg durch das Fenster, dicht gefolgt von einer Axt.

»Es geht um die Sache mit den Geißlein …«

»Ja?«

»Dieser gescheite Hans, den alle für schuldig halten …«

»Ja?«

»Der war es nicht.«

»Nicht?« Meister hob erstaunt die Augenbrauen. »Wie kommst du darauf, bei all den Beweisen, die gegen ihn vorliegen?«

»Na ja …« Wolf druckste herum. »Irgendwer will ihm das Massaker in die Schuhe schieben. Frag mich nicht, wer und warum. Ich kann es dir nicht sagen. Vertraue mir einfach. Ich weiß, wer es wirklich getan hat. Allerdings kann ich es dir aus bestimmten Gründen nicht verraten.«

»Und wie kann ich dir helfen? Und wobei?«

»Es wäre nicht richtig, den gescheiten Hans für die Taten eines anderen büßen zu lassen.«

»Das verstehe ich.«

Die beiden Holzfäller traten aus der Gaststube. Sie hatten den einäugigen Soldaten an seinen Füßen gepackt und schleiften ihn hinter sich her.

»Gute Nacht«, grüßten sie, als sie an Wolf und Meister vorbeigingen und in der Dunkelheit verschwanden.

»Jetzt sitzt er im Kerker und wartet auf seine Hinrichtung«, fuhr Wolf fort. »Ich kann nicht zulassen, dass es so weit kommt.«

»Und was willst du dagegen unternehmen?«, wollte Meister wissen.

»Ich hatte gehofft, du hättest eine Idee, wie wir ihn befreien können. Dir eilt ein gewisser Ruf voraus. Du weißt ja, im Zuge deiner früheren Erwerbstätigkeit ist es dir stets mit List und Tücke gelungen, die bestverwahrten und -bewachten Wertgegenstände in deinen Besitz zu bringen. Schmuck, Gemälde, Antiquitäten … Nichts war vor dir sicher.«

Meister lächelte spitzbübisch. »Da hast du wohl recht.«

»Und nun bitte ich dich, den gescheiten Hans quasi aus dem Kerker zu stehlen«, flüsterte Wolf.

»Aha.« Meister rieb sich am Kinn. »Ich nehme an, dir mangelt es an einem geeigneten Plan.«

»Ich muss zugeben, das Pläneschmieden zählt nicht zu meinen Stärken«, bestätigte Wolf.

Die letzten Gäste verließen die Waldschenke. Die einen prahlten mit ihren Heldentaten, die anderen jammerten über schmerzende Blessuren.

Meister dachte eine Weile nach. »Ich lasse mir etwas einfallen«, versprach er. »Auch wenn nicht viel Zeit bleibt, denn spätestens morgen Nacht müssen wir ihn befreien, sonst …« Meister fuhr sich mit der Spitze seines Zeigefingers über die Kehle.

»Danke«, sagte Wolf.

»Sehr gerne. Übrigens genoss ich auch schon so manches Geißlein. Wohl gesotten, versteht sich, mit Knoblauch und Rosmarin. So schmecken sie am besten.«

»Nehmen wir noch einen Humpen?«, fragte Wolf.

In der Gaststube waren der Wirt und sein Schankbursche mit Aufräumarbeiten beschäftigt.

»Ihr seid noch da?«, fragte der Wirt verwundert. Er lehnte

den Besen an die Wand, wischte sich die Hände an seiner Schürze ab und begab sich hinter die Theke. »Den Abend habe ich mir anders vorgestellt«, seufzte er.

»Wer nicht?«, erwiderte Wolf. »Wie viel an Eintrittsgeldern ist zusammengekommen?«

»Eintrittsgelder?« Der Wirt atmete tief durch. »Deine Musikanten haben gerade zwei Lieder gespielt. Ich musste den Leuten ihr Geld zurückgeben, sonst hätten sie mir die Bude komplett zerlegt.«

»Aber die Saalmiete willst du natürlich haben«, grunzte Wolf verdrossen.

»Ach, lass es gut sein! Du kannst ja nichts dafür, dass das Konzert aus dem Ruder gelaufen ist.«

»Dann schenk uns zwei Humpen ein! Der Moment ist wie geschaffen, um zu vergessen, was vergessen werden muss.«

»Moment, Moment …«, grinste der Wirt verschlagen. »Ich denke, ich habe etwas Geeigneteres auf Lager, wenn es ums Vergessen geht.« Er bückte sich und holte ein großes Paket unter der Theke hervor. »Das hier ist heute eingetroffen«, sagte er, während er es öffnete. »Und jetzt ratet, was drinnen ist.«

Wolf roch es auf Anhieb. »Gute-Laune-Kraut?«, wunderte er sich. »Woher hast du es?«

»Vom treuen Johannes. Seine erste Ernte. Er nennt es *Johanneskraut*. Wollt ihr es testen, völlig legal?«

Meister stierte den Wirt finster an. »Seit wann vertreibt der treue Johannes Gute-Laune-Kraut? Ich wusste gar nicht, dass er welches anbaut.«

»Offenbar handelt es sich um ein streng geheimes Projekt. Auch ich habe erst heute davon erfahren. Seit das neue Gesetz in Kraft ist, stehen ihm alle Möglichkeiten offen, sein Angebot zu erweitern. Konkurrenz muss er ja keine fürchten. Na los, probieren wir es! Das erste Pfeifchen geht ausnahmsweise aufs Haus.«

Wolf musste nur einen Zug nehmen, um Bescheid zu wissen. »Das ist die *Weiße Witwe*«, erkannte er. »Jede Wette, das ist das Kraut der Hexe.«

Frisch geölt

Esel war der erste der Musikanten, der aufwachte, und das war erfreulich, denn ihn wollte Wolf sprechen. Die Wiedersehensfeier mit der *Weißen Witwe* war länger ausgefallen als geplant, weswegen bei seiner Heimkehr bereits alle geschlafen hatten.

»Gut, dass du wach bist«, sagte Wolf, kaum hatte Esel ein Auge geöffnet. »Ich brauche deine Unterstützung als Kapellmeister. Genauer gesagt, als Komponist.«

»Was?«, fragte Esel verschlafen. »Komponist?«

Wolf ließ ihm keine Zeit, seine Sinne zu ordnen. »Es geht um Folgendes: Auf meiner Rückreise von Hinterbergen habe ich einen Text geschrieben über Hänsel und Gretel und den Hexenmord. Jetzt meine Bitte: Vertone ihn, mach ein schönes Lied daraus, und wir haben genügend Stücke für euren Auftritt in der Stadt beisammen.«

»Ich soll was? Etwas vertonen?« Um diese Uhrzeit waren das für Esel zu viele Informationen.

»Genau.« Wolf hielt ihm einen Zettel hin, auf dem er sein Werk niedergeschrieben hatte. »*Es jauchzen die Kinder* heißt das Lied. Du musst es nicht kompliziert ausgestalten. Eine einfache Weise, die ins Ohr geht, reicht völlig. Vielleicht etwas zum Mitsingen. Das mögen die Leute.«

Esel nahm ihm das Papier aus der Pfote und überflog die Zeilen. Dann legte er es beiseite.

»Hör zu, Wolf!«, sagte er. »Alles schön und gut, aber ich denke, es wird für uns kein Jubiläumskonzert geben. Ich meine, nach der gestrigen Katastrophe … Du hast es ja selbst miterlebt. Wer will uns noch hören? Vor allem hat niemand von uns Lust, sich einer weiteren Blamage auszusetzen.«

Wolf ließ keinen Widerspruch gelten. »Papperlapapp! Auf eine verpatzte Generalprobe folgt eine gelungene Premiere, das weiß jedes Kind. Mach dir keine Gedanken. Alles wird sich zum Guten wenden. Vertraue mir!«

»Ja, wie denn?« Esel war seine Verzweiflung anzusehen. »Denkst du, wir können uns bis Dienstag maßgeblich verbessern? Uns bleiben nur vier Tage, und es sieht nicht danach aus, als könnte Hahn auftreten. Ohne ihn und ohne Gute-Laune-Kraut sind wir schlecht, um keinen Deut besser als irgendein dahergelaufener Spielmann, der von Haus zu Haus zieht und um ein Almosen bettelt.«

»Also erstens bin ich überzeugt, dass Hahn bald wieder der Alte ist, und zweitens …« Wolf durchstöberte seinen Rucksack und brachte ein Päckchen zum Vorschein. »Zweitens habe ich hier etwas, das euer Spiel in Schwung bringen wird.«

Esel sah ihn fragend an. »Was ist das?«

»Gute-Laune-Kraut, mein Lieber. Und zwar jenes, das im Hexenhaus gestohlen wurde. Die *Weiße Witwe*. Irgendwie ist der treue Johannes in ihren Besitz gelangt und hat es auf den Markt gebracht.«

Schlagartig erhellte sich Esels Miene. Ein zartes Lächeln umspielte seine Lippen. »Ah, Gute-Laune-Kraut«, säuselte er. »Ja, wenn das so ist …«

»Aber gerecht teilen. Jeder von euch Musikanten …«

»… und Musikant*innen*«, murmelte Katze im Schlaf.

»Jeder von euch soll seinen Anteil erhalten … Außer Hahn natürlich«, stellte Wolf klar. »Bis auf Weiteres lässt er besser seine Flügel von den Drogen. Also seid so gut, und gebt ihm nichts davon!«

Esel nickte. »In Ordnung, Wolf, wird gemacht. Wo ist

Aschenputtel?«, erkundigte er sich. »Bereitet sie heute kein Frühstück für uns zu?«

»Ich fürchte, darum müsst ihr euch selber kümmern. Sie ist in Sachen Gute-Laune-Kraut unterwegs.«

»Was meinst du?«

Wolf weihte ihn ein. Er hatte Aschenputtel aufgetragen, sich am Gutshof des treuen Johannes als Putzkraft zu bewerben. So schlecht, wie die Leute dort bezahlt und behandelt wurden, liefen sie ihrem Herrn schon nach kurzer Zeit wieder davon. So war dieser ständig auf der Suche nach neuen Bediensteten. Sollte Aschenputtel die Stelle bekommen, bräuchte sie nur die Augen offenzuhalten. Vielleicht gelang es ihr, Gewissheit über die Herkunft des Gute-Laune-Krauts zu erlangen. Auch wenn Wolf keine Sekunde daran zweifelte, dass es sich um die *Weiße Witwe* handelte, war vorhersehbar, dass der treue Johannes bei einer Konfrontation alles abstreiten würde, sofern man ihm den Diebstahl nicht eindeutig nachweisen konnte.

»Du schickst Aschenputtel in die Höhle des Löwen?«, wunderte sich Esel. »Was ist, wenn sie auffliegt und ihr etwas zustößt?«

Wolf grinste. »Da mach dir keine Sorgen. Puttel versteht es vorzüglich, sich zu wehren.«

Die Art, wie sie den Zwerg in der Waldschenke niedergemacht hatte, verlangte Wolf größten Respekt ab. Genau genommen nicht nur Respekt. Ihre Forschheit, die erstmals zutage getreten war, als sie den streitenden Musikanten den Marsch geblasen hatte, löste viel mehr in ihm aus. Gefühle, die neu für ihn waren, ihn verwirrten und deshalb verdrängt werden mussten.

»Und jetzt an die Arbeit!«, schloss Wolf. »Wenn wer nach mir fragt, ich bin beim Hexenmeister … zum allerletzten Mal«, fügte er fröhlich hinzu.

Prompt meldete Flöhchen Zweifel an. »Träum weiter! So

schnell entlässt er dich nicht aus seinen Diensten. Außer dir hat er ja niemanden, den er herumscheuchen kann. Und wenn der Mord an der Hexe aufgeklärt ist, wird er dir andere Aufgaben zuschanzen, wetten? Hast du es nicht bemerkt? Er hat dich zu seinem Laufburschen auserkoren.«

»Das glaube ich nicht«, widersprach Wolf. »Wie es ausschaut, ist er lediglich daran interessiert, den Mörder ausfindig zu machen. Warum, weiß ich zwar nicht, aber das werde ich noch herauskriegen.«

»Jetzt sprichst du wieder mit diesen Insekten, die es gar nicht gibt, oder?«, mutmaßte Esel, doch da lief Wolf bereits zur Höhle hinaus.

Knapp zwei Stunden später schlich er in einem großen Bogen um Fitchers Anwesen und zwängte sich geduckt und unter Schmerzen durch dornige Brombeerranken, um sich der Rückseite des Gebäudes anzunähern. Heute würde er sich bei seiner Ankunft nicht übertölpeln lassen, nahm er sich vor. Bei seinem letzten Besuch im Haus der Leiden wollte er es sein, der den Hexenmeister überraschte.

»Hast du dich verlaufen?«, fragte Fitcher, der am offenen Küchenfenster stand und ihn interessiert beobachtete. »Was treibst du da?«

Wolf seufzte. »Ich wollte mir den Garten ansehen«, meinte er.

»Hier gibt es keinen Garten. Wolltest du mir etwa einen Streich spielen?«

»Keinesfalls.« Wolf kämpfte sich durch das Gestrüpp zurück zur Vorderseite, wo er vom Hexenmeister empfangen wurde.

Irgendetwas hatte sich verändert, bemerkte er, als er die Küche betrat. Die Einrichtung war es nicht. Die war immer noch die alte, aber im Gegensatz zu seinen vorangegangenen Stippvisiten wirkte sie sauber und gepflegt. Kein einziges Staubkorn lag auf den Möbeln. Zudem waren sie, dem Duft nach zu urteilen, erst kürzlich mit einer Mischung aus Öl und Wachs poliert worden. Auch die Fensterscheiben glänzten streifenfrei. Das ganze Ambiente wirkte auf einmal heller und freundlicher.

»Du siehst erholt aus«, befand Fitcher. »Erholt und entspannt. War deine innere Einkehr hinter den Sieben Bergen von Erfolg gekrönt, oder liegt es daran, dass der wahre Schlächter der sechs Geißlein ausgeforscht wurde?«

»Der wahre Schlächter … Ha!« Wolf stieß ein abfälliges Lachen aus. »Ich habe keine Ahnung, was da vor sich geht«, gestand er. »Es würde mich aber sehr interessieren, wie es dazu kam, dass sie ausgerechnet den gescheiten Hans …«

»Und mich würde interessieren, ob es dir gelang, Hänsel und Gretel ausfindig zu machen«, fiel ihm Fitcher ins Wort.

Unaufgefordert setzte sich Wolf an den Tisch, was ihm einen finsteren Blick einbrachte.

»Ja, das konnte ich«, bestätigte er.

»Bitte, Wolf, mach es dir gerne bequem und berichte!«

Wolf kam unverzüglich zur Sache. »Ich habe sie bei den sieben Zwergen entdeckt. Für mich sind sie die Schuldigen, keine Frage. Jedenfalls, was den Schmuckdiebstahl anbelangt. Den haben sie gestanden. Mit dem Mord wollen sie allerdings nichts zu tun haben. Sie schwören Stein und Bein, dass die Hexe bei ihrem Eintreffen bereits tot gewesen ist.«

»Glaubst du ihnen?«

»Nicht zwangsläufig. Ich traue dem abgefeimten Pack durchaus Gewalttaten zu, bis hin zu einem Mord.«

Der Hexenmeister blickte Wolf tief in die Augen. »Das sehe ich ebenso. Gelang es dir, sie für ihr schändliches Verhalten zur Verantwortung zu ziehen?«

»Oh, das war nicht nötig. Für ihre Strafe sorgen die Zwerge. Sie halten sie in ihrem Haus gefangen. Hänsel und Gretel müssen den Rest ihres Lebens Zwangsarbeit verrichten:

putzen, kochen, Wasser holen, die Ziege melken«, zählte Wolf auf. Als sich Fitchers Stirn kräuselte, fügte er rasch hinzu: »Selbstverständlich mit schweren Eisenkugeln an ihren Füßen, tagein, tagaus. Manchmal werden sie auch geschlagen.«

»Das mag als Sühne für den Diebstahl reichen, für einen Mord erwarte ich mir eine angemessene Bestrafung … ihren Tod.«

Natürlich. Wolf hätte es sich denken können. Der Hexenmeister war einfach nicht zufriedenzustellen. Doch Wolf würde keinesfalls ein weiteres Mal nach Hinterbergen marschieren, um für das Geschwisterpaar den Henker zu spielen.

»Auf weiterführende Maßnahmen können wir zurückkommen, wenn ihre Schuld bewiesen ist«, schlug er vor. »Gestern nach meiner Rückkehr ergaben sich überraschend neue Hinweise, die dich interessieren werden.« Sein Mund war vom vielen Reden ausgetrocknet. »Könnte ich einen Schluck Wasser haben?«, bat er. »Ohne Zusätze, bitte.«

Fitcher füllte einen Becher und stellte ihn auf den Tisch.

»Kein Napf?«, wunderte sich Wolf.

»Für deine Mühen hast du dir einen Becher verdient. Richte aber keine Überschwemmung an! Die Tischplatte wurde frisch geölt.«

Auf einmal war da wieder dieses Geräusch, dieses Ächzen, vielleicht ein Wehklagen, das aus dem Keller kam.

»Hast du Gäste zum Kartenspiel geladen?«, erkundigte sich Wolf. »Oder stöhnt das Haus einmal mehr unter seiner eigenen Last?«

»Was immer du gerne glauben möchtest. Und nun fahre fort!«

Wolf stillte seinen Durst und offenbarte dem Hexenmeister seine Vermutung: »Die Hexe könnte jemand anderer auf dem Gewissen haben. Der treue Johannes nämlich. Ich bin mir absolut sicher, dass er das Gute-Laune-Kraut gestohlen hat. Jedenfalls bietet er es unter seinem Namen an.«

»Ist das so? Aber restlos überzeugt scheinst du nicht zu sein.«

»Bald werde ich es wissen. Heute Morgen habe ich einen Spion in seinen Betrieb geschickt.«

»Aschenputtel«, zeigte sich Fitcher wieder bestens informiert. Nachdenklich blickte er zum Fenster hinaus. »Wird sie der Aufgabe gewachsen sein? War es nicht leichtsinnig, sie einer solchen Gefahr auszusetzen?«

»I wo.« Wolf schüttelte so heftig den Kopf, dass die Wassertropfen, die an seinem Kinn hingen, Fitcher ins Gesicht spritzten. »Sie kann sich ausgezeichnet zur Wehr setzen, wenn es darauf ankommt.«

Der Hexenmeister tupfte Wangen und Stirn mit einem Taschentuch trocken.

»Also bleibt ein Hauptverdächtiger, der den Mord begangen haben könnte«, fasste er zusammen.

»Der treue Johannes.«

»Gratuliere, Wolf. Deine Nachforschungen neigen sich ihrem Ende zu. Bald wirst du die Wahrheit herausgefunden haben.«

Diesbezüglich hielt sich Wolfs Optimismus in Grenzen. Den Mörder zu ermitteln, stand bei ihm nicht an erster Stelle. Nach wie vor war sein Ziel, die *Weiße Witwe* in seinen Besitz zu bringen. Der Rest ergab sich mit ein wenig Glück vielleicht von selbst.

Hexenmeister Fitcher stellte den leeren Becher in die Abwasch und begleitete Wolf zur Tür.

»Bevor du gehst, um deine Arbeit fortzusetzen«, sagte er, »würde ich gerne dein Urteil über das *Licht des Nordens* erfahren.«

»Seine Qualität ist herausragend«, lobte Wolf. »Die Wirkung stellt sogar jene der *Weißen Witwe* in den Schatten. Das will etwas heißen. Die Sorte ist dir gut gelungen. Könnte ich mehr davon haben?«

»Wir werden sehen.« Fitcher musterte ihn ausdruckslos. »Bringe zuerst deine Untersuchungen zum Abschluss, aber sei dir gewiss: Meine Geduld ist nicht grenzenlos.«

Vom Erdboden verschluckt

Besser, befand Wolf. Sehr viel besser. Es war seinen Burschen und Katze anzumerken, dass sie ihren Spaß an der Musik neu entdeckt hatten. Ihr Spiel klang unbekümmert wie früher und steckte voller Elan. Mit dem Gute-Laune-Kraut kehrte ihr Optimismus zurück, und ihre Versagensängste verschwanden. Wolf gefiel, was er hörte. Lächelnd schunkelte er im Takt von *Mächtig und stark*.

Bis auf Weiteres übernahm Esel den Gesang, notgedrungen, denn Hahns Zustand hatte sich nur geringfügig gebessert. Immerhin erkannte man mittlerweile das eine oder andere Wort in seinem schmerzvollen Stöhnen, doch nach wie vor schaffte er es nicht, auf die Beine zu kommen. So lag er im Kreise seiner Kollegen auf dem Höhlenboden, den Kopf an die Wand gelehnt, und bewegte lautlos seinen Schnabel.

»Die Richtung stimmt«, lobte Wolf, als Esel, Hund und Katze die Probe für eine Pause unterbrachen. »Noch etwas mehr Schwung, das Ganze ein bisschen lauter, und ihr werdet beim Publikum Begeisterungsstürme entfachen.«

»Ja«, stimmte Esel grinsend zu. »Wir werden Drosselbart alt aussehen lassen.«

»Schrecklich alt«, kicherte Katze. »So alt, dass er sich zur Ruhe setzen wird. Wir sind die Zukunft. DRACHENFLUG wird das Königreich im Sturm erobern.«

Für Esel war das nicht genug. »Was heißt hier *Königreich*?«, rief er herausfordernd. »Wir wollen die Welt! Und wir wollen sie jetzt!«

»Rocken-Roll!«, stimmte Katze zu.

Vor der Höhle ertönte das Klappern von Hufen. Rasch wurde es lauter. Wolf erwartete keinen Gast, und rein zufällig verschlug es nur selten jemanden in diesen Teil des Waldes. Er erhob sich und trat ins Freie, um nachzusehen, wer ihm seine Aufwartung machte.

Es war Schneider, auffällig gekleidet in grünlich schillernden Pumphosen und ein rosafarbenes Rüschenhemd, mit dazu passendem Hut. Natürlich trug er auch den Sieben-auf-einen-Streich-Gürtel, den er mit Sicherheit mit ins Grab nehmen würde.

Schneider kletterte von Seidenflöckchen und band den Hengst an die Föhre. Grinsend deutete er auf den Zettel, der noch immer am Baum hing.

»*Scharfer Wolf*?«, fragte er.

»Ach ja, ein Scherz meiner Musikanten«, erklärte Wolf. »Sie sind lustige Gesellen.«

»Soll das Rotkäppchen darstellen?«

»Ich denke, ja. Wird Zeit, dass ich das Kunstwerk entferne. Es hat an Aktualität verloren.«

Schneider sah ihn neugierig an. »Weil?«

»Nun, das mit Rotkäppchen ist endgültig vorbei.«

»Aha. Wie schade. Aber da du euer Verhältnis schon ansprichst … Es ist der Grund meines Besuchs.«

»Tatsächlich?« Wolf wurde flau im Magen.

Hatte Rotkäppchen ihre Drohung wahrgemacht und sich beim Prinzen über ihn beschwert? War Schneider den weiten Weg gekommen, um ihm mitzuteilen, dass das DRA-CHENFLUG-Konzert auf ihr Verlangen hin abgesagt worden war?

»Darf ich dir etwas zu trinken anbieten?«, versuchte Wolf das Unvermeidliche hinauszuzögern. »Bier oder Wein? Ein Pfeifchen vielleicht?«

Schneider winkte ab. »Nein, nichts von alledem. Ich muss noch reiten.« Er lüftete seinen Hut und wischte sich mit einem Taschentuch über die Stirn. »Das Wetter ist wieder besser geworden«, stellte er fest. »Richtig warm ist es heute, findest du nicht? Ich hoffe, der Sonnenschein bleibt uns bis Dienstag erhalten. Es wäre jammerschade, fielen die Feierlichkeiten ins Wasser.«

»Wirklich schade«, stimmte Wolf zu. »Meine Musikanten sind in bester Spiellaune, hoch motiviert, und ich denke, das Publikum darf sich auf einen mitreißenden Auftritt freuen.«

»Davon bin ich überzeugt. Drosselbart, unser hochgeschätzter König der Drehleier, wird die Menschen wie gewohnt verzücken. Wie edler Wein wird er im Alter immer besser. Doch genug davon und zurück zu Rotkäppchen.«

Wolf wagte kaum zu fragen. »Was ist mit ihr? Ich hoffe, sie ist wohlauf.«

»Das hoffen wir alle, doch niemand weiß es. Sie ist verschwunden«, ließ Schneider die Katze aus dem Sack.

Wolfs Maul klappte auf. »Verschwunden? Wie meinst du das?«

»Wie ich es sagte. Verschwunden, weg, unauffindbar, vom Erdboden verschluckt. Du weißt nicht zufällig, wo sie sich aufhält?«

»Ich? Nein, wie sollte ich. Ist sie nicht zuhause?« Kaum hatte Wolf die Frage ausgesprochen, erkannte er, wie dumm sie war. Wäre Rotkäppchen daheim, müsste Schneider nicht nach ihr suchen. »Ich meine, vielleicht ist sie bei ihrer Großmutter.«

»Nein, sie ist weder dort noch da.«

»Hm … Ich fürchte, in diesem Fall kann ich dir nicht helfen. Ich habe sie seit Längerem nicht gesehen.«

»Vielleicht doch. In ihrem Umfeld wird gemunkelt, dass ...« Schneider atmete tief durch. »Wie soll ich es dir beibringen?«, seufzte er. »Tja, es macht wieder ein Gerücht die Runde. Natürlich wird an ihm nichts dran sein, davon bin ich überzeugt. Fragen will ich dich aber trotzdem.«

»Welches Gerücht?«, erkundigte sich Wolf alarmiert.

»Um es kurz zu machen: Man erzählt sich, du hättest sie gefressen.«

»Ha!« Wolf lachte heiser. »Wer behauptet denn so etwas? Ich sie gefressen ... Das ist absurd!«

»Ich weiß, die Leute reden gerne und viel. Doch der Prinz ist in großer Sorge. Rotkäppchens Wohlergehen liegt ihm sehr am Herzen. Deswegen beauftragte er mich, der ungeheuerlichen Anschuldigung auf den Grund zu gehen. Und nun stehe ich vor dir als ergebener Diener meines Herrn.«

»Tja, ich bedaure. Über Rotkäppchens Verbleib kann ich dir nichts sagen. Jedenfalls steckt sie nicht in meinem Magen.« Wolf stieß ein gekünsteltes Lachen aus.

Schneider verzog keine Miene. »Dann, guter Wolf, mein Freund, verrate mir, wann du sie zum letzten Mal gesehen hast?«

Wolf überlegte kurz. »Das muss am Montag gewesen sein«, meinte er. »Ja genau, am Montag, als ich ihre Großmutter besuchte.«

»Soso. Und seither lief sie dir nicht über den Weg? Kein Stelldichein, kein amouröses Techtelmechtel?«

»Nein, bestimmt nicht. Seit wann wird sie denn vermisst?«

»Seit Donnerstag. Da weilte sie bei ihrer Großmutter. Danach verliert sich ihre Spur.«

Wolf dachte an die Nachricht, die ihn bei den sieben Zwergen erreicht hatte. Der Rabe hatte neben all den Beschimpfungen auch ein Gespräch zwischen Rotkäppchen und ihrer Großmutter wiedergegeben. Jemand sei an der Türe, hatte Großmutter gemeint und ihre Enkelin gebeten zu öffnen. Wolf entschied, dieses Detail für sich zu behalten. Sein Zank mit Rotkäppchen hätte Schneider nur noch misstrauischer werden lassen.

»Am Donnerstag war ich nicht im Lande«, stellte er klar.

Schneider hob erstaunt seine Augenbrauen. »Nicht?«

»Nein. Bereits am Mittwoch habe ich mich auf eine Reise nach Hinterbergen begeben, von der ich erst gestern zurückgekehrt bin.«

»Ach, du warst in Hinterbergen? Ein schönes Land. Sehr flach und überschaubar. Was hat dich dorthin geführt?«

»Ein Besuch bei Freunden«, log Wolf, der nicht vorhatte, Schneider über seine Nachforschungen zu unterrichten. »Du wirst mich jetzt hoffentlich nicht fragen, ob es jemanden gibt, der das bestätigen kann.«

Schneider schüttelte vehement den Kopf. »Selbstverständlich nicht. Wie könnte ich dermaßen unverschämt sein? Nur so aus Neugier: Gäbe es denn jemanden?«

»Davon kannst du ausgehen.«

»Und dennoch verbreitet sich dieses hässliche Gerücht wie ein Lauffeuer …«

»Vergiss die Gerüchte, vergiss das Geschwätz! Über jeden von uns sind die haarsträubendsten Dinge berichtet worden. Dass an diesen Märchen nichts dran ist, weißt du selbst am besten. Weder habe ich Rotkäppchens Großmutter gefressen, noch bist du trotz deiner Heldentaten König geworden, wie behauptet wird.«

»Nein, leider. Oft wird gehörig übertrieben.« Schneider zeigte ein dünnes Lächeln, bevor sich sein Antlitz erneut verfinsterte. »Und doch entspricht vieles der Wahrheit. Ich traf Sieben mit einem Streich, tötete zwei Riesen, führte im Auftrag des Königs ein Einhorn fort und fing ein Wildschwein. All das brachte mich dorthin, wo ich heute stehe. Jedenfalls hoffe ich auf dein Verständnis, dass ich dieser mysteriösen Angelegenheit nachgehen muss.«

»Selbstverständlich. Du tust nur deine Pflicht«, säuselte Wolf. »Nichts für ungut. Ich bedaure sehr, dass ich dich dabei nicht unterstützen kann. Sollte ich etwas über Rotkäppchens Verbleib erfahren, werde ich dich unverzüglich informieren.«

Schneider nickte. »Dafür wäre ich dir sehr verbunden, mein Freund. Ich werde deine Hilfsbereitschaft beim Prinzen lobend erwähnen.«

»Ach ja, und wenn du schon dabei bist ...« Wolf fand, dass der Augenblick günstig war, um ein anderes Thema anzuschneiden. »Sei so gut und danke ihm, dass er für den Auftritt meiner Burschen und Katze ein Honorar von fünf Thalern bewilligt hat. Irrtümlicherweise hast du mir nur drei zugesagt.«

Schneider ächzte leidend. »Ach, Wolf, ich fürchte, da hast du etwas falsch verstanden. Die fünf Thaler sind nicht zur Gänze für dich und deine Schützlinge bestimmt. Von diesem Betrag muss ich auch anfallende Kosten begleichen. Eine Bühne will gebaut werden, die Ehrentribüne für die königliche Familie, die Erfrischungsstände und so weiter und so fort. Das Material ist teuer und die Arbeiter fordern ihren Lohn. Über den enormen Verwaltungsaufwand will ich gar nicht reden.«

Und ebenso wenig über jenen Teil des Honorars, der in deine eigene Tasche wandert, dachte Wolf.

»Vielleicht könntest du wenigstens bei deinem Herrn ein gutes Wort für mich einlegen«, schlug er vor. »Was denkst du, wie stehen meine Chancen, eine Verkaufsermächtigung für Gute-Laune-Kraut zu erhalten? Niemand kann es gutheißen, wenn der gesamte Markt dem teuren, äh, treuen Johannes überlassen wird. Pluralität belebt die Wirtschaft. Habe ich recht? Das Volk würde von den niedrigeren Preisen profitieren und dem Prinzen auf ewig dankbar sein.«

»Das mag wohl stimmen, Wolf, nur ...« Schneider suchte

nach den passenden Worten. »Deine Wertschätzung dem Prinzen gegenüber ist … wie soll ich es ausdrücken … optimierbar. Allzu oft hört man, du würdest nicht müde, öffentlich Kritik an seinem Führungsstil zu üben, an seinen Visionen, obwohl sie ausschließlich darauf abzielen, das Land und seine Bürger in eine blühende Zukunft zu führen.«

Wolf biss die Zähne so fest zusammen, dass seine Kiefer schmerzten. Lange starrte er Schneider an.

»Kritik ist nicht erwünscht?«, grunzte er.

»Doch, selbstverständlich. Der Prinz hat für die Sorgen und Nöte seiner Untertanen stets ein offenes Ohr. Nur … der Ton macht die Musik.«

Wie auf ein Stichwort setzten die Musikanten ihre Probe in der Höhle fort.

»Ah, dieses Lied ist mir bekannt«, strahlte Schneider. Ungelenk vollführte er ein paar Tanzschritte. »Wie heißt es? Warte, nichts sagen, ich komme gleich drauf …«

»*Kennt ihr meinen Namen?*«, verriet Wolf, da es Schneider ohnehin nicht gewusst hätte.

»Richtig. Ich muss gestehen, ich mag es. Es erzeugt gute Laune, ganz ohne Kraut.« Schneider band seinen Hengst von der Föhre los und hievte sich umständlich in den Sattel. »Dann werde ich mich besser auf den Rückweg machen, bevor die Dämmerung hereinbricht. Und was dein Ansinnen anbelangt, mein Freund, gebe ich dir einen guten Rat, ganz im Vertrauen: Wenn du nicht länger das Wohlergehen des gemeinen Volks vor Augen hast, sondern eine Idee, wie unser verehrter Prinz aus deinen Geschäften Nutzen ziehen könnte, lass es mich wissen. In diesem Fall werde ich dir gerne eine Audienz bei ihm verschaffen.«

Die Wege des Herrn

Seit seiner Rückkehr aus Hinterbergen wendete sich für Wolf das Blatt zum Guten. Erst hatte ein geheimnisvoller Zeuge dem gescheiten Hans das Geißenmassaker in die Schuhe geschoben, und nun war Rotkäppchen auf mysteriöse Weise verschwunden, womit sich eine weitere Misere in Luft auflöste. Wie konnte das sein? War das alles Zufall oder hatte jemand seine Hand im Spiel, der es gut mit Wolf meinte?

Die aktuelle Glückssträhne brachte allerdings nicht nur Vorteile mit sich. Sie stellte Wolf vor neue Herausforderungen. Sobald die Jubiläumsfeierlichkeiten vorüber waren, blieb ihm nichts anderes übrig, als sich auf die Suche nach Rotkäppchen zu machen. Denn nur, wenn sie wieder auf der Bildfläche erschien, konnte er beweisen, dass das Gerücht, er habe sie gefressen, nichts weiter als eine dreiste Lüge war. Zuerst aber drängte ihn sein Gewissen, den gescheiten Hans vor dem Galgen zu retten. Und diese Mission duldete keinen Aufschub.

Meister hatte Wolf am frühen Abend eine Nachricht geschickt und ihn zu sich in die Stadt bestellt. Schlag Mitternacht solle sich Wolf vor Meisters Laden einfinden, hatte ihm der Rabe mitgeteilt. Nun zählte der neue Tag bereits fünf Minuten, wie Wolf von der Kirchturmuhr ablas, und von Meister war weit und breit nichts zu sehen.

»Sind wir schon da?«, erkundigte sich Läuschen.

»Ja«, erwiderte Wolf. »Wenn du etwas zu erledigen hast, beeile dich! Wir müssen gleich weiter.«

Unruhig wanderte sein Blick über den leeren Stadtplatz. Die Laternen waren längst gelöscht worden. Nur der abnehmende Mond breitete sein fahles Licht über die Straßen und Häuser.

Wie überall in der Stadt waren auch hier die affichierten Veranstaltungsplakate beschmiert worden. Im Hinweis auf andere Musikanten, die neben Drosselbart auftreten würden, war das Wort *Musikanten* mit einem Kohlestift durchgestrichen und durch die Bezeichnung *Musizierende* ersetzt worden. Hernach hatte jemand in fetten roten Buchstaben quer über jedes Plakat *Es lebe TRACHTENZUG!* geschrieben. Wolf nahm sich vor, mit den Schmierfinken bei Gelegenheit ein ernstes Wort zu reden.

Die Vorbereitungen für die Jubiläumsfeier waren weit gediehen. Die Ehrentribüne, ein monströses Konstrukt aus Holzpfeilern, -balken und -brettern, war bereits neben dem Schlosstor errichtet worden. Eine steile Treppe mit elf Stufen führte hinauf zu den beiden Sitzplätzen, die der königlichen Familie, also König Dummling und dem Prinzen, vorbehalten waren. Gegenüber, auf der anderen Seite des Platzes, hatte man begonnen, die Bühne aufzubauen. Obwohl sie noch nicht fertiggestellt war, konnte man bereits an ihrem Unterbau die großzügig bemessenen Dimensionen erkennen. Sollte es Hahn möglich sein aufzutreten, würde sie ihm reichlich Platz für seine Tanzeinlagen bieten.

Ein leises Knarren ließ Wolf zusammenzucken. Als das schwere Kirchentor aufschwang, presste er sich geduckt an die Hausmauer. Eine dunkle Gestalt trat aus dem Gotteshaus und eilte mit langen Schritten auf ihn zu. Es war der Pfarrer. Wolf erkannte ihn an der weitgeschnittenen schwarzen Soutane, dem runden Hut und der weißen Halskrause, unter der ein silbernes Kruzifix an einer Kette baumelte.

»Entschuldige die Verspätung«, sagte der Pfarrer mit Meisters Stimme. »Es hat etwas länger gedauert als geplant.«

»Meister?«, fragte Wolf.

»Wolf?«, fragte Meister und lachte leise.

»Tolle Verkleidung, absolut authentisch. Ich habe dich wirklich für den Pfarrer gehalten.«

»Danke.« Meister drehte sich einmal um die eigene Achse, um sich von vorne und hinten zu präsentieren. »In meinem Fundus konnte ich nichts Passendes finden, also musste ich mir das Zeug in der Kirche organisieren.«

Wolf grinste. »Willst du mir die Beichte abnehmen?«

»Nicht dir. Das würde zu lange dauern. Aber dem gescheiten Hans, dem armen Sünder.«

Wolf begann zu verstehen. »Und worin besteht meine Aufgabe bei deinem Plan?«

»Du hast vorerst nicht viel zu tun. Bleib einfach an meiner Seite, Sultan!«

»Sultan?«

»Mein treuer, alter Hund. Sprich nicht, und tu einfach, was ich sage! Komm jetzt, bei Fuß!«

Einen gebrechlichen Schäferhund mimend, hinkte Wolf seinem Herrchen hinterher, das zielstrebig auf das Tor des königlichen Schlosses zusteuerte.

»Der Kerker befindet sich tief unterhalb der Burgmauer«, erläuterte Meister. »In ihn gelangt man durch eine Türe im Torbogen, vor der zwei Wachen ihren Dienst versehen.«

Die räumlichen Verhältnisse waren Wolf bekannt. Vor Jahren hatte er selbst nach einem ausgelassenen Volksfest unfreiwillig eine Nacht im Verlies verbracht und dort seinen Rausch ausgeschlafen. Ein Vergehen gegen die Sittlichkeit war ihm zur Last gelegt worden, konkret öffentliches Urinieren. Nun lag es in der Natur von Wölfen, öffentlich zu urinieren, doch hatte Wolf Ort und Zeitpunkt angesichts der Dringlichkeit unglücklich gewählt und sein Bein just neben einer ehrbaren Dame vom Hofe König Dummlings gehoben. Die auf diese Weise Benetzte war wenig entzückt gewesen und hatte nach der Garde gerufen.

»Wie du zu dem Gefangenen vordringen willst, ist mir schon klar«, flüsterte Wolf, »aber wie gedenkst du ihn herauszuschmuggeln?«

»Wart's ab«, lächelte Meister. »Du wirst es noch früh genug erfahren.«

Sie gingen an der Tribüne vorbei und traten vor das Schlosstor.

»Gott zum Gruße, ihr strammen Herren«, grüßte Meister die beiden Wachen, junge, unerfahrene Burschen, die im Ernstfall keine Gefahr darstellen würden.

»Wohin so spät, Hochwürden?«, erkundigte sich der größere der beiden, ein schlaksiger Geselle mit spitz zulaufender Nase. »Der Zutritt zum Schloss ist des Nachts nur in Ausnahmefällen gestattet.«

»Die Wege des Herrn führen mich nicht ins Schloss, mein Sohn«, sprach Meister. »Dem gescheiten Hans, der bedauernswerten Seele, will ich beistehen. Bevor er vor seinen Schöpfer tritt, soll er Buße tun.«

»Um diese Uhrzeit?«, wunderte sich der kleinere, ein Jüngling mit zarten, ebenmäßigen Gesichtszügen. »Ich nehme an, er schläft. Warum kommst du nicht morgen vor der Hinrichtung wieder?«

»Morgen ist Sonntag, mein Sohn. Da habe ich eine Messe zu lesen. Ich hoffe, auch dich in der Kirche zu sehen, sollte es dein Dienst erlauben. Du gehst doch zur Kirche am Tag des Herrn?«

Der Wachhabende senkte seinen Blick und nickte kaum merkbar.

»Und er?«, fragte der größere und deutete auf Wolf. »Ist er gefährlich?«

»I wo. Lass dich von seinem Äußeren nicht täuschen. Unter seinem Wolfspelz ist der gute Sultan unschuldig wie ein Lamm. Platz, Sultan, mach Platz! … Ja, so ist es brav.« Meister tätschelte Wolfs Kopf.

»Darf man ihn streicheln?«, wollte der Große wissen.

»Natürlich. Er liebt es, am Bauch gekrault zu werden. Nicht wahr, Sultan? Habe ich recht?«

Wolf konnte ein leises Knurren nicht unterdrücken.

»Kusch, Sultan, sonst hole ich meinen Knüppel aus dem Sack!«

»Die Kirche gestattet dir, Tiere zu schlagen?«, wunderte sich der Kleine.

»Natürlich darf man Tiere schlagen. Sie habe keine Seele wie wir Menschen und fühlen demnach keinen Schmerz. Gott erschuf sie, um uns zu dienen und zu sättigen.«

»Na, dann schließ die Türe auf, und lass den Pfarrer eintreten!«, befahl der Große seinem Kollegen, an dessen Gürtel ein Schlüsselbund hing.

»Wozu die Eile?« Meister zupfte seine Halskrause zurecht. »Dem gescheiten Hans bleiben noch ein paar Stunden seines beklagenswerten Lebens. Ehe ich seiner dunklen Seele Frieden verschaffe, will ich euch, die ihr uns so heldenhaft beschützt, eine kleine Freude bereiten.« Er griff in die Tasche seiner Soutane und zog eine Flasche heraus. »Gewiss seid ihr einem Schlückchen Messwein nicht abgeneigt, meine jungen Freunde. Ihr wisst ja, der beste Tropfen ist stets der Kirche vorbehalten.«

Die Wachen sahen einander fragend an. »Na ja …«, meinte der Kleinere. »Ein Schlückchen in Ehren …«

»… kann niemand verwehren«, setzte sein Kamerad fort.

Wolf war wenig überrascht, wie leicht sich die beiden übertölpeln ließen. Die königliche Wache, Dummlings ehemalige Elitetruppe, hatte sich gewandelt. Seit der Prinz am Ruder war, fragte man Bewerber längst nicht mehr nach Qualifikationen wie Verstand, Kraft oder Wagemut. Um eingestellt zu werden, genügten im Normalfall ein gefälliges Erscheinungsbild und die Bereitschaft, sich mit dem Mindestsold zufriedenzugeben. Zudem waren die Uniformen nach einem Entwurf von Schneider adaptiert worden. Im Bereich des Gesäßes waren sie auffallend eng geschnitten, während die Schultern durch riesige eingenähte Polster überproportional hervorgehoben wurden. Auch das Ritual der Wachablöse hatte sich verändert. Neuerdings erinnerte es eher an das Tanzen einer Gigue als an militärisches Exerzieren.

»Wohl bekomm's!« Meister reichte dem Kleineren die Flasche. »Der Herr sei mit euch.«

»Und mit euerm Geiste«, sprudelte es aus Wolf heraus, noch bevor er sich auf die Lippen beißen konnte.

»Hat der Hund etwas gesagt?«

»Sultan? Aber nein. Er jault hin und wieder. Ihn plagt der Bandwurm. Ihr solltet ihn sehen, wenn er auf seinem Hinterteil über den Kirchenboden rutscht, als wäre er ein Krüppel auf Wallfahrt in Lourdes.«

Der kleine Wächter nahm einen ordentlichen Schluck aus der Flasche und reichte sie an den großen weiter. Dieser ließ sich Zeit, behielt den Wein lange im Mund, schob ihn mit der Zunge hin und her, ehe er ihn mit einem Schnalzen die Kehle hinuntergleiten ließ.

»Ein ausgezeichneter Tropfen von edlem Charakter«, attestierte er dem Rebensaft. »Zweifellos gereift im Eichenfass, ist er am Gaumen warm, mit Aromen von Erdbeeren und Pfirsichen, frisch und würzig im Abgang mit einem Hauch von Pilzpulver.«

»Aus dir spricht der Fachmann«, lobte Meister. »Wahrlich, an dir ist ein Vorkoster in den Diensten des Prinzen verlorengegangen.«

»Oh, das war ich, doch handelte es sich nicht um Wein, den ich Abend für Abend zu kosten hatte.« Bedeutungsvoll rollte er mit seinen Augen.

In Demut vor seinem Herrn kniend, vermutete Wolf.

Es dauerte eine knappe Stunde, ehe Meisters Gebräu die erwünschte Wirkung zeigte. Eine knappe Stunde, in der die Wachen Wolf mit endlosem und immer wirrer werdendem Geschwätz ermüdeten. Gelangweilt hatte er sich an der

Schlossmauer zusammengerollt und wäre beinahe eingeschlafen, als ihn das laute Scheppern von auf Pflastersteinen aufschlagenden Brustharnischen hochfahren ließ.

»Ich hatte noch etwas von Hahns Traumpulver im Lager«, erklärte Meister. Er bückte sich und löste den Schlüsselbund vom Gürtel des kleineren Wächters. »So schnell werden die beiden nicht aufwachen.«

»Wenn überhaupt«, zeigte sich Wolf skeptisch. »Sollte die Wirkung ähnlich sein wie bei Hahn …«

»Mach dir keine Sorgen. Ich war sparsam im Umgang mit der Droge. Spätestens bei Sonnenaufgang sind sie wieder auf den Beinen. Warte hier!«, befahl Meister. »Ich hole den gescheiten Hans und dann nichts wie weg. Wie sieht er eigentlich aus? Nicht, dass ich am Ende den Falschen befreie.«

»Drei Zähne, aufgedunsenes Gesicht, niedrige Stirn … Wenn du ihn siehst, weißt du Bescheid. Du kannst ihn nicht verwechseln.«

»In Ordnung. Pass auf, dass niemand kommt! Sollte sich jemand nähern, gibt kurz Laut, aber nicht zu laut.«

Meister schloss die Türe zum Kerker auf und verschwand auf der dunklen Treppe, die hinab zu den Verliesen führte. Es dauerte geschlagene zehn Minuten, ehe er mit dem gescheiten Hans im Schlepptau zurückkehrte.

»Sag, was ist los mit dem Idioten?«, regte er sich auf, bemüht, mit leiser Stimme zu sprechen.

Wolf sah ihn fragend an. »Was meinst du?«

»Er benimmt sich äußerst merkwürdig. Ist er nicht ganz bei Trost?«

»Ja, nicht ganz. Was ist passiert?«

»Was passiert ist, willst du wissen? Das kann ich dir sagen.« Meister holte tief Luft. »Ich verschaffe mir Zugang zu seiner Zelle, löse seine Ketten und will gleich wieder gehen, steht er einfach nur da und rührt sich nicht von der Stelle.

Ich sage ihm, dass wir keine Zeit zu verlieren hätten, dass er gefälligst seine Beine in die Hand nehmen solle, nimmt er sie tatsächlich in die Hand, fällt dabei hin und schlägt sich die Nase blutig. Ich reiche ihm ein Taschentuch, damit er sich das Gesicht abwischen kann, erkläre ihm, dass ich ihm zur Flucht verhelfen möchte, dass alles gutgehen wird und er keine kalten Füße bekommen soll, da versucht er das Taschentuch um seine Füße zu wickeln. Ich frage ihn, ob er mich auf den Arm nehmen …«

»Du brauchst nicht weiterzureden«, unterbrach ihn Wolf. »Ich habe ein genaues Bild vor Augen. So ist er eben. Er kann nichts dafür. Und jetzt? Was machen wir mit ihm? Nach Hause können wir ihn nicht bringen. Dort werden sie als Erstes nach ihm suchen.«

Meister reagierte verschnupft. »Denkst du, daran habe ich nicht gedacht? Hältst du mich für einen Stümper? Vertrau mir, alles ist vorbereitet. Lass uns von hier verschwinden, und zwar schleunigst, bevor uns jemand sieht. Folgt mir, und bleibt mir dicht auf den Fersen!«

»Warte! Keine Redewendungen, die er falsch verstehen könnte. Wir müssen ihm klare Anweisungen geben.« Wolf sah dem gescheiten Hans tief in die Augen. »Du gehst neben uns, bleibst nicht zurück, läufst nicht voran und gibst keinen Mucks von dir!«

Der gescheite Hans nickte.

Im Schutz der Dunkelheit schlichen sie über den Platz und bogen in die Straße, die zum Stadttor führte. Die Wachen, die dort ihren Dienst versahen, grüßten kurz, schenkten ihnen aber keine weitere Beachtung. Ihr Auftrag war klar definiert und lautete, niemanden in die Stadt zu lassen, von dem eine Gefahr ausgehen könnte. Personen, die die Stadt verließen, gingen sie nichts an.

So gelangten die Flüchtenden ungehindert bis vor die Brücke, die über den Fluss führte, wo Meister nach rechts abzweigte und Wolf und den gescheiten Hans ein kurzes Stück am Ufer entlang stromaufwärts leitete.

»Hier ist es«, sagte er und deutete auf ein Floß, das an einem Stein vertäut halb im Wasser und halb auf einer Schotterbank lag.

Wolf blickte ihn fragend an. »Ein Floß? Was bezweckst du damit?«

»Unser Schützling wird eine Bootsfahrt unternehmen.«

»Bootsfahrt«, wiederholte der gescheite Hans grinsend. Speichel tropfte aus seinem Mund.

»Niemand hat dir erlaubt zu reden!«, wies ihn Meister zurecht. »Du hältst deinen Mund!«

Der gescheite Hans nickte und bedeckte seinen Mund mit beiden Händen.

»Und wohin soll er fahren?«, fragte Wolf besorgt. »So ganz alleine?«

»Die Strömung wird ihm den Weg weisen. Je weiter sie ihn führt, desto besser. Hoffentlich bis nach Hinterbergen. Mehr können wir nicht für ihn tun.«

»Ich fürchte, niemand kann mehr etwas für ihn tun.«

»Steig auf und setz dich auf die Kiste!«, befahl Meister. »In ihr befinden sich Nahrungsmittel für zwei Tage. Iss nicht alles auf einmal!«

»Solange er den Mund halten muss, wird er überhaupt nichts essen«, gab Wolf zu bedenken. »Hör zu«, instruierte er den gescheiten Hans, wobei er langsam und deutlich sprach, »sobald die Sonne aufgeht, darfst du aufhören, deinen Mund zu halten. Du darfst aufstehen, aber vorsichtig, damit du nicht kenterst, die Kiste öffnen und dir ein Frühstück genehmigen. Verstanden? Und jetzt an Bord!«

Das Floß schwankte bedenklich, als der gescheite Hans seinen massigen Körper auf die zusammengebundenen Holzstämme wuchtete. Ungeschickt plumpste er mit seiner Kehrseite auf die Kiste.

»Du bleibst auf dem Floß, bis du ans Ufer gespült wirst!«, ordnete Meister an. »Erst dann steigst du aus. Ist das klar?«

Der gescheite Hans nickte abermals.

Meister löste das Seil und schob das Floß von der Schotterbank. Langsam setzte es sich stromabwärts in Bewegung, trieb nahe der Uferböschung ein gutes Stück dahin, ehe es gegen den Brückenpfeiler stieß und zum Stillstand kam. Prompt erhob sich der gescheite Hans, um an Land zu gehen.

»Nein!«, zischte Wolf, so laut er zischen konnte. »Sitzen bleiben!«

Meister schlug die Hände zusammen. »Was für ein Schafskopf!«, seufzte er. »Immer wieder zeigt sich, dass sich mangelnde Intelligenz nicht mit Blödheit kompensieren lässt.«

Sie eilten zur Brücke und bugsierten den gescheiten Hans zurück auf seinen Platz. Mit vereinten Kräften schoben sie das Floß neuerlich in Richtung Flussmitte. Diesmal klappte es. Es trieb unter der Brücke hindurch und setzte seine Fahrt nach Westen fort. Wolf und Meister sahen ihm nach, bis es von der Nacht verschlungen wurde.

»Ob das gutgeht?«, zweifelte Meister.

»Wollen wir es hoffen«, ächzte Wolf. »Selig sind die geistig Armen. Möge er bei seiner Landung auf gütige und verständnisvolle Menschen treffen.«

Vier Minuten vor zwei, las Wolf von der Uhr auf dem Kirchturm ab, als er sich vor dem Stadttor bei Meister bedankte und ihm Lebewohl sagte. Dann machte er sich ebenfalls auf den Heimweg. Gegen drei Uhr würde er zu Hause sein, schätzte er, käme ihm nichts Unvorhergesehenes dazwischen.

»Und wieder einmal haben wir ein spannendes Abenteuer bravourös bestanden«, fasste Flöhchen zusammen, das die Hälfte der Befreiungsaktion verschlafen hatte. »Ich muss schon sagen, in den letzten eineinhalb Wochen war ganz schön was los.«

»Nervenaufreibende Dinge sind passiert«, stimmte Läuschen zu. »So viel, wie davor in meinem ganzen Leben nicht.«

»Es werden wieder ruhigere Zeiten anbrechen«, war sich Wolf sicher. »Dann werdet ihr die Aufregungen bald vermissen.«

»Ha-haa!«, dröhnte ein schauriges Lachen durch die Nacht, just als Wolf mitten auf der Brücke stand. Eine kaum wahrnehmbare Gestalt zeichnete sich am anderen Ufer in der Dunkelheit ab. »Ich wusste, dass wir uns wieder begegnen werden, gräulicher Höllenhund!«, rief sie.

»Er schon wieder«, stöhnte Läuschen, das als Erstes begriff, mit wem sie es zu tun bekamen. »Der hat mir gerade noch gefehlt.«

Auch Wolf bemerkte jetzt die schemenhaften Umrisse des Jägers, der ihm zügig entgegenkam. Als sich der Weidmann bis auf zehn Schritte genähert hatte, blieb er stehen, hob seine Büchse und legte an. Er hatte sein Waffenarsenal aufgerüstet, stellte Wolf fest. Gleich zwei Mündungen einer doppelläufigen Schrotflinte waren auf ihn gerichtet.

»Weidmannsheil«, grüßte Wolf, um einen fröhlichen Tonfall bemüht. »So spät noch unterwegs, Herr Jäger? Quält dich die Schlaflosigkeit? Versuch es mit Gute-Laune-Kraut. Das wird dich in einen erholsamen Schlummer wiegen.«

Dem Jäger war nicht nach Scherzen zumute. »Schweig still, vermaledeite Kreatur! Diesmal entkommst du mir nicht. Ich kenne deine Tricks. So sprich dein Gebet, dein letztes Stündchen hat geschlagen.«

»Das Stündchen will ich lieber für den Heimweg nutzen. Willst du mich begleiten?«

Das wollte der Jäger nicht. »Keinen Schritt weiter, sonst brenne ich dir ein Loch in deinen verlausten Pelz!«

»Na, na«, protestierte Läuschen, »nicht unhöflich werden!«

»Was kann ich für dich tun, absonderlicher Grünrock?«, erkundigte sich Wolf. »In welcher Angelegenheit bist du denn diesmal unterwegs?«

»Nur eine Sache ist's, die ich begehr': deinen Tod, du Brut des Bösen. Doch zuerst gestehe deine Tat!«

Wolf blickte ihn lange an. »Und was genau?«, erkundigte er sich.

»Stell dich nicht dümmer, als du bist! Dass du Rotkäppchen gefressen hast natürlich.«

Wolf verstand. Daher wehte der Wind. Nun war klar, wer das infame Gerücht in die Welt gesetzt hatte. Nach der simplen Denkweise des Jägers konnte Rotkäppchens Verschwinden nur mit Wolfs unstillbarem Appetit auf Menschenfleisch erklärt werden.

»Ich werde keine Tat gestehen, die ich nicht begangen habe«, beharrte Wolf auf seiner Unschuld.

Der Jäger verlor zusehends die Fassung. »Dreister Lügner!«, brüllte er. »Menschenfresser!« Die Flinte zitterte in seinen Händen.

Wolf erkannte die Gefahr. Er musste auf sie reagieren. Ohne Deckung mitten auf der Brücke gab er selbst bei Nacht eine kaum zu verfehlende Zielscheibe ab. Ein kühner Sprung ins Wasser hätte ihn wohl aus der Schusslinie gebracht, doch das Risiko war hoch. Zu hoch. Was, wenn er an einer seichten Stelle mit dem Kopf voran gegen einen Felsen prallte oder von der Strömung gepackt und in die Tiefe gerissen wurde?

Als Alternative bot sich nur ein Rückzug an. Geschätzte 60 Schritte trennten Wolf vom Stadttor. Wenn er schnell war wie der Blitz und dabei Haken wie ein Hase schlug, konnte er dem Schrot entgehen. Gelänge es ihm, durch das Tor zu entschwinden, bevor der Jäger nachgeladen hatte, wäre er in Sicherheit.

»Du irrst dich, Jägersmann«, versuchte Wolf auf Zeit zu

spielen. »Als Rotkäppchen verschwand, war ich nicht im Lande.« Vorsichtig wich er zwei Schritte zurück.

»Keine Bewegung!«, schrie der Jäger prompt. »Deine Uhr ist abgelaufen. Erleichtere hier und jetzt dein Gewissen!«

Aufgeregte Stimmen gellten aus der Stadt. Genagelte Stiefel klapperten im Laufschritt über das Kopfsteinpflaster.

»Der Gefangene ist geflohen!«, rief jemand. »Der gescheite Hans hat beide Wachen überrumpelt!«

»Sucht ihn!«, befahl ein anderer. »Und schließt das Tor! Wir müssen seiner habhaft werden, ehe er die Stadt verlässt.«

Schweres Holz knarrte, lange nicht geölte Angeln quietschten. Dann folgte ein kurzes, dumpfes Poltern.

Der Jäger rückte ein paar Schritte näher. »So nimm Abschied von dieser schnöden Welt, du Scheusal, und brate fortan in der Hölle!« Die Flamme eines Schwefelholzes erhellte seine grimmige Visage.

Wolf wirbelte herum. Mit schnellen Sätzen raste er davon. Als er das Ende der Brücke erreichte, krachte der erste Schuss. Scharf bog er nach rechts und hastete stromabwärts. Da feuerte der Jäger ein zweites Mal. Die Wucht des Schlages war so groß, dass sie Wolf beinahe umwarf. Ein brennender Schmerz lähmte seinen rechten Hinterlauf, doch er widerstand der Versuchung anzuhalten. Jetzt aufzugeben, hätte seinen sicheren Tod bedeutet.

»Lauf, Wolf, lauf!«, hörte er Läuschen schreien. »Schneller, sonst wird dich der Jäger holen mit dem Schießgewehr!«

Auf drei Beinen humpelte er entlang des Flusses weiter. Die Stadt lag bereits hinter ihm, als es abermals knallte, diesmal leiser, ein gutes Stück entfernt. Wolf bog von der Straße und tauchte in einem Maisfeld unter. Zwischen mannshohen Stängeln kämpfte er sich voran. Er merkte, wie seine Kräfte schwanden, und doch verbot er sich eine Rast. Erst im Dunklen Wald würde er ein Versteck zum Übernachten finden, ein Erdloch, in dem er sich verkriechen und erholen konnte. Bis nach Hause würde er es in dieser Nacht nicht schaffen.

Als er die Brücke im Westen überquerte, konnte er sich kaum noch auf den Beinen halten. Die Schmerzen benebelten ihn. Ihm war speiübel. Mit zusammengebissenen Zähnen nahm er den Weg zur Waldschenke, die längst geschlossen hatte, und schlüpfte durch das Dickicht in den Wald. Unter den Wurzeln eines umgestürzten Ahorns sank er zu Boden.

Schwer atmend untersuchte er seine Wunde und leckte sie notdürftig sauber. Sie blutete stark. Die Schrotladung hatte ein ordentliches Stück Fleisch aus seinem Hinterteil gerissen.

Der Schädel an der Wand

Mit einem Schrei, der von den Höhlenwänden widerhallte, bäumte sich Wolf auf. Staub und Steinchen fielen aus dem Spalt in der Decke und prasselten ins Feuer.

»Aua! Verdammt, tut das weh!«, fluchte er.

Aschenputtel kniete neben ihm und streichelte seinen Kopf. »Du Armer! Gleich ist es vorbei«, sprach sie ihm Trost zu. »Nur noch – eins, zwei, drei, vier, fünf – fünf Kugeln, dann sind wir fertig. Die nächste dürfte allerdings recht tief sitzen.«

Wieder stocherte sie lange und umständlich mit einer Pinzette in Wolfs Wunde, bemüht, das Loch in seinem Sitzfleisch so weit zu dehnen, dass sie die Schrotkugel zu fassen kriegte.

Der Schmerz fuhr ihm durch alle Glieder. »Mist, au!«, zischte er.

»Du kannst von Glück reden, dass nicht mehr passiert ist.

Stell dir vor, der Jäger hätte dich in den Bauch getroffen oder gar in den Kopf!«

Wolf stellte sich das lieber nicht vor.

»Hast du eine Ahnung, weshalb es dieser Schießwütige auf dich abgesehen hat? Du hast ihm doch nichts getan.«

»Vielleicht, weil er ein Jäger ist und es als seine Aufgabe sieht, alles abzuknallen, was sich auf vier Beinen bewegt? Vielleicht, weil er komplett irre ist? Wer weiß das schon?«

»Solche Sorgen habe ich mir gemacht«, betonte Aschenputtel bereits zum dritten Mal. »Die halbe Nacht bin ich wachgelegen und habe auf dich gewartet.«

Und Wolf erklärte ihr zum dritten Mal, dass er mit Esel, Hund und Katze in der Waldschenke gewesen war und sich anschließend mit Meister getroffen hatte.

»Hat dir keiner gesagt, dass ich in die Stadt musste? Autsch! Um Himmels willen, pass doch auf!«

»Geschafft, jetzt ist sie heraußen … Ui, das blutet aber ganz ordentlich. Wir hätten den Bader holen sollen.« Vorsichtig betupfte Aschenputtel die Wunde mit einem sauberen Tuch. »Ja, Esel hat erwähnt, dass du Meister sehen wolltest, nur dachte ich nicht, dass du so lange wegbleiben würdest. Die halbe Nacht bin ich wachgelegen …«

»Weil du dir solche Sorgen gemacht hast. Ich weiß. Und niemand hier benötigt den Bader, den unverschämten Wucherer. Die paar Kratzer verheilen auch so.«

Aschenputtel schaute Wolf streng an. »Hättest du nicht den Wirt bitten können, dich nach Hause zu bringen, wenn du schon in der Nähe der Waldschenke genächtigt hast?«, fragte sie vorwurfsvoll.

»Wozu? Wie du siehst, habe ich es alleine geschafft.«

Seufzend machte sie sich daran, eine weitere Kugel aus seinem Hinterteil zu entfernen. »Dass du immer den Helden spielen musst!«

»Aah!«, stöhnte er auf. »Wie viele noch?«

»Aller guten Dinge sind drei.« Aschenputtel hielt ihm die Pinzette vor die Nase, damit er sich das Geschoß ansehen konnte.

»Dann bring es rasch hinter dich! Wo treibt sich eigentlich der Rest der Höhlenbewohner herum?«

»In der Stadt. Deine Burschen und Katze wollten sich die Hinrichtung ansehen.«

»Die Hinrichtung?« Wolf war bestürzt. »Was ist in sie gefahren? Wie kann man sich am Tod eines Menschen ergötzen?«

Aschenputtel zuckte mit den Schultern. »Du darfst es ihnen nicht übelnehmen. Sonst ist ja nichts los in der Gegend. Da will man sich ein Spektakel wie dieses nicht entgehen lassen. Immerhin wird eine Vierteilung geboten. Das ist schon etwas Besonderes. Außerdem lässt der Prinz Freibier für seine Untertanen ausschenken. Das mag wohl der eigentliche Grund für sie gewesen sein, sich unter die Schaulustigen zu mischen.«

Wolf verzog den Mund. »Ehrlich, ich bin enttäuscht. Was denken sie sich dabei? Sich vom Prinzen auf ein Bier einladen zu lassen, ist das Letzte. Und Hahn ist mitgegangen? War er dazu in der Lage? Wie geht es ihm?«

»Das Schlimmste scheint überstanden zu sein. Seit gestern Abend muss er sich nicht mehr übergeben, und die Muskelkrämpfe haben nachgelassen. Allerdings fühlt er sich noch schwach. Er ist auf Esel geritten.«

»Das Bier wird ihn schon zu Kräften bringen. Und dann geht alles von vorne los. Erst Bier, dann Wein, dann Gute-Laune-Kraut und schon labt er sich an Pilzpulver und Krötenschleim.«

»Ich hoffe nicht«, meinte Aschenputtel. »Ich habe den anderen aufgetragen, auf ihn achtzugeben. Wo bleiben sie eigentlich? Die Hinrichtung müsste längst vorüber sein.«

Die Hinrichtung hat gar nicht begonnen, dachte Wolf.

Aber es wurde Freibier ausgeschenkt, und die Musikanten würden so lange ausharren, bis sämtliche Fässer geleert waren.

»Aua! Himmel, noch einmal!«, schrie er von Neuem.

Aschenputtel konnte sich ein Kichern nicht verkneifen. »Gleich hast du es geschafft. Alles wird gut.«

»Das hast du vorhin schon gesagt. Ich glaube es erst, wenn du fertig bist. Jetzt erzähl mir, wie es dir gestern beim treuen Johannes ergangen ist! Was hast du herausgefunden?«

»Es war überhaupt kein Problem, in sein Anwesen hineinzukommen«, berichtete sie stolz. »Am Eingang hängt eine Liste mit den offenen Stellen. Da war auch die einer Reinigungsmagd dabei. Sie haben mir gesagt, ich könne sofort anfangen.«

»Und ist es dir gelungen, dich unauffällig umzusehen?«

Aschenputtel nickte. »Im Laufe des Tages bin ich mit Besen und Putztuch in alle Trakte des Gehöfts vorgedrungen, habe gekehrt und geschrubbt, gewischt und gewaschen. Glaube mir, so sauber ist es dort noch nie gewesen.«

Sie fischte mit der Pinzette nach dem letzten Schrotkorn und erzählte nebenbei, was sie ausgekundschaftet hatte. So erfuhr Wolf, dass sich der Gutshof in drei Bereiche gliederte. Hinter dem Verwaltungsgebäude, direkt am Eingangstor, lag die Produktionsstätte, in der sowohl die Kröten für die Schleimgewinnung gezüchtet wurden als auch die Pilze, die man später zu Pulver verarbeitete.

»Stell dir vor«, sagte Aschenputtel, »den Kröten steht ein Areal zur Verfügung, das zwanzig mal zwanzig Schritte misst und in dem sich sogar ein Teich für die Laichablage befindet. Denen geht es besser als den Bediensteten, die sich ständig herumscheuchen und anschreien lassen müssen.«

»Es wird erzählt, dass der treue Johannes seine Untergebenen schlägt, wenn sie ihr Plansoll nicht erfüllen. Stimmt das wirklich?«

»Nein, das erledigt sein privater Wachdienst. Er selbst macht sich nicht die Finger schmutzig. Ich habe ihn überhaupt nur einmal kurz gesehen, als er auf seinem Pferd das Gelände verlassen hat. Ein schönes Tier, weiß wie Schnee mit schwarzen Ohren.«

»Na gut, und der dritte Bereich?«, drängte Wolf.

»Dabei handelt es sich um eine Halle, die als Lager und Verarbeitungsstätte dient. In ihr werden die Pilze getrocknet und in riesigen Mühlen gemahlen. Der Krötenschleim wird, nachdem er aus den Kröten gepresst wurde, mit Mohnextrakt veredelt und für den Verkauf in kleine Fläschchen gefüllt.«

»Aber was ist mit dem Gute-Laune-Kraut?«, wollte Wolf wissen. »Hast du es gesehen?«

Ein Lächeln wuchs auf Aschenputtels Lippen. »Und ob«, bestätigte sie. »Es befindet sich ebenfalls in dieser Halle. Jenes, das bereits getrocknet und gereift ist, wird in Päckchen zu je einer halben Unze verpackt und zur Auslieferung bereitgestellt. Und dann ist da noch ein gut abgedunkelter Raum. Was, denkst du, habe ich in ihm entdeckt?«

»Aua!«, platzte es erneut aus Wolf heraus. Der Schmerz trieb ihm den Schweiß aus sämtlichen Poren seiner Fußballen.

»Erledigt. Das war die letzte.« Aschenputtel legte die Kugel zu den anderen in eine Schale. »Möchtest du sie aufheben als Erinnerung?«

»Nein.« Ungeduldig schüttelte Wolf den Kopf. »Sag schon, was du entdeckt hast, in diesem mysteriösen Raum! Mach es nicht so spannend!«

»Frisch geschnittenes Gute-Laune-Kraut. Und jetzt wird es interessant: Auf dem ganzen Grundstück gibt es keinen Garten und kein Feld, wo es gewachsen sein könnte.«

»Willst du wissen, wo es gewachsen ist?«, knurrte Wolf. »Das kann ich dir sagen: hinter dem Knusperhäuschen.«

Dass der treue Johannes Trockenkammer und Kräutergarten der Hexe geplündert hatte, war nicht mehr von der Hand zu weisen. Und nun gab er das Diebesgut als seine eigene Züchtung aus und brachte es zu horrenden Preisen unter die Leute. Wolf war nicht gewillt, dabei tatenlos zuzusehen. Das Gute-Laune-Kraut gehörte ihm und niemandem sonst. Schon alleine deswegen musste er es wiederhaben, selbst wenn er es hinterher aufgrund der Gesetzeslage nicht verkaufen durfte. Hier ging es ausschließlich um seine Ehre.

Noch hatte er keine Ahnung, wie es ihm gelingen sollte, an die *Weiße Witwe* heranzukommen. Es war allgemein bekannt, dass der treue Johannes sein Anwesen gut gesichert hatte. Das Areal lag hinter der Stadt, grenzte an einer Seite direkt an die Wehrmauer und war an den anderen von einem fünf Ellen hohen Zaun umgeben. Diesen zu überwinden erschien Wolf unmöglich, zumal am Gelände rund um die Uhr Wachen mit scharfen Hunden patrouillierten. Wachen, die mit Sicherheit besser ausgebildet waren als jene, die vor dem Kerker ihren Dienst versahen.

Wolf versuchte sich erheben, doch Aschenputtel hielt ihn zurück.

»Bleib liegen!«, befahl sie. »Ich bin noch nicht fertig.« Sie holte einen Tiegel mit einer Salbe aus ihrer Truhe und schmierte sie vorsichtig auf Wolfs Allerwertesten.

»Was ist das?«, fragte er misstrauisch.

»Eine Pechsalbe, selbstgemacht. Die beschleunigt die Wundheilung.«

»Pechsalbe? Na, hoffentlich bringt sie mir Glück.« Ein wenig skeptisch betrachtete Wolf Aschenputtels Werk. »War es notwendig, meine Kehrseite zu rasieren?«, murrte er. »Wie schaut denn das aus, so nackt und fettig glänzend?«

Mit gespielter Strenge stemmte sie ihre Hände in die Hüften. »Erstens ist nur eine Hälfte kahl, und zweitens lege ich dir ohnehin einen Verband an, damit kein Schmutz in die

310

Wunde gelangt. So wird niemand deinen verunstalteten Popo zu Gesicht bekommen. Abgesehen von mir, wenn ich den Verband wechsle.« Schelmisch ließ sie ihre Augenbrauen auf und ab wippen. »Weißt du, dass ich gestern zum ersten Mal in meinem Leben ein Einhorn gesehen habe?«, kam sie auf eine andere Sache zu sprechen.

Das überraschte Wolf. »Wirklich? Wo? Hier im Wald?«

»Nein. Und es war lediglich der Kopf eines Einhorns. Er hängt in der Schreibstube des treuen Johannes an der Wand. Wahrscheinlich eine Jagdtrophäe.«

»Ist die Spitze des Horns abgebrochen?«, fragte Wolf, einer plötzlichen Eingebung folgend.

Aschenputtel reagierte erstaunt. »Ja, genau, das ist sie. Woher weißt du das?«

»Nur eine Vermutung«, wich er ihr aus.

War das der fehlende Beweis? In Wolf keimte die Hoffnung, den Günstling des Prinzen doch des Mordes überführen zu können. Es musste schon mit dem Teufel zugehen, wenn die Hornspitze, die er in der Küche der Hexe gefunden hatte, nicht zu jenem Einhornschädel gehörte, der das Büro des treuen Johannes zierte.

»Es ist vollbracht«, verkündete Aschenputtel. »Der Verband sitzt und hält.«

»Das sieht ja noch peinlicher aus«, beschwerte sich Wolf. »Erst der nackte Hintern und jetzt werden alle denken, ich trage eine Windel.«

Aschenputtel lachte herzlich und küsste ihn auf die Nase.

Und dann tat Wolf etwas, das er nicht erklären konnte. Es passierte einfach. Ganz automatisch leckte er mit seiner Zunge über ihre Lippen.

Sofort schreckte er zurück. »Verzeih mir, Puttel!«, hüstelte er. Er merkte, wie er unter seinem Fell errötete. »Es tut mir leid, ehrlich. Das wollte ich nicht.«

»Ach, halb so wild, du stürmisches Raubtier.« Aschenputtel

nahm seinen Kopf in beide Hände und küsste ihn abermals. Diesmal nicht auf die Nase, sondern so richtig.

»Wo-hooh!«, frohlockte Flöhchen.

»Wuuuh!«, quietschte Läuschen.

Beide applaudierten.

»Nachdem sich nun alle prächtig amüsiert haben, hahaha, schlage ich vor, jeder widmet sich wieder seinem Gesprächspartner …«

»Oder Partner*in*«, stöhnte Katze.

»Oder seiner ganz persönlichen Vorliebe, sich zu betäuben«, fuhr Wolf fort. »Ich danke herzlich für eure Anteilnahme.«

Noch einmal drehte er sich vor den Gästen in der Waldschenke im Kreis, um jedem die Gelegenheit zu bieten, ausführlich sein bandagiertes Hinterteil zu betrachten. Schließlich ließ er sich ein Bier einschenken und setzte sich zu seinen Burschen und Katze an den Tisch.

»Hier steckt ihr also. Ich habe es mir schon gedacht. Wie ist die Hinrichtung gelaufen?«, erkundigte er sich mit aufgesetzter Unschuldsmiene. »Habt ihr euch gut unterhalten? Sind Vierteilungen tatsächlich so spektakulär, wie man behauptet? Ich persönlich habe noch keiner beigewohnt.«

»Ach was!«, ächzte Katze mürrisch, gähnte mit weit aufgerissenem Maul und streckte ihre Glieder. »Stell dir vor, die Exekution wurde abgesagt. Kaum hatten sich die Zusehenden zusammengefunden, kam ein Herold des Prinzen und schickte sie wieder nach Hause.«

Esel starrte deprimiert in seinen halbleeren Humpen. »Und weißt du, was wirklich schlimm war?«, jammerte er. »Nicht nur, dass die Hinrichtung ausgefallen ist, es hat auch kein Freibier gegeben.«

»Unerhört! Wie kam es dazu?«, täuschte Wolf Empörung vor. »Keine Hinrichtung, kein Freibier?«

»Der gescheite Hans ist in der Nacht geflohen.«

Wolf schüttelte ungläubig den Kopf. »Nein! Wie ist es ihm gelungen, aus dem Kerker zu entkommen?«

»Da war anscheinend Zauberei im Spiel«, berichtete Katze. Sie leckte ihre Pfote und wischte sich mit ihr über das Gesicht. »Wie man hört, hat sich der gescheite Hans selbst in vier Teile geteilt, genauer gesagt, in Längsstreifen, um sich auf diese Weise durch die Eisenstäbe seines Verlieses zu zwängen. Kaum war er draußen, sind seine Einzelteile wieder zusammengewachsen. Und jetzt kommt das Beste: Wie ein Gespenst soll er durch die geschlossene Kerkertür ins Freie gewandelt sein. Die dort postierten Wachen haben nicht schlecht gestaunt, als er plötzlich vor ihnen gestanden ist.«

Wolf verbiss sich ein Grinsen. »Das kann ich mir vorstellen. Wie haben sie reagiert?«

»Sie wollten sich auf ihn stürzen, ihn überwältigen und zurück in seine Zelle verfrachten, doch er hat sie mit einem Zauberspruch in einen tiefen Schlaf fallen lassen.«

Gute Geschichte, fand Wolf. Jedenfalls ließ sie die Wachen besser aussehen als die tatsächlichen Ereignisse.

»Schwarze Magie, hm? Jaja, man hört immer wieder von solchen Vorfällen.«

Katze war mit ihrer Berichterstattung noch nicht fertig. »Anschließend hat sich der gescheite Hans in einen Schwan verwandelt und ist davongeflogen. Jetzt behaupten alle, dass er ein furchteinflößender Zauberer ist.«

»In einen Schwan … Klingt fast romantisch.«

»Der Prinz hat ein Kopfgeld ausgesetzt«, sagte Esel. »Wer den gescheiten Hans zurückbringt, tot oder lebendig, erhält zehn Thaler.«

»Zehn? Da zeigt er sich ganz schön großzügig.«

»Finde ich auch, wenn man bedenkt, dass wir für unseren Auftritt nur drei bekommen. Jedenfalls befindet sich das

313

halbe Königreich auf Schwanenjagd. Angeblich wurden bereits Dutzende Tiere erlegt.«

Ursache und Wirkung, sinnierte Wolf. Da fraß man, ohne es zu wissen, ein paar Geißlein, und am Ende kam es zu einem Vogelsterben. Egal, was man tat, selbst wenn man einen Unschuldigen vor dem Galgen bewahrte, musste man stets mit unschönen Auswirkungen rechnen.

»Jetzt bleibt dir nichts anders übrig, als sämtliche Schwäne im Königreich zu retten«, amüsierte sich Flöhchen. »Ich bin schon neugierig, was du dir einfallen lässt.«

»Gar nichts werde ich mir einfallen lassen«, entschied Wolf. »Die Vögel müssen sich selbst um ihre Sicherheit kümmern.«

Esel fixierte ihn mit gerunzelter Stirn. »Was redest du da? Wer hat gesagt, dass du dir etwas einfallen lassen sollst?«

»Ich glaube, er spricht mit den Stimmen in seinem Kopf«, grinste Katze, die nach wie vor mit ihrer Gesichtswäsche beschäftigt war.

»Und dir geht's gut, *Prachtschwanz*?«, wollte Wolf wissen. Ihm war aufgefallen, dass Hahn ständig den Schnabel bewegte, ohne einen Ton von sich zu geben.

»Grundsätzlich hat sich sein Zustand gebessert«, antwortete Esel. »Nur seine Stimme lässt ihn im Stich.«

Wolf strafte Hahn mit einem vorwurfsvollen Blick. »Aber Biertrinken geht, ja? Wolltest du nicht die Finger von Drogen lassen?«

Hahn machte eine wegwerfende Bewegung mit dem Flügel, die bedeuten sollte, dass er Alkohol nicht als Droge wertete.

»Wenn seine Stimme bis übermorgen nicht zurückkehrt, werde ich das Singen übernehmen müssen«, meinte Esel.

Hahn stieß ein lautloses, aber verächtliches Lachen aus. Wieder klappte er seinen Schnabel auf und zu.

Wolf beugte sich nahe zu ihm hin. »Hast du etwas gesagt?«

»Singen«, hauchte Hahn, »kann man die entsetzlichen Schreie kaum nennen, die Esel ausstößt.«

Esel spitzte die Ohren. »Was meint er?«

»Dass deine Stimme von Tag zu Tag besser wird«, flunkerte Wolf, um Streitigkeiten vorzubeugen. »Ich denke, es wird Zeit für euch. Trinkt aus und geht nach Hause! Wie besprochen werdet ihr heute noch einmal das gesamte Programm durchspielen. Wenn nötig, auch mehrmals. Ich möchte übermorgen eine tadellose Darbietung von euch sehen. Mit oder ohne Hahns Stimme. Ist das klar?«

Esel nickte. »Wird gemacht, großer Führer, unfehlbarer Herrscher über Sonne und Sterne. Wir wollten ohnehin den Heimweg antreten.«

»Aber Meister kommt gerade«, stellte Katze mit leuchtenden Augen fest. »Können wir nicht noch ein bisschen bleiben?«

»Nein«, entschied Wolf. »Ich habe mit ihm Geschäftliches zu besprechen. Das geht nur ihn und mich etwas an.«

Während die Musikanten abzogen, setzte sich Meister zu Wolf an den Tisch.

»Du wünschst mich zu sehen, teilte mir dein Rabe mit. Was kann ich … Oha, was ist das?« Verdutzt deutete er auf Wolfs lädiertes Hinterteil. »Schicke Hosen hast du dir zugelegt.«

»Ich habe beschlossen, Schneider in Sachen Mode Konkurrenz zu machen«, schmunzelte Wolf. »Und der Jäger ist mir dabei freundlicherweise mit einer Ladung Schrot zur Seite gestanden.«

»Wie kann ich dir bei diesem Problem helfen?«, wollte Meister wissen. »Soll ich seine Waffen stehlen?«

»Nein, darum geht es nicht. Mit dem Deppen werde ich alleine fertig. Ich hoffe in einer anderen Angelegenheit auf deine Unterstützung.«

»Nämlich?«

Wolf sah sich aufmerksam um. Er wollte sicherstellen, dass niemand lauschte. »Das Gute-Laune-Kraut, das der treue Johannes neuerdings vertreibt, ist tatsächlich jenes der Hexe, genaugenommen also meines«, flüsterte er. »Und mit größter Wahrscheinlichkeit ist er nicht nur ein Dieb, sondern auch ein Mörder.«

»Der treue Johannes?«

»Erinnerst du dich an den Anhänger, den ich im Knusperhäuschen gefunden habe? Es handelt sich um die Spitze eines Einhorns. Und jetzt rate, wo sich der dazugehörige Kopf des bedauernswerten Tiers befindet.«

Meister zuckte mit den Schultern.

»In der Schreibstube des treuen Johannes.«

»Daraus willst du ihm einen Strick drehen?« Meister zweifelte am Erfolg eines solchen Unterfangens. »Erstens wird er alles abstreiten, behaupten, die Hornspitze sei ihm schon vor langer Zeit abhandengekommen, und zweitens hält der Prinz seine schützende Hand über ihn. Du wirst keinen Richter finden, der bereit ist, ihn schuldig zu sprechen.«

»Dass es nicht einfach wird, ihm den Mord anzulasten, ist mir klar. Dazu bräuchte es weitere Indizien. Aber die *Weiße Witwe* will ich mir in jedem Fall zurückholen.«

»Aha. Und wie hast du dir das vorgestellt? Willst du bei ihm einbrechen? Das könnte schwierig werden. Sein Anwesen wird rund um die Uhr bewacht.«

»Ich weiß. Vielleicht hast du als Fachmann eine Idee, wie man auf das Gelände gelangt, ohne seine Gesundheit oder sein Leben zu riskieren. Das Kraut befindet sich in der Lagerhalle, habe ich herausgefunden.« Wolf lächelte verschmitzt. »Ich kenne dich. Hohe Mauern, schwere Eisenschlösser, scharfe Hunde und dergleichen sind die Herausforderungen, die du liebst.«

»Da ist wohl was dran.« Meister griff nach dem Humpen, den ihm der Wirt hingestellt hatte, und prostete Wolf zu. »Wie viel Zeit bleibt uns? Wann soll die Rückholung stattfinden?«

»So bald wie möglich. Am besten, bevor der treue Johannes alles verkauft hat.«

»Hm, so auf die Schnelle wird das nicht einfach.«

»Ich habe mir Folgendes überlegt.« Wolf nippte an seinem Bier und wischte sich mit der Pfote den Schaum vom Maul. »Da du neuerdings gerne im Schloss verkehrst, wäre es dir sicher möglich, dich bei Dunkelheit aus einem der rückseitigen Fenster auf das Grundstück des treuen Johannes abzuseilen.«

»Direkt vor die Reißzähne blutrünstiger Wachhunde?«

»Daran habe ich gedacht. Zuerst wirfst du ihnen vergiftete Fleischbrocken vor, wartest, bis sie tot umfallen und ...«

»... versetze damit die Wachen in höchste Alarmbereitschaft«, folgerte Meister.

Wolf hatte seinen Plan, den er sich in groben Zügen ausgedacht hatte, für recht brauchbar gehalten. Nun musste er zugeben, dass er Schwächen aufwies.

»Und dann?«, fuhr Meister fort. »Angenommen, ich schaffe es, bis zu deinem Gute-Laune-Kraut vorzudringen, wie komme ich damit durch das bewachte Tor hinaus?«

Wolf zuckte mit den Schultern. »Keine Ahnung. Ich habe gehofft, dir als Meisterdieb würde etwas einfallen.«

Meister lächelte milde. »Keine Bange, natürlich wird mir etwas einfallen. Nur, denke ich, müssen wir die Sache völlig anders angehen.«

»Und wie?«

»Bedaure, das kann ich dir nicht sagen. Noch nicht. Aber ich werde mir etwas überlegen. Sobald dein Eingreifen erforderlich wird, lasse ich es dich wissen.«

Fürs Erste gab sich Wolf zufrieden. »Die nächste Runde geht auf mich«, sagte er und bestellte per Handzeichen zwei weitere Humpen.

»Einen Moment, bitte«, rief der Wirt. »Ich kümmere mich gleich um euch.« Er verschwand in der Küche und kehrte mit drei Blechnäpfen zurück, die er mit einer Schnur zusammenband. »Bring das Rapunzel!«, trug er seinem Schankburschen auf. »Und spute dich! Sie hat schon zweimal ihren Raben geschickt und sich beschwert, dass es so lange dauert.«

Der Schankbursche verzog das Gesicht. »Tag für Tag dasselbe«, maulte er. »Diese Essenszustellungen an Rapunzel bringen mich noch ins Grab. Jedes Mal muss ich bis in ihre Turmkammer hinaufsteigen, nur weil sie sich weigert herunterzukommen. 182 Stufen! Hast du eine Ahnung, wie anstrengend das ist? Und sie gibt keinen Pfennig Trinkgeld.«

Wolf sah Meister an. »Hast du das gewusst?«

»Dass Rapunzel kein Trinkgeld gibt?«

»Dass sie nach wie vor in diesem Turm haust. Ich dachte, sie hätte es längst aufgegeben, dort auf einen Prinzen zu warten.«

»Ich auch«, stimmte Meister zu. »Ich nahm an, die Ruine steht seit Ewigkeiten leer.«

»Hm …« Wolf kratzte sich an der Wange. »Weißt du was das bedeutet? Rapunzel könnte vom Fenster ihrer Kammer aus etwas beobachtet haben, das für die Aufklärung des Hexenmordes von Bedeutung ist.«

»Stimmt. Die Straße zum Knusperhäuschen führt direkt am Turm vorbei. Wir könnten ihr gleich einen Besuch abstatten und sie befragen«, schlug Meister vor.

Wolf hatte andere Pläne. »Darum kümmere ich mich morgen. Ich muss zur Probe der Musikanten. Wenn ich nicht dabei bin, treiben sie nur Unfug, anstatt zu üben.«

Nicht mehr als zwei Akkorde

»Eins, zwei, drei, vier«, zählte Esel, und er zählte schnell. Vier Takte lang schlug er in ständiger Wiederholung die Akkordfolge A-Moll, G-Dur, F-Dur und E-Moll auf seiner Laute, ehe Hund und Katze einsetzten und das Vorspiel für nochmals vier Takte rhythmisch vorantrieben. Dann begann Esel zu singen.

Esel hasst das Säcke-Schleppen
über Stufen, über Treppen.
Pfeift auf Arbeit, pfeift auf Pflicht,
Fron macht krank auf lange Sicht.

Hund hat's Jagen aufgegeben,
Gehorsam ist nicht sein Bestreben.
War nie passioniert als Jäger,
braucht kein Reh als Bettvorleger.

Katze will nicht Mäuse fangen,
lieber Ruhm und Geld erlangen.
Sie folgt ihrem Freiheitsdrang.
Daheim wird ihr die Zeit zu lang.

Hahn mag nicht in Suppe enden,
kann mit seiner Stimme blenden.
Darum er von früh bis spät
laut und voller Inbrunst kräht.

Esel kann die Saiten schlagen,
Hund mit Trommeln alles sagen.
Katze über Tasten springt,
Hahn aus Leibeskräften singt.

Ein Quartett, so hart wie Stein,
lädt die Stadt zum Tanzen ein.
Niemand kriegt davon genug,
gemeinsam sind sie DRACHENFLUG.

Das traditionelle Eröffnungsstück der Musikanten hieß *Es war einmal* und so schnell, wie sie es herunterspulten, lud es tatsächlich zum Tanzen ein. Sogar Wolf konnte nicht umhin, mit der Pfote im Takt zu wippen. Sechs Strophen Gesang, nochmals vier Takte Nachspiel und ein in die Länge gezogener Schlussakkord, der die Wände erzittern ließ, komplettierten das Stück.

»Ausgezeichnet«, lobte Wolf. Ihm war nicht entgangen, dass Esel am Schluss den neuen Gruppennamen richtig in den Text eingebaut hatte. »Kraftvoller Klang, einfach aber mitreißend. Genau so, wie es mir gefällt. Wenn ihr am Dienstag mit demselben Enthusiasmus bei der Sache seid, kann nichts mehr …«

Ein lautes Krachen ließ ihn verstummen. Etwas Schweres war ins Feuer gestürzt, woraufhin eine Stichflamme in die Höhe schoss und einen ganzen Schwarm an Funken mit sich riss. Wie Glühwürmchen tanzten sie durch die Höhle, bis sie erloschen.

Esel war begeistert. »Wahnsinn!«, rief er. »Was für ein toller Effekt! Den sollten wir unbedingt bei unseren Auftritten einbauen.«

»Oh mein Gott!« Aschenputtel starrte entsetzt zur Decke. »Seht nur!«

Der Spalt hatte sich verbreitert. An einer Stelle war ein kindskopfgroßer Brocken aus dem Fels gebrochen und hatte ein gähnendes Loch hinterlassen.

»Wir müssen hier raus, sonst werden wir alle sterben!«, zeterte sie. »Ja, begreift ihr denn nicht? Die Höhle wird über uns zusammenstürzen!«, setzte sie nach, da niemand auf ihre Warnung reagierte.

Ihre Ängstlichkeit amüsierte Wolf. »Aber wo!«, lächelte er. »Wie kommst du darauf? Die Höhle hat es vor Millionen von Jahren bereits gegeben, und sie wird in weiteren Millionen von Jahren noch immer existieren.«

»Da wäre ich mir nicht so sicher. Das ist doch nicht normal, dass …«

»Freilich. Das ist ein natürlicher Prozess, Puttel. Der Fels arbeitete. Er richtet sich neu ein. Nichts weiter. Bald wird er zur Ruhe kommen. Siehst du? Schon ist es vorbei.«

»Aber …«

»Kein Aber! Jetzt, da es mit DRACHENFLUG rasant bergauf geht, sollten wir uns die Stimmung nicht von einem harmlosen Steinschlag vermiesen lassen.«

Es freute Wolf ungemein, dass die Musikanten dank des Gute-Laune-Krauts zu ihrem unbekümmert-frechen Spiel zurückgefunden hatten. Das würde dem Publikum gefallen, war er sicher, vor allem wenn es sich bereits vor Konzertbeginn mit Bier oder anderen Rauschmitteln in Stimmung gebracht hatte. Da gab es nur eine Sache, einen einzigen Schwachpunkt, der wie ein Schatten über allem lag: Esels Stimme. So sehr er sich bemühte, gelang es ihm nicht annähernd, Hahn zu ersetzen. Besonders die hohen Töne machten ihm zu schaffen, und bei schnellen Tonfolgen hinkte er seinem eigenen Lautenspiel hinterher. Bedauerlicherweise bot sich außer ihm niemand an, Hahns Rolle zu übernehmen. Hund weigerte sich seit jeher standhaft zu singen, und Katzes Stimme war so dünn, dass sie auf dem großen Stadtplatz untergehen würde.

So hofften alle auf ein kleines Wunder, auf Hahns vollständige Genesung quasi in letzter Sekunde. Immerhin ging es mit ihm langsam, aber stetig bergauf. Seit er auf die Einnahme von Drogen verzichtete, sah er deutlich gesünder aus. Das kräftige Rot war in Kamm und Kehllappen zurückgekehrt, sein Blick um einiges klarer. Auch sein Benehmen hatte sich verbessert. Er war verträglicher geworden, fügte sich in die Gruppe ein und bewies guten Willen. Ungeachtet seiner Stummheit arbeitete er verbissen an seiner Choreografie. Das Stolzieren und das neckische Wackeln mit dem Hinterteil funktionierten schon recht gut. Zudem baute er neue Elemente in seine Tanzdarbietung ein. Er vollführte melodramatische Bewegungen mit den Flügeln, die er pathetisch gen Himmel reckte, als wolle er die Götter anrufen, und begleitete die Geste mit dem würdevollen Blick eines Philosophen, der die Unendlichkeit des Universums zu ergründen versuchte.

»Verehrtes Publikum«, sagte Esel, der bei den Proben gerne an seinen Ansagen feilte, »geschätzte Menschen und Tiere, Zwerge und Riesen, jetzt präsentieren wir ein brandneues Stück, zu dem erstmals unser Kümmerer, Wolf, den Text verfasst hat. Es nennt sich *Es jauchzen die Kinder*.«

Esel hatte eine wehmütige Ballade komponiert, ohne sich dabei sonderlich ins Zeug zu legen. Am Ende gab es für Wolf wenig zu jauchzen.

»Wirklich, Esel?«, fragte er. »Ernsthaft? Zwei Akkorde? Mein wunderbarer Text war dir nicht mehr als zwei Akkorde wert?« Missbilligend musterte er den Komponisten.

Esel zuckte mit den Schultern. »E-Moll und D. Es musste schnell gehen«, rechtfertigte er sich. »In der Eile war es mir nicht möglich, mich mit komplizierten Arrangements aufzuhalten.«

»*Komplizierte Arrangements*?«, stieß Wolf hervor. »Als ob du schon jemals ein kompliziertes Arrangement geschrieben hättest. Dein bisheriger Rekord beläuft sich auf vier Akkorde in einem Lied.«

»Na und? Ich finde, es geht ins Ohr«, ergriff Katze für

Esel Partei. »Auf die Anzahl von Akkorden kommt es doch nicht an. Die Hauptsache ist, dass Melodie und Stimmung passen.«

Hund vertrat dieselbe Meinung, wie sein energisches Nicken verriet.

»Von mir aus«, murrte Wolf. »Sparen wir uns unnötige Diskussionen. Für wesentliche Umgestaltungen fehlt uns ohnehin die Zeit. Aber eine Sache müsst ihr ändern: In der jetzigen Version klingt eine Strophe wie die andere, wie heruntergebetet. Vielleicht könntet ihr ein bisschen Dynamik in das Stück bringen. Ich stelle mir vor, dass ihr die ersten und letzten drei Strophen ruhig und gefühlvoll angeht, die mittleren drei hingegen laut und kräftig, um die grausame Tat der Geschwister musikalisch zu unterstreichen. Verhaltene Bedrohung, rohe Gewalt und leise Melancholie. Auf diese Weise, liebe Künstler …«

»Und Künstler*in*.«

»… baut man einen Spannungsbogen auf.«

»Meinetwegen«, brummte Esel. »Daran soll es nicht scheitern. Wenn es dich glücklich macht …«

»Und du könntest im ersten und letzten Teil eine Oktave höher singen. Du weißt schon …« Wolf suchte nach den passenden Worten. »Lieblich und engelsgleich.«

Hahn bewegte seinen Schnabel und gestikulierte wild mit den Flügeln. Katze beugte sich zu ihm und lieh ihm ihr Ohr.

»Er meint, Esel kriegt das nicht hin«, übersetzte sie. »Er trifft nur die tiefen Töne halbwegs sicher.«

»Tja, da ist was dran.« Wolf seufzte. »Ganz ehrlich, wenn Hahns Stimme bis übermorgen nicht zurückkehrt, wird es nicht einfach, das Publikum von den Stühlen zu reißen, so sehr sich euer Spiel verbessert hat. Sei's drum, wir müssen aus den zur Verfügung stehenden Mitteln das Beste machen, dann …«

»*Der Hans und die Grete gehen durch den Wald*«, erklang es

plötzlich in Wolfs rechtem Ohr. »*Es ist nicht finster, schon gar nicht bitterkalt.*«

Wolf erstarrte. Träumte er, oder war es tatsächlich Läuschen, das so wunderschön sang?

»Vielleicht sollten wir alle Lieder in Instrumentalversionen umwandeln«, schlug Esel vor. »Hauptthema, Solo Katze, Hauptthema, Solo Hund, Hauptthema, Solo ich. Was meint ihr?«

»Sei still!«, gebot ihm Wolf. »Ich will das hören.«

»Was? Was willst du hören?« Esel sah sich irritiert um. »Was will er hören?«, fragte er in die Runde.

»Läuschen«, erklärte Wolf. »Es singt.«

»*Auch haben sich die beiden nicht verirrt, sie sind nicht ängstlich oder gar verwirrt.*«

»Komm uns nicht ständig mit diesem Läuschen oder Flöhchen oder was weiß ich«, maunzte Katze. Ihr Schwanz wedelte genervt hin und her. »Wir alle wissen, dass die beiden nur in deinem Kopf existieren. Kapier es endlich: außer dir kann sie niemand hören.«

»Ja, weil es sie nicht gibt«, maulte Esel. »Du bildest sie dir ein. Einmal muss das gesagt werden, selbst wenn es dich verletzt. Tut mir leid.«

Aschenputtel, die bisher schweigend Linsen ausgelesen hatte, meldete sich zu Wort. »Ich bitte euch, lasst Wolf in Ruhe! Wenn Läuschen und Flöhchen zu ihm sprechen, dann ist das eben so.« Ihre Augen begannen listig zu funkeln. »Solange sie ihm nicht befehlen, uns im Schlaf abzuschlachten, ist alles in Ordnung«, grinste sie.

Ta-ka, ksch, schlug Hund auf seiner Marschtrommel und der Tschinelle.

Wolf ignorierte den Spott. Seine ganze Aufmerksamkeit galt den Klängen in seinem Ohr. Was Läuschen von sich gab, war brillant, seine Phrasierungen vollendet und, offen gestanden, gefühlvoller als jene von Hahn. Einmal sang es mit heller, glasklarer Stimme, dann wieder rau und kraftvoll, um einzelne Worte oder ganze Zeilen zu akzentuieren.

Wolf bekam eine Gänsehaut. »Ich wusste nicht, dass du so fantastisch singen kannst«, sagte er. »Wieso hast du das bisher nie getan?«

»Ach, ich wollte mich nicht in Szene setzen«, meinte Läuschen. »Jetzt überkam es mich einfach.«

Wolf hatte eine Idee. »Puttel, wo ist dieses Hörrohr, das der Bader letztens vergessen hat? Bring es mir, bitte!«

Aschenputtel holte es aus ihrer Truhe und reichte es Wolf.

»Nein, steck es mir ins Ohr ... Nicht in dieses, ins andere, ins rechte. Ja, gut so ... aua, nicht so fest ... Und jetzt passt auf, ihr werdet staunen. Seid ihr bereit? Läuschen, dein Auftritt, bitte!«

Ein paar Sekunden blieb es still.

»Bedaure, aber ich höre nichts«, machte Esel seinem Unmut Luft. »Ihr?«

Katze schüttelte den Kopf, Hund spannte die Felle seiner Trommeln.

»Du musst ins Rohr singen, Läuschen«, erklärte Wolf. »Am besten, du kriechst ein Stück hinein. Probiere es nochmals.«

»*Grausame Folter, Terror und Gewalt*«, schallte es glockenhell durch die Höhle, »*vor keiner Rohheit machen sie je halt. Sie schwelgen im Blutrausch bis zum bitt'ren Schluss. Für Hans und für Grete ein himmlischer Genuss.*«

Esels Mund stand sperrangelweit offen. »Wa ... Was ... Was in aller Welt ...«, stammelte er.

Aschenputtel konnte es nicht fassen. »Es gibt sie wirklich«, hauchte sie beschämt. »Unglaublich! Verzeih uns, Wolf! Verzeih, dass wir an dir gezweifelt haben!«

»Ja, tut mir leid«, murmelte Katze. »Wir alle haben gedacht, du wärst nicht ganz richtig im Kopf.«

»Tja, so kann man sich täuschen. Aber egal, vergessen und vergeben.« Wolf versuchte gar nicht, ein gönnerhaftes

Lächeln zu unterdrücken. »Und jetzt mein Vorschlag: Für den Fall, dass Hahn als Sänger ausfällt, könnte Läuschen für ihn einspringen. Dann wäre das Konzert gerettet. Oder was meint ihr?«

Hahn flüsterte Katze etwas ins Ohr.

»Er meint, das Vieh ist nicht schlecht«, verlautbarte sie, »Das Problem: Niemand wird es auf der Bühne sehen können. Demnach werden sich alle fragen, wer da eigentlich singt.«

»Das ist richtig«, bestätigte Wolf. »Sag ihm bitte, dass ich bereits an einer Lösung arbeite.«

»Sag es ihm selbst. Seine Ohren sind in Ordnung.«

»Also, ich stelle mir folgendes Szenario vor.« Wolf schritt vor versammelter Mannschaft auf und ab. »Falls sich Hahns Stimme bis Dienstag nicht erholt, wird Läuschen an seiner Stelle aus dem Hintergrund singen. Dazu soll Hahn sein übliches Bühnenspektakel abziehen und den Schnabel bewegen, damit alle denken, er wäre der Sänger.«

»Gute Idee«, lobte Katze. »Dein Läuschen bräuchte allerdings ein größeres Hörrohr, damit seine Stimme auch die Zuschauer in den hinteren Reihen erreicht.«

Wolf überlegte kurz. »Das lässt sich machen. Esel, du gehst zum Schmied in die Stadt. Der soll einen Trichter für Läuschen anfertigen.«

»Du meinst, einen richtig großen, der den Schall ausreichend verstärkt? Hm …« Esel dachte angestrengt nach. Seine Augen wurden zu schmalen Schlitzen. Es schien, als entwickle er einen Plan. »In Ordnung«, sagte er. »Ich mache mich gleich auf den Weg.«

»He, Esel, warte!«, rief ihm Katze hinterher. »Denkst du, was ich denke?«

»Ich denke schon.«

»Dann denk bitte auch an Hund und mich.«

»Was? Wovon redet ihr?«, wollte Wolf wissen.

»Nicht so wichtig.« Katze sprang in den Koffer ihrer Orgel und drehte sich dreimal im Kreis, bevor sie sich zufrieden zusammenrollte.

Das rote Tagebuch

Um exakt acht Ellen höher als die Kirche in der Stadt, war der alte Wehrturm das höchste Bauwerk Siebenbergens. Schon vor langer Zeit hatte man ihn aus grob gehauenen Steinblöcken errichtet, um feindliche Heerscharen, die über die Sieben Berge in das Königreich einfielen, frühzeitig zu erkennen. Im Laufe seiner Geschichte war er aber nicht nur Angriffen mordender und brandschatzender Barbaren ausgesetzt gewesen, sondern unverkennbar auch zahlreichen Blitzschlägen, die Teile des Mauerwerks abgesprengt und geschwärzt hatten. Unten, in Reichweite von Kinderhänden, war der Turm mit wirren Malereien, geheimnisvollen Zeichen und verschnörkelten, meist unleserlichen Buchstaben bunt beschmiert worden.

Langsam wanderte Wolfs Blick zum einzigen Fenster des Bauwerks nach oben. Dort, in luftiger Höhe, wohnte Rapunzel, und dort musste er hin. Vorsichtig öffnete er das morsche Holztor, das schief in seinen Angeln hing, und stieg die schmale Wendeltreppe hinauf. Nur da und dort fiel ein wenig Licht durch Mauerrisse in das Stiegenhaus. Wolf drehte Runde um Runde um das schwindelerregende Treppenauge, kletterte die 182 wackligen und abgetretenen Stufen hinauf, bis er endlich sein Ziel erreichte. Mehrmals schöpfte er tief Luft, ehe er an die Türe zu Rapunzels Kammer klopfte.

»Tritt ein, mein Prinz!«, erklang eine zittrige Stimme. »Ich habe auf dich gewartet.«

Wolf öffnete die Türe und betrat die ehemalige Wächterstube, den einzigen Raum im gesamten Gebäude. Rapunzel lehnte am Fensterbrett und blickte ihm erwartungsvoll entgegen.

»Welch kostbare Hosen du trägst! Gerade recht für deinen Stand«, strahlte sie.

Wolf schielte auf den Verband, der sein Hinterteil verhüllte. »Ja, sie sind der letzte Schrei. Und dennoch, fürchte ich, muss ich dich enttäuschen, denn Prinz bin ich keiner.«

»Wie schade.« Rapunzel seufzte schwer.

Sie sah bemitleidenswert aus. Die lange Zeit, die sie vergebens auf ihr Glück gewartet hatte, war nicht spurlos an ihr vorübergegangen. Um ihre Augen und ihren Mund hatten sich schmale, aber tiefe Falten gebildet, ihre Hände waren von braunen Flecken übersät. Ihr Haar, für das sie einst berühmt gewesen war, hing ihr in dünnen, grauen Strähnen vom Kopf. Anders, als man sich erzählte, war es weder besonders lang, noch zu einem Zopf geflochten, der es ihr ermöglicht hätte, vom Fenster aus nach einem Prinzen zu angeln.

Ihr grobes Leinenkleid, scheinbar das einzige, das sie besaß, war ausgebleicht und zerschlissen. Manch aufgetrennte Naht hatte sie ohne besonderes Geschick zusammengeflickt. Sogar ihr Schuhwerk war vom täglichen Gebrauch in Mitleidenschaft gezogen worden. An den Spitzen ihrer Stiefel hatten sich die Sohlen vom Oberleder gelöst, sodass rote, löchrige Wollstrümpfe hervorblitzten.

Alles in allem glich Rapunzel den Möbeln, die sie umgaben. Wie das Bett, der Tisch und der einzige Stuhl, die allesamt aus ungehobelten Holzbrettern zusammengenagelt worden waren, wirkte sie abgelebt und klapprig.

Die Frau war Anfang 40, schätzte Wolf. Längst hatte sie die besten Jahre hinter sich gelassen und steuerte unaufhaltsam auf den Herbst ihres Lebens zu.

»Wie lange hältst du dich hier schon auf?«, fragte er, nachdem er sich vorgestellt hatte.

»Ach, es sind so viele Jahre ins Land gezogen, dass ich mich nicht entsinnen kann. Als mich die Zauberin in dieser Kammer einschloss, war ich noch ein junges Mädchen.«

»Du weißt aber schon, dass mittlerweile Türe und Tor unversperrt sind und du den Turm jederzeit verlassen könntest.«

»Natürlich. Vielleicht bin ich ein bisschen vergesslich, aber blöd bin ich nicht.« Rapunzel drehte sich um und starrte aus dem Fenster. »Leider kann ich dir nichts anbieten. Ich bekomme mein Essen erst nachmittags geliefert.«

Wolf nickte. »Ja, davon habe ich gehört. Hm ...« Erneut sah er sich um. »Lebst du gerne so abgeschieden, reduziert und spartanisch?«

»Es kommt nicht darauf an, ob ich es gerne tue. Ich muss hier ausharren, denn ich warte.«

»Auf einen Prinzen?«

»Auf *den* Prinzen. Auf jenen, der mich holt und in sein Reich führt, wo wir bis an unser Ende glücklich und vergnügt zusammenleben werden. Deswegen würde ich dich ersuchen, deinen Besuch kurzzuhalten. Jeden Moment könnte er erscheinen, und ich möchte nicht, dass ihn deine Anwesenheit verunsichert.«

»Ja, selbstverständlich.« War Wolf noch vor wenigen Minuten guter Hoffnung gewesen, mit Rapunzels Hilfe neue Erkenntnisse zu gewinnen, wurde ihm allmählich bewusst, dass er seine Erwartungen zurückschrauben, wenn nicht gar begraben musste. »Ich werde dich nicht lange aufhalten«, versprach er, während er zu ihr ans Fenster trat. »Eine fabelhafte Aussicht hast du von hier heroben. Genießt du sie oft?«

»Jeden Tag«, antwortete sie.

»Jeden Tag einmal oder zweimal oder wie oft?«

»Jeden Tag den ganzen Tag natürlich. Von Sonnenaufgang bis Sonnenuntergang.«

»Tatsächlich?« Schon wurden Wolfs Hoffnungen wiederbelebt. »Da gibt es bestimmt allerlei zu beobachten.«

Rapunzel wiegte ihren Kopf hin und her. »Manchmal mehr, manchmal weniger. Ist dir auf deinem Weg hierher ein Prinz begegnet?«, wollte sie wissen.

»Ich fürchte, nein. Aber ich bin mir sicher, dass er nicht mehr lange auf sich warten lässt. Morgen finden die Feierlichkeiten zu König Dummlings Jubiläum statt. Da reisen bestimmt unzählige Thronfolger aus den Nachbarländern an. Du wirst dich an einer großen Auswahl erfreuen können.« Rapunzel tat ihm leid. Er fühlte sich schuldig, dass er sie so unverschämt anlog. Soviel er wusste, waren keine Angehörigen ausländischer Königsfamilien eingeladen worden. Doch sollte es ihm gelingen, Rapunzel ein wenig aufzuheitern, würde sie vielleicht gesprächiger werden.

»Unzählige Thronfolger?«, wiederholte sie leise. »Oh, wie fein!« Ihre Augen begannen zu leuchten.

»Zurück zu deinen Beobachtungen«, beendete Wolf den kurzen Moment der Glückseligkeit. »Ist dir am Dienstag vor zwei Wochen etwas aufgefallen? Hast du außergewöhnliche Vorgänge unten auf der Straße bemerkt?«

»Außergewöhnliche Vorgänge? Was meinst du?«

»Ist zum Beispiel jemand vorbeigekommen und hat den Weg zum Knusperhäuschen eingeschlagen?«

Rapunzel lachte belustigt auf. »Mein lieber Wolf, wie soll ich mich heute daran erinnern, was vor zwei Wochen passiert ist?«

»Na ja, so lange ist das nicht her. Denk bitte nach! Ist ein Fuhrwerk am Turm vorübergefahren?«

»Ein Fuhrwerk ... hm ... Tut mir leid. Ich kann es dir beim besten Willen nicht sagen. Meist gleicht ein Tag dem anderen.«

Es war wie verhext. Einmal mehr war Wolfs Zuversicht enttäuscht worden. Einmal mehr stand er mit leeren Pfoten da. »Dann will ich dich nicht länger stören«, sagte er. »Lebe wohl und zufrieden mit deinem Prinzen. Sollte dir etwas einfallen, schick mir einen Raben.« Er verbeugte sich, machte kehrt und ging zur Türe.

»Wir könnten in meinem Tagebuch nachlesen, wenn dir damit gedient ist«, schlug Rapunzel vor. »Danach muss ich dich aber bitten zu gehen, nur für den Fall …«

Wolf spitzte seine Ohren. »Du führst Tagebuch? Was trägst du darin ein?«

»Alles, was so passiert den lieben langen Tag. Du kannst es dir gerne ansehen. Es liegt unter dem Bett.«

Wolf bückte sich und spähte unter das klapprige Gestell. »Da liegen viele Bücher«, sagte er. »Dutzende.«

»Jaja, im Laufe der Zeit kommt einiges zusammen.« Rapunzel nickte schwach. Unablässig starrte sie aus dem Fenster. »Es ist jenes, das ganz vorne liegt. Das mit dem roten Einband.«

Wolf nahm es an sich und schlug es auf. Er blätterte von einem Eintrag zum nächsten, bis er fand, wonach er suchte.

»Da haben wir es!«, rief er und begann zu lesen: »*Dienstag, der 20. August. Liebes Tagebuch, es war ein schöner Tag. Ich wartete am Fenster auf meinen Prinzen. Der Wind rauschte in den Bäumen. Die Vöglein zwitscherten. Die Sonne wanderte von Osten nach Westen.*« Wolf hob seinen Blick. »Bemerkenswert«, lobte er. »Du beschreibst die Geschehnisse äußerst detailreich.«

»Danke. Das Schreiben liegt mir im Blut. Damit verbringe ich meine Abende.«

»*Am Vormittag gab es nichts zu beobachten*«, fuhr Wolf mit der Lektüre fort. »*Am frühen Nachmittag fuhr eine schwarze Kutsche vom Fluss herauf. Sie wurde von zwei Ochsen gezogen. Der Kutscher lenkte sie in den Weg zum Knusperhäuschen. Neben ihm saß ein besserer Herr aus der Stadt. Dieser trug einen schwarzen Umhang.*

Auf seinem Kopf saß ein großer, ebenfalls schwarzer Hut. Leider war er kein Prinz. Hinten am Wagen hing ein Schild. Darauf stand HERR KORBES – FUHRWERKSUNTERNEHMER. Die Kutsche verschwand zwischen den Bäumen. Der Wind frischte auf. Er trieb die Krähen über die Felder. Nach 45 Minuten kehrte der Wagen zurück. Er war mit Gute-Laune-Kraut beladen. Es roch bis herauf in meine Kammer. Das Fuhrwerk rollte Richtung Fluss. Mein Essen wurde geliefert. Ich verzehrte es am Fenster. Danach passierte nichts. Als es dunkel wurde, entzündete ich eine Kerze. In ihrem Licht schreibe ich all das nieder. Anschließend werde ich zu Bett gehen.«

Es gab eine neue Spur, und es war eine verheißungsvolle. Wolf spürte, wie ihn das Jagdfieber erhitzte. Nachdenklich nagte er an seiner Unterlippe. Wer hätte gedacht, dass Herr Korbes an dem Verbrechen beteiligt gewesen war? Nun war klar, weshalb er nicht auf Wolfs Transportauftrag reagiert hatte. Er und sein Beifahrer hatten es selbst auf die *Weiße Witwe* im Kräutergarten abgesehen gehabt.

»Mittwoch, der 21. August. Liebes Tagebuch, es war ein schöner Tag. Die Ereignisse überschlugen sich. Gleich in der Früh stand ich am Fenster und wartete auf meinen Prinzen. Da sah ich eine junge Maid und einen Burschen. Sie kamen zu Fuß vom Haus der Hexe. Ihre Taschen waren prall gefüllt. Sie hüpften am Turm vorbei hin zum Fluss. Die Sonne wanderte von Osten nach Westen. Der Wind rauschte in den Bäumen. Die Vöglein sangen. Zwischen zehn und halb elf rollte ein Wagen heran, der von einer Ente gezogen wurde. Ein Hahn und eine Henne saßen auf ihm. Der Wagen bog in den Weg zum Knusperhäuschen. Eine gute Stunde später fuhr er die gleiche Strecke zurück. Der Hahn und die Henne waren verärgert. Sie schimpften unentwegt. Bald darauf lief ein Wolf vorbei. Er kam ebenfalls vom Haus der Hexe. Mein Essen wurde geliefert. Ich verzehrte es am Fenster. Danach passierte nichts. Auch heute wartete ich vergebens auf meinen Prinzen. Als es dunkel wurde, entzündete ich eine Kerze. In ihrem Licht schreibe ich all das nieder. Anschließend werde ich zu Bett gehen.«

Wolf hob seinen Blick. »Der Wolf war ich«, klärte er Rapunzel auf, bevor er umblätterte.

Am Morgen des 23. August, erfuhr er aus den Aufzeichnungen, war ein Mann in feiner Stadtkleidung auf einem blütenweißen Ross mit schwarzen Ohren zum Knusperhäuschen geritten. Weiß mit schwarzen Ohren … Das kam Wolf bekannt vor. Der treue Johannes besaß so ein Pferd, hatte Aschenputtel erzählt. Folglich konnte nur er es gewesen sein, der angerückt war, um den Reifegrad der *Weißen Witwe* zu überprüfen. Dabei hatte er wohl den Schuhabdruck im Kräutergarten hinterlassen.

»*Sonntag, der 25. August*«, las Wolf weiter. »*Liebes Tagebuch, es war ein schöner Tag. Ich wartete am Fenster auf meinen Prinzen. In der Früh ging im Osten die Sonne auf. Sie wanderte nach Westen. Der Wind rauschte in den Bäumen. Die Vöglein zwitscherten. Den ganzen Vormittag bekam ich keine Menschenseele zu Gesicht. Am Nachmittag wurde mein Essen geliefert. Ich verzehrte es am Fenster. Der Rinderbraten war zäh. Er ließ sich kaum schneiden. Beinahe hätte ich ein Fuhrwerk übersehen. Es fuhr die Straße herauf. Fünf Männer saßen auf der Ladefläche. Ich hörte sie scherzen und lachen. Sie trugen Arbeitskleidung. Auch diesmal war kein Prinz dabei. Der Wagen bog zum Knusperhäuschen ab. Eine Krähe besuchte mich am Fenster. Ich gab ihr ein paar Stücke meines Bratens. Sie defäkierte auf das Fensterbrett. Ich scheuchte sie weg. Nach einer Weile kehrten die Männer zurück. Das Fuhrwerk hatte Gute-Laune-Kraut geladen. Es rollte hinunter zum Fluss. Danach passierte nichts. Als es dunkel wurde, entzündete ich eine Kerze. In ihrem Licht schreibe ich all das nieder. Anschließend werde ich zu Bett gehen. Vor dem Einschlafen will ich an meinen Prinzen denken. Dabei werde ich mir mit eigenen Händen größte Freuden bereiten.*«

Rasch klappte Wolf das Buch zu und schob es unter das Bett zurück. Die letzten Worte hätte er nicht lesen sollen. Sie hatten ein Bild in seinen Kopf gebrannt, das nicht so rasch verblassen würde.

»Ich danke dir herzlich, Rapunzel«, sagte er. »Die Lektüre hat mir zu neuen Erkenntnissen verholfen. Zudem hat sie sich als amüsantes und spannendes Lesevergnügen erwiesen.«

»Poetisch, nicht?«

»Sehr. Solltest du jemals deine Memoiren veröffentlichen, lass es mich wissen. Nun aber will ich dich nicht länger beim Warten auf deinen Prinzen stören.«

Wolf verabschiedete sich und trippelte die Wendeltreppe hinab. Rapunzels Niederschrift hatte ihn um einiges schlauer gemacht. Hänsel und Gretel hatten die Hexe nicht getötet. Das stand jetzt fest. Sie waren tatsächlich erst am Morgen, bevor Wolf die Leiche entdeckt hatte, im Knusperhäuschen gewesen. Damit engte sich der Kreis der Verdächtigen auf zwei Personen ein. Wenn die fünf Männer, die am 25. August die *Weiße Witwe* geerntet hatten, im Dienste des treuen Johannes standen, und davon musste man ausgehen, konnte der *bessere Herr aus der Stadt*, der am Tag des Mordes mit Herrn Korbes zum Hexenhaus gefahren war, nur der treue Johannes höchstpersönlich gewesen sein.

Noch fehlte Wolf der allerletzte Beweis für seine Hypothese, doch gleich würde er den Fuhrwerksunternehmer ins Gebet nehmen und ihn nötigenfalls unter Androhung von Gewalt zu einem Geständnis bewegen, das alle Zweifel ausräumte.

Von Rapunzels Turm bis zu Herrn Korbes war es nicht weit. Sein Haus lag direkt an der Straße zum Fluss, ein kurzes Stück vor der Abzweigung zur Waldschenke. Wolf erreichte es in einer guten halben Stunde. Er hatte Glück. Herr Korbes schien daheim zu sein. Er hatte sein Fuhrwerk am Ende der Zufahrt abgestellt und die beiden Ochsen auf der angrenzenden Weide untergebracht, wo sie an einem kleinen Weiher standen und Wolf aufmerksam entgegenglotzten.

»Gratuliere«, sagte Läuschen. »Die Mörderjagd neigt sich ihrem Ende zu. In ein paar Stunden ist alles vorbei.«

Wolf nickte. »Wollen wir es hoffen. Sobald Herr Korbes gestanden hat, zerre ich ihn vor den Richter. Dann geht es auch dem treuen Johannes an den Kragen. Morgen wird der Prinz wohl einen anderen Kandidaten zum Kaufmann des Jahres küren müssen.«

Oder es kam wieder einmal ganz anders, erkannte Wolf einen Moment später. Ein ekelerregender Gestank schlug ihm bereits auf der Zufahrt entgegen. Er kam eindeutig aus dem Haus. Wolf ahnte Schlimmes.

»Ui«, meldete sich Flöhchen zu Wort, »ich denke, da ist etwas Schreckliches passiert.«

»Ja, besser, wir brechen an dieser Stelle ab und kehren um«, empfahl Läuschen. »Wir müssen uns nicht um alles kümmern. Es wäre klüger, die königliche Garde zu verständigen.«

Davon wollte Wolf nichts wissen. Die Garde hätte Herrn Korbes die alleinige Schuld in die Schuhe geschoben, gegen den treuen Johannes aber auf Geheiß des Prinzen erst gar nicht ermittelt.

Wie erwartet blieb Wolfs Klopfen ohne Reaktion. Er versuchte, die Haustür aufzudrücken, doch sie ließ sich keinen Fingerbreit bewegen. Etwas blockierte sie von innen.

Wolf trat an das angrenzende Fenster, stellte sich auf seine Hinterbeine und linste in die Stube. Abgesehen von einigen Möbelstücken konnte er aus diesem Winkel nichts erkennen. Auch ein zweites Fenster um die Ecke bot ihm keine Sicht. Ein dunkler Vorhang war vor die Scheiben gezogen worden, gerade so, als sollten neugierige Blicke bewusst abgehalten werden.

An der Rückseite des Hauses fand Wolf schließlich eine offenstehende Kellerluke. Er zwängte sich durch sie hindurch und landete in einem Vorratsraum, von dem aus er über 13 Stufen in die Stube gelangte.

Es stank bestialisch. Zu Tausenden schwirrten Fliegen durch das Zimmer oder saßen auf der Leiche, die ausgestreckt vor der Eingangstür lag. Wolf riss beide Fenster auf und schnappte nach Luft. Erst danach besah er sich den Leichnam näher. Ein Mühlstein hatte den Körper zur Hälfte unter sich begraben und Herrn Korbes' Schädel zertrümmert wie ein Vorschlaghammer eine Walnuss.

»Ich glaube, mir wird schlecht«, würgte Läuschen.

»Sei so gut, und übergib dich nicht in meinem Ohr«, bat Wolf. »Schau nicht hin und atme durch den Mund. Das wird helfen.«

Er selbst hatte Mühe, sein Frühstück bei sich zu behalten. Der Tote wies alle Anzeichen fortgeschrittener Verwesung auf. Blut und Gehirnmasse waren ausgetreten. Unzählige Maden tummelten sich im Inneren des zerschmetterten Schädels. Die Haut an Kopf und Armen war dunkel verfärbt und hatte sich an einigen Stellen vom fauligen Fleisch gelöst. Der Bauch der Leiche war dermaßen aufgebläht, dass Wolf befürchtete, er könnte jeden Moment platzen. Seinem Zustand nach zu urteilen, musste Herr Korbes bereits vor ein bis zwei Wochen gestorben sein.

In aller Eile durchsuchte Wolf das Haus. Abgesehen vom Keller bestand es nur aus diesem einen Raum zu ebener Erde. Vielleicht fand sich ein Hinweis, der die grauenvollen Geschehnisse erklärte, vielleicht ein schriftliches Geständnis, das Herr Korbes vor seinem Dahinscheiden verfasst hatte, oder wenigstens Aufzeichnungen, die seine Zusammenarbeit mit dem treuen Johannes belegten.

Wolf durchstöberte die Kommode, den Kleiderschrank und die Lade des Esstisches, doch da war nichts, was ihm weiterhalf. Im Gegenteil. Ein paar unerklärliche Details gaben ihm zusätzliche Rätsel auf. Wer hatte die Asche vor dem

Kamin verstreut, ohne sie hinterher wegzukehren? Weshalb lagen Stücke einer Eierschale und ein Handtuch auf dem Boden? Und was hatte es mit diesen beiden Nadeln auf sich, die Wolf auf einem Sessel beziehungsweise auf dem Kopfkissen in Herrn Korbes' Bett entdeckte? Das alles ergab keinen Sinn.

Die eigentliche Frage aber lautete: Wie war es möglich, in seinem Zuhause von einem Mühlstein erschlagen zu werden? Sicher, Unfälle im Haushalt standen in der Statistik ganz oben, dennoch wollte Wolf an kein Unglück glauben. War mit Herrn Korbes der einzige Zeuge des Hexenmordes liquidiert worden? Je länger Wolf darüber nachdachte, desto wahrscheinlicher erschien ihm diese Theorie. Und plötzlich reihten sich die Ereignisse der letzten Wochen in seiner Vorstellung nahtlos aneinander.

Der treue Johannes hatte es auf die *Weiße Witwe* abgesehen gehabt, um nach dem Inkrafttreten des neuen Drogengesetzes auch mit dem Verkauf von Gute-Laune-Kraut satte Gewinne einzufahren. Er hatte Herrn Korbes als Komplizen für den Diebstahl gewonnen und ihn beauftragt, den Abtransport der getrockneten Blüten zu übernehmen. Doch bei ihrem Einbruch waren die beiden von der Hexe überrascht worden. Sie hatten kurzen Prozess mit ihr gemacht und die Leiche im Backofen verbrannt. Anschließend hatten sie die Trockenkammer ausgeräumt und die *Weiße Witwe* auf den Gutshof des treuen Johannes gebracht.

Entweder war Herr Korbes von seinem schlechten Gewissen geplagt worden und der treue Johannes hatte befürchten müssen, sein Verbündeter könnte ein Geständnis ablegen, oder Herr Korbes hatte nachträglich einen höheren Lohn für seine Dienste begehrt, vor allem für sein Schweigen, und war dreist genug gewesen, den treuen Johannes zu erpressen. Was immer dem Fuhrwerksunternehmer in den Sinn gekommen war, es hatte sein Todesurteil bedeutet.

Mit einem mächtigen Satz durch das Fenster ließ Wolf das Grauen hinter sich.

»Rabe!«, rief er.

Wie aus dem Nichts flog der Vogel heran und landete auf dem Weidezaun.

»Nachricht von Wolf an Hexenmeister Fitcher: *Jetzt ist es fix: Hänsel und Gretel scheiden als Hexenmörder aus. Eine schriftliche Zeugenaussage legt nahe, dass Herr Korbes und der treue Johannes am Tag des Verbrechens das Knusperhäuschen aufgesucht haben. Da Herr Korbes mittlerweile selbst das Opfer einer Gewalttat wurde, kann er bedauerlicherweise nicht mehr vor dem Richter aussagen.*«

Wie man Muscheln öffnet

»Nachricht von Meister an Wolf: *Heute Nacht lässt der treue Johannes seine Ware in das ehemalige Räuberhaus überstellen. Halte dich dort versteckt, bis seine Männer abgezogen sind, und schnapp dir den Braten!*«

Das hatte Meisters Rabe am späten Nachmittag verkündet. Jetzt war es etwa eine Stunde vor Mitternacht. Wie angeordnet hatte Wolf mit Aschenputtel, seinen Burschen und Katze Stellung am Zielort bezogen. Im Schutz der Dunkelheit lagen sie rund um das Räuberhaus hinter Sträuchern und Bäumen verborgen und harrten der Dinge. Bislang war es ruhig geblieben.

Ein Rascheln einige Schritte entfernt ließ Wolf aufhorchen. Es knackten Zweige, und schon kam Aschenputtel gebückt auf ihn zugeeilt.

»Hoffentlich müssen wir nicht die ganze Nacht hier warten«, flüsterte sie. »Was, wenn Meisters Plan schiefgegangen ist und niemand kommt? Weißt du, was er vorhatte?«

Wolf richtete seinen Blick auf den Zufahrtsweg. »Nein«,

antwortete er. »Er hat mich nicht eingeweiht. Meister arbeitet am liebsten alleine. So kann er Fehlerquellen und Störfaktoren minimieren. Doch sei versichert, was er ausheckt, funktioniert.«

Eine Weile schwiegen sie und warteten. Sie warteten und schwiegen.

»Wolf«, sagte Aschenputtel schließlich. »Ich muss dich etwas fragen.«

»Hm?«

»Unser Kuss letztens …«

»Ja?« Wolf hatte damit gerechnet, dass sie früher oder später damit anfangen würde. Kurz sah er sie an, dann starrte er wieder auf den Weg, auf dem die Lieferung eintreffen musste. »Es tut mir leid, wenn ich dich … Ich meine, sollte ich dich … hm … belästigt haben«, murmelte er.

»Belästigt? Du mich? Aber nein! Bedenke, *ich* habe *dich* geküsst. Schon vergessen? Ich hatte eher den Eindruck, dir wäre es unangenehm gewesen. Du hast dich sehr schnell zurückgezogen.«

»Aus gutem Grund«, redete er sich heraus. »Ich musste mich auf die Suche nach meinen Burschen und Katze machen, damit sie ihre Probe nicht schwänzten. Manchmal, wenn sie gemütlich beisammensitzen, kann es passieren, dass sie jedes Zeitgefühl verlieren und dann …«

»Wolf.«

»Ja.«

»Du hast mich nicht belästigt. Ich habe es schön gefunden. Doch mir scheint, du gehst mir seitdem aus dem Weg. Habe ich recht? Ist es dir zuwider, wenn wir uns berühren, wenn wir Zärtlichkeiten austauschen? Vielleicht empfindest du es als verwerflich.«

Einige Sekunden verstrichen, bevor Wolf antwortete: «Als verwerflich ganz bestimmt nicht. Das Wort *unpassend* trifft es schon eher.«

Aschenputtel rückte ein Stück näher an ihn heran. »Also unpassend. Ich verstehe. Und warum?«

»Nun, du … wie soll ich es formulieren?« Wolf druckste herum. »Ich möchte dich keinesfalls zu Handlungen verführen, die du später bereuen könntest. Du hast ja keine Ahnung, was auf dich zukommt, bist gänzlich unerfahren. Ich will nicht derjenige sein, der dich als Erster … Kurz gesagt, ich schätze und ehre deine Reinheit und Jungfräulichkeit. Willst du sie dir nicht erhalten, bis der Richtige …«

»Jungfräulichkeit?«, rief Aschenputtel laut. Erschrocken hielt sie sich beide Hände vor den Mund. »Wie kommst du darauf?«, sprach sie mit gedämpfter Stimme weiter.

»Worauf?«

»Darauf, dass ich noch Jungfrau wäre.«

Wolf sah sie an. »Tja, es ist allgemein bekannt, dass deine Ehe mit dem Prinzen nie vollzogen wurde.«

»Das ist richtig.«

»Eben.«

»Aber die paar Monate, die ich als Prinzessin bei Hofe verbringen durfte, waren keineswegs von Langeweile und Entbehrung geprägt. Der Prinz war oft außer Haus. Ich hatte jede Menge Tagesfreizeit, musst du wissen. Da lässt man sich auf das eine oder andere Abenteuer ein.«

»Was meinst du?«, erkundigte sich Wolf. Er war verwirrt. »Von welchen Abenteuern redest du?«

»Anfangs nahm ich Reitstunden«, begann Aschenputtel zu berichten.

»Warum auch nicht?«, sagte Wolf. »Da ist doch nichts dabei. Ich wünschte, ich könnte reiten, dann müsste ich nicht immer zu Fuß …«

»Dabei ritt ich nicht nur auf Pferden«, unterbrach sie ihn und machte eine bedeutungsschwere Pause.

»Worauf noch? Esel? Maultiere? Einmal waren Schausteller mit einem Kamel in der Stadt«, erinnerte er sich.

»Auf dem Stallburschen«, klärte sie ihn auf.

Ruckartig drehte sich Wolf zu ihr um. »Meinst du etwa, du hättest …«

Aschenputtel nickte. »Der Stallbursche war mein Erster. Ein junger, hübscher Spund, in Sachen Liebe selbst noch grün hinter den Ohren. Dann gab es den Gärtner.« Verträumt hob sie ihren Blick zum Sternenhimmel. »Der war ganz und gar nicht unerfahren. Oh nein. Und geschickt bei allem, was er anfasste. Ihm wuchsen die größten Gurken.« Ein schwaches Lächeln lag auf ihren Lippen. »Der Koch war ein stürmischer Geselle, immer hinter meinem Rock her«, fuhr sie fort. »Er lehrte mich, wie man Muscheln öffnet und Spargel schält.«

Wolf wunderte sich. »Du hast davor nicht gewusst, wie man Spargel schält?«

»Nicht, wie man es nackt tut … auf dem Küchentisch. Und dann war da noch meine Kammerzofe, die mir beim Ablegen meiner Kleider zur Seite stand. Sie hatte geschickte Finger, nicht nur was das Aufschnüren meines Mieders anbelangte. Ich kann dir sagen …«

»Nein«, schnitt ihr Wolf das Wort ab, »sag es nicht! Ich habe genug gehört.«

»Schon gut«, hauchte Aschenputtel. »Ich wollte dich nicht verschrecken.« Sie legte ihre Hand auf seinen Kopf und zog ihn sanft an ihre Brust.

Das Schnauben eines Pferdes ließ sie auseinanderfahren. Lichter flackerten zwischen den Bäumen auf. Ein großer, von einem stämmigen Ross gezogener Leiterwagen näherte sich, ein zweiter folgte knapp dahinter. Im Schein ihrer Laternen erkannte Wolf auf jedem der Gefährte zwei Männer. Ohne ein Wort zu verlieren, brachten sie die Wagen vor dem Räuberhaus zum Stehen, sprangen ab und begannen, ihre Fracht abzuladen. Etwa siebzig Holzkisten und mindestens ebenso viele Weidenkörbe schleppten sie in die Stube. Sie arbeiteten schnell und effizient. Der ganze Vorgang dauerte nicht länger als eine Viertelstunde. Danach bestiegen sie ihre Fuhrwerke, wendeten sie und machten sich davon.

Wolf und Aschenputtel warteten eine Weile, ehe sie ihre Deckung verließen. Auch Esel, Hund, Katze und Hahn kamen aus ihren Verstecken.

»Hab ihr das gesehen?«, fragte Esel gleichermaßen beeindruckt wie besorgt. »So viel Gute-Laune-Kraut auf einem Haufen ist mir noch nie untergekommen. Und das soll ich alles zur Höhle tragen?«

»Nicht du alleine«, beruhigte ihn Wolf. »Wir helfen zusammen. Jeder trägt so viel er kann. Nötigenfalls müssen wir mehrmals gehen. Keine Sorge, die Mühe wird sich lohnen. Machen wir uns an die Arbeit!«

Sie holten die gelieferte Ware aus dem Haus und stellten sie zum Abtransport bereit.

»Das ist nicht nur Gute-Laune-Kraut«, bemerkte Katze. Wohlig rieb sie ihren Kopf an einer der Kisten. »Die haben auch Krötenschleim und Pilzpulver mitgebracht.«

Hahn flatterte auf einen Korb und inspizierte dessen Inhalt. Ein breites Grinsen zog sich über sein Gesicht.

Wolf las seine Gedanken. »Vergiss es!«, entschied er. »Du wirst nichts davon anrühren. Ist das klar? Wir gehen vor, wie wir es besprochen haben. Wir nehmen nur die *Weiße Witwe* mit. Nichts anderes.«

Zuerst bepackten sie Esel, dann Hund und Katze. Wolf stopfte seinen Rucksack voll, Aschenputtel ihre Einkaufstaschen. Während Hahn beim Räuberhaus die Stellung hielt, marschierten sie viermal den Weg zur Höhle und zurück, ehe sich der Großteil des Gute-Laune-Krauts in Sicherheit befand.

»Ich glaube, das war's«, sagte Wolf, nachdem er Esel mit den letzten Körben beladen hatte. Aufmerksam blickte er sich um, vergewisserte sich, dass er nichts übersehen hatte.

»Jetzt schaut, dass ihr nach Hause kommt!«, wies er die Musikanten an. »Legt euch schlafen, morgen ist euer großer Tag.«

»Und was machen wir mit dem anderen Zeug?«, wollte Esel wissen. »Willst du es einfach hierlassen?«

»Das können wir nicht tun«, fand Katze. »Wäre es nicht furchtbar schade, es im Wald vergammeln zu lassen? Oder stellt euch vor, die Wildschweine würden es fressen. Das wäre ein Hallo!«

»Denk an Hahn«, mahnte Wolf. »Du weißt, was Krötenschleim und Pilzpulver mit ihm angerichtet haben. So etwas will ich nie wieder miterleben müssen.«

»Eben deshalb sollten wir es sicher verwahren«, meinte Esel. »Damit niemand Schaden erleidet. Bitte, Wolf, sei kein Spielverderber! So eine Gelegenheit kriegen wir nur einmal in hundert Jahren.«

»Nein, das kommt nicht infrage.« Wolf ließ nicht mit sich verhandeln. »Geht nach Hause!«, befahl er. »Und was die Wildschweine anbelangt, macht euch keine Sorgen. Ich habe schon eine Idee.«

»Und jetzt?«, wisperte Aschenputtel, nachdem die Musikanten abgezogen waren. Zärtlich kraulte sie Wolfs linkes Ohr. »Was passiert jetzt?«

»Das will ich dir sagen«, schmunzelte er. »In Kürze wird es feurig und heiß.«

Aschenputtel zeigte sich erfreut. »Wirklich?«, flötete sie. »Gleich hier im Wald? Ja, warum denn nicht? Ich habe nichts dagegen.« Sie griff sich an den Hals und öffnete den obersten Knopf ihres Kleides.

Wolf wusste, dass er sie enttäuschen musste. »Nicht jetzt«, sagte er. »Hilf mir, bitte, die Drogen zu einem Haufen zu stapeln! Der treue Johannes soll sie keinesfalls wiederbekommen.«

Jetzt verstand Aschenputtel. »Du willst sie verbrennen?«

»Exakt. Genau das habe ich vor.«

Zwanzig Minuten später, als Wolf und Aschenputtel den Heimweg antraten, züngelten die ersten Flammen aus den aufgetürmten Kisten. Zuerst klein und unscheinbar, wuchsen sie schnell heran, bis sie in allen Spektralfarben baumhoch gen Himmel loderten.

Ein zweiter Anbieter

»Wo ist Hahn?«, fragte Wolf. Er war mehr verärgert als besorgt.

Er stand mit Esel, Hund und Katze in dem geräumigen Zelt, das neben der Bühne aufgestellt worden war und als Garderobe und Rückzugsort für die Künstler diente.

Die Musikanten beantworteten seine Frage mit ratlosen Blicken.

»Wann habt ihr ihn zum letzten Mal gesehen?«, setzte er nach.

»Nun ja, wir sind gemeinsam hergekommen«, berichtete Esel, »haben unsere Instrumente ins Zelt getragen, ein Pfeifchen zum Einstimmen geraucht, und irgendwann ist mir aufgefallen, dass er nicht mehr da ist. Keine Ahnung, wo er sich herumtreibt.«

»Hat er sich auch ein Pfeifchen genehmigt?«

»Keineswegs. Du hast uns ja aufgetragen, ihm nichts von der *Weißen Witwe* zu geben.«

»Na gut«, gab sich Wolf vorerst zufrieden. »Bis zu eurem Auftritt bleiben noch zwei Stunden Zeit. Wollen wir hoffen, dass er rechtzeitig auftaucht. Kein Grund, nervös zu werden. Ihr schafft das. Ihr habt viel und fleißig geübt. Das wird sich bezahlt machen. Ihr werdet sehen.«

Esel, Hund und Katze nickten schwach.

»Außerdem werdet ihr von Läuschen unterstützt, und Läuschen ist hoffentlich anwesend und gut vorbereitet.«

»Ja, hier«, meldete sich Läuschen in Wolfs rechtem Ohr. »Aber als neues und vollwertiges Mitglied von DRACHEN-FLUG lege ich Wert darauf, ab sofort *Jaulender Wolf* genannt zu werden. Den Namen habe ich mir dir zu Ehren ausgesucht.«

»Ausgezeichnet, *Jaulender Wolf*. Dann vertraue ich dich jetzt *Donnerbalkens* Obhut an.«

»Du meinst, *Donnerschlags* Obhut«, verbesserte Katze.

»Richtig. Und ich werde mir ein bisschen die Beine vertreten, bevor es ernst wird. Vielleicht läuft mir irgendwo *Prachtschwanz* über den Weg.«

Mit Läuschen wechselte auch Flöhchen auf Hund über. Es bestand darauf, dem Konzert an Läuschens Seite auf der Bühne beizuwohnen.

Ohne Vorwarnung brach ohrenbetäubender Krach los. Vor dem Zelt rumpelte und schepperte es, als würde etwas Schweres, Metallenes auf einem Wagen über das Kopfsteinpflaster gezogen werden.

Genau das passierte. Schon wurde die Plane am Eingang beiseitegeschoben, und ein kräftiger, in eine Lederschürze gehüllter Mann trat ein. Mit muskelbepackten Armen zerrte er ein Holzwägelchen hinter sich her, auf dem der für Läuschen bestimmte Schalltrichter lag. Das Ding war aus Messingblech gefertigt und monströs ausgefallen. Bei einer Länge von vier Ellen wies seine vordere Öffnung einen Durchmesser von sage und schreibe drei Ellen auf.

Wolf war zufrieden. Der Trichter entsprach ganz seinen Vorstellungen. Mit ihm würde sich Läuschen problemlos bis in die hintersten Bereiche des Stadtplatzes Gehör verschaffen.

»*Flinker Finger* Esel?«, fragte der Mann von einem

Lieferschein ablesend. »Ist hier jemand namens *Flinker Finger* Esel?«

»Ja, sie.« Esel zeigte auf Katze.

Der Mann glaubte ihm nicht. »Du bist es, oder? Mich schickt der Schmied. Ich liefere die bestellte Ware.«

»Fein, fein. Nur herein damit.«

»Sie ist schon herinnen«, bemerkte Wolf süffisant. »Der Trichter steht direkt vor deiner Nase. Unübersehbar.«

»Moment, das ist nicht alles.« Der Geselle des Schmieds deutete zum Eingang. »Die Kollegen bringen den Rest.«

»Welchen Rest?«, erkundigte sich Wolf.

Zwei weitere Trichter, beide etwas kleiner als der erste, wurden in das Zelt geschoben, dann kam der vierte, der mit einem Durchmesser von viereinhalb Ellen der imposanteste war.

Wolf schüttelte den Kopf. »Verzeihung, da kann etwas nicht stimmen. Wir haben nur einen Schalltrichter bestellt.«

Der Geselle überprüfte den Lieferschein. »Nein, vier«, beharrte er.

»Nein, einen«, widersprach Wolf.

»Ähm …« Esel räusperte sich. »Der Mann hat recht. Vier sind schon in Ordnung.«

Wolf starrte ihn an. Fragend hob er eine Augenbraue. »Vier, Esel? Wie kommst du darauf?«

Esel lächelte verlegen.

»Du hast tatsächlich vier Exemplare anfertigen lassen?«, hakte Wolf mit betont leiser Stimme nach.

Katze lachte. »Ja, stell dir vor, das hat er.«

»Ich spreche mit dir, Esel. Stimmt das?«

»Warum auch nicht?«, wehrte sich Esel. »Einen für jeden von uns. Je lauter, desto besser, habe ich mir gedacht.«

»Ach so? Das hast du dir gedacht? Und dann gehst du einfach zum Schmied und orderst vier Schalltrichter in Übergröße, ohne mich darüber zu informieren?«

Der Geselle zog ein weiteres Blatt Papier aus der Brusttasche seiner Lederschürze.

»Die Rechnung«, erklärte er und hielt sie Esel hin.

Esel verwies ihn an Wolf. »Die geht an unseren Kümmerer.«

»Auch recht«, brummte der Geselle. »Zahlbar innerhalb von vierzehn Tagen netto ohne Abzug.«

Wolf riss ihm die Rechnung aus der Hand und faltete sie auf. Seine Augen weiteten sich.

»Der Schmied lässt sich für den Auftrag herzlich bedanken«, meinte der Geselle. Höflich lüftete er seinen Hut und verließ mit seinen Kollegen das Zelt.

Wolfs Blick klebte noch immer an der doppelt unterstrichenen Summe am unteren Ende des Zettels. Langsam hob er seinen Kopf.

»Bist du wahnsinnig geworden, Esel?«, zischte er. »Bist du von allen guten Geistern verlassen?« Seine Stimme wurde lauter. »Vier Thaler, 23 Groschen und elf Pfennige! Euer Honorar für diesen Auftritt beträgt gerade einmal drei Thaler. Was hast du dir dabei gedacht? Ich werde diesen Unfug sicher nicht finanzieren.«

»Ich habe gut verhandelt«, rechtfertigte sich Esel. »Der Schmied wollte ursprünglich fünf Thaler. Fünf! Kannst du dir das vorstellen? Das wäre wirklich zu viel gewesen. Komm schon, Wolf, sieh es als Investition in unsere Zukunft! Du warst immer ein Visionär. Nicht mehr lange und andere Musikanten werden beginnen, den Klang ihrer Instrumente zu verstärken. Und wir können dann sagen: Wir waren die Ersten. Und noch etwas habe ich mir einfallen lassen«, fügte er stolz hinzu.

»Bitte nicht«, stöhnte Wolf, der kurz davorstand, die Fassung zu verlieren. »Was wird mich dieses *Noch-etwas* kosten?«

»Keinen Pfennig. Es ist im Preis bereits enthalten.« Esel wies auf den größten der Trichter. »Schau dir einmal meinen Schallverstärker an.«

Wolf tat ihm den Gefallen. »Er ist groß«, urteilte er. »Sehr groß. Größer als der von Läuschen. Du wirst es übertönen.«

»Ach was, wenn es singt, spiele ich einfach leiser. Aber ich spreche nicht von seinen Ausmaßen. Du musst hineinschauen. Da drinnen, in seinem Inneren … Siehst du das?«

»Ich bin ja nicht blind«, knurrte Wolf. »Du hast dünne Messingketten anschmieden lassen. Wofür, frage ich mich? Oder sollte ich mich das besser nicht fragen, meinem Seelenheil zuliebe?«

»Das funktioniert so«, erläuterte Esel. »Wenn der Schall durch den Trichter strömt, gerät dieser in Schwingungen. Die Ketten an der Innenseite beginnen zu vibrieren und schlagen in weiterer Folge gegen das Blech. Hast du das verstanden?« Erwartungsvoll sah er Wolf an.

»Bis jetzt, ja. Und?«

»Dadurch erzeugt der Trichter nicht nur einen lauten, sondern einen rasselnden Klang.«

»Wozu?«

»Weil es toll klingt.«

»Woher willst du das wissen, ohne es ausprobiert zu haben?«

Esel ließ sich die Freude nicht verderben. »Ich kann es in meinem Kopf hören. Das nennt man Vorstellungskraft. Glaub mir, die Leute werden Augen machen. Nie zuvor hat jemand solche Klänge mit einer Laute erzeugt.«

Wolf knirschte mit den Zähnen. Sein Unmut und Esels Begeisterung steigerten sich im gleichen Maße.

»Davon bin ich überzeugt«, schnaubte er. »Die Frage, die sich stellt, ist: Legt irgendjemand Wert darauf, solche Klänge zu hören? Und die Antwort lautet: nein, ganz bestimmt nicht. Niemand will eine Laute scheppern und rasseln hören. Das klingt ja wie Aschenputtel in der Küche. Also sei so gut, und lass die Ketten aus dem Trichter entfernen!«

Esel blieb stur. »Nein«, sagte er mit finsterem Blick.

Trotzig verschränkte er seine Vorderbeine. »Selbst wenn ich wollte, ist es dafür zu spät. Komm schon, Wolf, vertrau mir und lass dich überraschen.«

Wolf atmete durch. Leise zählte er bis zehn.

»Das Thema ist für dich noch nicht vom Tisch, mein lieber Freund und Zwetschkenröster«, flüsterte er und wandte sich zum Gehen. »Für euch alle nicht. Über die Rechnung unterhalten wir uns nach dem Konzert ausführlich.«

Im Gegensatz zu Wolf war Aschenputtel guter Dinge. Sie wartete vor dem Zelt und strahlte übers ganze Gesicht.

»Ich bin so aufgeregt«, sagte sie. Dabei wippte sie auf und ab und klatschte in die Hände. »Das wird das größte Konzert, das deine Burschen und Katze jemals gespielt haben. An Zusehern wird es jedenfalls nicht mangeln. Sieh nur!«

Mit einer ausladenden Handbewegung wies sie über den Platz, auf dem sich immer mehr Menschen und so mancher Zwerg versammelten. Aus allen Gassen strömten sie heran.

»Sie haben keine Ahnung, was sie erwartet«, murrte Wolf. »Mit offenen Ohren sind sie gekommen, taub werden sie nach Hause gehen.«

»Die Schalltrichter?«, fragte Aschenputtel.

»Die Schalltrichter«, bestätigte Wolf.

Sie überging seinen Ärger. »Wie steht es um deine Verletzung? Hast du noch Schmerzen?« Vor allen Leuten machte sie sich daran, Wolfs Hinterteil zu untersuchen. »Ob es nicht ein Fehler war, den Verband schon abzunehmen?«

»Lass das!«, erwiderte er barsch. »Die Luft hält die Wunde kühl und trocken. Wie du siehst, ist alles bestens.«

»Ja, du hast recht. Die Entzündung ist zurückgegangen. Sieht schon recht gut aus, dein Popo.« Aschenputtel grinste breit. »Einfach zum Reinbeißen.«

»Hast du Hahn gesehen?«, wollte er wissen.

»Nein. Ist er nicht im Zelt?«

Wolf versuchte erst gar nicht, seinen Groll zu unterdrücken. »Wohl kaum. Sonst würde ich nicht fragen«, schnauzte er Aschenputtel an.

»Oh, ist dem Herrn etwas über die Leber gelaufen?«

»Ja, ein Esel, der mein Geld zum Fenster hinauswirft.«

»Die Schalltrichter?«, fragte sie erneut.

»Die Schalltrichter«, nickte Wolf. »Tut mir leid, Puttel, ich wollte nicht unhöflich sein. Das ist die Aufregung. Für meine Burschen und Katze geht es heute um alles. Ich glaube, ich werde mir zur Beruhigung die diesjährigen Ehrungen ansehen. Kommst du mit?«

Aschenputtel winkte ab. »Geh ruhig alleine. Ich habe mich mit meiner ehemaligen Kammerzofe verabredet.«

»Die mit den geschickten Fingern?«

»Genau. Wir haben uns lange nicht gesehen. Da gibt es viel zu bereden. Zu Beginn des Konzerts bin ich zurück.«

Wolf schlenderte vor die Bühne, neben der die Nominierten der unterschiedlichsten Kategorien auf den Beginn der Prinzenrede warteten. Es überraschte ihn nur wenig, dass auch Meister, fein herausgeputzt in einem dunkelgrauen Anzug, unter ihnen weilte. Indem er begonnen hatte, mit dem Prinzen geschäftliche Kontakte zu pflegen, hatte er sich als ernstzunehmender Anwärter für eine der begehrten Auszeichnungen ins Spiel gebracht.

Im Gegensatz zu den übrigen Titelkandidaten, die sich gut gelaunt unterhielten, stand der treue Johannes mit finsterer Miene ein paar Schritte abseits der Gruppe. Man musste kein Hellseher sein, um den Grund für seine Verstimmung zu kennen. Die Nachricht vom Schicksal seiner Ware hatte ihn erreicht und mit ihr die Einsicht, unmittelbar vor dem Ruin zu stehen.

Applaus und Hochrufe setzten ein, als der Prinz in Begleitung von zwei Leibwächtern aus dem Schlosstor trat. In alle

Richtungen winkend, mit schmalen Lippen lächelnd, überquerte er den Stadtplatz und begab sich federnden Schrit-
tes auf die Bühne. Kaum hatte er hinter dem Rednerpult
Aufstellung genommen, bliesen zwei Trompeter eine nicht
enden wollende Fanfare. König Dummling wurde in seiner
Sänfte aus dem Schloss getragen und zu seinem Platz in
luftiger Höhe auf der Ehrentribüne gebracht. Nachdem ein
Diener für seine Bequemlichkeit gesorgt hatte, eröffnete der
Prinz seine Ansprache.

Er begrüßte seinen Vater, gratulierte ihm zum 35-jähri-
gen Thronjubiläum und erinnerte wortreich an die größten
Taten und Errungenschaften des Königs. Im Namen aller
Untertanen bedankte er sich für Dummlings umsichtige, ja
gnädige Regentschaft, die Siebenbergen aus einer dunklen
Vergangenheit in eine neue Ära geführt hatte, und wünsch-
te seinem Vater viele weitere erfolgreiche Jahre auf dem
Königsthron.

Höflich wandten sich die Leute dem alten Herrscher zu
und klatschten Beifall. Oben auf der Tribüne hob der Diener Dummlings Hand und winkte mit ihr der Menge zu.

Wolf überkam ein Gefühl von Traurigkeit. Was war bloß
aus dem einst so weisen und gerechten Monarchen geworden? Eine Marionette, ein Hampelmann, der in seiner geistigen Verwirrtheit nichts von alldem mitkriegte, was rund
um ihn geschah.

Sichtlich ungeduldig wartete der Prinz darauf, dass der
Applaus verebbte. Die Ehrungen standen auf dem Programm. Sein Kammerdiener, der eiserne Heinrich, trat an
ihn heran, verbeugte sich untertänigst und reichte ihm auf
einem silbernen Tablett die erste Ernennungsurkunde. Mit
Bedacht rollte sie der Prinz auf, las sie zuerst leise und verkündete dann den Namen des Bauern des Jahres.

Ein dicker, rotbäckiger Mann erklomm die Bühne, verneigte sich ungeschickt und übernahm das Dekret. Es folgten

die Auszeichnungen zum Handwerker des Jahres, zum Tier des Jahres, zu dem, wenig überraschend, die vom Schicksal gebeutelte Mutter der vormals sieben Geißlein ernannt wurde, und zum Zwerg des Jahres. Anschließend wurden die Nachwuchspreise vergeben. Mit dem Titel *Jüngling des Jahres* wurde ein hübsches Bürschchen aus der Schlossküche bedacht. Die Ehre, sich Jungfer des Jahres nennen zu dürfen, wurde Rotkäppchen zuteil, die bedauerlicherweise dem Festakt nicht beiwohnen konnte und von ihrer Mutter vertreten wurde.

»Und nun, meine Untertanen aus nah und fern, der Tradition folgend, kommen wir zur Ernennung des Kaufmanns des Jahres«, verlautbarte der Prinz. »Wer wird wohl heuer der Glückliche sein?«, machte er es spannend, während er das Pergament öffnete.

Na, wer wohl, dachte Wolf. Der treue Johannes natürlich, wie jedes Jahr. Wer sonst?

»Die Auszeichnung *Kaufmann des Jahres* geht diesmal, eingedenk seiner herausragenden Leistungen im Bereich Handel und Wirtschaft, an unseren hochgeschätzten und allseits beliebten … Meisterdieb.«

Wolf glaubte, sich verhört zu haben. Hatte der Prinz tatsächlich *Meisterdieb* gesagt? Offenbar ja, denn schon sprang Meister die Stufen zur Bühne hinauf. Er schnappte sich die Urkunde, winkte mit ihr dem Publikum zu und gesellte sich, ohne ein Wort zu verlieren, zu den übrigen Preisträgern, die sich hinter dem Prinzen aufgereiht hatten.

»Bevor ich euch, meine Untertanen, einlade, die Feierlichkeiten in vollen Zügen zu genießen und euch an diversen Attraktionen und musikalischen Darbietungen zu ergötzen«, fuhr der Prinz fort, »darf ich euch um einen kurzen Moment Geduld ersuchen.« Abermals übergab ihm sein Diener eine Pergamentrolle. »Meine Expertenkommission hat nach langen und intensiven Beratungen entschieden, eine weitere Anbau- und Handelsermächtigung für Gute-Laune-Kraut zu erteilen. Ab sofort ist neben dem treuen Johannes ein zweiter Kaufmann berechtigt, die beliebte Droge zu vertreiben.«

Ein zweiter Anbieter? Damit hatte Wolf nicht gerechnet. Wer in aller Welt konnte das sein, rätselte er. Wer stand dem Prinzen so nahe, dass er eine Lizenz abstaubte und zudem über genügend Gute-Laune-Kraut verfügte, um in das Geschäft einzusteigen? Wolf kannte niemanden, der infrage kam, jedenfalls nicht in Siebenbergen.

Wie schon bei den Titelvergaben trödelte der Prinz ewig herum, ehe er die Rolle öffnete.

»Es ist … Wolf«, lüftete er das Geheimnis. »Ich darf Wolf zu mir auf die Bühne bitten. Ist er anwesend?«

Wolf verstand nicht gleich. Während er das Gehörte zu verarbeiten versuchte, bemerkte er, dass ihn die umstehenden Menschen erwartungsvoll angafften. Automatisch verzerrte sich sein Mund zu einem Lächeln.

»Ja, wo bleibt er denn?«, rief der Prinz belustigt. »Ist er zu schüchtern? Findet er den Weg nicht?«

Langsam setzte sich Wolf in Bewegung. Er drängte sich zwischen den Zuschauern hindurch und schlich auf die Bühne.

Der Prinz musterte ihn irritiert. »Hat er Haare lassen müssen?«, fragte er spöttisch, seinen Blick wieder auf das Publikum gerichtet. »Erfreut man sich im Dunklen Wald neuerdings an Intimrasuren? Vielleicht kann er mich über die dortigen Gepflogenheiten aufklären. In diesen Teil des Landes verschlägt es mich nur selten.«

Die Zuschauer amüsierten sich köstlich. Ihr Gelächter wollte nicht enden.

Wolf nützte ihre Unaufmerksamkeit. Er riss dem Prinzen das Dokument aus der Hand und machte sich eilig von der Bühne.

»Warte, nicht so schnell!«, hörte er Meister hinter sich rufen. »So bleib doch stehen!«

Wolf lief weiter, als wäre der Teufel hinter ihm her. Erst als er genügend Abstand zur Bühne gewonnen hatte, hielt er an und drehte sich um.

Meister schloss zu ihm auf. »Na, das ist eine Überraschung«, grinste er breit. »Ich gratuliere dir. Wie hast du das angestellt?«

»Ich habe gar nichts angestellt«, knurrte Wolf, während er seine Ermächtigungsurkunde in den Rucksack stopfte. Eigentlich hätte er sich freuen sollen, doch sein beschämender Auftritt ließ das nicht zu. »Keine Ahnung, wie ich zu der zweifelhaften Ehre komme. Möglicherweise hat Schneider ein gutes Wort für mich eingelegt«, spekulierte er.

»Ist ja egal, wie es dazu gekommen ist. Hauptsache, du darfst dein Kraut wieder verkaufen. Das muss gefeiert werden. Los, folge mir!«

Meister lotste Wolf quer über den Platz in seinen Laden, wo er sogleich eine Flasche Ungarwein entkorkte.

»Gratuliere ebenso«, sagte Wolf, der immer noch nicht wusste, wie ihm geschehen war. »Kaufmann des Jahres … Das ist schon etwas Besonderes. Ist der treue Johannes in Ungnade gefallen, da er nunmehr ohne Einkünfte dasteht und dem Prinzen nicht mehr von Nutzen ist?«

Meister blies lautstark Luft durch seine Lippen. »Da bin ich überfragt. Die Entscheidung dürfte jedenfalls relativ spontan gefallen sein. Erst heute Morgen erfuhr ich von meiner Nominierung. Auf uns!«, lächelte er. Feierlich hob er sein Glas und stieß mit Wolf an. »Ich hoffe, bei dir lief alles nach Plan letzte Nacht.«

»Ja, danke für deine Hilfe. Du hast etwas gut bei mir. Die *Weiße Witwe* ist in Sicherheit, das Pilzpulver und der Krötenschleim sind hingegen in Flammen aufgegangen.«

»Das dachte ich mir. Der Feuerschein war bis in die Stadt

zu sehen. Gut gemacht!« Meister klopfte Wolf auf die Schulter. »Vielleicht wäre jetzt der richtige Zeitpunkt, den treuen Johannes mit dem Hexenmord zu konfrontieren. Seine Nerven scheinen blank zu liegen. Das könnte helfen, ihm ein Geständnis zu entlocken. Wenn du möchtest, bitte ich ihn, sobald die Feierlichkeiten vorüber sind, unter irgendeinem Vorwand in mein Geschäft. Und dann nehmen wir ihn in die Mangel. Auf den Rückhalt des Prinzen darf er nicht mehr zählen, wie es aussieht.«

»Gute Idee. So könnten wir ihn kriegen«, stimmte Wolf zu. »Aber jetzt erzähl du. Wie konntest du ihn überzeugen, seine Ware zum Räuberhaus transportieren zu lassen?«

»Ich?« Meister spielte das Unschuldslamm. »Ich war das nicht. Der Prinz höchstpersönlich trug es ihm auf.«

»Der Prinz? Wie ist es dazu gekommen?«

Meister kratze sich am Kinn. »Soll ich es dir wirklich sagen? Hm … Soll ich? Na gut«, entschied er, nachdem er sich lange genug geziert hatte. »Ich will es kurz machen: Gestern Abend war ich zu Gast bei unserem Prinzen.«

»Schon wieder?«

»Ich glaube, er hat einen Narren an mir gefressen. Er umgarnt mich.«

»Wie bitte?« Wolf runzelte die Stirn. »Du meinst, er ist in dich verliebt?«

»Nein, das bestimmt nicht. Du kennst ihn. Er liebt nur sich selbst. Sagen wir, er begehrt mich. Offenkundig hat er es sich zum Ziel gemacht, mich zu verführen.«

»Verführen? Wirklich? Wieso nimmst du das an? Hat er sich an dich herangemacht?«

»Zuerst durfte ich mit ihm dinieren. Zarte Wildentenbrust auf Wurzelgemüse mit Preiselbeeren. Dazu gab es einen erlesenen Rotwein aus dem Frankenland. Und danach …«

Wolf platzte beinahe vor Neugier. »Ja?«

»Danach bat er mich in sein Schlafgemach, was gar nicht

einfach war. Der eiserne Heinrich ist ein misstrauischer Kerl. Er bewacht seinen Herrn mit Argusaugen. Der eignet sich eher als Leibwächter denn als Kammerdiener.«

»Nein!« Wolf stand der Mund offen. »Sag bloß, du hast mit dem Prinzen …«

»Nein, natürlich nicht. Das fiele mir im Traum nicht ein. Sagen wir, wir kamen uns ein bisschen näher.«

»Wie nahe?«

»Nicht besonders nahe. Der Prinz entschuldigte sich für einen Moment, verschwand im Bad und kehrte nur mit seinem Krönchen und einer purpurnen Pelerine bekleidet zurück.«

»Und dann?«, hauchte Wolf. Er hielt Meister sein Glas hin, um sich nachschenken zu lassen. »Was ist dann geschehen?«

»Dann wirkte das Traumpulver, das ich in seinen Wein geleert hatte. Er fiel in einen tiefen Schlaf.«

»Ah! Und weiter?«

Meister schmunzelte listig. »Jetzt wird es kurios. Pass auf: Ich entkleidete mich, hängte mir seine Pelerine über die Schultern und setzte mir sein Krönchen auf.«

Geduld war nie Wolfs Stärke gewesen. »Weshalb?«, stieß er hervor. »Zieh doch nicht alles so in die Länge!«

Meister nahm noch einen Schluck vom Wein, bevor er mit seinem Bericht fortfuhr.

»Auf diese Weise herausgeputzt, trat ich ans Fenster und rief nach des Prinzen Raben.«

Allmählich dämmerte es Wolf, worauf Meisters Plan hinausgelaufen war.

»Nachricht vom Prinzen an den treuen Johannes«, deklamierte Meister mit der Stimme des Prinzen. »*Lass deine Ware ins Räuberhaus verfrachten! Einer meiner Agenten meldet, die Hexe aus dem Knusperhäuschen sei als Drache auferstanden und will aus Rache für ihre Ermordung die gesamte Stadt zerstören. Schon heute Nacht soll dein Gutshof ein Raub der Flammen werden.*«

»Mit den *Flammen* hast du hellseherische Fähigkeiten bewiesen.« Wolf lachte, bis ihm die Tränen kamen. »Dass du die Stimme des Prinzen perfekt nachahmen kannst, ist allgemein bekannt, aber hat dein Aussehen den Raben nicht argwöhnisch werden lassen?«

»Kein bisschen. Ich trug das Krönchen und die königliche Pelerine. Das schien ihn zu überzeugen.«

»Doch ansonsten warst du splitternackt …«

»Daran nahm er keinen Anstoß«, erklärte Meister achselzuckend. »Diesen Anblick ist er offenbar gewohnt.«

Verschwendete Ressourcen

Auf der Bühne lief das Vorprogramm. Schneider hatte sich nicht lumpen lassen und alles engagiert, was in Sachen Unterhaltung Rang und Namen besaß. Der Kasper prügelte sein Krokodil, Artisten türmten sich zu menschlichen Pyramiden und ein Pantomime versuchte, wenig überraschend, aus einer unsichtbaren Kiste zu entkommen.

Einer der Höhepunkte war zweifellos der Auftritt eines Magiers, der vor den Augen von mittlerweile Hunderten Zusehern eine Jungfrau zersägte. Ein Totengräber schaffte die beiden Hälften von der Bühne, eine Reinigungsmagd kümmerte sich um das ausgelaufene Blut.

Nicht nur die Kleinsten quietschten vor Vergnügen. Auch unter den Erwachsenen war die Stimmung ausgelassen. Das lag vorrangig am Bier, das man zu stark reduzierten Preisen an den extra für das Fest errichteten Kiosken verkaufte. Gute-Laune-Kraut, Krötenschleim und Pilzpulver, die der treue Johannes am Vortag ausgeliefert hatte, waren bald rar geworden.

Wolf trabte entlang der Häuserfronten um den Platz. Er

passierte eine Vielzahl von Buden, in denen sich bärtige Frauen und diverse missgebildete Kreaturen unbestimmbarer Spezies bestaunen ließen.

Ein besonders unverfrorener Schausteller brüstete sich damit, mit dem größten Zwerg und dem kleinsten Riesen der Welt aufwarten zu können, doch Wolf wurde den Verdacht nicht los, dass es sich um ganz normale Menschen handelte, denen man einfach eine Zipfelmütze aufgesetzt beziehungsweise eine Keule in die Hand gedrückt hatte.

Plötzlich sah er sie und hielt an. Hatte er sich getäuscht, oder war es wirklich Rotkäppchen gewesen, die für einen kurzen Moment in der Menge vor ihm aufgetaucht war? Geduckt schlich er näher an die Stelle heran. Ja, da stand sie leibhaftig nur wenige Schritte von ihm entfernt. Sie sah aus wie immer, trug ihre rote Haube, dazu ein weißes Hemdchen und einen extrakurzen rot und grau karierten Faltenrock. Nichts deutete darauf hin, dass ihr während ihrer Abwesenheit etwas zugestoßen war. Und doch wirkte sie seltsam verändert, teilnahmslos und in sich gekehrt. Mit versteinertem Gesichtsausdruck folgte sie dem Spektakel auf der Bühne.

Wolf rang mit sich. Sollte er sie ansprechen? Selbstverständlich interessierte es ihn, wo sie die letzten Tage gesteckt hatte, andererseits galt es zu vermeiden, dass sie ihm hier, mitten auf dem Stadtplatz, vor aller Augen eine peinliche Szene machte.

Als Rotkäppchen ihren Kopf drehte, streifte ihn kurz ihr Blick, doch schon wandte sie sich wieder dem Hypnotiseur zu, der zum Gaudium des Publikums einen höfischen Amtmann wie eine Ente über die Bühne watscheln ließ.

Hatte sie Wolf etwa nicht bemerkt? Oder hatte sie ihn nicht bemerken wollen? Wolf erlag seiner Neugier und trat an sie heran.

»Guten Tag, Rotkäppchen«, sagte er freundlich. »Schön, dich zu sehen.«

Sie musterte ihn von oben herab, ein wenig verwirrt, doch sonst ohne Emotion, als wäre sie ihm noch nie begegnet. »Guten Tag, Herr Wolf«, sagte sie tonlos.

»Ähm … Wie geht es dir? Wir haben dich vermisst. Wo bist du gewesen?«

Rotkäppchen richtete ihre Augen auf die Bühne. »Wo soll ich gewesen sein?«, murmelte sie.

»Das will ich von dir wissen. Man hat nach dir gesucht. Wo hast du die letzten Tage verbracht? Kannst du dich erinnern?«

»In die Tiefe bin ich gestiegen«, antwortete sie. »Aus der Dunkelheit bin ich gekommen.«

»Wie bitte?«, fragte Wolf. Was redete sie da? Ihre Worte ergaben keinerlei Sinn. »Hat man dich entführt? Hat man dir Leid zugefügt?«

»Wer bist du?«, fragte sie. »Kennen wir uns?«

Er sah ihr tief in die Augen. Wusste sie tatsächlich nicht, wer vor ihr stand? Hatte sie vergessen, was zwischen ihnen gewesen war, all die schönen wie hässlichen Momente? So musste es wohl sein. Für ihr Verhalten gab es keine andere Erklärung.

Wolf entschied, es dabei zu belassen. Schlafende Hunde sollte man nicht wecken.

»Verzeih mir!«, lächelte er. »Mein Fehler. Ich habe dich verwechselt. Du hast natürlich recht. Wir kennen uns nicht.«

Er ließ Rotkäppchen stehen und machte sich auf den Weg zum Künstlerzelt. Nicht mehr lange und für seine Burschen, Katze und Läuschen würde es ernst werden. Es war höchste Zeit, nach ihnen zu sehen.

Schon vor dem Eingang vernahm Wolf Esels wieherndes Gelächter. Die *Weiße Witwe* zeigte Wirkung. Auch Hund und

Katze amüsierten sich blendend, während sie Drosselbart lauschten, der mit Schwänken aus seinem bewegten Musikantenleben aufwartete. Der König der Drehleier war vor Kurzem mit seiner Privatkutsche eingetroffen und labte sich an dem für ihn bereitgestellten Buffet.

»Ist Hahn da?«, fragte Wolf als Erstes. »Habt ihr etwas von ihm gehört? In ein paar Minuten geht es los.«

Esel, Hund und Katze schüttelten simultan die Köpfe.

Wolf seufzte. »Ich habe es befürchtet. Wer weiß, was er angestellt hat, dieser Tunichtgut. Hört zu, sollte er euch sitzenlassen, geht deswegen die Welt nicht unter. Ihr kriegt das hin, glaubt mir. Läuschens Stimme wird das Publikum bezaubern.«

»Das denke ich ebenfalls«, meinte Drosselbart, der sich ein Brot mit Bärenschinken und Sauerkraut einverleibte. »Ich durfte vorhin eine kurze Kostprobe seiner Sangeskunst genießen. Die Laus verfügt über ein gewaltiges Organ. Geniale Idee übrigens, das mit den Schalltrichtern. Ich überlege ernsthaft, mir ebenfalls so ein Ding zuzulegen.« Anerkennend zeigte er mit dem Daumen nach oben.

»Oh weh, da kommt er«, bemerkte Katze mit gerunzelter Stirn. »Er sieht nicht gut aus.«

Hahn wankte in Schlangenlinien auf die Anwesenden zu. Dabei musste er sich mit den Flügeln am Boden abstützen, um nicht umzufallen. Seine Pupillen waren stark vergrößert und glänzten wie der Fluss in der untergehenden Sonne. Sofort erkannte Wolf, dass da nicht nur Bier im Spiel gewesen war.

»Was hast du eingenommen?«, fragte er barsch. »Waren wir uns nicht einig, dass du die Finger von Drogen lässt?«

Verächtlich spuckte ihm Hahn vor die Füße. »Das geht dich einen Dreck an!«, stieß er hervor. Seine Stimme erholte sich. Seit dem Morgen war er in der Lage, Worte hörbar zu

krächzen. »Ich bin dir keine Rechenschaft schuldig, Feucht-
nase. Merk dir das!«

Wolf riss der Geduldsfaden. »Irrtum, Hahn!«, fuhr er ihn
an. »Das geht mich ganz bestimmt etwas an. Und Rechenschaft bist du vor allem deinen Kollegen schuldig, die willens sind, ihr Bestes zu geben.«

»Und Kollegin«, ergänzte Katze, während sie sich ein
Pfeifchen anzündete. »Dir ist hoffentlich klar, dass dein Verhalten Auswirkung
auf die gesamte Gruppe hat. Kannst du dich nicht *einmal*
zusammenreißen? Nur ein einziges Mal? Wo hast du das
Zeug her ganz ohne Geld?«

»Ach, halt dein Maul!« Breitbeinig baute sich Hahn vor
Wolf auf. »Mir machst du Vorwürfe, dabei hast du selbst den
meisten Dreck am Stecken, du scheinheiliger Moralapostel.«

»Wie bitte?« Wolf stierte ihn an. »Wovon redest du?«

Aufgebracht ruderte Hahn mit seinen Flügeln. »Wovon
ich rede, willst du wissen? Das kann ich dir sagen: von deinem Zerstörungstrieb. Du hast alles vernichtet bis auf die
letzte Unze. Nirgendwo ist Krötenschleim oder Pilzpulver
zu kriegen. Und jeder, der ein bisschen Spaß haben will,
schaut nun dank deiner Wahnsinnstat durch die Finger.«

Jetzt kapierte Wolf, worauf Hahn hinauswollte. Er öffnete sein Maul, um Einspruch zu erheben, doch unvermittelt klappte er es wieder zu. In gewissem Sinn hatte Hahn
recht. Als Wolf die Drogen verbrannt hatte, war es ihm ausschließlich um Rache gegangen, darum, dem treuen Johannes eins auszuwischen. An die weitreichenden Folgen seines
Handelns hatte er nicht gedacht.

»Selbstgerechter Weltverbesserer!«, zischte Hahn. »Dauernd schreibst du uns vor, was wir zu tun haben, aber selber
nimmst du auf andere keine Rücksicht. Du hättest das Zeug
niemals verbrennen dürfen, hörst du! Das war eine unglaub-
liche Verschwendung von Resso … Ressur …«

»Ressourcen«, half ihm Katze aus.

Drosselbart sah Wolf an. »Wovon redet Hahn? Was meint er mit *du hättest das Zeug niemals verbrennen dürfen?*«

»Ach, vergiss es! Das Federvieh spricht im Fieber. Er hat seine sieben Sinne nicht beisammen. Ich frage dich nochmals«, knurrte Wolf und nahm wieder Hahn ins Visier. »Wenn nichts mehr zu bekommen ist, wo hast du das Zeug her?«

»Ich denke, er hat sich letzte Nacht etwas vom Krötenschleim abgezweigt, als wir ihn alleine beim Räuberhaus zurückließen«, vermutete Esel. »Und jetzt? Kannst du auftreten, Hahn? Schaffst du das?«

Hahn plusterte sich mächtig auf. »Ob ich es schaffe? Was denkst du, Ohrenkasper? Ich werde euch allen die Schau stehlen, ihr jämmerlichen Versager. Ihr könnt froh sein, dass ich …«

Der Vorhang am Eingang klappte zur Seite und Schneider kam ins Zelt.

»Esel, Hund, Katze und Hahn … Seid ihr bereit?«, erkundigte er sich.

Von seinem Zylinderhut über das Wams bis zur Hose war sein Gewand, dem Anlass entsprechend, in changierenden Gold- und Silbertönen gehalten und über und über mit winzigen, funkelnden Bergkristallen besetzt. Im Vergleich zu dem prunkvollen Ensemble mutete sein alter Sieben-auf-einen-Streich-Gürtel fast armselig an.

»Sie nennen sich DRACHENFLUG«, klärte ihn Wolf auf. »Sei so nett und kündige sie auf diese Weise an.«

»Kein Problem, mein Freund. Was immer du möchtest …« Schneider klopfte Wolf auf die Schulter. »In ein paar Minuten seid ihr an der Reihe«, informierte er die Musikanten und wies vier seiner Gehilfen an, Orgel, Schlagwerk und Schalltrichter auf die Bühne zu tragen. »Ich wünsche euch alles Gute. Toi, toi, toi! Oder wie sagt man in euren

Kreisen?« Er lächelte und ballte ermutigend seine Faust. Dann verschwand er wieder nach draußen.

Ohne besondere Eile stimmte Esel seine Laute. »Guter Mann dieser Schneider«, lobte er. »Die Organisation ist hervorragend, das muss einmal gesagt werden. Man kümmert sich bestens um uns. Stell dir vor, Wolf, wir durften sogar von Drosselbarts Büffet essen.«

»Das durftet ihr nicht«, widersprach Drosselbart. »Ihr habt es einfach getan.«

»Los, raus jetzt!« Wolf scheuchte seine Burschen und Katze aus dem Zelt. »Zeigt allen, was ihr draufhabt! Rocken-Roll!«

Um sicherzustellen, dass genügend Platz für Hahns Tanzeinlagen zur Verfügung stand, ließ er Läuschens Schalltrichter im rückwärtigen Bühnenbereich positionieren. Hund setzte Läuschen und Flöhchen dort ab und begab sich hinter seine Trommeln. Auch Esel und Katze nahmen ihre Plätze ein, während Hahn neben dem Bühnenaufgang auf seinen Auftritt wartete.

»Und jetzt, verehrtes Publikum, geschätzte Zuschauer«, machte Schneider seine Ansage.

»Und Zuschauer*innen*«, war aus dem Hintergrund zu hören.

»… präsentiere ich euch lustige Tiere, die musizieren. Anschließend folgt der Höhepunkt der diesjährigen Feierlichkeiten. Drosselbart, der König der Drehleier, wird eure Herzen mit seinen schönsten Liedern aus zwei Jahrzehnten erfreuen.«

Esel schubste Schneider beiseite. »Guten Abend«, sprach er in seinen Trichter. Seine Stimme hallte von der gegenüberliegenden Schlossmauer wider. »Wir sind DRACHENFLUG. Und wir spielen Rocken-Roll.«

In einer spontanen Improvisation entlockte *Flinker Finger* seiner Doppelaxt schnelle, wirre Töne, die der Klangverstärker gellend über den Platz jagte. Esel ließ die Laute rasseln und schreien, dröhnen und jammern, fuhr mit beiden Hufen quietschend die Saiten entlang und riss sie mit den Zähnen an. Unvermittelt brach er das Solo ab, nickte *Donnerschlag* und *Tastenfee* zu und begann mit der Einleitung zu *Es war einmal.*

Prachtschwanz, der sich eine rußgeschwärzte Brille auf den Schnabel geschoben hatte, flatterte auf die Bühne. In hohem Bogen schnellte er über *Tastenfee* und ihre Orgel hinweg, um mit ausgebreiteten Flügeln zwischen ihr und *Flinker Finger* auf seinen Knien zu landen.

»*Esel hasst das Säcke-Schleppen über Stufen, über Treppen*«, sang *Jaulender Wolf* Läuschen.

Hahn bewegte dazu nicht nur seinen Schnabel. Er stellte den Text auch pantomimisch dar, hetzte wie ein Besessener auf der Bühne hin und her, sprang in die Höhe und drehte Pirouetten.

Der rasante, vor allem ohrenbetäubende Auftakt traf das Publikum wie ein Schlag. Wolf bemerkte die verwunderten Blicke, die offenstehenden Münder, das Stirnrunzeln. Und doch fingen die Zuseher an, im Rhythmus der Musik auf und ab zu wippen. Bereits zu Beginn der dritten Strophe streckten Hunderte Menschen ihre Hände in die Luft, um mitzuklatschen.

Zauberei, dachte Wolf. Diese Schalltrichter waren die reinste Magie. In Nullkommanichts hatte DRACHEN-FLUG die Menge in seinen Bann gezogen. Sogar der Prinz, der auf der Ehrentribüne neben seinem Vater Platz genommen hatte, schnippte mit den Fingern. Nur König Dummling selbst zeigte keine Regung. Obgleich die Lautstärke das Holzgerüst unter ihm erzittern ließ, schlief er tief und fest auf seinem Thron.

Schneider trat von hinten an Wolf heran. »Alle Achtung!«, sagte er. »Wer hätte das gedacht? Als ich sie zum letzten Mal sah – zugegeben, es ist eine Weile her – waren sie so ... na ja … Aber heute sind sie wirklich … hm … ganz anders und … Tja, wie soll ich sagen? Ganz schön laut, nicht?«

Wolf nickte geistesabwesend. Gebannt verfolgte er den Auftritt seiner Schützlinge.

»Auf ein Wort, Wolf«, ersuchte Schneider. »Ich glaube, wir haben einiges zu bereden. Wie du weißt, ist in letzter Zeit viel passiert, das wir aufarbeiten sollten. Darf ich dich in meine Werkstatt bitten?«

Wolfs Blick klebte an der Bühne. »Bedaure, das muss warten. Ich möchte das Konzert auf keinen Fall verpassen.«

»Meine Werkstatt ist gleich dort drüben.« Schneider deutete auf das letzte Haus vor der Schlossmauer. »Dort kannst du deine Musikanten bestimmt gut hören. Du wirst schon nichts versäumen.«

»Worum geht es?«, erkundigte sich Wolf.

Schneider hob bedeutungsvoll seine Augenbrauen. »Um Dinge, die dich interessieren werden. Um Rotkäppchen, den Mord an der Hexe, der dich, wie man hört, seit geraumer Zeit beschäftigt, um deine Verkaufsermächtigung … Folge mir, mein alter Freund, und du wirst alles erfahren.«

Glücklich ist, wer vergisst

Schneider schloss hinter Wolf die Türe. Mit schnellen Schritten kurvte er um den Zuschneidetisch und öffnete ein Schränkchen, dem er eine bauchige Flasche Wein entnahm. Mit Bedacht befüllte er zwei Gläser, wovon er eines an Wolf weiterreichte.

»Zum Wohl!«, sprach er. »Auf DRACHENFLUG. Mögen sie erfolgreich sein.«

Er hatte recht gehabt. Die Schallverstärker sorgten dafür, dass Wolf die Musik auch in der Werkstatt ausgezeichnet hörte. Seine Burschen, Katze und Läuschen hatten gerade ihr zweites Lied begonnen: *Mächtig und stark.*

Schneider kostete den Wein, einen blutroten Tropfen, und spitzte zufrieden seine Lippen. »Ein exzellenter Jahrgang«, lobte er. »Ganze 17 Jahre alt. Hervorragendes Bukett, aber sündteuer. Was denkst du, wo er herkommt? Hm? Na? Er hat eine weite Reise aus Venetien hinter sich«, gab er sich selbst die Antwort. »Kennst du Venetien, Wolf?«

Wolf schüttelte den Kopf.

»Die Hauptstadt ist beeindruckend«, schwärmte Schneider. »Sie steht zur Gänze im Wasser. Man muss sie gesehen haben.«

»Muss man das? Warum?« Wolf konnte nichts Erstrebenswertes daran erkennen, sich nasse Füße zu holen. »Was willst du mir mitteilen?«, drängte er.

Schneider ließ sich nicht hetzen. »Wolf, Wolf, immer in Eile … In der Ruhe liegt die Kraft. Entspanne dich und genieße den Wein! Zuerst möchte ich dir danken, dass du dir Zeit für ein Gespräch nimmst. Ich weiß, wie wichtig dir der Auftritt deiner Musikanten ist.« Bedächtig nippte er an seinem Glas. »Jetzt aber zum eigentlichen Grund unserer Zusammenkunft. Ich will dich nicht über Gebühr auf die Folter spannen. Vielleicht ist dir inzwischen die gute Nachricht zu Ohren gekommen: Rotkäppchen ist wieder da.«

»Ich weiß. Ich habe sie auf dem Stadtplatz gesehen.«

»Wie verhielt sie sich?«, forschte Schneider. »Fiel dir an ihr etwas auf?«

»Allerdings. Sie scheint mich nicht zu kennen.«

»Tatsächlich?« Schneider nickte. »Tja, die Sache wird immer mysteriöser. Ich konnte nach den Ehrungen kurz mit ihr sprechen. Ganz offensichtlich leidet die Ärmste an einer Gedächtnisstörung. Teilweise jedenfalls. Sie hat nicht den blassesten Schimmer, wo sie sich während der letzten Tage aufhielt. Kannst du es mir sagen, Wolf?«

Wolf kostete den Wein und fand, dass er säuerlich schmeckte.

»Ich habe es bereits letztens erwähnt: Ich weiß es nicht.«

»Ja, das sagtest du.« Nachdenklich betrachtete Schneider sein Sortiment an Nähnadeln und Garnen, die, feinsäuberlich geschlichtet, auf dem Tisch in einem Holzkistchen lagen. »Du fragst dich bestimmt, weshalb dir eine Anbau- und Verkaufsermächtigung für Gute-Laune-Kraut erteilt wurde.«

»Weil eine faire Konkurrenz die Wirtschaft belebt?«, riet Wolf.

Schneider schmunzelte. »Ich fürchte, da liegst du falsch. Ich will dir den wahren Grund nennen. Er soll kein Geheimnis bleiben. Vorgestern erhielt der Prinz den Brief eines anonymen Absenders. Dieser behauptete, Rotkäppchen in seiner Gewalt zu haben. Welche Bedingung, denkst du, stellte er für ihre Freilassung?«

Wolf schaute Schneider ratlos an. »Da bin ich überfragt. Vielleicht hat er um ihre Hand angehalten und um das halbe Königreich gebeten?«

»Ach nein. Diesen Wunsch zu erfüllen, wäre dem Prinzen sicher leichter gefallen.«

Wolf wurde ungeduldig. »Ich habe keine Lust, Rätsel zu raten«, brummte er. »Du wolltest mit mir sprechen. Also sag endlich, was dir auf dem Herzen liegt!«

Schneiders Augen wurden zu schmalen Schlitzen. »Der Entführer verlangte, dir eine Anbau- und Verkaufsermächtigung zu verleihen. Nicht mehr und nicht weniger. Und kaum hatte der Prinz diese Forderung erfüllt, war Rotkäppchen auch schon wieder hier. Seltsam, nicht?«

Das war allerdings seltsam, musste Wolf zugeben. Schon als der gescheite Hans als sechsfacher Geißenmörder verhaftet worden war, hatte offenbar ein unbekannter Unterstützer seine Finger im Spiel gehabt. Aber wer und warum?

»Diese Umstände führen den Prinzen zu der Annahme, dass du höchstpersönlich hinter der Sache steckst«, fuhr Schneider fort. »Mag sein, dass du Rotkäppchen nicht selbst in deine Gewalt brachtest, schließlich weiltest du im Ausland – angeblich –, doch möglicherweise hattest du einen Helfer, der in deinem Auftrag handelte. Wäre das möglich?«

Wolf kratze sich am Kinn. »Dass mir der anonyme Briefschreiber mit seinem Vorgehen dienlich sein wollte, liegt auf der Hand. Aber er tat es ohne mein Wissen.«

»Das sagt sich so leicht«, seufzte Schneider. »Doch ist dir wohl bekannt, dass eine Entführung ein schwerwiegendes Verbrechen ist, das gesühnt werden muss.«

Wolf spürte, wie er an seinen Fußballen zu schwitzen begann. Langsam schritt er in der Werkstatt auf und ab.

»Punkt zwei«, wechselte Schneider das Thema. »Letzte Nacht wurde der treue Johannes Opfer eines heimtückischen Diebstahls. Sein kompletter Lagerbestand an Gute-Laune-Kraut, Krötenschleim und Pilzpulver wurde entwendet und – wie sich später herausstellte – teilweise vernichtet. Wie du dir vorstellen kannst, freut sich darüber weder der treue Johannes noch unser Prinz.«

»Was du nicht sagst!« Wolf spielte den Ahnungslosen, und wie er fand, spielte er ihn gut. »Wie kam es dazu?«

»Zwar widerstrebt es mir, dir einen Sachverhalt darzulegen, von dem ich annehme, dass du ihn ohnehin kennst, dennoch werde ich es tun. Der Rabe des Prinzen überbrachte dem treuen Johannes eine unerklärliche Botschaft. Unerklärlich deshalb, weil sich der Prinz nicht erinnern kann, sie abgeschickt zu haben.«

»Jaja, diese Raben … Manchmal spinnen sie und tun Dinge, die man gar nicht will. Das kenne ich. Erst letztens …«

»Ein Vogelgebrechen schließen wir aus«, schnitt Schneider Wolf das Wort ab. »Kannst du mir zu diesem Vorfall etwas mitteilen?«

»Nicht das Geringste. Ich pflege keinen Kontakt zum Raben des Prinzen.«

Schneider wuchtete sich mit einer Gesäßbacke auf den Zuschneidetisch. Grübelnd drehte er das Weinglas in seiner Hand.

»Um dich nicht mit Details zu langweilen, mache ich es kurz: Der treue Johannes ließ seine Ware zum ehemaligen Räuberhaus verfrachten, wo sie wenig später von Unbekannten verbrannt wurde. Anhand der Reste lässt sich allerdings sagen, dass nicht die ganze Lieferung betroffen war. Anscheinend blieb das Gute-Laune-Kraut verschont und wurde von den Tätern weggeschafft.«

»Aha. Gut für das Kraut«, kommentierte Wolf mit versteinerter Miene.

»Und gut für den Dieb«, fügte Schneider hinzu, »denn möglicherweise ist er jetzt zusätzlich im Besitz einer gültigen Verkaufslizenz.«

Wolf kräuselte seine Stirn. »Willst du unterstellen, ich hätte mich an den Drogen vergriffen?«

»Ist es nicht so? Hahn warf dir vor, du hättest das Zeug verbrannt. Willst du das leugnen? Ich stand vor dem Zelt und hörte jedes Wort.«

»Keine Ahnung, wovon du redest. Ich fürchte, du hast etwas falsch verstanden. Kein Wunder bei dem Rummel.«

Schneider ließ einige Sekunden schweigend verstreichen. Vom Stadtplatz war DRACHENFLUG mit *Sodomie* zu hören.

»Speisen wollte er an ihrem Tisch, egal ob Huhn, ob Schwein oder Fisch. Und danach, wer weiß, was noch passiert, vielleicht wird er fellationiert«, sang Läuschen voller Inbrunst. Dann setzte Esel zu einem längeren Lautensolo an, das aufgrund der scheppernden Eisenketten in seinem Schalltrichter fremdartig verzerrt klang.

»Angenommen«, sprach Schneider weiter, »ich hätte

369

zwei Gardisten zu deiner Höhle geschickt …« Ohne Hast schenkte er sich Wein nach. Er wollte auch Wolfs Glas auffüllen, doch der hielt abwehrend seine Pfote darüber. »… und diese Gardisten würden sich dort genau in diesem Moment umsehen. Würden sie das *Johanneskraut* finden?«

Entrüstet schüttelte Wolf den Kopf. »Bestimmt nicht. Wie kommst du darauf? Aber angenommen, rein hypothetisch, ich hätte mich des *Johanneskrauts*, wie du es nennst, bemächtigt, hätte ich mir dann nicht nur wiederbeschafft, was ohnehin mein ist? War es nicht der treue Johannes, der die *Weiße Witwe* aus dem Hexenhaus entwendet hat?«

Schneider zog die rechte Augenbraue bis unter die Krempe seines Zylinders in die Höhe. »Überlege dir gut, was du sagst! Das ist eine schwere Anschuldigung.«

»Es folgt gleich noch eine: Kann es sein, dass der treue Johannes im Zuge des Diebstahls auch zum Mörder geworden ist?«

»Willst du das ernsthaft behaupten?«, wurde Schneider laut. »Dann solltest du es beweisen können.«

»Lass es mich versuchen.« Wolf lächelte schwach. »Du kennst bestimmt den Einhornkopf, der in der Schreibstube des treuen Johannes hängt.«

»Allerdings.«

»Dann weißt du auch, dass die Spitze des Horns abgebrochen ist.«

»Und?«

»Genau die fand ich unter dem Küchentisch der Hexe. Genügt dir das als Beweis?«

Schneider ließ sich nicht aus der Ruhe bringen. »Keineswegs. Darf ich dir erklären, weshalb?« Ohne auf Wolfs Zustimmung zu warten, redete er weiter: »Vielleicht ist dir bekannt, dass König Dummling früher einen Privatzoo im Schlossgarten unterhielt. Aus diesem Zoo stammt das Einhorn. Als es in hohem Alter eines natürlichen Todes starb, erbat sich der treue Johannes dessen Kopf als Zierde für sein Arbeitszimmer. Ich kann dir versichern, dass die Hornspitze schon zu Lebzeiten des edlen Tiers abgebrochen war. Gibt es weitere *Beweise* für deine Theorie?«

»Gibt es Beweise, dass ich an Rotkäppchens Entführung beteiligt war oder dass ich etwas mit dem Verschwinden der Drogen zu tun habe?«, antwortete Wolf mit einer Gegenfrage.

Schneider rieb sich die Nasenwurzel. »Das ist das Problem. Niemand kann etwas beweisen, und doch glauben alle zu wissen.« Er rutschte vom Tisch und trat an das Regal, in dem er die Stoffe für seine Kreationen aufbewahrte. Lächelnd strich er mit der Hand über einen Ballen.

»Feinste Seide«, sagt er. »Direkt aus China. So eine Qualität kriegst du hierzulande nur bei mir.«

»Und wer sind die Abnehmer für einen Stoff mit rot-gelbem Karomuster?«, stichelte Wolf. »Hofnarren? Die Leute vom Kasperltheater?«

Schneider überhörte den Spott. »Natürlich könnte der Prinz seinen Gardekommandanten beauftragen, Nachforschungen einzuleiten. Doch diese würden sich aufwendig und langwierig gestalten, und am Ende des Tages käme ein Ergebnis heraus, das wir ohnehin kennen.«

»Dass der treue Johannes der Mörder der Hexe ist?«, riet Wolf.

»Nein, Wolf! Dass du hinter Rotkäppchens Entführung steckst und für die Vernichtung der Drogen verantwortlich bist. *Das* meine ich. Und wenn man schon dabei ist, Ermittlungen anzustellen, lässt sich vielleicht herausfinden, wie Herr Korbes ums Leben kam, dessen Leiche heute aufgefunden wurde, und in welchem Zusammenhang sein Tod mit den Pfotenabdrücken eines Wolfs im Vorgarten steht.«

»Ach, komm«, lachte Wolf. »Jeder, der im Spurenlesen einigermaßen geübt ist, wird erkennen, dass die Abdrücke erst einen Tag alt sind, während Herr Korbes seit mindestens …«

Schneider drehte sich abrupt zu ihm um. »Du gibst also zu, dort gewesen zu sein?«

Wolf biss sich auf die Lippen. Nur einen Moment war er unachtsam gewesen.

»Wieso hast du den Leichenfund nicht gemeldet?«, forschte Schneider. »Und wieso hast du den Tod der Hexe nicht gemeldet?«, setzte er nach. »Hast du etwas zu verbergen, mein Freund? Was könnten diesbezügliche Untersuchungen wohl ergeben?«

»Ich will dir die Spannung nicht verderben«, knurrte Wolf. »Los, nimm ruhig deine Ermittlungen auf! Ich bin neugierig, was dabei herauskommt.«

»Oder …« Schneider drehte sich wieder dem Regal zu und streichelte versonnen den Seidenstoff. »Oder wir sparen uns die Suche nach Beweisen, die Anklage, die Folter, die Gerichtsverhandlung, das übliche Prozedere und schreiten gleich zur Hinrichtung.«

Mit einer schnellen Bewegung fischte er einen Hundefangstock hinter dem Ballen hervor, fuhr herum und schob Wolf die Schlinge über den Kopf. Reflexartig wich Wolf zurück, wodurch sich der Draht um seinen Hals zusammenzog.

»Du hast es zu weit getrieben!«, rief Schneider. Seine Wangen glühten rot. »Viel zu weit. Jetzt bezahlst du den Preis für dein Gebaren. Der Prinz wird mir dankbar sein, wenn ich dich beiseiteschaffe, still und heimlich, ohne großes Aufsehen.« Um seinen Worten Nachdruck zu verleihen, zerrte er an dem zu einem Griff gebogenen Ende des Stocks. Tief schnitt sich die Schlinge in Wolfs Fleisch. »Es gibt zwei Möglichkeiten: Wir können es kurz und schmerzlos hinter uns bringen, oder du stirbst eines langen, qualvollen Todes. Welche Methode bevorzugst du?«

»Gibt es die Option lange und schmerzlos?«, wollte Wolf

wissen. Stocksteif stand er da und fixierte Schneider am anderen Ende der Stange, keine drei Ellen von ihm entfernt. »Nein, die gibt es nicht.« Erneut zog Schneider am Stock. Ungeachtet der Schmerzen wirbelte Wolf um seine eigene Achse. Damit hatte Schneider nicht gerechnet. Die Stange entglitt seinen Händen. Ihr Griff verhakte sich im Sieben-auf-einen-Streich-Gürtel und riss ihn entzwei. Klimpernd fiel er zu Boden.

Wolf konnte nicht glauben, was er sah. Zwei riesige Zehennägel hingen an dünnen Goldkettchen an der Innenseite des Gürtels, ebenso der Hauer eines wilden Ebers und ... ein goldener Backenzahn.

»Deine Trophäen?«, fragte er heiser. Die Schlaufe um seinen Hals ließ ihn kaum atmen. »Du hast sie in deinen Gürtel eingenäht? Ich vermute, sie stammen von den Riesen und dem Wildschwein, die du seinerzeit für Dummling gejagt hast. Und den Zahn hast du aus dem Mund der Hexe gebrochen. Du warst es, der sie getötet hat.«

Schneider wich zurück. »Auch das kannst du nicht beweisen«, hauchte er.

»Und ob ich das kann.« Mit der Pfote gelang es Wolf, die Drahtschlinge ein wenig zu lockern. »Der Goldzahn stammt aus ihrem Mund.«

»Ach! Woher willst du das wissen? Ich meine, der Goldzahn könnte von jedem stammen.« Dicke Schweißtropfen standen auf Schneiders Stirn. »Vielleicht ist er ein Erbstück meiner Großmutter.«

»Ja, und nur die würde dir das Märchen abkaufen.«

»Hör zu, mein Freund, ein Vorschlag zur Güte.« Schneider war wieder um einen freundlichen Tonfall bemüht. »Keiner von uns kann etwas beweisen. Weder du noch ich. Belassen wir es dabei und gehen fortan getrennte Wege. Du weißt ja: Glücklich ist, wer vergisst.«

Erst jetzt fiel Wolf ein einzelnes goldenes Kettenglied an

Schneiders Gürtel auf. »Sieh an! Mir scheint, eines deiner Erinnerungsstücke ist dir abhandengekommen. Möglicherweise die Spitze eines Einhorn-Horns? Hat sich die Hexe so sehr gewehrt, dass sie dir den Gürtel vom Leib gerissen hat?«

Schneiders Hände ballten sich zu Fäusten. Die Farbe wich aus seinem Gesicht. Hastig sah er sich um und suchte nach einem Fluchtweg. Da blieb sein Blick an einer langen und spitzen Schere hängen, die vor ihm auf dem Tisch lag. Ehe er nach ihr greifen konnte, sprang Wolf ihn an. Die Wucht des Aufpralls war so groß, dass sie Schneider zu Boden stieß. Mit Händen und Füßen versuchte er, die Attacke abzuwehren. Es gelang ihm nicht. Zu schwer lag Wolf auf seiner Brust.

»Man sagt, das Einhorn blieb mit seinem Horn in einem Baumstamm stecken, als du es gefangen hast«, zischte Wolf. »Ich nehme an, dabei brach die Spitze ab und wanderte prompt in deine Sammlung.«

»Das reimst du dir zusammen!«, zeterte Schneider mit weit aufgerissenen Augen.

Wolf fletschte die Zähne. »Du hast schon recht. Sparen wir uns die Anklage, die Folter, die Gerichtsverhandlung, das übliche Prozedere und schreiten gleich zur Hinrichtung! Wozu das Unvermeidliche hinauszögern?«

»Warte, Wolf, mein Freund! Verschonst du mein Leben, wenn ich gestehe?«

»Gib deine Taten zu, und ich werde dein Schicksal in die Hände des Richters legen.«

Schneider nickte. »Ja, ich ermordete die Hexe, obgleich ich es nicht aus Eigennutz tat. Ich half dem treuen Johannes aus der Bredouille. Er hatte es schon lange auf die *Weiße Witwe* abgesehen, doch hätte er es nie hingekriegt, die Hexe aus dem Weg zu räumen. Ihm fehlt der Mumm für eine solche Tat.«

»Willst du behaupten, du hast in seinem Auftrag gemordet?«, forschte Wolf.

»Nein, keinesfalls. Er ist nicht in der Position, mir Befehle zu erteilen. Ich handelte ausschließlich im Interesse des Prinzen, der an den Geschäften des treuen Johannes beteiligt ist. Ihm bin ich treu ergeben.«

»Ich verstehe. Früher warst du König Dummlings oberster Jäger. Jetzt tötest du auf Geheiß seines Sohnes.«

»Du irrst. Der Prinz hat damit nichts zu tun. Ich weiß selbst, was erledigt werden muss.«

»Dann übernimmst du die alleinige Verantwortung? Das soll mir recht sein. Und der Mord an Herrn Korbes, dem einzigen Zeugen, geht demnach ebenso auf deine Kappe.«

»Oh nein.« Schneider atmete schwer unter Wolfs Gewicht. »Diese Schuld nehme ich nicht auf mich. Ich krümmte ihm kein Haar. Ich hatte keinen Grund ihm etwas anzutun. Er verhielt sich stets verlässlich und loyal.« Ein hämisches Grinsen wuchs auf Schneiders Gesicht. »Wohlan, Wolf, nun bring mich vor den Richter! Wem, denkst du, wird er Glauben schenken? Einem dahergelaufenen Wolf aus dem Dunklen Wald oder dem engsten Vertrauten des Prinzen, einem ehrbaren Mann mit gutem Leumund und berühmt für seine Heldentaten?«

Wolf musterte Schneider mit zusammengekniffenen Augen. »Du hast recht«, gab er zu. »Wahrscheinlich würdest du als freier Mann nach Hause gehen. Auf den Richter ist kein Verlass, doch dein Verbrechen muss gesühnt werden. Also liegt es an mir, dein Urteil zu sprechen und an Ort und Stelle zu vollstrecken.« Seine Kiefer schnappten nach Schneiders Kehle und drückten zu.

Im selben Moment flog die Eingangstür scheppernd aus den Angeln.

»Ha-haa!«, rief der Jäger. »Damit hast du nicht gerechnet, elender Dämon der Finsternis!«

Wolf drehte sich zu ihm um. Eine gespannte Armbrust war auf ihn gerichtet.

»Heute ohne Flinte?«, fragte er. »Weshalb die antiquierte Waffe?«

»Weshalb, willst du wissen?« Mit blutunterlaufenen Augen starrte ihn der Jäger an. »Weil es innerhalb der Stadtmauern nicht erlaubt ist, Feuerwaffen zu benutzen. Mach dich bereit zu sterben, Teufelsfratze! Gleich wird mein Bolzen deinen Schädel spalten. Rache für Rotkäppchen!«

Wolf nickte anerkennend. »Sehr löblich von dir, dich an die Gesetze zu halten. Weißt du übrigens, dass Rotkäppchen gesund und munter zurückgekehrt ist? Du hast keinen Grund, Vergeltung zu üben.«

Schneider erkannte seine Chance. »Er lügt!«, stieß er hervor. »Er tötete sie und fraß sie auf. Man fand ihre Gebeine in seiner Höhle. Schieß endlich, Jäger! Bereite dem Spuk ein Ende, bevor das Untier auch mich zerreißt!«

Sofort waren Wolfs Zähne wieder an Schneiders Kehle.

»Sieh mich an, Satansbraten!«, schrie der Jäger. Seine Stimme überschlug sich. »Jetzt rede ich mit dir.«

»Alles der Reihe nach«, versuchte Wolf auf Zeit zu spielen. »Wenn es dir recht ist, kümmere ich mich zuerst um Schneider. Er war vor dir da.«

Dem Jäger reichte es. »Nein. Diesmal wirst du mich nicht hinhalten, bis dir Luzifer persönlich zur Flucht verhilft. Fahr zur Hölle!«

Als er abdrückte, rollte Wolf zur Seite. Nur um Haaresbreite surrte der Bolzen an seinem Kopf vorbei und bohrte sich in Schneiders Stirn.

»Hoppla«, sagte der Jäger. Erneut spannte er die Armbrust.

Wolf stürmte los. Er wollte vorbei an seinem Häscher hinaus ins Freie, doch er kam nicht weit. Der Griff des Fangstocks blieb an einem Tischbein hängen. Die abrupte Bremsung hebelte Wolf aus und schleuderte ihn rücklings zu Boden. Alle viere von sich gestreckt, rang er nach Luft. Er schaffte es nicht aufzustehen.

Der Jäger legte an. »Jetzt ist es um dich geschehen! Heute ist das Glück auf meiner Seite.«

Hinter ihm verdunkelte ein Schatten den Eingang. Als sich eine Hand auf seine Schulter legte, ließ er die Armbrust sinken.

Alle Hände voll zu tun

»*Sie schwelgen im Blutrausch bis zum bitt'ren Schluss. Für Hans und für Grete ein himmlischer Genuss*«, sang Läuschen in höchsten Tönen. Zu Beginn der nächsten Strophe wechselte es von der Kopf- zur Bruststimme und fuhr mit raubtierartigem Grollen fort: »*Schon stehen sie vor dem kleinen Hexenhaus. Gebaut aus Brot und Zucker, sieht es köstlich aus.*«

Orgelklänge untermalten den Gesang. Sie vermischten sich mit rasselnden Lautenakkorden und exzessivem Getrommel.

»Das Lied heißt *Es jauchzen die Kinder*«, röchelte Wolf. »Der Text ist von mir. Nicht schlecht, oder?« Die Drahtschlaufe um seinen Hals drohte ihn zu erdrosseln. Er fühlte, wie seine Augäpfel aus ihren Höhlen traten. Schwach deutete er mit dem Kopf auf Schneiders Leichnam. »Er ist es gewesen. Er hat die Hexe umgebracht. Aber das wirst du bestimmt schon wissen.«

»Allerdings.« Hexenmeister Fitcher trat an Wolf heran und befreite ihn aus der Schlinge. »Ich stand vor der Türe und hörte euer Gespräch. Das war nicht einfach, bei dem Lärm, den deine Musikanten veranstalten.«

Wolf schnappte nach Luft. »Du warst die ganze Zeit draußen und hast den Jäger passieren lassen?«, hechelte er.

Seine Knie zitterten so heftig, dass er es fast nicht schaffte aufzustehen.

»Ich vertraute darauf, dass du die Situation alleine meistern würdest. Und ich behielt recht. Na ja, fast.« Fitcher nahm dem Jäger die Armbrust aus der Hand und legte sie auf den Tisch. »Nun geh nach Hause«, sagte er zu ihm, »und harre der Dinge!«

Der Jäger vollführte eine Kehrtwendung und schritt hölzern aus der Werkstatt.

»Du lässt ihn gehen?«, wunderte sich Wolf. »Er wird mir bei nächster Gelegenheit wieder auflauern und versuchen mich zu töten.«

»Sei unbesorgt. Er wird sich nicht an dich erinnern.«

»Wird er nicht? Woher willst du das wissen? Ich meine, er könnte schon morgen ...« Wolf bemerkte Fitchers durchdringenden Blick und verstand. »Stimmt«, sagte er. »Er wird vergessen. So wie Rotkäppchen vergessen hat und das jüngste Geißlein. Stimmt's, Herr Medikus?«

Der Hexenmeister schwieg.

»Danke, du hast mir einen großen Dienst erwiesen.« Wolf verbeugte sich andeutungsweise. »Ohne dein Eingreifen stünde ich nicht hier. Doch dass du einem Unschuldigen das Geißenmassaker in die Schuhe geschoben hast, enttäuscht mich.«

»Um den gescheiten Hans machte ich mir keine Sorgen. Es war klar, dass du ihm helfen würdest.«

»Tja, der Tod der Hexe ist gesühnt, mein Auftrag somit erledigt. Nur eines werden wir wahrscheinlich nie erfahren: Wer Herrn Korbes auf dem Gewissen hat. Schneider hat die Tat bestritten.«

»Ich bin mir sicher, du wirst die Wahrheit ans Licht bringen«, sagte Fitcher mit dieser eisigen Stimme, die keinen Widerspruch duldete. »Frage dich, wer ein Motiv hatte, ihn loszuwerden, und du wirst die Täter überführen.«

Diesmal blieb Wolf standhaft. Er hatte es zumindest vor. »Oh nein! Ganz bestimmt nicht«, protestierte er. »Einmal muss genug sein. Du kannst von mir nicht erwarten, dass ich schon wieder losziehe und ...«

»Beruhige dich!« Fitchers linker Mundwinkel hob sich zu einem halben Lächeln. »Ich erlaubte mir einen Scherz. Wie Herr Korbes sein Leben aushauchte, wird bald in einem Märchen nachzulesen sein.«

»Sehr lustig. Aber jetzt, nachdem alles vorüber ist, gestatte mir eine Frage: Weshalb warst du so sehr daran interessiert, den Mörder der Hexe ausfindig zu machen und zur Verantwortung zu ziehen?«

Einen kurzen Moment zögerte der Hexenmeister. Er schien sich nicht sicher zu sein, ob er Wolf einweihen sollte.

»Uns verknüpften familiäre Bande«, erläuterte er knapp.

»Familiäre Bande? Aber die Hexe hatte keine Familie«, widersprach Wolf. »Ich kannte sie seit vielen Jahren und ... Oh!« Auf einmal fiel es ihm ein. »Dann bist du ihr Sohn? Jener Sohn, der von einem Adler entführt wurde?«

»Mein Dank ist dir sicher, Wolf, für all die Mühen, die du auf dich nahmst, doch meine Familiengeschichte ist nicht deine Angelegenheit.«

»Wenn du der Sohn der Hexe bist,« setzte Wolf unbeirrt fort, »habe ich etwas für dich.« Er holte die Perlenkette aus seinem Rucksack und hielt sie Fitcher hin. »Hier, nimm sie! Es tut mir leid, dass der Rest der Beute verloren ist.«

»Behalte die Kette«, lehnte der Hexenmeister ab. »Sie soll dein Lohn sein. Der Schmuck ist übrigens längst in meinem Besitz. Der Händler aus Hinterbergen weilte letztens bei mir zu Besuch und war so freundlich, ihn mir auszuhändigen.«

»Vor Schmerzen brüllend, an zwei Eisenketten in deinem Keller hängend?«, erkundigte sich Wolf.

Fitcher stierte ihn böse an. »Sieh dich vor, Wolf, selbst wenn du dir mein Vertrauen erarbeitet hast, so bist du ...«

»Schon gut, auch ich habe nur Spaß gemacht«, grinste Wolf. »Haha.« Dann fiel ihm etwas ein. »Und der Rabe? Gehört er jetzt dir, oder darf ich ihn behalten?«

»Ich merke, der Vogel ist dir ans Herz gewachsen. Und dennoch … Seit dem Tod der Hexe steht das Tier in meinen Diensten, und dabei wird es bleiben. Ich stellte ihn dir bloß für deine Ermittlungen zur Verfügung.«

»Und um mich auszuhorchen«, begriff Wolf. »Er ist einer jener Raben, die mitgehörte Gespräche wiedergeben können. Er war es also, der dich mit allen Informationen versorgt hat.« Wolf wusste nun, was er wissen wollte. »Hm, dann ist es wohl Zeit, adieu zu sagen. Ich muss zurück zu meinen Burschen, Katze und Läuschen. Es hat mich gefreut. Wahrscheinlich werden sich unsere Wege nie wieder kreuzen.« Wolf reichte dem Hexenmeister seine Pfote.

Fitcher ignorierte sie. »Doch, das werden sie.« Wie es seine Art war, ließ er ein paar Sekunden verstreichen, um die Spannung zu erhöhen. »Dein Einsatz in den vergangenen Wochen empfahl dich für höhere Aufgaben. Ich suche einen – hm, nennen wir ihn *Verwalter* – für das Knusperhäuschen. Halte es in Schuss und ich erlaube dir, darin zu wohnen und zu wirken.«

»Verwalter?« Das kam für Wolf überraschend. »Ich weiß nicht so recht«, murmelte er. »Mit dem Verkauf des Gute-Laune-Krauts und als Kümmerer von DRACHENFLUG habe ich alle Hände voll zu tun, gerade jetzt, da die Karriere der Musikanten steil nach oben geht. Ich fürchte …«

»Da gibt es nichts zu fürchten. Außerdem nutzt du das Haus bereits. Hast du dir nicht heute Vormittag Herrn Korbes' Fuhrwerk samt Ochsen ausgeborgt, bist zu deiner Höhle gefahren, hast mit Aschenputtel die *Weiße Witwe* aufgeladen und sie in weiser Voraussicht ins Hexenhaus gebracht?«

Das hatte Wolf tatsächlich.

»Jetzt ist sie dort, wo sie hingehört«, sprach Fitcher weiter.

»Und wo die *Weiße Witwe* einst gedieh, sollen auch in Zukunft Ernten reifen.« Er griff in seine Manteltasche und beförderte einen Lederbeutel zutage.

»Was ist das?«, fragte Wolf.

»Saatgut fürs nächste Jahr. *Das Licht des Nordens*. Bist du interessiert?«

»Ein gutes Argument.« Wolf nickte anerkennend. »Und doch will ich mir die Sache erst durch den Kopf gehen lassen.«

Der Hexenmeister steckte den Beutel wieder ein und ging nach draußen. Wolf folgte ihm. Langsam schlenderten sie zurück zur Mitte des Stadtplatzes, wo das Publikum enthusiastisch tanzte. Wie ein einziger Organismus wogte es im Rhythmus hin und her.

»DRACHENFLUGS Abschlusslied«, erklärte Wolf. »Es heißt *Kennt ihr meinen Namen?*. Das sollte sogar dir bekannt sein. Es war ihr erster Erfolg. Pass auf, gleich kommt Hunds Trommelsolo. Das musst du dir ansehen. Was er mit vier Pfoten und einem Schwanz anstellt … Hexenmeister?« Wolf blickte sich um. Sein Begleiter war verschwunden. »Na, dann eben nicht«, seufzte er.

Hunds Solo endete mit einem Trommelwirbel und Läuschen sang die letzte Strophe. »*Ich heiß' nicht Kunz, ich heiß' nicht Heinz, wohn' nicht in Tölz, wohn' nicht in Mainz …*«

Hahn stolzierte über die Bühne, zuckte im Takt mit seinem Kopf, bewegte den Schnabel, als würde er singen, und wackelte frech mit den Schwanzfedern. Trotz seines Rückfalls war sein Auftritt grandios. Trotz oder gerade wegen, wer konnte das schon sagen?

Unter frenetischem Gejohle beendeten die Musikanten den offiziellen Teil ihres Programms.

»Zu-ga-be, Zu-ga-be!«, brüllte die Menge wie aus einem Munde. Die heranreifenden Jungfern in der ersten Reihe kreischten schrill. Rote Rosen und weiße Unterröcke flogen auf die Bühne.

Die Lautstärke machte es aus, verstand Wolf. Sie verwandelte ein sittsames Publikum in eine brodelnde Masse. Falsche Töne oder Textunsicherheiten fielen nicht ins Gewicht.

Von all dem unbeeindruckt schlief König Dummling auf seinem Thron. Ganz alleine saß er oben auf der Tribüne. Offenbar hatte sich der Prinz in seine Gemächer zurückgezogen.

Wolf sah hinauf zur Kirchturmuhr. Seinen Burschen, Katze und Läuschen blieben noch ein paar Minuten, ehe Drosselbart, der König der Drehleier, an der Reihe war. Ein paar Minuten für ein weiteres Lied.

»Das nächste Stück«, kündigte Esel an, »haben wir für einen guten Freund geschrieben, nein, für den besten, den man sich vorstellen kann. Freund, Förderer, Mäzen und Kümmerer. Danke, Wolf! Dieses Lied ist für dich und heißt *Was hast du getan?*.«

Etwas schnürte Wolf die Kehle zu, doch diesmal war es keine Drahtschlinge. Ein Gefühl der Rührung übermannte ihn und vermischte sich mit der Freude, dass alles überstanden war.

Er war den Musikanten nicht gram, dass sie das Lied trotz seines Verbots spielten. Aschenputtel hatte recht gehabt. *Was hast du getan?* war eine ihrer bemerkenswertesten Kompositionen. Man durfte sie den Menschen nicht vorenthalten.

Mit der Pfote wischte er die Tränen weg, die über seine Wangen liefen, und begann im Takt zu wippen. Dann hüpfte und sprang er immer höher, immer ausgelassener. Geschätzte tausend Besucher taten es ihm gleich. Das Kopfsteinpflaster erzitterte unter ihrem Gestampfe. Selbst die Bühne bebte. Wolf reckte seinen Kopf in die Höhe und entließ ein langes Heulen.

»Wolf, hey, was hast du getan?«, sang er mit, so laut er konnte. *»Schau dich doch im Spiegel an! Jeder nimmt vor dir Reißaus. So sieht ein Ganove aus.«*

»Wolf, hey, was hast du getan?«, beendeten Läuschen und Katze zweistimmig das Lied.

Das Publikum hatte noch nicht genug. DRACHENFLUG hatte noch nicht genug. Und da war kein Schneider, der sie von der Bühne scheuchen konnte.

Das allerletzte Stück hieß *Und wenn sie nicht gestorben sind*, eine kurze Reprise ihres Eröffnungstitels *Es war einmal*, genauso rasant, genauso ungestüm.

Nach dem Trinken vieler Biere
sind sie wieder wilde Tiere.
Esel, Katze, Hund und Hahn –
besser du gehst aus der Bahn.

Rücksicht oder Kompromisse
sind für sie nur Hindernisse.
Spielen schnell und spielen laut,
essen Pilze, rauchen Kraut.

Aufgepasst, es wird noch schlimmer,
verwüsten im Hotel die Zimmer.
Und wenn sie der Hafer sticht,
zahlen sie ihre Rechnung nicht.

Jungfern bei Konzerten kreischen,
wollen Gunst von Hahn erheischen.
Versuchen sich an ihn zu krallen,
bevor sie jäh in Ohnmacht fallen.

Esel schreibt gern ein Gedicht,
Hund nur trommelt, niemals spricht.

Katze spielt wie aufgezogen,
Hahn ist ständig unter Drogen.

Ein Quartett, so hart wie Stein,
lädt die Stadt zum Tanzen ein.
Niemand kriegt davon genug,
gemeinsam sind sie DRACHENFLUG.

Kaum hatte Läuschen die erste Strophe angestimmt, erspähte Wolf Aschenputtel in der tobenden Menge. Die Musik hatte von ihr Besitz ergriffen. Ihre Frisur war zerzaust, ihre Backen glühten rot. Wie eine Besessene zuckte sie am ganzen Leib.

»Puttel!«, rief er. »Komm zu mir! Hier bin ich.«

Sie hörte ihn nicht. Seine Rufe gingen im Krach der Schallverstärker unter. Wolf kämpfte sich durch einen Wald aus trampelnden Beinen und schwingenden Hüften. Er wollte zu ihr, um den Augenblick gemeinsam mit ihr zu genießen.

Schon endete das Lied in einer wilden Kakofonie aus scheppernden Tönen und Getrommel. Die Schallwellen schlugen gegen die Häuserfronten, sie schlugen gegen die Schlossmauer, wurden wieder und wieder zurückgeworfen, bis sie sich zu einem immer lauter werdenden Dröhnen und Pfeifen vereinigten. Fenster gingen zu Bruch, Verputz bröckelte von den Fassaden. Eine Druckwelle rollte über den Platz.

Wolf hatte Aschenputtel fast erreicht, als ihn die kräftigen Hände eines betrunkenen Hünen packten und in die Höhe rissen. Ohne dass er sich dagegen wehren konnte, wurde er über den Köpfen der Menschen weitergereicht.

Plötzlich hörte er in all dem Getöse Holz splittern. Er sah, wie sich die Ehrentribüne nach rechts zu neigen begann, immer weiter, bis sie krachend in sich zusammenbrach.

Danke für die Zusammenarbeit

»*Wolf, hey, was hast du getan?*«, sang Meister mit einem breiten Grinsen, als Wolf sein Geschäft betrat. »Gratuliere zu dem furiosen Auftritt deiner Schützlinge. Sie waren der Höhepunkt des gestrigen Abends. Und nicht nur, weil Drosselbarts Konzert ins Wasser gefallen ist. Du hast deine Burschen und Katze bestens motiviert. Was du im Laufe der Zeit aus der Truppe gemacht hast, ist beachtlich.«

»Danke, aber es ist alleine ihr Verdienst«, zeigte sich Wolf bescheiden.

»Möchtest du etwas trinken? Einen wunderbaren Weinbrand aus dem Land der Griechen hätte ich anzubieten. Oder ziehst du ein Pfeifchen vor?«

Wolf lehnte ab. Die Müdigkeit steckte ihm in den Knochen. Ungeachtet des tragischen Endes des Festakts hatte er mit Aschenputtel und den Musikanten ausgiebig gefeiert. Abgesehen von Hahn, der gleich nach dem Konzert eigene Wege gegangen war, hatten sie gehörig über die Stränge geschlagen. Sie hatten getrunken, das eine oder andere Pfeifchen genossen, sie hatten gelacht, gesungen und getanzt.

In den frühen Morgenstunden, als Esel, Hund und Katze eingeschlafen waren, hatte Wolf Aschenputtel auf den Hügel neben der Höhle geführt. Dort hatten sie das restliche *Licht des Nordens* geraucht, dabei den Sternenhimmel betrachtet und, romantisch gestimmt, längst Überfälliges erledigt.

»Armer König Dummling«, seufzte Wolf. »Er war ein guter Regent. Möge er seinen Frieden finden.«

»Begraben unter Tonnen von Holz. Wer hätte gedacht, dass er auf diese Weise von uns gehen wird?«

»Der Prinz vermutlich«, antwortete Wolf. »Denkst du, es war Zufall, dass er die Tribüne zum Zeitpunkt des Unglücks bereits verlassen hatte? Ich glaube nicht, dass die Schallwellen alleine die Konstruktion zum Einsturz gebracht haben. Sie hatte von Anfang an ihre Schwachstellen und stand auf wackeligen Beinen. Ich kann mir gut vorstellen, dass die Katastrophe absichtlich heraufbeschworen wurde.«

Meister sah das ähnlich. »Und wenn man bedenkt, wer aus Dummlings Ableben Nutzen zieht, engt sich der Kreis der Verdächtigen deutlich ein. Mit einem Mal ist der Prinz der neue König und steht offiziell an der Spitze des Staates. Darauf hat er lange gewartet.«

Wolf knurrte grimmig. »Dunkle Zeiten kommen auf uns zu. Eine Epoche hemmungsloser Gier bricht an. Dummlings Güte und Fürsorglichkeit sind dem Prinzen fremd. Er wird seine Untertanen knechten, bis er den letzten Tropfen Blut aus ihnen herausgepresst hat, bis alle in Armut darben und seine Schatzkammer zum Bersten gefüllt ist.«

»Das ist zu befürchten. Aber immerhin … Ohne Grund kann er dir deine Gute-Laune-Kraut-Lizenz nicht nehmen, und der Titel *Kaufmann des Jahres* bleibt mir ebenso. Hast du übrigens gehört, dass man Schneider tot in seiner Werkstatt fand?«, kam Meister auf eine andere Sache zu sprechen. »Der Jäger soll ihn ermordet haben. Eine am Ort des Geschehens zurückgebliebene Armbrust macht ihn der Tat verdächtig, selbst wenn das Motiv völlig unklar ist. Er wurde bereits verhaftet und in Ketten gelegt.«

»Irgendwann muss jeder für seine Taten bezahlen«, sinnierte Wolf.

Meister stimmte ihm zu. »Um den Jäger ist es nicht schade. Ihn kann ohnehin niemand leiden. Er ist ein schwieriger Geselle, selbstgerecht, beharrlich und humorlos. Egal, morgen steht er vor dem Richter und erhält seine gerechte Strafe. Nur der treue Johannes läuft noch frei herum. Wo auch immer. Er ist nicht auffindbar. Man sagt, er befinde sich auf Reisen.«

Wolf grinste. »Soll er doch dorthin gehen, wo der Pfeffer wächst. Er hat die Hexe nicht ermordet.«

»Nicht?« Erstaunt hob Meister seine Augenbrauen. »Wer war es dann? Hast du den Fall gelöst?«

In aller Kürze berichtete Wolf, was während des Konzerts in Schneiders Werkstatt vorgefallen war.

»Damit ich das richtig verstehe«, rekapitulierte Meister, »die Hexe war Fitze Fitchers Mutter?«

»So schaut es aus«, bestätigte Wolf.

»Und die Hexe wurde tatsächlich von König Dummling geschwängert?«

»Das behauptet jedenfalls Rotkäppchens Großmutter.«

»Nun, das würde bedeuten, dass Fitcher als Dummlings Sohn Anspruch auf den Thron erheben könnte.«

Wolf zweifelte am Erfolg eines solchen Ansinnens. »Man müsste dem Prinzen schon schlimme Verfehlungen nachweisen, um einen anderen zum König zu machen.«

Meister überlegte. »Sollte er am Hexenmord beteiligt gewesen sein, wäre das Verfehlung genug.«

»Persönlich war er nicht vor Ort, das steht fest, doch es wäre interessant zu erfahren, ob er im Vorfeld über Schneiders Plan Bescheid wusste.«

»Könnte man ihm das nachweisen«, spann Meister den Gedanken weiter, »hätte Fitze Fitcher freie Bahn.«

»Möglich. Doch ich glaube nicht, dass er mit dem Thron liebäugelt. Das Regieren entspricht nicht seinem Naturell. So wie ich ihn kenne, schaltet und waltet er lieber aus dem Hintergrund. Er ist zurückhaltend und intelligent. Zwei denkbar schlechte Eigenschaften, wenn man in der Politik Karriere machen will.«

Meister lachte. »Ja, da hast du recht.«

»Übrigens … Bevor ich vergesse.« Wolf nahm seinen Rucksack ab und kramte darin herum. »Ich möchte dir für deine Hilfe danken.«

»Das hast du bereits getan.«

»Nicht genug. Hier, für dich.« Feierlich überreichte er Meister die Perlenkette. »Jetzt gehört sie dir. Schließlich hast du sie Gretel abgekauft.«

Meister betrachtete den Schmuck von allen Seiten, als hielte er ihn zum ersten Mal in Händen.

»Ein Prachtstück«, meinte er. »Vielen Dank.«

Er klappte den gläsernen Deckel eines Vitrinentisches auf und drapierte die Kette kunstvoll auf der weißen Samteinlage.

»Da wäre noch etwas, bevor ich gehe«, sagte Wolf. »Mein Rabe ist mir abhandengekommen. Nicht, dass ich einen bräuchte, aber von einem Geschäftsmann wird heutzutage erwartet, dass er auf die Dienste eines solchen Vogels zurückgreift. Hast du zufällig einen im Angebot? Allzu viel sollte er nicht kosten.«

»Leider.« Meister kratzte seinen blonden Schopf. »Erst gestern verkaufte ich mein letztes Exemplar. Versuch es beim Tierhändler vor der Stadt. Der hat bestimmt etwas Passendes in seiner Voliere. Und wenn du erwähnst, dass ich dich schicke, wird er dir einen guten Preis machen.«

»Und so wurde der Prinz, der große Schuld auf sich geladen hatte, am Stadtplatz an vier Ochsen gekettet und von ihnen in ebenso viele Stücke zerrissen. Den tapferen Wolf aber machte man zum König. Er nahm Aschenputtel zur Frau und führte das Reich mit Weisheit und Sanftmut, sodass alle Untertanen in Glück und Zufriedenheit bis ans Ende ihrer Tage lebten.« Läuschen kicherte. »Das wäre das perfekte Ende der Geschichte.«

»Schön ausgedacht«, gab Wolf zu. »Doch dazu wird es nicht kommen.«

»Zugegeben, eine Krönung ist eher unwahrscheinlich«, fuhr Läuschen fort. »Eine Hochzeit hingegen ... Ich meine, in Anbetracht dessen, was letzte Nacht auf dem Hügel passiert ist … *Iih, hast du eine kalte Nase!*«, machte es Aschenputtel nach. »*Oh, aber deine Zunge … Uh!*«

»Darüber will ich nicht sprechen.« Mürrisch trabte Wolf den Hohlweg zu seiner Höhle hinauf. Er war hundemüde, seine Geduld überstrapaziert.

Läuschen blieb hartnäckig. »Was, wenn ein Kindlein unterwegs ist?«

»Ein Kindlein? Von einer kalten Nase bekommt man keine Kinder.«

»Die Nase war nur der Anfang«, erinnerte sich Flöhchen.

»Und wenn schon«, knurrte Wolf. »Was soll das für ein Kindlein werden? Eine Mischung aus Wolf und Mensch?«

»Genau, ein Wolfsmensch«, bestätigte Flöhchen.

»Ich bitte dich! So eine Kreatur gibt es nicht einmal in einem Märchen.«

»Willst du mir erzählen, welche Kreaturen es gibt und welche nicht? Alles ist möglich. Wenn ich an deinen neuen Raben denke … Einen in der Größe habe ich noch nie gesehen.«

»Schon gut«, brummte Wolf. »Aber nichts verraten. Es soll eine Überraschung … Was ist denn da los?«, unterbrach er sich, als er aus dem Hohlweg trat.

Etwas äußerst Seltsames war im Gange. Die Instrumente und Schalltrichter der Musikanten lagen aufeinandergestapelt unter der Föhre. Aschenputtels Truhe stand daneben.

»Puttel?«, rief er.

Sie hörte ihn nicht. Gemeinsam mit Esel, Hund und Katze packte sie in der Höhle Wolfs Hab und Gut zusammen.

»Was treibt ihr da? Ist heute Putztag?«, erkundigte er sich, willens, augenblicklich kehrtzumachen, um in der Waldschenke sein Heil zu suchen.

»I wo«, lachte Aschenputtel. »Gleich sind wir fertig und bereit für den Umzug. Wenn du möchtest, können wir heute übersiedeln. Am besten, wir borgen uns wieder Herrn Korbes' Fuhrwerk aus.«

»Moment, Moment, Puttel!«, erhob Wolf Einspruch. »Nicht so schnell! Ich habe nie gesagt, dass ich das Angebot des Hexenmeisters annehmen werde. Wieso sollte ich? Denkst du, es wäre gescheit, mich in Abhängigkeit von ihm zu begeben? Ich fühle mich wohl hier. Die Höhle ist geräumig und bequem. Das Knusperhäuschen hingegen müsste erst renoviert werden. Bis zum Winter werden wir damit nicht fertig. Fenster und Dach sind in einem desolaten Zustand. Und seit der Jäger Löcher in die Wand geschossen hat, ist die Bude ziemlich zugig.«

»Aber zumindest ist es ein *Haus*«, warf Aschenputtel ein. »Ein Haus mit allem Drum und Dran, einem Brunnen davor, einem Abort im Garten, einer richtigen Küche mit Backofen … Denk einmal nach, wie viel einfacher unser Leben wäre!«

»Darüber nachdenken will ich gerne, aber zu übereilten Entscheidungen lasse ich mich nicht hinreißen.«

Aschenputtel wies hinauf zur Decke. »Außerdem beunruhigt mich der Spalt da oben immer mehr.«

»Wieso?« Wolf konnte sich ein Schmunzeln nicht verkneifen. »Seit dem letzten Steinschlag hat er sich nicht verändert. Der Felsen ist wieder zur Ruhe gekommen, wie ich es prophezeit habe. Und weshalb stehen eure Musikinstrumente vor der Höhle?«, sprach er die Musikanten an. Ihm schwante Übles.

»Das Zeug kommt mit ins Knusperhäuschen«, meinte Esel. »Denkst du, wir lassen es hier zurück?«

»Natürlich nicht. Ihr sucht euch eine eigene Unterkunft, in der ihr es unterbringt. Nur für den Fall, dass ich mit Aschenputtel tatsächlich in das Haus der Hexe ziehe, könnt ihr in der Höhle bleiben.«

Esel lachte wiehernd. »Ach, Wolf, du machst mir Spaß.

Selbstverständlich werden wir gemeinsam übersiedeln. Das ist für alle bequemer. Du erwartest doch nicht, dass Aschenputtel täglich den weiten Weg hierher marschiert, um uns mit Essen zu versorgen. Zudem ist der Weg vom Knusperhäuschen zur Waldschenke deutlich kürzer. Du siehst, wir stehen vor einer Gewinn-Gewinn-Situation.«

Wolf sah ihn finster an. »Und wo genau ist bei diesem Arrangement mein Gewinn?«

Da Esel nicht gleich antwortete, sprang Katze für ihn ein: »Du kannst dich architektonisch verwirklichen, indem du einen neuen Trakt errichtest, nur für uns Musizierende. Dann stören wir dich nicht. Zu sechst könnte es im Schlafzimmer der Hexe auf Dauer etwas eng werden. Ich stelle mir eine großzügige Wohneinheit mit angrenzendem Proberaum vor. Passend zur viktualischen Bauweise des Hauses wäre ich für Wände aus Filetstücken vom Rind.«

Hund nickte.

»Und als Dachschindel schlage ich Karotten vor«, fügte Esel hinzu. »Rüben wären auch in Ordnung.«

»Und wer soll das bezahlen?« Wolf tippte sich an die Stirn. »Ich glaube, ihr seid nicht ganz bei Trost. Nein, das kommt nicht infrage«, entschied er. »Vorerst zieht niemand um. Den Winter werde ich auf jeden Fall in meinem angestammten Heim verbringen. Doch genug davon«, unterband er weitere Einwände. »Habt ihr Hahn gesehen? War er zwischenzeitlich hier?«

Esel wies zum Eingang. »Wenn man vom Teufel spricht …«, schnaubte er. »Da kommt er, unser Tanzgenie.«

»Platz da, Gesinde, lasst mich vorbei!«, krähte Hahn, obwohl sich ihm niemand in den Weg stellte.

Sein Torkeln und die blutunterlaufenen Augen verrieten, dass er nicht geschlafen hatte und seine Sinne von Krötenschleim und Pilzpulver getrübt waren.

»Sieh an, deine Stimme kehrt zurück«, bemerkte Wolf.

»Und in gleichem Maße verabschiedet sich die Freundlichkeit. Wo warst du?«

Hahn würdigte ihn keines Blickes. »Das geht dich einen feuchten Dreck an, Flohbeutel!«, fauchte er im Vorübergehen. »Ich bin bloß hier, um meine Sachen zu holen, dann bin ich auch schon wieder weg.«

»Sachen? Du hast hier keine Sachen.«

»Woher willst du das wissen? Du hast dich doch nie für mich interessiert. Als Persönlichkeit bin ich dir egal. Du hast nur eine grandiose Stimme in mir gesehen, an der du dir eine goldene Nase verdienen wolltest. Daraus wird aber nichts. Ha!«

»Sprich nicht so mit Wolf!«, rügte ihn Aschenputtel. »Du weißt genau, dass das nicht stimmt. Wer ist denn durch halb Siebenbergen gerannt, um für dich das Gegenmittel zu besorgen? Wer hat dir deine Drogeneskapaden finanziert? Du tätest gut daran, deinen Ton zu mäßigen.«

Hahn ignorierte sie, rollte an der Höhlenwand einen Stein beiseite und nahm die darunter versteckten Krötenschleim-Fläschchen an sich. »Das war's dann«, sagte er.

»Das war's dann mit deiner Gesundheit, mit deinem Leben oder was?«, forschte Wolf.

Hahn stierte ihn an. »Das war's dann mit DRACHEN-FLUG. Ich steige aus. Endgültig. Ich tu mir das nicht länger an. Ich habe genug Zeit damit verplempert, mich mit Amateuren abzugeben. Von nun an kümmere ich mich ausschließlich um meine Karriere. Euch meine Stimme zu leihen, ist wie Perlen vor die Säue zu werfen.«

Auf Esels Stirn pulsierte eine Zornesader. »Pass auf, was du sagst, Schlappschwanz, sonst kommst du schneller unter meine Hufe, als dir lieb ist!«

»*Prachtschwanz*, es heißt *Prachtschwanz*, du Ohrenkasper!«, brüllte Hahn. »Findet euch damit ab, mich seid ihr los! Bald wird euch keiner mehr kennen.«

»Du arroganter Gockel!« Katzes Krallen fuhren aus. Ihre Schwanzhaare sträubten sich. »Wenn du nicht augenblicklich deinen Schnabel hältst, schnitze ich dir ein Hahnentritt-Muster in deine Visage!«

»Ich bitte euch, lasst es gut sein!«, schritt Wolf ein. »Ich denke, es ist für alle das Beste, wenn Hahn seine eigenen Wege geht. Wir müssen das akzeptieren. Manchmal sind es künstlerische Differenzen, die eine Gruppe auseinanderdividieren, manchmal menschliche oder in eurem Fall tierische. Schade, dass es letztlich nicht geklappt hat. Was willst du in Zukunft anstellen, Hahn?«

»Na, was wohl? Wie früher wird er am Hof seiner Eltern leben, dort auf dem Misthaufen sitzen und den Hennen hinterhergaffen«, spottete Katze.

»Au contraire, Madame!«, fauchte Hahn. »Auf einem Haufen Gold werde ich sitzen und auf euch hinabblicken.«

»Tatsächlich?« Wolf bewahrte sich sein freundliches Lächeln. »Wie kommt's?«

»Wie es kommt, willst du wissen? Das werde ich dir sagen: Gestern nach dem Konzert hat mich ein Abgesandter des Königs von Hinterbergen angesprochen. Er war von meiner Stimme derart begeistert, dass er mir anbot, in seiner Heimat am Hof zu wirken.«

Katze stieß ein heiseres Lachen aus. »Genau was ich sagte: Das Geflügel wird auf einem Bauernhof vom Misthaufen krähen.«

»Ta-ka, ksch!«, ahmte Hund die Klänge von Marschtrommel und Tschinelle nach, die draußen unter der Föhre lagen.

»Am *Königshof*, du Haarballen-Speier!«, kreischte Hahn, wobei er fast das Gleichgewicht verlor.

»Speier*in*«, korrigierte Katze.

»Ich werde in einem Jahr so viel Geld verdienen, wie du in deinem ganzen Leben nie sehen wirst.«

»Dieser Abgesandte war von deiner Stimme begeistert?«,

fragte Wolf. »Habe ich das richtig verstanden?« In seinem rechten Ohr hörte er Läuschen kichern.

»Und ob! So gut wie gestern habe ich noch nie gesungen. Ist dir das nicht aufgefallen, Fleischfresser? Der König von Hinterbergen ist ein großer Freund der Sangeskunst und wird mein Schaffen nach Leibeskräften unterstützen, hat der Abgesandte gesagt. In Hinterbergen darf ich singen, was ich will und wie ich will, hat er gesagt, und niemand wird mir etwas dreinreden. Ich werde mit meiner Musik die Welt bereisen, hat er gesagt. Ich werde reich und berühmt werden, hat er gesagt.«

»Das hat er gesagt? Dann gratuliere ich recht herzlich, *Prachtschwanz*. Ja, ich muss zugeben, der gestrige Gesang war von höchster Güte. Respekt! So bleibt mir nur, dir Glück zu wünschen. Wirklich, das meine ich ehrlich. Danke für die Zusammenarbeit. Nun geh hin, *Prachtschwanz*, und feiere deine Erfolge!«

Der versöhnliche Ton, den Wolf anschlug, ließ Hahn verstummen. Verunsichert blickte er in die Runde, als wartete er auf weitere Glückwünsche oder einen verzweifelten Versuch, ihn aufzuhalten, doch niemand sagte ein Wort. Schließlich drehte er sich um und schritt auf wackeligen Beinen davon.

Lange blieb es in der Höhle still. Betroffen starrten die Musikanten zu Boden. Sie wussten, was sie an Hahn verloren hatten. Die Lücke, die er als Aushängeschild und Tänzer, als Komponist und Texter hinterließ, erwies sich schon jetzt als gähnender Abgrund. DRACHENFLUGS Erfolgswelle drohte zu verebben, bevor sie so richtig ins Rollen gekommen war.

»Und?«, brach Esel das Schweigen. »Zeigst du uns deinen neuen Raben, Wolf? Hast du den Sprung ins moderne Zeitalter der Nachrichtenübermittlung gewagt?«

»Ach ja, der Rabe.« Wolf nickte. »Folgt mir bitte vor die Höhle.«

Kurz darauf standen sie in einem Halbkreis vor der Föhre und spähten ins Geäst.

»Siehst du etwas?«, fragte Katze Esel.

Esel ließ seinen Blick bis hinauf zum Wipfel schweifen. »Nein. Da ist kein Rabe.«

Auch Aschenputtel konnte nichts erkennen.

»Hier unten«, sagte Wolf. »Seid ihr blind? Hinter euch, am Fuße des Hügels.«

Synchron richteten sich vier Augenpaare auf ein Maultier, das einen Strohhut trug, und andächtig Grashalme aus der Erde rupfte.

»Darf ich vorstellen, das ist Rabe.«

»Hä?«, wunderte sich Esel. »Ich dachte ...«

»Falsch gedacht!« Wolf grinste breit. »In letzter Minute habe ich es mir anders überlegt. Bisher bin ich ausgezeichnet ohne Nachrichtenraben über die Runden gekommen. Wozu also sollte ich mir einen anschaffen? Nur, weil alle einen haben?«

»Da hast du beschlossen, du kaufst dir ein Maultier und nennst es Rabe«, setzte Katze fort, »weil das schon immer dein sehnlichster Wunsch war.«

»Irrtum, denn es ist nicht für mich. Es ist für Puttel. Ein Geschenk.«

»Für mich?« Aschenputtel sah ihn mit großen Augen an.

»Ich habe angenommen, es würde dich freuen, müsstest du in Hinkunft die Einkäufe nicht selbst nach Hause schleppen.«

»Ehrlich?« Sie stürmte auf Wolf zu und umarmte ihn. »Und ob mich das freut. Danke, danke, danke! Das ist so lieb von dir.« Eine Träne lief über ihre Wange, als sie seinen Kopf in beide Hände nahm und ihn auf die Nase küsste. »Das Maultier wird mir eine enorme Hilfe sein. Ich ...«

Der Rest ging in ohrenbetäubendem Lärm unter. Es fing mit einem Knirschen an, gefolgt von Prasseln und Rumpeln und endete mit donnerndem Gepolter. Die Erde bebte unter Wolfs Füßen. Eine Druckwelle blies eine Staubwolke aus dem Höhleneingang, die so dicht war, dass sie die Sonne verdunkelte.

Es dauerte Minuten, bis sie sich gelegt hatte und die Sicht auf einen riesigen Haufen aus Schutt, Steinen und Felsbrocken freigab, der sich dort auftürmte, wo einst die Höhle gewesen war.

Wolf reagierte als Erster. »Wohlan«, sagte er und schüttelte den Staub aus seinem Fell. »Worauf warten wir? Auf zum Knusperhäuschen!«

Epilog

Womit kaum einer gerechnet hatte, trat wenige Monate später ein. Animiert von seinem neuen Umfeld und willens, die einmalige Chance zu nutzen, die er in Hinterbergen geboten bekam, gelang es Hahn, seine gesundheitlichen Probleme in den Griff zu kriegen. Nachdem er Pilzpulver und Krötenschleim abgeschworen hatte, übte er sich in körperlicher Ertüchtigung, ernährte sich ausschließlich von Körnern und probte viel und hart, um seine einstige Stimmgewalt wiederzuerlangen.

Mit Unterstützung seines neuen Förderers, des Königs von Hinterbergen, formierte er aus den besten Musikanten, die das Land zu bieten hatte, eine Gruppe, der er den klingenden Namen *Prachtschwanz Hahn und die eisernen Jungfern* gab.

Wie versprochen ließ man ihm hinsichtlich seiner Kompositionen und Texte freie Hand. So gelang es ihm, einen völlig neuen, bahnbrechenden Musikstil zu kreieren, der sowohl auf der Verwendung von harmonisch gewagten Vier-, Fünf- und Sechsklängen basierte als auch auf komplexen, treibenden Rhythmen, wie man sie bis dahin noch nie gehört hatte. Vom einfachen bäuerlichen Lied, dem sich *Prachtschwanz* zu Beginn seiner Laufbahn verpflichtet gefühlt hatte, blieben lediglich Fragmente erhalten, die er als vages Stilmittel seiner oft über zehn Minuten langen, mit ausufernden Instrumental-Improvisationen versehenen Werke einsetzte.

Binnen kürzester Zeit entstanden 17 Musikstücke, mit denen er höchst erfolgreich sämtliche Bühnen Hinterbergens bespielte. Auch in technischen Belangen beschritt Hahn neue Wege. Für sich und seine Musikanten ließ er die größten Schalltrichter herstellen, die jemals geschmiedet worden waren. Auf diese Weise erlangten *Prachtschwanz Hahn und die eisernen Jungfern* nicht nur den Ruf, die innovativste Musikgruppe ihrer Zeit zu sein, sondern vor allem die lauteste.

Zwei Jahre nach seinem Engagement in Hinterbergen begann Hahn, an einem Programm für eine Konzertreise zu arbeiten, die ihn erstmals auch durch angrenzende Königreiche führen sollte. Neben neuen Liedern nahm er einige Werke vergangener Schaffensperioden in sein Repertoire auf. Mit modernen Arrangements hauchte er Titeln wie *Sodomie* und *Kennt ihr meinen Namen?* neues Leben ein. Zudem sollte das noch unveröffentlichte Lied *Haus der Leiden* erstmalig dem Publikum präsentiert werden.

Die mit Spannung erwartete Premiere fand an einem lauen Septemberabend vor den Toren der Hauptstadt Hinterbergens statt. Über 3000 Anhänger Hahns wurden Zeugen eines Konzerts, das rückblickend betrachtet zu den beeindruckendsten der Musikgeschichte zählte. Über vier Stunden begeisterte Hahns Spektakel das Publikum. Erst nach fünf Zugaben ließ ihn die aufgewühlte Menge von der Bühne. Völlig ermattet und unfähig, sich auf den Beinen zu halten, musste er in einer Kutsche des Königs nach Hause gebracht werden.

Am nächsten Tag, um neun Uhr 38, fand ihn seine Dienstmagd leblos in der Badewanne. Sämtliche Reanimationsversuche des herbeigerufenen Baders blieben erfolglos. Bei einer vom obersten Medikus des Hofes durchgeführten Leichenöffnung konnten keine gesundheitlichen Auffälligkeiten festgestellt werden. Als Todesursache wurde am Totenschein vermerkt: *Sein Herz hörte auf zu schlagen.*

Prachtschwanz Hahn, Stimm- und Tanzwunder sowie musikalischer Vorreiter, verstarb unter mysteriösen Umständen im Alter von 27 Jahren.